GILLIAN WHITE

Hexenwiege

Buch

Barry und Cheryl Brown bewegen sich am unteren Ende des sozialen Spektrums. Sie sind fürchterlich arm, leben in einem Wohnsilo, und sie haben ein kleines Baby, ein zweites ist auf dem Weg. Da eröffnet sich ihnen die Chance auf ein besseres Leben, vielleicht sogar zu Ruhm. Eine TV-Produktionsfirma möchte sie zu den »Hauptdarstellern« eines Dokudramas machen. Cheryl ist begeistert, denn sie sieht nicht nur einen Weg aus der Armut, sondern sie wähnt sich schon auf einem Treppchen mit den Großen des Showgeschäfts – und ist bereit, alles, aber auch wirklich alles dafür zu tun, dass ihrer Familie der Aufstieg zu den Stars gelingt. Die britische Öffentlichkeit schließt die Familie schnell ins Herz. Aber dann ist es plötzlich aus mit der Zuneigung, und das Bild der vom Schicksal arg gebeutelten jungen Familie wandelt sich, und die Browns werden als faule Schmarotzer abgestempelt. Auf mysteriöse Weise verschwinden nach der Geburt des dritten Kindes alle Kinder spurlos. War es Entführung? Sind die Kinder überhaupt noch am Leben? Oder gibt es eine noch grausamere Erklärung für ihr Verschwinden? Cheryl Browns Gier nach Liebe und Anerkennung scheint die Kräfte des Bösen mobilisiert zu haben …

Autorin

Gillian White wurde in Liverpool geboren und arbeitete mehrere Jahre als Journalistin, bevor sie sich ganz dem Schreiben widmete. Mit ihrem Mann und ihren zwei Hunden lebt sie in Totnes, Devon, ihre vier Kinder und zwei Enkelkinder wohnen in der Nähe. Gillian White hat bereits dreizehn Romane geschrieben, davon wurden vier für das britische Fernsehen mit großem Erfolg verfilmt.

Von Gillian White außerdem bei Goldmann lieferbar:

Das Ginsterhaus. Roman (44539)
Das Hotel bei den Klippen. Roman (44540)

Gillian White

Hexenwiege

Roman

Aus dem Englischen von
Isabella Bruckmaier

GOLDMANN

Die Originalausgabe erschien 2000 unter dem Titel
»The Witch's Cradle« bei Bantam Press,
a division of Transworld Publishers, London

Umwelthinweis:
Alle bedruckten Materialien dieses Taschenbuches
sind chlorfrei und umweltschonend.

Deutsche Erstausgabe Oktober 2001

Umschlaggestaltung: Design Team München
Umschlagfoto: Bavaria/VCL
Satz: Uhl+Massopust, Aalen
Druck: Elsnerdruck, Berlin
Verlagsnummer: 44984
Redaktion: Silke Hennemann
RM · Herstellung: Heidrun Nawrot
Made in Germany
ISBN 3-442-44984-7
www.goldmann-verlag.de

1 3 5 7 9 10 8 6 4 2

Meiner Lektorin, Linda Evans,
in tiefer Zuneigung.

1

Die Nachricht von dem Verschwinden der drei Brownkinder erschütterte die britische Nation wie ein Erdbeben.

Die Post musste zusätzliches Personal einstellen, um die Lawine von Briefen zu bewältigen, in denen die Menschen ihre Anteilnahme bekundeten. Im ganzen Land brachen die Telefonleitungen der Polizeiwachen zusammen, weil Leute anriefen, die fest davon überzeugt waren, die Kinder »gesehen« zu haben oder über wichtige Informationen zu verfügen. Hauptkommissar Jonathan Rowe bemerkte seinem Team gegenüber nur mürrisch: »Was kann man schon erwarten… Das ist mehr oder weniger so, als hätte man es mit den Royals zu tun. Jeder denkt, er kennt die armen Würmer.«

Manche vermuteten hinter dem mysteriösen Vorfall irgendeine fanatische Minderheit, die Aufmerksamkeit erregen wollte.

Die Browns waren die Stars einer Dokusoap gewesen, die im Frühling zu Ende gegangen war. In zwölf Folgen waren sie zum Inbegriff bitterster Not geworden.

Man hatte sie nämlich nur deshalb für die Serie ausgewählt, weil sie trotz der jahrelangen Abhängigkeit von staatlichen Zuwendungen optimistisch geblieben waren und ihr Elend sich nicht in ihre Gesichter eingebrannt hatte.

Für kurze Zeit hatte eine Sympathiewelle das ganze Land ergriffen wie damals in den Sechzigerjahren bei *Cathy Come Home*, der ersten Dokusoap. Aber die Browns waren reale Menschen, keine Schauspieler, worauf Griffin Productions ständig hinweisen musste: a) wenn sie Spenden zurückschickten oder an geeignete wohltätige Organisationen für Kinder oder Obdachlose weiterleiteten, und b) wenn sie einstweilige Verfügungen erwirkten, um die Presse von der Wohnung der Browns im vierten Stock des Sozialbaus fern zu halten und, c) als die Browns selbst nach einem Schauspielerhonorar zu fragen begannen.

Mit rot geweinten Augen verfolgten die Mütter Großbritanniens, wie Cheryl und Barry Brown im Fernsehen an den unbekannten Täter appellierten.

»Tun Sie ihnen nichts, bitte tun Sie ihnen nichts, sie sind doch noch so klein …«, flehte Cheryl mit dünner Stimme und klammerte sich schluchzend an Barry. Dieser blickte ernst in die Kamera und sagte: »Wir werden alles, wirklich *alles* tun, was Sie von uns verlangen. Wir sind nicht auf Rache aus, Sie haben sicher Ihre Gründe, wer immer Sie sind. Wir wollen nur eines, wir wollen unsere Kinder gesund wieder haben.«

Cheryl Brown war in der Klinik gewesen, um den Kinderarzt aufzusuchen, als die Kinder entführt wurden, genau acht Wochen nach der Ausstrahlung des zwölften Teils von *Die im Dunkeln sieht man nicht.* Sie hatte eine von Barry provisorisch zusammengeflickte Kiste mit Rädern als Kinderwagen benutzt. Die Teile dazu hatte er sich auf dem Sperrmüll zusammengesucht. Mit einer verschlissenen Decke und einem speckigen alten Kissen hatten sie die Kinderwagenkiste zu verschönern versucht.

Zum Arzt wollte Cheryl wegen Cara, ihrem dritten und problematischsten Kind. Schon als daumennagelgroßer Embryo hatte Cara die Nation entzweit: Viele hatten ihr das Recht auf Leben wegen der prekären finanziellen Situation ihrer Eltern abgesprochen. Cara hatte unter einer Bronchitis gelitten, deshalb waren sie in das Krankenhaus gegangen, erklärte Cheryl.

Allerdings fand sich nach dem ganzen Chaos niemand mehr, der sich daran erinnern konnte, Cheryl mit den Kindern in der Klinik gesehen zu haben.

Bei dem Krankenhaus handelte es sich um einen dieser grauen Betonklötze, die in den Siebzigerjahren wie Pilze aus dem Boden geschossen waren. Im Krankenhaus gab es außer einer Notfallstation eine Fußpflegepraxis und eine Augenklinik. Im ersten Stock befand sich ferner eine geriatrische Abteilung, die ausschließlich von Wohlfahrtsorganisationen finanziert wurde, um den Menschen, die sich um ihre betagten Angehörigen kümmerten, die dringend benötigte Atempause zu verschaffen.

Cheryl hatte wegen ihrer Blasenentzündung vor dem Besuch der Sprechstunde die Toilette aufgesucht.

Sie schilderte, wie sie den Wagen mit den drei Kindern, von denen noch keines drei Jahre alt war, vor der Tür abgestellt hatte, da seine Ausmaße es nicht erlaubt hatten, ihn mit in den WC-Raum zu nehmen.

Als Cheryl herausgekommen war, waren die Kinder verschwunden.

Sie hatte lauthals zu schreien begonnen. Ihr Geschrei erregte die Aufmerksamkeit von zwei Sanitätern, einer Rezeptionistin, drei Müttern mit Kleinkindern und schließlich der Polizei.

Man schloss aus Cheryls Bericht, dass die Entführer nicht weit gekommen sein konnten. Und mit einem so primitiven und auffälligen Gefährt konnten sie unmöglich unentdeckt das Krankenhaus verlassen haben.

Vielleicht handelte es sich nur um einen schlechten Scherz.

Vielleicht hatten ein paar Kinder Gefallen an der Kiste

auf Rädern gefunden, die eine wunderbare Seifenkiste abgegeben hätte. Eine Stunde nach der Entführung suchten Polizisten mit Lautsprechern die Umgebung ab, forderten Augenzeugen auf, sich zu melden, beschrieben den Wagen, die Kinder und versicherten dem möglichen Täter, er hätte keinerlei strafrechtliche Konsequenzen zu befürchten.

»Bringen Sie nur die Kinder zurück.«

Doch nichts geschah.

Die drei blieben wie vom Erdboden verschluckt.

Der Zorn der Öffentlichkeit richtete sich gegen Griffin Productions. Diese Dokusoap, die die Browns über Nacht bekannt gemacht hatte, war in den Augen der Bevölkerung die eigentliche Ursache für das schreckliche Verbrechen.

»Einfache Leute für den eigenen Profit auszunutzen! Das geht zu weit«, machte ein Liverpooler Radiohörer seinem Ärger Luft.

»Wären die Browns nicht so unbedarft und naiv gewesen, hätten sie diese verdammte Filmcrew, die in alles ihre Nase stecken musste, niemals in ihre Wohnung gelassen. Und wofür das alles? Soviel ich gehört habe, haben sie keinen Pfennig dafür bekommen.«

»Arrogante Schweine.«

Es drängte sich plötzlich der Eindruck auf, fünfzehn Millionen Menschen seien wider ihr besseres Wissen gezwungen gewesen, sich jede Woche die Sendung anzuschauen. *Die im Dunkeln sieht man nicht* hatte sich nach einem nicht ganz so gelungenen Start vollkommen unerwartet zu einem Renner entwickelt. Ab einem bestimmten Zeitpunkt übertrafen die Zuschauerzahlen dieser Dokusoap alle anderen Soaps, und der ehrgeizige Kopf der Serie, Alan Beam, wurde über Nacht zum gefeierten Medienstar.

Familien, die sich vergeblich beworben hatten, erhoben

bittere Vorwürfe gegen Griffin, und die Regenbogenpresse belohnte ihre Geschichten mit satten Honoraren.

»Das hätten wir sein können«, erklärte die Familie Carter aus Skegness und beschrieb, wie sie eine Woche lang gezwungen waren, mit Kameras zu leben, nicht einmal das Badezimmer hatte das Filmteam ausgelassen. »Und dann sind sie einfach abgehauen. Für die waren wir nur Viehfutter…«

»Gott sei Dank sind wir verschont geblieben«, ließen die Duffys aus York verlauten, die den Regisseur noch Monate nach ihrer Ablehnung belästigt und ihm immer wieder einmal einen Drohbrief geschickt hatten.

»Den Ruhm, den können Sie sich sonst wohin stecken«, meinten die Cloons aus Maidenhead. »Vielen Dank, wir behalten lieber unsere Kinder.« Dabei waren ihre eigenen Kinder zu der Zeit von der Fürsorge in Pflegefamilien untergebracht worden.

Es hatte mehrere Gründe gegeben, die Browns den anderen vorzuziehen. Zum einen waren sie die charismatischste Familie, und dazu noch äußerst telegen. Auch hatten sie alles daran gesetzt, aus ihrem Elend herauszukommen. Der Sender hatte sich aber vor allem für sie entschieden, weil sie in noch weitaus schlimmeren Verhältnissen als ihre Mitbewerber leben mussten. Ihre geplante Heirat – angesichts ihrer Situation ein hoffnungsloses und zugleich mutiges Bekenntnis, füreinander Verantwortung übernehmen zu wollen – würde die Zuschauer mit Sicherheit für sie einnehmen. Und zur Freude des Regisseurs versprach die Hochzeitsfeier selbst ein hoffnungsloses und zugleich mutiges Unterfangen zu werden: Das trostlose Standesamt in ihrem Bezirk und der graffitibeschmierte Eingangsbereich des Weinkellers, in dem die anschließende Feier stattfinden sollte, verhießen Filmaufnahmen, nach denen das Publikum vor den Bildschirmen gierte.

»Die Browns könnten es auch selbst gewesen sein. Die Polizei vermutet das. Sie ermittelt auch in dieser Richtung, aber sie hält sich bedeckt, um die Öffentlichkeit nicht gegen die Browns aufzubringen.« Alan Beam teilte dies den Mitarbeitern von Griffin Productions bei dem Meeting im Hauptquartier in Ealing Broadway mit. Alan, der sich seiner Attraktivität bewusst war und diese mit Designerkleidung perfektionierte, hatte mit seinen Ansichten noch nie hinter dem Berg gehalten.

Seine Regieassistentin, Jennie, schnappte erstaunt nach Luft. »Nein. Das kann ich nicht glauben. Das sind zwei ganz normale, dumme Kids. Ein solches Risiko wären die niemals eingegangen. Und bei wem hätten sie die Kleinen denn verstecken sollen?«

»In der Gegend, in der die Browns leben, gibt es jede Menge leere Wohnungen und heruntergekommene Ecken«, meinte Alan. »Ich an ihrer Stelle wüsste, wo ich sie hinbringen könnte. Bislang wurde noch kein Lösegeld verlangt. Das ist doch merkwürdig. Aber ich habe Sir Arts Einverständnis, dass Griffin zahlt, wenn es nicht anders geht.« Sowohl Alan als auch Jennie wussten um die Zweifel, die Sir Art von Anfang an an der Sendung gehabt hatte. Als sie ihm das Konzept vorgelegt hatten, hatte er mit seiner tiefen Stimme erklärt: »Gefährliches Terrain, die Armut.« Als könne er sich durch die Nähe zu diesem Thema anstecken. Schließlich gelang es ihnen, ihn zu überreden, doch nun deutete alles darauf hin, dass er Recht gehabt hatte. »Schadensbegrenzung. Wenn wir den Ball nicht annehmen, nageln sie uns ans Kreuz. So wie wir jetzt in der Scheiße sitzen, wie die Firma im Moment in der Öffentlichkeit dasteht.«

»Den beiden hätte ich so was nie zugetraut«, warf Alan unbeirrt ein. »Initiative war noch nie Barrys Stärke.«

»Die Bullen glauben doch nicht allen Ernstes, dass Cheryl und Barry allein dazu in der Lage wären?« Und Jennie mit ihren leicht lila schimmernden Haaren schenkte den Kaffee ein, der noch auf dem Konferenztisch stand. »Sie sollten nach jemand Schlauerem Ausschau halten. Einem Kerl mit Grips, der sie vielleicht beeinflusst…«

»Was nicht besonders schwer sein dürfte«, bemerkte Alan. »Die Browns sind ein arg vertrauensseliges Pärchen. Wenn man ihnen sagt, sie sollen laufen, dann laufen sie. Und wenn man sie auffordert zu springen, springen sie.«

»Ich kann mir einfach nicht vorstellen, dass sie so eine Sache durchziehen können. Dazu sind sie zu einfach gestrickt. Alle beide.«

»Nicht zu einfach gestrickt, Jennie. Sondern zu weltfremd. Zu ungebildet. Zu leicht zu beeinflussen. Wie dem auch sei, bislang wurde noch kein Lösegeld gefordert. Aber die Entführung ist ja auch erst ein paar Tage her…«

»Wahrscheinlich wissen sie nicht, wie man eine Lösegeldforderung formuliert.« Jennie schnitt eine Grimasse.

Dann wandte sich das Produktionsteam anderen, dringenderen Problemen zu. Ein brandneues Sendeprojekt musste bearbeitet werden, das im Herbst ausgestrahlt werden sollte.

Die Browns glichen alten Akten, die man bereits archiviert hatte.

Eine Zeit lang hatte das Team um Alan Beam ihnen recht nahe gestanden, einige von ihnen hatten Cheryl und Barry sogar gemocht. Sie hatten mit ihren Kindern gespielt und ihren Kaffee getrunken, hatten sie dabei beobachtet, wie sie morgens aufstanden und abends ins Bett gingen. Aber *Die im Dunkeln sieht man nicht* war in diesem Frühjahr ausgelaufen, wie jede ordentliche Serie. Schließlich besagen Umfragen, dass die Menschen in der warmen Jahreszeit lieber ihren Gartengrill anwerfen und bis September im Freien feiern, statt ihre Abende vor dem Fernseher zu verbringen.

Die Aufnahmen für *Die im Dunkeln sieht man nicht* hatten im Jahr zuvor begonnen und vier ganze Monate gedauert. Zu dieser Zeit hatte es Cheryl geschafft, wieder schwanger zu werden. Das Weihnachtsbaby kam zu spät, um noch gefilmt zu werden, machte sich aber früh genug bemerkbar, um den größtmöglichen Schaden anzurichten.

Eine riesige Fangemeinde der Dokusoap war rasch gespalten: Die einen traten lautstark für eine Abtreibung ein, andere befürworteten eine Sterilisation, insgesamt missfiel den meisten Zuschauern Cheryls Fruchtbarkeit.

Dabei kamen die Browns jetzt schon nicht zurecht – Victor war zwei, Scarlett gerade ein Jahr alt, und nun war schon wieder Nachwuchs unterwegs.

Niemanden wunderte es, dass Cheryl ihre Blasenentzündung nicht loswurde. Auch wenn Barry noch immer keinen Job gefunden hatte, so schien er doch auf seine Weise fleißig zu sein, und Cheryl machte mit.

Bei dem Gedanken an eine Abtreibung erstarrte Cheryl. Alles in ihr sperrte sich dagegen, über dieses Thema zu diskutieren. Sie wollte dieses Baby – wollte es unbedingt. Aber Barry, der erschöpft im Bett lag, von Kopfweh und einer Ohrenentzündung geplagt, wusste nicht mehr weiter. So schwer es ihm auch fiel, eine Abtreibung schien ihm das einzig Vernünftige. Über Nacht stürzte die Popularität der Browns wegen Cheryls unnachgiebiger Haltung in den Keller. Die Bevölkerung verstand nicht, wie sie so kurzsichtig sein konnte, nicht einmal ihre mangelnde Bildung ließ man als Entschuldigung gelten.

Hatte sie denn noch nie etwas von der Pille danach gehört?

Oder von der Spirale?

Hatten die Zuschauer sie nicht unterstützt, hatten sie ihr nicht Mut zugesprochen, mit ihnen Freud und Leid geteilt – nur damit Cheryl nun eine derartige Fehlentscheidung traf?

Die Mehrheit der Zuschauer versank wie gewöhnlich in Schweigen – neugierig, belustigt, desinteressiert oder einfach mitfühlend.

Doch eine lautstarke Minderheit übertönte alle anderen mit ihrem wütenden Protest. Einige beschimpften Cheryl. »Hexe, Hexe!«, brüllten sie, und sie beschworen damit schaurige Erinnerungen aus längst vergangenen Jahrhunderten herauf, in denen Frauen verfolgt und auf dem Scheiterhaufen verbrannt worden waren. Dank diesem Aufruhr schossen auch die Quoten nach oben. Der Sender forderte die Zuschauer auf, die Beobachterrolle zu verlassen und in das Geschehen einzugreifen. Und bei Griffin rieb man sich freudig die Hände, weil die Werbeeinnahmen in die Höhe schnellten.

Zu Hause in Paddington hatten Cheryl und Barry es meist mit der aufgebrachten Minderheit zu tun. Man bespuckte die beiden auf der Straße, ihre Nachbarn beschimpften sie oder drehten sich weg, wenn sie ihnen begegneten, die Programmmacher sahen die Post durch und fingen den Großteil ab. Die Briefe waren voll von Bosheiten, und eine Menge Drohbriefe befand sich darunter. Die meisten Zuschauer schienen Cheryls Verhalten persönlich zu nehmen; »enttäuscht« war ein häufig benutzter Ausdruck, »ein Schlag ins Gesicht« ein weiterer.

Entsetzt von diesem Wandel (sie hatten beide ihren Ruhm als Filmstars genossen), flehten Cheryl und Barry das Team bei Griffin an, die Serie abzusetzen. Sie fürchteten, anderenfalls durchzudrehen. Cheryl versagte dabei die Stimme, ihre Augen füllten sich mit Tränen. Sie hatte Angst, die Sache konnte eskalieren, wenn ihre endgültige Entscheidung über den Bildschirm flimmerte. Wie Recht sie hatte.

Die im Dunkeln sieht man nicht

Die Serie begann mit der Geburt von Cheryls zweitem Kind, Scarlett. Das war die Eröffnungssequenz, ein mit der eigenartigen Musik von »Strange World« von den Waterboys unterlegtes blutiges Kaiserschnittdrama in dem kahlen Kreißsaal oder der »Suite«, wie die Bezeichnung im St. Mary's dafür lautete. Oft zeigten die Kameras dabei noch Barrys noch immer jungenhaftes Gesicht. In seinen großen blauen Augen standen deutlich seine Liebe und sein Mitgefühl für die schreiende Cheryl geschrieben, seine Zähne gruben sich fest in die blutleere Unterlippe.

Mit zwanzig Jahren wurde er bereits zum zweiten Mal Vater. Dabei wirkte er genauso besorgt und engagiert wie ein Vater, der Grund dazu hat, hoffnungsvoll in die Zukunft zu sehen. Im Anschluss an die Geburt konnten ihm die Zuschauer von ihrem gemütlichen Fernsehsessel aus zusehen, wie er durch die dunklen, regennassen Straßen seiner Welt nach Hause ging, vorbei an Autowracks, über Sperrmüll und umgekippte Mülltonnen stieg und die Betontreppe hinauf zu seiner ungeheizten Wohnung im fünften Stock kletterte. Dort war, wie der Regisseur richtig vermutet hatte, der Chip für den Stromkasten abgelaufen, und somit gab es weder Licht noch alles andere.

Die ganze Zeit über hielt Barry den zwölf Monate alten Victor in den Armen. Die kraftlose Bewegung, mit der er die schäbige Haustür hinter sich schloss, rührte die Nation.

Im Krankenhaus lauerten die Kameras darauf, dass Cheryl aufwachte.

Sie schlief wie ein Baby.

Das echte Baby dagegen sah eher wie eine Puppe aus,

wie eine Cabbage Patch Doll mit ihrem verknautschten Gesicht und den winzigen Gummifingerchen.

Das war das erste Mitleid erregende Bild von Cheryl, das die Zuschauer bewegte. Das erste von vielen. Ihr schmales, weiches Gesicht wirkte mit dem schüchternen Lächeln und der Stupsnase viel jünger als das einer Achtzehnjährigen, erinnerte eher an ein Mädchen, das in Turnschuhen und Jeans auf einer Mauer saß und freche Bemerkungen machte. Ein kleiner Hund hätte besser zu ihr gepasst als ein Baby. Ein daumenlanges Büschel Haar stand frech aus einem Gummi hervor, wie ein Ausrufezeichen, als wolle sie sagen: Hier bin ich! Schaut mich an! Lila, grün, rot. Die Farbe dieses Haarbüschels variierte, je nachdem, welche Farbe ihre Mutter auftrieb. Es waren die Reste aus dem Frisiersalon, in dem ihre Schwester Sharon arbeitete. Und das blauweiße Nachthemd war von der Requisite für die ersten Bilder nach der Geburt zur Verfügung gestellt worden.

Darauf bedacht, ins Bild zu kommen, streichelte Schwester Melanie Wilson Cheryls Wange. Einer aus der Filmcrew räusperte sich ungeduldig. Cheryl wachte auf. Kein Speichel klebte an ihren Mundwinkeln und ihre Augen waren fest geschlossen.

Mit geübtem Griff legte Schwester Wilson die winzige Scarlett an Cheryls kleine, kindliche Brust.

An Cheryls Bett standen keine Blumen, das zeigte der Kameraschwenk. Es gab weder Karten noch Weintrauben, nicht die geringste Aufmerksamkeit. Das nüchterne Krankenhausbett und ein Glas mit lauwarmem Wasser bildeten einen gewaltigen Kontrast zu dem Blumenmeer an den Betten ihrer Mitpatientinnen. Dass es eigentlich gar nicht möglich war, dass bei Cheryls Zimmergenossinnen so schnell nach der Entbindung Blumen auf dem Nachttisch stehen konnten, durchschaute die große Mehrheit der Zuschauer nicht.

»Barry?«, rief Cheryl schwach und versuchte, sich aufzusetzen.

»Barry musste nach Hause gehen«, erklärte Schwester Wilson der Kamera. »Der kleine Victor war todmüde.«

»Er ist schon weg?« Enttäuschung machte sich auf Cheryls Kleinmädchengesicht breit. Die Hände der Zuschauer vor den Bildschirmen zuckten, weil sie Cheryl gerne tröstend berührt hätten.

»Er hat gesagt, dass er morgen wiederkommt.«

Wieder schwenkte die Kamera durch den Saal, in dem ganze Großfamilien – Großmütter, Söhne, Töchter, Tanten – mit den Ehemännern darum buhlten, näher zu den Müttern der Neugeborenen zu kommen, als hafte diesen Frauen durch die Niederkunft eine besondere Magie an, die auf diese Besucher aus der »Welt draußen« eine positive Wirkung ausstrahlen könnte. Gelächter und Gesprächsfetzen schwirrten durch die nach Desinfektionsmittel und Blüten riechende Luft. Eine Patientin schleppte sich mit schmerzverzerrtem Gesicht an der Kamera vorbei, mit einem offensichtlich neuen, teuren Kulturbeutel unter dem Arm. Der Kameramann nahm dies zum Anlass für einen Schnitt auf die Plastiktüte von Tesco, in die Cheryls Waschzeug gestopft war.

»Sie hat dunkle Haare, wie ich«, bemerkte Cheryl entzückt. Ihr Neugeborenes gähnte ausgiebig. »Da passt der Name Scarlett genau.«

»Ein ungewöhnlicher Name«, meinte Schwester Wilson. Sie hatte das Gefühl, etwas sagen zu müssen, schließlich war die Kamera auf sie gerichtet.

»Ja?« Cheryl richtete die Frage an die Filmleute, die anscheinend alle zusammen den Kopf schüttelten, denn sie fasste sich erschrocken mit der Hand an den Mund, als sie sich ihres ersten Fehlverhaltens bewusst wurde. Am Ende der Serie hatte sie sich an das Filmteam gewöhnt. Sie lernte sogar, vollkommen zu vergessen, dass sie da waren.

Anfangs machte Alan *Die Mutter* Schwierigkeiten. Ein Problem, mit dem er nicht gerechnet hatte, da die Mitglieder solcher Familien normalerweise in Begeisterung ausbrechen, wenn sie ins Fernsehen kommen können.

»Glauben Sie mir, ich weiß, was passiert«, erklärte Annie Watts, Cheryls übergewichtige Mutter, als er in ihr Haus kam, um die Kameras aufzubauen. Wie viele korpulente Frauen trug sie ein kurzes, knappes Top, das kaum bis zu dem elastischen Bund ihrer Nylonleggings reichte. »Und ich habe Cheryl gesagt, sie soll es bleiben lassen. Das hast du dir dann alles selbst zuzuschreiben, habe ich ihr gesagt. Und was ist mit diesen ganzen Verträgen, die sie unterschrieben haben, sie und Barry? Ich meine, sie müssen doch irgendwelche Rechte an den Aufnahmen haben, oder?«

Sie hatten sich durch ihr unüberlegtes Verhalten ihrer Rechte selbst beschnitten, indem sie fröhlich ihre Unterschrift unter alle Verträge setzten, die man ihnen vorgelegt hatte. Das Filmteam erhielt auf diese Weise unbeschränkten Zutritt zu sämtlichen Bereichen ihres Lebens, vom Schlafzimmer bis hin zum Gynäkologenstuhl. Sogar zu ihren Freunden und ihren Familien.

Normalerweise fühlte sich Alan durch alles Hässliche, ob Tier, Pflanze oder Gegenstand, abgestoßen. Doch trotz des Ekels, der anfangs instinktiv in ihm aufstieg, war Alan insgeheim äußerst zufrieden mit *Die Mutter*, über die er bereits so viel von seinem Mitarbeiterstab gehört hatte. Dieser Charakter würde definitiv das gewisse Etwas in die Serie bringen. Oder entsprach Cheryls Mutter zu sehr dem Klischee? Sie war genau die Schreckschraube, die er sich erhofft hatte. Wie kam ein solches Ungeheuer von Frau zu einer so süßen Tochter wie Cheryl? Ginge es nach ihm, dann sollte diese Frage jedermann auf der Zunge liegen, sobald *Die Mutter* eingeführt worden war und angefangen hatte, ihre wichtige Rolle zu spielen.

Er versuchte, dieses Ungetüm zu beruhigen, nachdem er neben ihr auf dem speckigen Sofa Platz genommen hatte – sie sank nach unten, während er am anderen Ende oben auf den Sprungfedern schwankte.

»Ich bin auch nicht von gestern, Freundchen«, krächzte Cheryls Mutter, die für ihren Jähzorn bekannt war, eine Zigarette im Mundwinkel, das Mehrfachkinn auf der Brust, 130 Kilo Lebendgewicht. »Was springt dabei für euch Blutsauger heraus, das möchte ich wissen.«

»Wir können einen informativen Dokumentarfilm drehen, der eine gleichgültige Öffentlichkeit dazu bewegen könnte, jungen Menschen wie Cheryl und Barry mit mehr Mitgefühl und Verständnis zu begegnen.«

»Warum ausgerechnet die beiden?« Annie gab nicht nach. »Die müssen sich mit genug Problemen rumschlagen. Das fehlt ihnen gerade noch. Warum also ausgerechnet die beiden, sagen Sie mir das!«

»Sie haben sich beworben, Mrs. Watts. Es war nicht so, dass wir sie angesprochen oder zu etwas gezwungen hätten, was sie nicht freiwillig getan hätten.«

Annie Watts drehte sich zu ihm, die Oberschenkel weit gespreizt, so dass ihm der Inhalt ihrer Leggings entgegenquoll. »Am Schluss werden sie das Gespött der Nation sein oder bis zum Hals in der Scheiße stecken, so wie diese australische Familie. Die mussten sogar umziehen. Bekamen so viele Drohbriefe. Die haben sie von Anfang an reingelegt, habe ich gelesen.«

»Ich kann Ihnen versichern, das ist ganz und gar nicht unsere Absicht«, erklärte Alan und betrachtete sie fasziniert.

Sie war die perfekte Besetzung. Er stellte sich vor, wie die Zuschauer zu Hause auf ihre Plumpheit reagieren würden. In jedem Stück brauchte man einen Schurken, und diese Frau würde die Rolle wunderbar ausfüllen.

Asche fiel auf Annies Busen, der Alan an die Oberweite der Darstellerinnen in Russ-Meyer-Filmen erinnerte. »Passen Sie bloß auf, Freundchen, das ist alles. Ich weiß, was Sie für einer sind.« Sie ließ ihren Blick über die Kameraleute schweifen, die sich im Wohnzimmer ihrer Tochter zu schaffen machten. »So was wie Sie genehmige ich mir normalerweise zum Frühstück.«

»Hör auf, Mum«, mischte sich Cheryl ein. »Wir wissen schon, was wir tun.«

»Du hast noch nie gewusst, was du tust, Cher«, erwiderte Annie.

Annie sollte Recht behalten.

Ab der achten Folge wurden die Leute unangenehm. Während der achten Folge wünschte Cheryl, sie könnte sich in Luft auflösen, doch sie war so sichtbar wie noch nie. Nackt. Sie hatte das Gefühl, lebendig begraben worden zu sein, entsprechend panisch war ihr zu Mute.

Jetzt war sie in den Augen aller eine schlechte Mutter, die ihre süßen Kinder nicht verdient hatte.

Es bestand also durchaus die Möglichkeit, dass sich ein Mitglied der Gesellschaft, ein Verrückter, der noch immer nicht über eine bereits vor sechs Monaten abgelaufene Fernsehserie hinweggekommen war, den Entschluss gefasst hatte, die Brownkinder zu entführen, um sie zu beschützen. Hauptkommissar Rowe und sein Team beschränkten ihre Ermittlungen daher nicht auf eine Richtung. In diesem Stadium musste man alle Möglichkeiten in Betracht ziehen.

Dennoch glaubte Rowe insgeheim, dass die jungen Eltern irgendwie in die Sache involviert waren. Als erfahrener Kommissar mit zwanzig Dienstjahren war er sich darüber im Klaren, wie wichtig seine Intuition war – und was dieses verzweifelte junge Paar anging, war ihm überhaupt nicht wohl.

Daher ließ er die Eltern des entführten Kindes ununterbrochen verhören.

Doch die Briefe, die täglich sackweise im Harold-Wilson-Gebäude ankamen, waren voller Verständnis und Mitleid. Cheryl und Barry waren verzweifelt, daher war die Öffentlichkeit bereit, ihnen zu vergeben.

So wie Cheryl es sich erhofft hatte.

Die Antwort auf ihre Gebete.

2

»Sie glauben, dass wir es waren.« An diesem Morgen leuchtet Cheryls Kopf pink. Frisch gewaschen erinnert er heute weniger an ein Ausrufe- denn an ein Fragezeichen. Sie kaut an ihren Fingernägeln, obwohl die schon völlig abgenagt sind.

»Ist mir klar«, knurrt Barry. Er hat die weiten Ärmel über die Hände gezogen, als wolle er in der weichen alten Wolle verschwinden.

Die Wohnung ist so leer, so aufgeräumt, so ruhig, und überall schwebt der süßliche Babyduft.

Cheryl verschränkt ihre Finger ineinander und sieht Barry aus verweinten Augen an, doch Barry weicht ihrem Blick aus und starrt in den Fernseher, wo ein Fußballspiel läuft.

»Geh um Gottes willen weg vom Fenster«, ruft er. »Das bringt doch nichts.«

Die Anzeige war im hinteren Teil des *Mirror,* ein kleines Kästchen, in dem Interessenten aufgefordert wurden, sich bei einer Chiffre in Slough zu melden.

»Bekannte Filmfirma sucht junge Familien unter der Armutsgrenze, die daran interessiert sind, an einer seriösen Dokumentarreihe über ihre Alltagsprobleme teilzunehmen.«

In ihrer Wohnung im fünften Stock des Harold-Wilson-Hauses, von dessen baufälligem Balkon aus man die mit Graffiti besprühten Eingänge zur Paddington Station überblicken konnte, wischte Cheryl, die zu diesem Zeitpunkt Victor stillte und im siebten Monat mit Scarlett schwanger war, die Marmelade von der Zeitung und las Barry die Anzeige laut vor.

Wie sie diese Vormittage liebte, wenn Barry früh am Morgen die Milch holen ging und manchmal eine Zeitung mitbrachte. Die Morgensonne durchflutete die Küche, im Radio lief ein Wunschkonzert. In solchen Momenten hatte Cheryl das Gefühl, als wären sie eine richtige Familie, mit einem Garten vor der Tür samt Hollywoodschaukel, Gokart und einem Sandhaufen voller bunter Schaufeln.

»Was zahlen sie dafür?«, fragte Barry, während er in der schäbigen Spüle eine Pfanne schrubbte. Zum Frühstück hatte es Speck, Kartoffelmus und Tomaten aus der Dose gegeben.

Cheryl sah nach. Es war ihr wichtig, dass Barry diesen Vorschlag ernst nahm. »Nichts. Aber man bekommt bestimmt Ausgaben ersetzt oder so.«

»Dann lassen wir es.« Inzwischen hatte Barry sich die Ärmel hochgerollt. Seine Locken hingen ihm in die Augen, und mit zusammengepressten Lippen bearbeitete er die angebrannten Reste. Heftig blies er in die Pfanne, und Seifenblasen stoben hoch. Grinsend wandte er sich zu ihr um, um ihr den Schaum auf seiner Nase zu zeigen. Normalerweise lachte sie darüber, doch an diesem Morgen hatte sie keinen Sinn dafür.

»Sie würden uns doch sowieso nicht nehmen. Warum sollten sie auch?« Er gehörte zu den Männern, die darauf programmiert waren, stets abgelehnt zu werden.

»Wir könnten es wenigstens versuchen, du alter Schwarzseher.«

Barry hatte plötzlich keine Lust mehr, die Pfanne zu scheuern. »Vielleicht will ich ja gar nicht, dass meine Privatangelegenheiten an die große Glocke gehängt werden.«

»Deine Privatangelegenheiten. Dass ich nicht lache. Was wäre denn das?«

»Dann wüssten zum Beispiel alle, dass wir pleite sind.« Und da war sie wieder, diese finstere Miene, die er aufsetzte, sobald sie über Geld sprachen. Wenn Barry sich ernstlich in die Ecke gedrängt fühlte, griff er nach seinem Fußball und warf ihn unaufhörlich mit voller Wucht von einer Hand in die andere. Cheryl hasste es, ihm dabei zusehen zu müssen. Es kam ihr vor, als mache er sich über seine eigenen Träume lustig. Inzwischen hätte er es bestimmt geschafft, das wusste er, er wäre jetzt wahrscheinlich in der obersten Liga. Er hatte Talent, es lag allein bei ihm, etwas daraus zu machen. Das hatten sie ihm in der Schule erklärt und als er in der Jugendmannschaft in seinem Ort spielte. Aber alles war anders gekommen. Und wer war Schuld daran?

»Es weiß doch sowieso jeder, dass wir pleite sind. Und es könnte lustig werden.« Cheryl gab nicht so schnell auf. Alles gäbe sie dafür, auch nur einen Tag lang der Alltagsmühle zu entkommen: nicht ständig eingesperrt zu sein und sich das Nachmittagsprogramm im Fernsehen ansehen zu müssen, die Frauen in ihren Kleidern von Marks & Spencer, die auf neuen Sofas über das Leben diskutierten, in Küchen kochten, von denen Cheryl nicht zu träumen wagte, mit Teflonpfannen hantierten, und die Quizteilnehmer, die Geldsummen gewannen, die für Cheryl unvorstellbar waren.

Dennoch konnte sie sich ein Leben ohne Fernseher nicht vorstellen.

Sie durfte gar nicht daran denken, dass Barry es hätte schaffen können, wenn es ihm nicht ausschließlich darum gegangen wäre, dem Würgegriff seiner Mutter zu entkommen. Wenn er nicht seine einzige wunderbare Chance als Waffe gegen sie eingesetzt hätte. Er hatte ein Angebot der Spurs für ein Probetraining gehabt und es abgelehnt. Bis heute ist es für Cheryl völlig unverständlich, wie jemand mit so einer Begabung so handeln kann. Cheryl bildet sich ein, sie habe Talent als Schauspielerin. Vielleicht hätte sie Schauspielerin werden können, wenn sie länger an der Parkwood School geblieben wäre und diese nicht so früh verlassen hätte.

Manchmal, bei schönem Wetter, nahmen sie Victor in seinem Buggy mit in den Park oder hinunter an die Themse. Wenn es warm genug war, setzten sie sich auf eine Bank zusammen mit Donny, die früher einmal in dem Block, in dem Cheryl ihre Kindheit und Jugend verbracht hatte, die Nachbarin ihrer Mum gewesen war. Jetzt lebt Marge Smith in Donnys Haus. Donny jedoch war das Opfer von Umständen geworden, die niemand genau kannte, und durchstreift nun die Straßen Londons in schwarzen, um die Füße gewickelten Müllsäcken. Cheryls Mutter rollte beim Thema Donny die Augen und meinte, sie habe sich mit ihrem Gin blöd gesoffen. Victor liebt die schmuddelige alte Donny, die ihn manchmal mit Pommes füttert. In ihrem früheren Leben war sie Liza Donnolly, und in ihrer Wohnung hätte man vom Boden essen können, so sauber war er. Immer hatten sich Kinder um sie geschart, erzählte Cheryls Mutter. »Weißt du es nicht mehr? Du warst doch auch ständig drüben bei Donny und hast Süßigkeiten geschnorrt.«

Zu ihrer üblichen Strecke gehörte auch eine Stippvisite beim Arbeitsamt, wobei das Ganze mehr an Mensch-ärgere-dich-nicht erinnerte, denn sie schafften es nie, an ihr Ziel zu kommen, sondern flogen immer wieder davor raus. Wenn sie Glück hatten, konnten sie das Geld für ein Bier am Castle zusammenkratzen, und manchmal reichte es noch zu einer Tüte Chips. Barry wollte unbedingt arbeiten, doch wenn er Arbeit hatte, war Cheryl auch nicht glücklicher. Die meisten dieser Jobs spielten sich nachts ab, und allein in der Wohnung bekam Cheryl Angst. Regale einräumen, Büros putzen, Küchenarbeit in einem Hotel im West End, Straßenbau.

Cheryl versuchte, sich zusammenreißen und nicht zu jammern.

Schließlich waren sie auf das Geld angewiesen. Die Bevölkerung war der Meinung, sie und Barry lägen dem Staat auf der Tasche, seien Schmarotzer. Sie sah Menschen, die lebten wie Barry und sie, in Talk-Shows zu, sie las über ihre Spezies in Boulevardblättern.

Bekam Barry einen Job im Straßenbau, war er tagelang weg, und sie saß mit Victor in der Wohnung fest. Und nun war sie wieder schwanger, und sie hatte Angst. Dennoch genoss sie ihren Zustand: Wenn sie schwanger war, hatte sie Kliniktermine, traf andere Mütter, mit denen sie reden konnte, und Klinikpersonal, das sich darum kümmerte, ob sie auch genug auf sich achtete.

Wenn Cheryl schwanger war, fühlte sie sich besonders.

Barry hatte alles versucht, bei allen Arbeitsbeschaffungsmaßnahmen der Regierung mitgemacht. Schließlich ging er nur deshalb noch aufs Arbeitsamt, damit sie ihm die Hilfe zum Lebensunterhalt weiter zahlten. Und wenn Barry ausgestellt wurde, was praktisch jedes Mal geschah, war es immer Mal ein solcher Aufwand, danach wieder vom Sozialamt zu leben, dass es das gar nicht wert schien. Formulare, Formulare, Formulare und Gespräche und noch mehr Schulden.

Trotz Barrys ablehnender Haltung antwortete Cheryl auf die Anzeige.

Sie waren schon so oft ihrer Illusionen beraubt worden, wenn sie sich auf dubiose Anzeigen meldeten, die ihnen – mit Geld-zurück-Garantie – versprachen, sie könnten davon leben, in Heimarbeit Seidenblumen anzufertigen, Umschläge zu adressieren und Cracker in Pappschachteln einzufüllen. Man bestellte per Post, bekam sein Päckchen und schuftete. Schuftete, bis einem fast die Finger abfielen und die Augen zu Schlitzen im Kopf wurden. Barry arbeitete manchmal die ganze Nacht durch, ohne zu schlafen.

Der Geld-zurück-Teil war Betrug: Zuerst musste man den Auftraggebern das Geld für die Sachen geben, die man verbraucht hatte. Und trotzdem war es jedes Mal aufs Neue schwierig, diesen Anzeigen zu widerstehen. Zu verlockend war die Aussicht auf schnellen Reichtum.

Cheryl warf ihren Brief an die Chiffrenummer in Slough ein und dachte beinahe pausenlos an die Anzeige. Ihr Leben war so ereignislos, da war es beinahe unmöglich, etwas zu vergessen. Stattdessen wurden Banalitäten wesentlich, und wenn sie sich nicht zusammenriss, fing sie an zu träumen.

Sie malte sich die ganze Zeit aus, wie Victors Leben aussehen würde. Sie würden eine gute Schule für ihn auswählen. Er würde richtige Freunde finden und nicht mit den bekifften Idioten aus der Nachbarschaft rumhängen. Er würde klüger werden als sie, so wie seine Mutter. Cheryl und Barry würden darauf achten, dass er lernte, und ihm bei seinen Hausaufgaben helfen. Galerien und Museen würden sie mit ihm besuchen und ihn in die Musikschule schicken.

Vielleicht könnten sie nach Irland ziehen, wo es, wie sie gehört hatte, Häuser billig zu kaufen gab. Vielleicht eines dieser alten Häuschen aus Lehm …

Hätte sie an Gott geglaubt, hätte sie für Victor gebetet.

Cheryl hatte eine ganz besondere Beziehung zur Mutterschaft.

Bereits in der Schule hatte sie Elternkurse belegt.

Die konnte man an Stelle von Kunst wählen.

Sie sollte ein Gesicht auf ein Ei malen und es anschließend überallhin mitnehmen. »Und damit meine ich auch überallhin«, bekräftigte Mrs. Taylor. »Damit ihr den Hauch einer Ahnung bekommt, was es bedeutet, ein Baby zu haben.«

Manche zerbrachen ihr Ei, andere wickelten es einfach in ein Papiertaschentuch, doch Cheryl bettete ihres in Watte, in eine richtige kleine Eierschachtel. Sie strickte ihm eine rote Zipfelmütze und einen Schal und behielt es, bis es stank und Mrs. Taylor meinte: »Was ist denn los mit dir? Ich hoffe, du hast dir nicht eine Art Fetisch geschaffen.«

Sie konnte das Ei einfach nicht wegwerfen.

So etwas nannte man wohl Liebe.

Und Cheryl konnte lieben, trotz der gewaltigen Narbe, die wie ein verblassendes Amulett um ihren linken Oberarm lief.

Als Cheryl ein Kind war…

»Hopp, hopp, raus aus dem Bad, sonst frierst du dir noch die Nase ab…«

Wie sie sich in ihren rosa Morgenmantel mit dem Plüschhasen auf der Tasche gekuschelt und auf ihre Geschichte gewartet hatte, das würde Cheryl nie vergessen.

»Gute Nacht, schlaf gut und träume süß von sauren Gurken.«

Bis Fred aufgetaucht war.

»Ein Mann im Haus«, schnurrte ihre Mutter.

Fred, mit seinen roten Haaren und dem Ohrring.

»So ein witziger Kerl, der ist sich für nichts zu schade«, lachte ihre Mutter.

Der rothaarige Fred mit den Sommersprossen auf der Nase.

»Ich fühl mich wieder wie eine richtige Frau«, seufzte Annie.

Fred mit dem Rosentattoo auf seinem Oberarm und seinem Ufo-Fimmel, seinem Gerede von Außerirdischen und Getreidekreisen.

Und Cheryls Mutter, Annie, lebte auf, begann, sich zu schminken, und fing an zu heulen, wenn Fred spät nach Hause kam oder als er den ramponierten Wagen kaufte oder im Bett blieb, um sich *Alien* anzusehen, statt auf den Bau zu gehen. Fred machte Löcher in die Türen, weil er sich weigerte, sein Dartboard abzunehmen, und wenn er mit seinem Kumpel Spicker warf, konnte Cheryl nicht einschlafen und war am nächsten Tag in der Schule todmüde.

Fred brachte die Hunde ins Haus, sehr zum Ärger der Nachbarn. Seinetwegen hatten sie die Schwierigkeiten mit den Ämtern.

Der Arzt verschrieb Cheryls Mutter Tabletten.

Die sie sich alle auf einmal in den Mund steckte.

Ihr Gesicht, das einmal rund und gesund gewesen war, begann einzufallen.

Bald übersäte Hundekot den Garten, und man konnte nicht mehr darin spielen, es stank an warmen Tagen. Ein Picknick im Gras gehörte vergangenen Zeiten an. Sogar bei geschlossenen Fenstern konnte man manchmal den Hundekot riechen.

Freitag- und Samstagabend – Cheryl war damals sieben Jahre alt – führte Fred Annie aus. Cheryl blieb allein zu Hause mit einem Video. Ihre Mutter sorgte sich häufig um sie: »Du kommst doch allein klar? Lass die Hunde in Frieden, rühr sie nicht an. Es ist in Ordnung, wenn sie draußen sind. Lass sie nicht rein, ja?«

An einem solchen Freitag kam einmal die Polizei vorbei, nachdem sich ein Nachbar beschwert hatte.

»Ganz allein zu Haus?«, fragte die Polizistin.

»Und wie alt bist du?«, wollte der Polizist wissen.

Die beiden erklärten, sie müssten Cheryl mitnehmen, während ein Kollege von ihnen ihre Mutter suchte. Man schaltete extra für Cheryl das Blaulicht ein. Während sie in der Polizeikantine wartete, flehte sie innerlich: »Beeil dich, Mum, komm endlich!« Vor Übelkeit brachte sie die Pommes, die sie ihr spendiert hatten, nicht hinunter. Man erklärte ihr, ihre Mutter sei völlig betrunken aufgegriffen worden. Sie brachten Cheryl zu Mrs. Donnolly, und Annie musste vor Gericht, wo sie ein Bußgeld auferlegt bekam.

Cheryl redete sich ein, dass alles ihre Schuld war.

Danach kam Dill von gegenüber zum Babysitten.

Dill war so alt, dass manche Teile von ihr schon tot waren oder abfielen – ihre Haare zum Beispiel, ihre Hände und ihre Fingernägel. Ihre Haut schuppte sich. Aber Dill war auf den Tod vorbereitet, sie sprach gerne darüber. Sie wollte einen einfachen Sarg aus Pappkarton und keinen Gottesdienst.

»Mambodschambo.«

Ständig machte sich Dill Gedanken über die Hunde. »Es ist nicht richtig, dass sie bei jedem Wetter da draußen sind, die armen Teufel.«

»Sie dürfen nie ins Haus«, erklärte ihr Cheryl.

»Manche Leute haben überhaupt kein Herz für Tiere. Und du gehörst schon längst ins Bett. Ich habe deiner Mum versprochen, dass du um acht in den Federn bist…«

»Fred schon«, entgegnete Cheryl. »Fred kennt sich aus.«

»Dieser Fred hat keine Ahnung. Und deine Mutter bringt er noch ins Grab. Ich sag es ihr die ganze Zeit. Aber hört sie auf mich?«

Während sie so in der Küche herumwerkelte, dabei in ihren Damenbart grummelte und den Fernseher so laut laufen ließ, dass Cheryl die Ohren schmerzten, musste Dill irgendwann die Tür zum Hof geöffnet haben. Cheryl merkte es erst, als Gorgon hereinstürzte, sich über Dills hellgrünes Strickzeug hermachte und das Tablett herunterwarf, als er an den Pudding wollte.

»Gorgon!«, brüllte Cheryl und versuchte dabei, Freds strengsten Tonfall nachzuahmen. »Zurück! Raus! Sofort!«

Der Dobermann wirbelte herum, zog die Lefzen hoch und knurrte.

Dill wackelte mit ihrem Gehstock herein und fuchtelte damit in der Luft herum. Ein verhängnisvoller Fehler. Gorgons Fell sträubte sich und stand nach oben. Er riss Dill zu Boden. Die anderen drei Hunde, die mit blutunterlaufenen Augen an der Tür gewartet hatten, brauchten keine weitere Ermutigung. Sie folgten ihrem Anführer. Sie fielen über Dill her wie hungrige Löwen. Die kreischende Cheryl konnte nichts tun, als gegen das nasse Fellknäuel zu treten und zu schlagen.

Dill trug erhebliche Verletzungen davon.

Sie war »unidentifizierbar« und laut Totenschein an Herzversagen gestorben.

Fred wurde verurteilt wegen des Haltens gefährlicher Hunde und einer ganzen Reihe von Anklagen wegen Körperverletzung und Körperverletzung mit Todesfolge. Er trat seine Haft an, als Cheryl aus dem Krankenhaus entlassen wurde, nachdem man ihr den Arm wieder angenäht hatte.

Cheryl hatte man zu den Bradburys geschickt, weil ihre Mutter inzwischen voll gepumpt mit Medikamenten wie ein Zombie in einer Nervenheilanstalt saß.

Als Annie aus dem Krankenhaus entlassen wurde, war sie zu einem regelrechten Fettkloß mutiert.

»Unidentifizierbar« wie Dill.

In ihre alten Kleider passte sie nicht mehr, und Fred war seit langem verschwunden, weshalb es ihr egal war, wie sie aussah. Doch Cheryl hing an ihrer Mutter, wie sie sie in Erinnerung hatte, und klammerte sich an das Bild, das sie als Kind von ihr hatte.

In der Woche, als sie sich auf die Anzeige bewarben, sahen Barry und Cheryl bei Annie vorbei. Sie liefen den ganzen Weg zu Fuß und schoben den schlafenden Victor im Buggy vor sich her.

In dem Augenblick, als sie ankamen, ging das Gebrüll los.

»Wenn du bei drei deinen Arsch nicht von meiner Tür wegbewegst, übernehme ich keine Verantwortung für deine Scheißgesundheit!«, schrie Annie mit hochrotem Kopf auf ihre Nachbarin, Marge, ein, während sie Cheryls Halbbruder Shane eine Ohrfeige versetzte. »Und du, kleiner Scheißer, sieh zu, dass du ins Haus kommst, bevor ich einen Mord begehe.«

Marge stemmte die Hände in die Hüften. »Du und dein Pack, ihr geht uns hier gewaltig auf die Nerven. Wir haben genug von euch. Ständig ist Theater. Und wenn es nicht Shane ist, dann ist es dieser Bobby…«

Drinnen im Haus saß Cheryl wie erstarrt auf dem Sofa und wagte es kaum, zu Barry hinüberzusehen.

So war ihre Mutter nie gewesen, nicht, bevor sie aus St. Hugh's zurückkam. Cheryl verabscheute dieses aggressive Verhalten, es machte ihr Angst. Und ihre dicke Mutter war nach dem Krankenhausaufenthalt übervoll davon. Für Annie war das alles ein Spiel, dieser Kleinkrieg mit den Nachbarn, doch Cheryl litt schrecklich darunter. Die Gewaltszenen im Fernsehen konnte man leiser stellen oder wegzappen, doch wenn man in Wirklichkeit mitten drin steckte, war es ohrenbetäubend laut, und das Trommelfell drohte einem zu platzen. Sie hatte gesehen, wie Dill in Stücke gerissen wurde, wie ihr ein Auge heraushing.

»Halt's Maul, du Schlampe.« Und die ›dicke Annie‹, wie man sie seit ihrer Rückkehr aus der Klinik nannte, schob ihr Kinn vor Marges Gesicht. Cheryl war den Tränen nahe. Wenn doch bloß Donny noch in dem Haus wohnte und nie die Smiths eingezogen wären. »Ihr müsst euch doch ständig beschweren, du und deine Tochter, diese Schlampe. Man könnte meinen, ihr hättet nichts anderes zu tun. Und jetzt raus hier, solange ich mich noch einigermaßen unter Kontrolle habe, oder ihr…«

Zitternd machte Marge in ihren Hausschuhen kehrt. »Und glaub bloß nicht, dass damit die Sache erledigt ist.«

»Ja? *Ja?*« Ermutigt durch Marges Rückzug machte Cheryls Mutter ein paar Schritte auf sie zu. »Du willst mir drohen, du eingebildete Kuh?«

»Das ist keine Drohung, meine Liebe, dieses Mal nicht.«

Zum ersten Mal schien die dicke Annie den Menschenauflauf zu bemerken, der sich vor ihrer kaputten Gartentür versammelt hatte, hauptsächlich Kinder. Sie schämte sich für ihren Garten, der voller Müll lag, Müll, den ihr die Nachbarn über den Zaun geworfen hatten.

Mit erhobener Faust rannte sie auf die gaffende Menge zu.

Ihre Gesichtsfarbe und Körperfülle erinnerten an Miss Piggy. »Und ihr Scheißhaufen, verzieht euch. Kümmert euch um euren eigenen Kram, ihr Arschlöcher.«

Vom Fenster aus, durch die mottenzerfressenen Gardinen hindurch, beobachtete Cheryl sorgenvoll die Szene. Ein kleiner Stein streifte ihre Mutter an der Wange.

Sie fasste sich mit ihrer speckigen Hand an die schmerzende Stelle.

Etwas Warmes lief ihr den Hals hinunter.

Sie spürte die Nässe, sah nach und entdeckte das Blut. »Ihr Schweine«, brüllte sie wutentbrannt, »ihr dreckigen Schweine. Das werdet ihr mir büßen, das werdet ihr mir alle büßen.«

»Komm rein, Mum«, drängte Cheryl und versuchte sie hereinzuzerren. »Lass die doch. Die sind es doch gar nicht wert.« Aber die Berührung von Cheryls Hand am Ärmel ließ Annie nur noch stärker in Rage geraten.

»Familien wie die da bringen diesen Block hier in Verruf«, rief ein junger Kerl mit einer Zigarette im Mundwinkel, der erpicht darauf war, diese Szene noch etwas auszureizen. »Ihr gehört alle auf die Straße gesetzt.«

»Keine Sorge«, rief Marge, die an ihm vorbeiging und sich wieder sicher fühlte, nachdem etwas Abstand zwischen ihr und Annie war. »Dieses Mal wird denen da oben nichts anderes übrig bleiben.« Und plötzlich sprang das Schlafzimmerfenster mit einem lauten Peng in Stücke, einige Scherben fielen auf die Straße.

In der Ferne hörte man, wie ein Zug die Fahrt verlangsamte, als er über ein Viadukt fuhr. Das Geräusch hatte

Cheryl schon immer sentimental gemacht, sogar in diesem Moment.

»Haut ab, Dreckspack«, brüllte Annie. Doch mit den Glassplittern hatte sie auch Panik überfallen und verdrängte ihre Wut. Sie presste die Lippen zusammen und zwängte sich durch die Menschen zu ihrer Haustür.

Erschöpft schlurfte die schwergewichtige Frau in ihre Küche, von der aus sie beobachtete, wie der Menschenhaufen sich langsam auflöste. Diese verfluchte Marge Smith und dieses Arschloch Shane. Wie oft musste sie dem Kerl noch sagen, er solle von dem Viadukt wegbleiben und sich von diesem Nichtsnutz Randall Smith fern halten?

»Da laufen sie, die Verbrecher«, murmelte Annie.

Cheryl holte eine Schüssel Wasser und begann, ihrer Mutter das Blut aus dem Gesicht zu reiben. Tränen traten ihr in die Augen, teils weil sie aufgebracht war und teils aus einer gewissen Angst heraus. Das runde Gesicht ihrer Mutter hing im Raum, umgeben von Zigarettenrauch. Die dunklen Augen glühten durch die halb geschlossenen Lider. Cheryl konnte sehen, wie sich ihre Mutter quälte. Warum führte Annie diesen Krieg weiter, was hatte sie davon? Cheryl hätte eine solche Verachtung nicht aushalten können. Ihr war es wichtig, beliebt zu sein. Sie wollte von den Menschen geliebt werden.

»Ich schwöre bei Gott, dieser Kuh kratz ich die Augen aus, wenn sie sich noch einmal hier blicken lässt.«

Hör auf damit, Mum, bitte hör auf. »Komm schon, Mum, ich hol dir ein Pflaster. Du bist ja voller Blut.«

»Schau mal, ob du meine Zigaretten findest, Schatz«, flüsterte Cheryls Mutter heiser, als Barry ihr eine Tasse Tee in die Hand drückte.

»Einerseits wünsche ich mir, dass sie uns woanders unterbringen«, erklärte sie, nachdem sie sich etwas beruhigt hatte. »Hier ist es für uns scheiße.«

Annie war nicht immer so gewesen, nicht bis zum Krankenhaus. Und daran fühlte sich Cheryl schuldig.

Hätte sie verhindert, dass Dill die Tür aufmachte, wäre Annie jetzt nicht so. Aber ihre Mutter beschäftigte nur, dass Cheryl zu diesem Zeitpunkt eigentlich im Bett hätte sein müssen. Wäre sie im Bett gewesen, wäre ihr nichts passiert…

Nach Fred kam Ely, der Vater von Shane und Bobby, Cheryls beiden Halbbrüdern. Die Sache mit Ely hatte nur zwei Jahre gedauert, danach hatte Annie sich völlig kraftlos gefühlt, und in dieser Leere hatte sich die Bosheit eingenistet.

Schließlich saßen sie gemeinsam am Tisch, Annie, Barry, Cheryl und die beiden Jungs, Shane und Bobby. Bobby trug ein T-Shirt mit der Aufschrift: »Einen Scheißtag noch.« Annie schmierte ein Butterbrot, doch Shane riss es an sich, bevor sie es fertig gestrichen hatte.

»Du Mistkerl…«

»Ich hab Hunger.« Sie gab ihrem Sohn eine Ohrfeige. »Von wegen Hunger, das kannst du haben.«

Annie wusste, dass sie ausziehen musste, wenn sie ihre Kinder nicht besser im Griff hatte, das hatte man ihr bereits unmissverständlich mitgeteilt. Sie wurden hier nur noch geduldet, und Shane führte sich von Tag zu Tag schlimmer auf. Er hatte zurzeit Bewährung, musste ständig zum Schulpsychologen und war in einer speziellen Förderklasse.

Und der ein Jahr jüngere Bobby schien ihm fleißig nachzueifern.

»Die nehmen ihn mir weg«, jammerte Annie. »Ich wette, damit kommen sie als Nächstes.«

Cheryl drückte Victor fest an ihre Brust. So etwas durfte ihm nie geschehen. Das war einer der Gründe, warum sie Barry liebte – Gewalt war ihm absolut fremd, er war immer liebevoll.

In der vergleichsweise friedlichen Stimmung danach erzählte sie von der Anzeige.

»Das ist das Letzte, was du tun solltest«, knurrte Annie sofort, »dich vorführen lassen, in der Öffentlichkeit. Das wird dir noch Leid tun.«

»Das hab ich ihr auch gesagt«, pflichtete Barry ihr bei und kaute dabei auf einem dick mit Butter beschmierten und Pommes belegten Brot. Die heruntertropfende Tomatensoße fing er mit der Zunge auf.

»Na ja, die nehmen euch sowieso nicht.«

»Das weißt du nicht, Mum. Wir sind genau das, was sie suchen. Wir sind jung, und wir sind arm und rackern uns ab.«

»Dummerchen. Die nehmen doch keine echten Menschen, Cheryl. Hast du das immer noch nicht geschnallt? Wach endlich auf. In diesen so genannten Dokumentarfilmen, das sind Schauspieler. Die verarschen dich. Wann kapierst du endlich, dass die sich einen Dreck um Leute wie uns scheren? Armut, so ein Scheiß.«

Dabei haderte Annie nicht im Geringsten mit ihrem Schicksal. Im Gegenteil: Sie hatte ihre Lebensumstände – ledige Mutter, Bewohnerin eines seelenlosen Sozialblocks, die jeden Pfennig zweimal umdrehen musste – stets positiv, als einen Schritt nach oben betrachtet, durch den sie ihre Kindheit als Bauernmädchen aus ärmlichsten Verhältnissen in einem abgelegenen Flecken in Hertfordshire hinter sich lassen konnte. Sie war von ihrer Mutter und ihren zwei Schwestern in einem Haus aufgezogen worden, dessen feuchte Wände moderten und das als Toilette nur einen baufälligen Holzverschlag über dem Hof besaß. Was sie als Anlass nahm, ständig darauf hinzuweisen, ihre Kinder »wüssten nicht, wie gut sie's hätten«. Dabei ließ sie sich nie näher aus über die unzähligen Unannehmlichkeiten, die ihre eigenartige Vergangenheit überschatteten.

»Kann man ihnen denn einen Vorwurf daraus machen, dass ihnen das egal ist?«, warf Barry ein. »Wenn ich so viel Kohle einsacken würde, würde mir das auch nichts ausmachen.«

Cheryl lächelte wissend. Typisch Barry. Ihm würde es sehr wohl etwas ausmachen. So ein dickes Fell hatte er nicht. Wenn er nicht mehr aus noch ein wusste, wurde er entweder trotzig oder introvertiert. Diese Taktik hatte er sich als kleiner Junge zugelegt, um sich gegen seine übermächtige Mutter zur Wehr zu setzen. Dann kam man nicht mehr an ihn heran. Cheryl wurde dann so wütend, dass sie am liebsten auf ihn eingeprügelt hätte. Er verhielt sich wie ein ungezogenes Kind, das sich die Finger in die Ohren steckte und laut sang, um nichts hören zu müssen.

Und so nahmen die Dinge ihren Lauf.

3

»Das wird brutal schwer«, flüstert Cheryl hinter vorgehaltener Hand. Sie schaut sich ängstlich um.

»Psst. Keine Ahnung, ob die Wohnung nicht verwanzt ist.«

»Das würden sie doch nie tun, oder?«

»Logisch tun sie das. Wenn es um Kinder geht, hält sie nichts auf.«

Cheryl und Barry liegen eng aneinander gekuschelt und versuchen, sich gegenseitig zu wärmen in dem aus Geldnot nur halb tapezierten Schlafzimmer.

Am anderen Ende des Raumes steht ein leeres Kinderbett.

In dem Zimmer auf der anderen Seite der kleinen Diele

mit dem kahlen Boden befindet sich ein zweites Bettchen mit einem Teddy an der Stelle, wo eigentlich das Baby liegen sollte. Das Klappbett an der Wand ist ordentlich gemacht, die Decken sind glatt gezogen und unter die Matratze gesteckt, darüber liegt eine verblichene Tagesdecke mit einem Teletubbie-Motiv.

Und der Wohnzimmertisch ist unter einer Flut von Briefen und Karten von mitfühlenden Menschen draußen begraben.

Es war im Februar letzten Jahres. Sie hätten sich nie träumen lassen, dass sie ausgewählt würden.

Zu ihrem Glück lag Ealing Broadway nicht weit weg, und daher war die Fahrt dorthin billig. Aber für die Browns, die selten wegfuhren und wenn, dann den Bus benutzten, war der Weg weit genug.

Zumindest hatten sie sich nicht den Kopf darüber zerbrechen müssen, was sie anziehen sollten, denn ihr Kleiderschrank bot kaum Auswahl.

Cheryl, deren Haarschopf silbern leuchtete und die hochschwanger mit Scarlett war, trug ihren einzigen schwarzen Rock und ein Häkeltop von C & A. Barry hatte seine Jeans und ein T-Shirt angezogen. Der Brief von Griffin steckte zusammen mit seinem Schweizer Messer in seiner Hosentasche.

Bevor sie gingen, hatten sie Victor gefüttert und hofften, er würde die ganze Zeit schlafen.

Die riesigen Glanzfenster des Griffingebäudes sahen von außen aus wie schwarzer Marmor.

Die abgesperrten Parkplätze standen voll mit Porsches, Geländewagen und BMWs.

In der Empfangshalle herrschte eine angenehme Ruhe. Cheryl und Barry flüsterten dem Mädchen hinter dem Tresen ihre Namen zu und mussten dann die Uhrzeit, ihre eigenen und den Namen ihrer Ansprechperson in ein Buch eintragen. Cheryl übernahm das, da ihre Handschrift lesbarer war als die Barrys. Dann bekamen sie Sticker mit ihren Namen.

Nervös schoben sie den Buggy vor und zurück, während sie auf der kalten Ledercouch warteten und mit offenem Mund die Leute anstarrten, die an ihnen vorbeiliefen und die sie mit ihrer übertriebenen Geschäftigkeit und ihrer lässigen Designerkleidung beeindruckten. Cheryl tastete nach Barrys fester Hand.

Zu dem Zeitpunkt waren die beiden noch nicht verheiratet, aber Heiratspläne bestanden bereits.

»Cheryl Watts und Barry Brown?«, wandte sich ein Mädchen lächelnd an sie und streckte ihnen die Hand entgegen. »Und das hier ist sicher der kleine Victor. Der ist aber süß!«

»Heute früh um zwei Uhr hätten Sie das bestimmt nicht gesagt«, meinte Cheryl trocken, obwohl sie sich freute.

»Ich hab ganz weiche Knie«, sagte sie zu Barry, als sie dem Mädchen durch das Labyrinth aus Gängen und Sicherheitstüren folgten, die sich nur durch Codes öffnen ließen.

»Ich hab dir gesagt, zieh andere Schuhe an …«

»Es liegt nicht an den Schuhen.«

»Ist schon gut«, stieß Barry zwischen den Zähnen hervor, »jetzt dreh bloß nicht durch.« Sein Blick fiel auf einen Fleck hinten auf ihrem Rock.«

»Du musst bloß reden.«

In so einer Firma hätte Barry nur zu gern gearbeitet. Das hier mussten die Spitzenkräfte sein, um die es immer in den Anzeigen ging, Leute, die darum kämpften, ganz nach oben zu gelangen. Aber wenn sie's nicht schafften, war es auch okay, dachte Barry. Sie konnten ja jedem erzählen, dass sie in der Medienbranche arbeiteten. Wahrscheinlich waren alle hier eisern, energiegeladen und intelligent, mit Nerven wie Drahtseile. Nicht so wie er. Er konnte sich noch vage daran erinnern, wie sie die Medien als Stoff in der Schule durchgenommen hatten... Kameramann wäre er gern geworden. Wenn man sich nur vorstellte, ständig über Sport zu berichten, zum Weltcup zu fahren, die Olympischen Spiele zu sehen und das ganze Drumherum... Er hatte alle Chancen vertan. Schließlich hätte er jetzt für die Spurs spielen können. Die Typen hier, die hatten es wirklich geschafft.

Irgendwo musste es einen Haken geben, trotz der entspannten Atmosphäre hier. Sie liefen hier herum, ganz locker, Männer und Frauen mit teuren Uhren und hochgekrempelten Ärmeln. Und selbst wenn sie ausatmeten, strahlten sie eine ganz andere Vitalität aus als Barry. Eine Kamera auf Rädern, wie er sie von Talk-Shows her kannte, stand herum, und Plastiktassen auf einem Holztisch. Mit kaltem Milchkaffee drin, auf dem sich bereits eine Haut gebildet hatte. An den Wänden hingen Charts und Fotos.

»Hi, Cheryl, hi, Barry, kommt rüber und setzt euch. Ich bin Jennie St. Hill und fürs Casting zuständig. Kaffee? Tee? Schmeckt nicht besonders, aber er ist flüssig. Wir freuen uns sehr, dass ihr kommen konntet.«

Jennie St. Hill taxierte sie aus ihren tiefblauen Augen. Ihr lässiges Business-Outfit, ein Hosenanzug von Moschino, verlieh ihr die nötige Souveränität. Ihre Lippen öffneten sich zu einem zuckersüßen Lächeln. Alan hatte Recht gehabt, als er ihr sagte, diese beiden wären schon beinahe zu perfekt, vor allem sie – Cheryl –, die aussah, als gehöre sie in eine dieser Corn-Flakes-Anzeigen voller Sommersprossen und Latzhosen. Dieses Pärchen war wie geschaffen für die Rolle, o ja. Ohne dass Cheryl und Barry es ahnen konnten, war die Entscheidung bereits gefallen. Sie war gefallen, weil Cheryl Brown eine Leiche im Keller hatte.

Diese geheime Entdeckung hielt der Sender nun wie ein schmutziges Taschentuch im Ärmel versteckt.

Dabei waren sie nur durch einen glücklichen Zufall auf diesen Schatz gestoßen. Die Fotos von Cheryl, abgegriffen von unzähligen Altmännerfingern (die Fotos, die, wie man ihr gesagt hatte, nicht gut genug waren für eine Mappe zum Start einer Model-Karriere), hatten als Teil einer Collage im Hinterzimmer eines Zeitungshändlers gehangen, bei dem Mitarbeiter des Senders sich nach Adressen in der Nachbarschaft erkundigten. Beklemmende Bilder einer Sechzehnjährigen, die in einem Kellerloch posiert hatte, mit gespreizten Beinen, steifen Brustwarzen, auf einem plüschüberzogenen Barhocker.

Sie waren nicht skrupelloser als andere, diese zwei jungen Regisseure. Talentiert, ehrgeizig, so würden sie sich selbst bezeichnen. Doch das musste man auch sein, wollte man in diesem Beruf an die Spitze gelangen. In diesen Zeiten galt es, moralische Bedenken beiseite zu schieben und seine Chancen zu ergreifen.

Hinzu kamen die Gerüchte über möglichen Stellenabbau, die seit etwa sechs Monaten in den Büros der Griffin Productions kursierten und das Klima unauffällig, aber beständig vergifteten.

Mit diesen Softpornofotos würde man Druck machen können, sollte die Produktion einmal durchhängen.

Vier Mitglieder des Produktionsteams waren in dieses unappetitliche Geheimnis eingeweiht. Der Direktor von Griffin, Sir Art Blennerhasset, ein für dieses Unternehmen ungewöhnlich anständiger Mann, hätte sich wahrscheinlich an seinem Kaviar verschluckt, wenn er gewusst hätte, was seine Angestellten planten. Er hatte seine Vorzeigekarriere bei Disney Productions begonnen, als Moral noch etwas galt. Die Diskussionen wegen manipulierter Dokumentarserien und gestellter Talk-Shows missfielen ihm. Seiner Meinung nach musste man nicht sämtliche Standards opfern, nur weil der Wettbewerb härter geworden war.

Jennie und Alan erfuhren Cheryls Geheimnis als Erste. Einen Tag zuvor hatten sie es gewagt, die Fotos dem Kameramann Leo Tarbuck zu zeigen. Zu ihrer Freude hatte er vernünftig reagiert.

Seit Wochen hatten Jennie und Alan sich mit der Frage herumgeschlagen, ob sie jemanden einweihen sollten. Warum nicht alles einfach für sich behalten, meinte Alan. Warum ihren Plan gefährden, wenn gar keine Notwendigkeit dazu bestand? Alan brauchte nur, sobald der richtige Zeitpunkt bei den Aufnahmen gekommen war, die Crew anzuweisen, die Fotos auf den Tisch zu werfen und Cheryls Reaktion darauf zu filmen.

Es wäre sicher interessant, erklärte er, herauszufinden, ob der junge Barry sie bereits kannte oder ob die schmuddelige Fotosession ein Geheimnis zwischen Cheryl und einem schmierigen Agenten geblieben war.

»Wozu diese Geheimniskrämerei? Ihr habt es mir erzählt, dann sagt es auch Sebby.« Leo hatte keine Schwierigkeiten mit diesem Plan und war nicht damit einverstanden, seinen jungen Kollegen darüber bis zum Schluss im Unklaren zu lassen. Diesen Zufallsfund galt es auszunutzen, darüber herrschte Einigkeit unter ihnen. Nun, da sie die Fotos gesehen hatten, würden sie ihr Thema anders angehen. Das könnte, beharrte Leo, sehr wohl den Unterschied zwischen Erfolg und Misserfolg ausmachen. Falls sie Barry und Cheryl als zwei Unschuldslämmer darstellten, die tapfer gegen die Stürme des Lebens kämpften, würde es umso eindrucksvoller wirken, wenn am Ende die Wahrheit enthüllt würde. Diese Extreme könnten sie nur durch clevere Kameraarbeit betonen. Für diese Aufgabe war die Crew am besten gerüstet, wenn sie von Anfang an Bescheid wusste.

Sebby war wie sein Boss Leo ehrgeizig und schlau. Ihnen war beiden nur zu klar, was ein Misserfolg bedeutete. Eine zweite Chance bekam man in dieser Branche nur selten. Griffin genoss einen guten Ruf, was seine populären Dokusoaps betraf: Es war absolut damit zu rechnen, dass ihr Programm von den Redakteuren in den Sendern ernsthaft in Erwägung gezogen wurde. Natürlich mit Sir Arts Hilfe.

»Du möchtest also die Katze aus dem Sack lassen und Cheryl mit ihrer Vergangenheit konfrontieren, wenn deiner Meinung nach die Luft raus ist?«, fragte Leo, während er die Fotos durchsah, als ordne er ein Blatt Spielkarten. »Nicht schlecht«, bemerkte er. »Gar nicht schlecht.«

»Wir sollten uns Gedanken über unsere Vorgehensweise machen, wenn wir in der Arbeit drinstecken. Erst mal abwarten, wie es läuft«, meinte Alan und musterte Leo fasziniert. Dabei hatte er sich vorgenommen, Arbeit und Freizeit stets zu trennen. Leos Frisur, langes glänzendes Deckhaar, vorne gescheitelt, erinnerte ihn an einen Schulkameraden aus seiner Schulzeit.

»Eine fiese Taktik«, warf Sebby ein. Er wirkte nachdenklicher, fast wie ein Student mit seiner runden Nickelbrille, der Cordhose und dem weichen Gesicht. Sebby legte großen Wert auf moralische Prinzipien. Dieser Plan war ihm offensichtlich unangenehm und man konnte ihm ansehen, wie er mit sich rang, seine Möglichkeiten abwog.

»Nenn es einfach Versicherung«, mischte sich Jennie ein, der man ihre Nervosität nicht anmerkte. »Und geben wir es doch zu, heute macht doch kein Mensch mehr großes Aufhebens wegen ein paar schmuddeliger Fotos. Vielleicht kommen sie dadurch noch interessanter rüber, wer weiß? Und das Mädel treibt es ja nicht mit einem Esel.«

»Aber die Browns. Sie sind doch die reinsten Unschuldsengel.«

»Sie haben sich freiwillig in die Manege begeben«, unterbrach Alan ungeduldig. »Wer sich auf eine solche Anzeige meldet, weiß genau, welches Risiko er damit eingeht. Und alles hat immer mehrere Seiten. Denkt an die Publicity, den Ruhm. Die Browns könnten ihr erbärmliches Leben hinter sich lassen, ihre wildesten Träume könnten Wirklichkeit werden.«

»Wirklich?«, fragte Sebby. »Seit wann das?«

»Das kommt immer wieder vor«, meinte Jennie.

»Ein Fünf-Minuten-Wunder«, entgegnete Sebby.

»Hör mal zu, Kleiner.« Alan erhob sich gereizt von seinem Drehstuhl, kam an den Tisch und nahm die Fotos. Er war sehr schlank und bewegte sich anmutig wie eine Ballerina. Möglicherweise hatte es damit zu tun, dass er beinahe täglich ein Fitnessprogramm absolvierte. »Wenn du damit nicht klarkommst, dann sag es, und wir suchen uns jemand anderen.« Es ärgerte ihn, dass Jennie darauf beharrt hatte, die anderen beiden in die Sache mit den Fotos einzuweihen. Wenn Sebby auch nur eine Andeutung darüber fallen ließ, war das Spiel gelaufen, und wer konnte schon sagen, ob die Serie ohne diesen kleinen zusätzlichen Kick überhaupt bestehen konnte?

Leo ergriff das Wort für seinen Kollegen: »Mit ihm ist alles in Ordnung, lass ihn. Diese spirituellen Krisen hat er regelmäßig, genau wie meine Frau. Er sieht sich als Visionär, mit den Augen des gemeinen Volkes, als Schwert der Wahrheit.«

»Unsinn.« Sebbys Augen funkelten hinter seinen Brillengläsern.

Doch am Schluss erklärte er sich einverstanden.

Barry fühlte sich unwohl und bloßgestellt. Er hatte sich das Ganze eher wie ein Vorstellungsgespräch vorgestellt. Schreibtische. Anzüge. Fragen. Aber auf das hier war er nicht vorbereitet gewesen. Dieses geheuchelte Wir-sind-alle-gleich machte ihn fertig.

Ausgerechnet jetzt wachte Victor auf. Wenn er geschlafen hatte, war er immer schlecht gelaunt. Cheryl nahm ihr verknautschtes, rotgesichtiges Baby und steckte ihm den Daumen in den Mund. So lässig wie möglich legte sie es über ihre Schulter und klopfte ihm auf den Rücken.

So hatte Barry sich das wirklich nicht vorgestellt. Die Filmleute redeten einfach weiter, als sei nichts geschehen. Barry rutschte nervös auf seinem Stuhl herum. Allmählich fand er heraus, wen er vor sich hatte. Der Typ, den sie Allan nannten, stellte die hartnäckigsten Fragen. Wenn er etwas sagte, hörten alle zu. Einer ließ fallen, er sei der Regisseur und das Ganze sei seine Idee gewesen.

»Verstehen Sie, um was es uns hier geht?«, fragte ein Kerl, der Timberland Boots trug. Barry wusste, was die kosteten. »Wissen Sie, was *Die im Dunkeln sieht man nicht* soll?« Schwang da in seiner Stimme eine Warnung mit? Machte sich da einer voll Zynismus über sie lustig?

»Na ja, ich denke schon«, antwortete Cheryl und wiegte den Kleinen.

»Und ist Ihnen klar, dass vier Monate Filmaufnahmen stressig werden können? Wir werden ständig um Sie herum sein. Bei Ihnen zu Hause. Wenn Sie ausgehen. Sogar bei Ihren Freunden. Nicht nur, wenn Sie gut drauf sind, auch wenn es Streit gibt. Tränen, bei den Mahlzeiten, wenn Sie morgens aufwachen. Manchmal bleiben wir auch die ganze Nacht über da – und ich habe gehört, Sie wollen heiraten?«

Glaubten die etwa, er und Cheryl führten ein interessantes Leben? War denen eigentlich klar, wie langweilig es bei ihnen zuging? Sie erweckten den Eindruck, als ob Cheryls und Barrys Alltag eine einzige lange Party voller intensiver Gespräche sei.

»Wobei ich betonen möchte«, versuchte Barry warnend einzugreifen, aus Angst, Cheryl könne sich zu viel Hoffnungen machen, »dass bei uns nie etwas Besonderes passiert. Ein Tag ist wie der andere. Manchmal gehen wir nicht einmal aus.«

»Nicht, dass wir keine Lust dazu hätten«, fügte Cheryl hinzu und wickelte sich ihre silberne Strähne um den Finger, »aber wir können es uns einfach nicht leisten.«

Dann mussten sie noch ein paar allgemeine, einfache Fragen beantworten. Und während Barry damit beschäftigt war, die vielen Eindrücke zu verarbeiten, verstand Cheryl sich zunehmend prächtig mit der Frau, die sie Jennie nannten. Es schien, als sei ihre Angst vollkommen verflogen und als ob sie es genieße, wichtig zu sein.

Barry kam sich wie ein ungehobelter Klotz neben ihr vor.

»Macht nur so weiter, während Sebastian ein paar Fotos schießt«, erklärte Alan. »Versucht, die Kamera zu vergessen. Daran werdet ihr euch schnell gewöhnen.«

Jennie sprach davon, dass sie Tausende von Bewerbern hatten. Sie forderte Cheryl auf, mit Victor auf dem Boden zu spielen. Als sie daran dachte, warum sie sich für Cheryl entschieden hatten, musste Jennie kichern. Mittlerweile genoss es Cheryl, im Mittelpunkt zu stehen, und hatte vor Aufregung rote Wangen bekommen.

»Und dieses Baby kommt im April?«

»Ich kann es kaum noch erwarten«, antwortete Cheryl, »bis es so weit ist.«

»Was würden Sie davon halten, wenn wir die Geburt filmten?«

»Würde mich nicht stören«, antwortete Cheryl, ohne nachzudenken.

Barry hob erstaunt die Augenbrauen, aber schließlich war das nicht seine Entscheidung.

Er musste jetzt die Frage stellen, die er schon die ganze Zeit über hatte stellen wollen, ganz egal, wie wütend das Cheryl machte. »Ist da Geld für uns drin?«

»Darauf wollte ich gerade zu sprechen kommen«, erklärte Alan und fügte, als er Cheryls ärgerlichen Blick sah, hinzu: »Ich bin froh, dass Sie fragen. Verstehen Sie, Barry, wir können nicht einfach in das Leben von Menschen platzen und Gott spielen. Wir müssten mit einer ganzen Palette von Vorwürfen rechnen: Man könnte uns der sozialen Manipulation, dem Hervorrufen falscher Erwartungen, ja sogar der Zerstörung Ihres Lebens, wenn Sie den Boden unter den Füßen verlören und sich nicht mehr zurechtfänden, beschuldigen. Aber das heißt nicht, dass sie nicht den einen oder anderen indirekten Vorteil aus der Sache hätten … Sehen Sie sich nur andere Dokusoaps an: Über Nacht wurden deren Hauptfiguren zu Stars.«

»Mit der Öffentlichkeit werden Sie Probleme genug haben«, warf Jennie ein, »wenn die Serie ein Supererfolg wird.«

»Das wird sie, daran habe ich keinen Zweifel«, bemerkte Alan.

»Das würde mich nicht stören«, meinte Cheryl strahlend.

»Was ist mit Ihnen, Barry?«

»Ich weiß nicht«, antwortete Barry unentschlossen, während er zusammengesunken am Tisch saß. »Das ist alles so neu für mich.« Er sah es als seine Aufgabe an, auf Cheryl aufzupassen, und nun hatte er das Gefühl zu versagen.

Das Gespräch hatte eine Stunde gedauert. »Lieber Gott, die Zeit ist verflogen, kam mir vor wie höchstens zehn Minuten«, erklärte ihm Cheryl. Das monotone Geräusch des fahrenden Zuges hatte Victor sofort einschlafen lassen.

»Du warst toll«, meinte Barry beeindruckt. »Wie ein Profi.«

»Na, da siehst du, was aus mir hätte werden können, wenn ich nicht bei dir gelandet wäre.«

»Aber noch wissen wir nicht, ob sie uns nehmen.«

»Vierzehn Tage, haben sie gesagt. Ich glaube, sie fanden uns nett.«

Als die Filmcrew drei Wochen später in ihre Wohnung kam, wussten sie noch immer nicht, ob sie es geschafft hatten.

Sie hatten gründlich aufgeräumt, die Küche geputzt, den Schimmel von den Wänden gerubbelt, eine halbe Dose Tannennadelduft in der Wohnung versprüht, und der Wäschekorb war leer – sie waren extra noch in letzter Minute in den Waschsalon gerannt.

Bisher hatten sie noch nie einen Grund gehabt, einen derartigen Aufwand zu betreiben. Das gab ihnen ein ganz besonderes Gefühl, sie fühlten sich anders, positiv, sie hatten ein Ziel vor Augen. Übermütig hatten sie zur Musik aus dem Kassettenrecorder gesungen, während sie sich mit Eimer und Putzlappen über die Wohnung hergemacht, die Vorhänge abgenommen und gebügelt und die Flecken vom Sofa gescheuert hatten.

Ihnen wurde erst bewusst, wie beengt ihre Wohnung war, als die Filmleute sich darin ausbreiteten. Barrys und Cheryls Anwesenheit war dem Team völlig gleichgültig, sie beachteten sie gar nicht. Ständig ging es um Beleuchtung, Kamerapositionen und Mikrofone. Auf dem Parkplatz unten standen zwei große Kombis voll geladen mit der Ausrüstung.

Das zeigte zumindest, dass sie noch im Rennen waren.

Allmählich wurde es zu einer überlebenswichtigen Frage für Cheryl, ob aus dieser Geschichte etwas wurde. Was als spontaner Einfall begonnen hatte, hatte sich zum Dreh- und Angelpunkt von Cheryls Leben entwickelt.

Sie redete von nichts anderem.

Manchmal vergaß sie, Victor zu füttern.

Barry wachte nachts auf, und sie saß auf dem Bett, hatte das Licht eingeschaltet und starrte vor sich hin. Selbst wenn sie fernsahen, konnte Barry sehen, dass sie mit ihren Gedanken woanders war, ihre Augen ins Leere blickten. Er hatte keine Ahnung, was sie sich von der Filmgeschichte erwartete ... Man hatte ihnen zwar gesagt, dass sie sich finanziell keine Hoffnungen machen sollten, aber man hätte meinen können, ihr wäre eine Hauptrolle in einem großen Hollywoodfilm angeboten worden.

Anscheinend war sie davon überzeugt, dass ihr Leben sich ändern würde.

Sie hatte sich bereits geändert.

Plötzlich legte sie Wert auf ihr Äußeres. Wusch sich dreimal die Woche die Haare. Gestern hatte sie sogar ihre Schuhe geputzt, und dabei hatte er sie noch nie ertappt.

Sie kochte sogar anders als früher ... »Da ist ja Knoblauch drin«, stellte er fest. »Es ist doch Knoblauch?«

»Richtig«, antwortete Cheryl. »Hast du was dagegen?« Fast schien sie mit ihm zu flirten, so sanft und leise klang ihre Stimme.

»Ganz im Gegenteil, schmeckt gut«, beschwichtigte Barry sie und langte kräftig zu.

Sie kaufte Sauce tatare für die Fischstäbchen und rümpfte die Nase, als er aufstand und sich Ketchup holte.

Aber als sie auch noch mit einer Topfpflanze von Tesco nach Hause kam, begann er sich ernstliche Sorgen zu machen. Sie hatten kein Geld für Pflanzen, die ohnehin in einer Woche verwelkt waren. Wegen dieser blöden Pflanze konnten sie sich keine Eier leisten! Sie goss sie, bis sie einging. Er warf sie in den Müllschlucker und wünschte sich, er könnte ihre Einfälle hinterherwerfen.

Barry liebte seine Freundin und hatte Angst vor dem, was geschehen würde, wenn man sie ablehnte. Wovon sie auf Grund der unzähligen Bewerbungen bei Griffin Productions ausgehen mussten. Er kannte Cheryls Depressionen nur zu gut. Das waren nicht diese typischen Verstimmungen, die in dieser Gegend jeder mal hatte, sondern Verzweiflung pur, begleitet von Schlaflosigkeit und roten Augen.

Sie hatte die Antidepressiva abgesetzt, sobald sie ihre Schwangerschaft festgestellt hatte. Durch die Aussicht auf Mutterschaft hatte sie wieder Lebensmut gefasst. Ein paar Wochen lang hatte Barry sich gesorgt, sie könne eine Fehlgeburt haben und in ihre depressive Phase zurückfallen.

Jetzt beunruhigte ihn die anstehende Entscheidung von Griffin Productions.

Sollte aus der Sache mit Griffin nichts werden, war nichts in Sicht, womit er sie aufbauen konnte. Sicher, da war die Geburt, aber bei Cheryl setzte anscheinend die Schwangerschaft die Glückshormone frei. Nach Victors Geburt war sie nämlich richtig abgestürzt. Postnatale Depression. Wenn sie nur Urlaub machen könnten, einen Traumurlaub in der Sonne. Neidisch sahen sie sich zusammen die Gameshows an und konnten sich nicht freuen, wenn ein Bewerber das Auto gewann oder drei Wochen auf den Malediven.

Ein Job, das wäre was.

Wenn das mit Griffin nicht klappte, würde er sich stärker darum kümmern müssen. Und wenn er Botengänge für Joe Trumper machte … Obwohl er sich geschworen hatte, keine Drogen anzurühren. Er konnte ja so tun, als habe er Arbeit gefunden, Cheryl würde es nie herausfinden.

Diese Küsschen-links-Küsschen-rechts-Tour – Barry hasste das, doch Cheryl genoss es, am Arm berührt, auf die Wange geküsst zu werden, als wären die Crewmitglieder ihre besten Freunde, miteinbezogen zu werden, als gehöre sie dazu und sei keine Außenstehende. Diese Leute schafften es, Cheryl auf eine Art und Weise zum Lachen zu bringen, wie Barry es noch nie vermocht hatte: Sie waren witzig, clever, cool, sie drehten sich ihre Zigaretten selbst und tranken den ganzen Tag Coca-Cola.

»Warum musst du weiße Socken anziehen?«, kritisierte Cheryl ihn. »Und diese Jogginghose, die ist eine Zumutung.«

Die Crew verabredete sich für den Abend unten im Pub, und in Cheryls Gesicht spiegelte sich das Verlangen, mit ihnen zu gehen. Sie wirkte wie hypnotisiert, wie in Trance, doch wenn er sie darauf ansprach, meinte sie nur: »Hier gibt's ja doch nichts, wo man hingehen könnte. Schauen wir uns lieber was im Fernsehen an.« Womit sie ihm zu verstehen gab, dass er sie langweilte.

Sie hörten nichts von Griffin Productions. Cheryl bekam wieder ihren leeren Blick. Barry redete auf sie ein.

»Davon geht doch die Welt nicht unter.«

»Was weißt denn du schon?«

»Ich weiß nur, dass wir vor sechs Wochen noch nie von der Sendung gehört hatten. Und es ging uns gut damals, oder?«

»Gut?« Sie starrte ihn so durchdringend an, dass ihm ganz unwohl wurde. »Das nennst du gut?«

»Es könnte uns gut gehen, mit ein bisschen Glück.«

»Aha. Seit wann denn das?«

»Deine Ma ist absolut dagegen.«

»Ist doch klar.«

»Annie ist nicht auf den Kopf gefallen.«

»Sie ist eine Versagerin, Barry. Die kannst du doch nicht ernst nehmen mit ihren seltsamen altmodischen Vorstellungen. Die glaubt ja wirklich, dass du jedes Mal ein Stück von deiner Seele verlierst, wenn du dich fotografieren lässt.«

»Ich hab dich noch nie über sie herziehen gehört.«

»Vielleicht war mir das früher nicht klar. Vielleicht sind mir erst jetzt die Augen aufgegangen.«

»Wirklich? Wegen ein paar Angebern, denen du scheißegal bist? Mein Gott, du glaubst auch wirklich alles.«

Cheryl stand auf, um Victors Fläschchen warm zu machen. Sie wandte ihm den Rücken zu, ihr Kopf hing nach unten, und sie wischte gedankenverloren um die Spüle. »Es gefällt mir einfach, wenn sie da sind, das ist alles. Dann passiert was, es ist etwas los.« Sie drehte sich um zu ihm und hob die Augenbrauen. »Ist das denn für dich nicht so? Gefällt es dir nicht, wenn du dir zur Abwechslung mal als etwas Besonderes vorkommst?«

»Aber du bist nichts Besonderes…«

»Aber ich fühle mich dann so«, brüllte sie unvermittelt mit geballten Fäusten.

»Du sehnst dich bloß nach Aufmerksamkeit, das ist alles.« Barry drehte sich um und schaltete den Fernseher ein. Und wünschte sich, er hätte den Mut aufgebracht, netter zu ihr zu sein.

»Ich rufe jetzt da an, ich halte es nicht mehr aus«, erklärte Cheryl eine Woche später, den Blick auf die heruntergekommenen Gleisanlagen der Paddington Station gerichtet.

»Das kommt bei denen bestimmt nicht gut an«, warnte Barry sie.

»Meinst du?« Ihre Stimme klang weinerlich.

»Ich bin mir sicher.«

»Aber ich wünsche es mir so sehr – du verstehst das nicht.« Schluchzend fiel sie ihm in die Arme.

»Cher, für mich bist du etwas Besonderes«, murmelte er zärtlich, ahnte aber, dass ihr das allein nicht mehr genügte. »Für mich bist du der wichtigste Mensch auf der Welt. Und daran wird sich nie etwas ändern.«

Er verstand nur zu gut, was in ihr vorging. Es war ihr schon immer schwer gefallen, ihre Gefühle auszudrücken. Lieber machte sie Witze oder spielte den Clown, aber dieses Mal lachte sie nicht und schubste ihn auch nicht weg.

Die lang ersehnte Nachricht kam per Brief.

Es waren Formulare, unzählige Formulare, die sie lesen und unterschreiben mussten.

Man empfahl ihnen, sich von einem Anwalt beraten zu lassen. Cheryl lachte aufgeregt. »Das brauchen wir nicht. Schnell, unterschreiben wir sie und schicken sie zurück, bevor sie ihre Meinung ändern.«

Barry fühlte sich so beschwingt, dass er sich von ihrer Euphorie anstecken ließ. In den letzten Wochen hatte Cheryls Verzweiflung sein ganzes Leben beherrscht. Wenn sie diese Sache brauchte, wenn diese Filmgeschichte sie aus ihrer Niedergeschlagenheit retten konnte, dann freute er sich so wie sie und würde nichts tun, was ihrem Glück im Wege stehen könnte.

Manchmal fragte sich Barry, ob sie wirklich begriff, wie die Zusage ihr Leben verändern würde. Möglicherweise wurden sie ein klein bisschen berühmt, aber nicht deshalb, weil sie irgendwelche Talente gehabt hätten. Sie würden dafür berühmt werden, dass sie am Rande der Gesellschaft und nur mit Hilfe der Gesellschaft leben konnten. Niemand würde sie bewundern oder beneiden, sie konnten bestenfalls mit Mitleid rechnen, und der Gedanke verursachte Barry Bauchschmerzen.

Wahrscheinlich ist so eine Sache grundsätzlich für Männer schlimmer, dachte er. Vielleicht machte sich Cheryl deshalb keine Gedanken darüber, weil selbst in diesen emanzipierten Zeiten bei Frauen die Vorstellung tief verwurzelt war, es sei die Aufgabe des Mannes, für Frau und Kinder zu sorgen. Mit Unbehagen dachte er an die Rolle, die ihm zuteil wurde: den ganzen Tag zu Hause, vor der Glotze hängen, zwischendurch Victor etwas zu essen geben, auf dem Arbeitsamt vorbeischauen, nur um sich anzuhören, dass wieder nichts Geeignetes für ihn dabei war.

Wie würde das wohl bei den Zuschauern ankommen?

Sie würden in ihm wohl kaum den Held des Tages sehen…

Er versuchte, Cheryl sein ungutes Gefühl zu erklären – natürlich erst, nachdem sie die Formulare zurückgeschickt hatten. Er wollte nicht, dass sie etwa annahm, er sei weniger scharf darauf als sie.

»Sei nicht dumm«, war ihre Antwort. »Es gibt Tausende von Kerlen wie dich, es ist nicht dein Fehler. Du bist nicht hingegangen und hast gefragt, ob du arbeitslos sein und in diesem Loch wohnen kannst. Du kannst nichts dafür, dass du dir so nutzlos vorkommst.«

»Aber für dich ist es leichter…«

»Klaro.«

»Ich komme als richtiger Versager rüber.«

Energisch schüttelte sie den Kopf. »Nein, das tust du nicht. Fang nicht mit so einem Scheiß an. Die machen diese Serie nicht, damit die Leute als Versager rüberkommen. Du bist ein netter Kerl und kümmerst dich um uns, du tust, was in deinen Kräften steht. Es sind einfach die Umstände, daran liegt's. Sie werden dafür sorgen, dass du ein positives Image bekommst, das haben sie gesagt.«

»Aber wie wollen die das schaffen?«

»Ach Gott, Barry, du bist so ein Miesepeter. Kannst du nicht einmal in deinem Leben darauf vertrauen, dass die Experten es hinkriegen?«

Beschwichtigend hob er die Hände. Er wünschte, sie wären von der Arbeit hart und voller Schwielen, mit abgebrochenen Fingernägeln und nicht sauber und regelmäßig wie die eines Mädchens. »Okay, okay, beruhig dich … Ich wollte doch nur sagen, dass ich nicht …«

»Ich hör dir nicht zu. Hör auf damit! Lass es! Freu dich einfach, dass es vorwärts geht und etwas passiert. Durch uns könnte sich etwas verändern. Vielleicht denken die Menschen durch uns anders über Armut.«

»Ja sicher, und ich bin Richard Branson.«

»Schön wär's. Und nun komm in die Gänge, du Penner«, neckte ihn Cheryl und schubste ihn über das Sofa.

Die Vorbereitungen für die Hochzeit liefen auf Hochtouren. Das Baby sollte am 4. November kommen, daher, schätzte Annie, wäre das Ende des Monats als Hochzeitstermin genau richtig. Belegte Brötchen, Käse und Ananasspießchen und Kuchen sollten als Imbiss für die Gäste dienen. Aber sie hatte keine Lust, Alan, Bob oder Sebastian in ihre Pläne einzuweihen.

»Dieser Sauhaufen. Die reißen alles an sich, machen alles kaputt. Um Gottes willen, und bei der Geburt willst du sie dabeihaben? Ist ja schrecklich. Wenn es dich glücklich macht, dass die ganze Welt und wer's sehen will, deinen Hintern angafft, ist das dein Problem. Aber für diese Hochzeit zahle ich. Vergiss das nicht. Und ich bestimme, wer eingeladen wird.«

»Die wären auf alle Fälle besser als Col mit seinem alten Camcorder«, schmollte Cheryl. »Der ist eh nur wieder besoffen. Beim letzten Mal, als er filmen sollte, ging ihm das Material aus.«

»Diese Knalltüten von Griffin, ja hast du denn ganz den Verstand verloren, Cher? Die machen nicht die Art von Aufnahmen, die du dir später einmal ansehen willst. Die wollen nur im Dreck herumwühlen und uns bloßstellen.«

Am Schluss gab Annie jedoch nach. Alan wickelte sie mit seinem Charme ein. Genau wie die Königin Mutter hatte sie schon immer eine Schwäche für Schwule gehabt. Wahrscheinlich lag es an der Flasche Gordon's, die er vorsorglich mitgebracht hatte, um sie milde zu stimmen.

Barry hatte man nicht zur medialen Auswertung von Scarletts Geburt gefragt.

Man setzte einfach voraus, dass er einverstanden war, dass er in diesem sensiblen Bereich absolut hinter Cheryl stand. Er wusste nicht, was sie vorhatten. Bluttriefende medizinische Nahaufnahmen, alles in Rot und Pink wie in Pornoblättern? Oder würden sie dezent drehen, sollten nur Augen und Masken und Hände zu sehen sein? Nicht einmal Cheryl kannte Einzelheiten. »Ich verlass mich voll auf sie«, erklärte sie, »dass sie mich mit dem nötigen Respekt behandeln.«

Wegen des Films wurde die Geburt früher eingeleitet, damit sie in den Zeitplan passte. Dadurch hatte das Team genügend Zeit, alles aufzubauen und die Ausrüstung zu sterilisieren.

Als Barry und Cheryl an dem Morgen ankamen, an dem zum ersten Mal ernsthaft gefilmt werden sollte, wurden sie lächelnd begrüßt und umarmt und Barry wurde an den Rand gewinkt, als wäre er ein störendes Kleinkind. Eines der Mädchen kümmerte sich um Victor, und dann ging es los. Barry störte sich noch immer an den Männern im Raum. Es waren zwar nur zwei, aber sie hätten ja auch eine Frau schicken können. Schließlich waren Hebammen auch immer weiblich.

Die Kamera war »da unten«, zoomte heran wie das lüsterne Auge eines schamlosen Voyeurs. Barry fragte sich, was diese Typen dachten, überlegte, wie sie hinterher drüber reden würden, mit ihren Kumpels, ihren Frauen. Als Cheryl vor Schmerz stöhnte und um sich schlug, redeten sie ihr zu, als handle es sich um eine Zirkusvorstellung und sie wäre das Pferd, das mit Glöckchen um den Hals auf den Hinterbeinen stehen sollte. Barry schwieg, aus Angst, seine Stimme könnte aufgenommen werden und er könnte der ganzen Welt als Trottel vorgeführt werden. Aber hier wurde sein Kind geboren, nicht ihres.

Er blieb an Cheryls Kopfende stehen und streichelte ihr über das Haar, redete ihr nur mit seinen Augen Mut zu.

Er wusste, er sollte sich nicht freuen, als der Arzt einen Kaiserschnitt vorschlug, doch er tat es. Wenigstens würden sie sie dann zudecken, wenigstens hörten sie dann auf, zwischen ihren Beinen herumzufilmen. Doch als dann die kleine Scarlett endlich da war, als sie sie Cheryl auf die Brust legten, nachdem sie der erschöpften Mutter das Gesicht abgewischt und ihr ein nagelneues Nachthemd angezogen hatten, hielt sie das Baby triumphierend hoch. Nicht wie erwartet Richtung Barry, sondern direkt in die Kameras.

»Lach, Kleine«, schmeichelte sie.

»Das Mädchen ist ein Naturtalent«, rief jemand.

Sie wusste, was sie sehen wollten. Und dafür liebten sie sie.

4

Außer den ermittelnden Beamten – vor allem Heidi, der Wachtmeisterin mit der Spezialausbildung – kommen nur Annie und Barrys Mutter, Cath, in ihre Wohnung.

Barry und Cheryl werden rund um die Uhr überwacht, Annie und Cath wahrscheinlich auch. Die Polizei untersuchte die Wohnung bis in den letzten Winkel. Selbstverständlich erklärte man ihnen, dies sei in solchen Fällen vorgeschrieben.

Die sporadischen Gespräche in diesen nicht enden wollenden Tagen kreisen um Nebensächliches. Manchmal berühren sie problematische Bereiche… Erwähnt jemand die Kinder, reagiert Cheryl derart hysterisch, dass irgendwann niemand mehr wagt, dieses Thema anzusprechen.

Barry und seine Mutter lasen die Briefe, einige kamen von anderen Eltern, deren Kinder vermisst wurden, einige von Verrückten, die meinten, das geschehe den Browns recht, aber die meisten kamen von Leuten, die sich als so genannte »Freunde« bezeichneten. Nach der Dokumentarreihe, schrieben sie, hätten sie das Gefühl, sie gut zu kennen. »Es ist fast so, als seien unsere eigenen Kinder vermisst.« Viele behaupteten, für die Browns zu beten.

Cheryl ernährt sich nur von Pillen und Tee, in den Nächten wird sie von so schrecklichen Albträumen gequält, dass sie fast erleichtert ist, wenn sie aufwacht. In diesen Träumen geht es immer um die Kinder.

Wie lange hält sie das noch aus?

Die Öffentlichkeit beginnt zu glauben, dass die armen Kleinen wahrscheinlich schon tot sind. Ermordet von irgendeinem Verrückten.

Hauptkommissar Rowe ist da anderer Ansicht.

Barrys Vater, Bill, bleibt zu Hause. Für ihn macht die tägliche Fahrt zur Wohnung im Harold-Wilson-Gebäude keinen Sinn. Nur um seinen Sohn zu trösten. Bestenfalls ist es deprimierend, außerdem stört er dort nur. Trösten ist Frauensache. Und Cath, die netterweise Urlaub bekommen hat, nimmt immer Eintopf mit oder kalten Braten. So schlimm die Sache auch ist, deshalb kann man doch nicht einfach aufhören zu essen, oder?

Die Enkelkinder hatte er ohnehin selten gesehen. Vor sechs Monaten hatten sie zum letzten Mal Kontakt gehabt. Die Browns gehörten nicht zu dieser Sorte Familie. Sie lebten draußen in Harlow, er war im Ruhestand wegen seiner chronischen Rückenschmerzen, Cath arbeitete noch in der Kantine im Gemeindehaus, wochentags waren sie also eingespannt, und am Wochenende hatten sie zu tun mit den Treffen ihres Caravanclubs … Dieses Hobby pflegten sie seit Jahren, seit Barry klein war.

Ihr Sohn hatte sie schwer enttäuscht.

Er war schon immer ein schwieriges Kind: Schuleschwänzen, Vandalismus, solche Sachen. Cath und er konnten sein Verhalten in ihrem netten Häuschen mit dem gepflegten Garten überhaupt nicht verstehen. Sie stammten ursprünglich aus dem alten East End und waren beide in den Sechzigerjahren als Kinder nach Harlow gekommen, in eine neue Stadt, die für Sauberkeit und Zukunft stand, in der es Grünanlagen gab, neue Schulen und Bibliotheksbücher ohne Eselsohren. Das East End war für sie der Inbegriff von Schmutz und Elend.

Barry begegnete Cheryl, als er einen Teilzeitjob bei McDonald's oben im West End hatte. Damals war er siebzehn und Cheryl fünfzehn. Sie spülte am Wochenende Geschirr, um ein paar Pfund zu verdienen.

Zu Cath' und Bills Entsetzen hatte Barry genau am ersten Tag seines Holzarbeit- und Kunstkurses geschwänzt. Natürlich beschwerten sie sich beim Schulleiter, als sie erfuhren, dass er für keinen anderen Kurs taugte. Man beruhigte sie, er sei Durchschnitt, aber seine Fehlzeiten wirkten sich nun mal negativ auf seine Leistungen aus.

Bill darf gar nicht an Barrys verpfuschte Schulzeit denken… Barry hätte ganz groß rauskommen können, das hat ihnen jeder gesagt. Er hätte jetzt ein Spitzenstürmer in der obersten Liga sein können. Als er zwölf war, wurde er für ein Probetraining zu den Spurs eingeladen, was sich Bill und Cath immer für ihn erträumt hatten. Bei jedem Wetter hatte Bill ihn zum Spielen angehalten, hatte an der Seitenlinie gestanden und ihn angefeuert, hatte seine Fußballschuhe geputzt, während Cath sein Dress mit der Hand wusch und ihm Orangen schälte. All die Jahre über hatten sie ihn unterstützt, Geld gesammelt für seine Mannschaft, Veranstaltungen organisiert. Und dann war der große Moment gekommen, doch es war, als schrecke ihr Sohn vor dieser Herausforderung zurück, als habe er Angst zu versagen, sie alle zu enttäuschen, seinen Trainer, seine Eltern, seine Kumpels und die ganze Juniorliga.

Er war so stur, sie brachten ihn nie dazu, ihnen zu sagen, warum er sich so verhielt. Er zog sich in sein Schneckenhaus zurück und schwieg. Cath und Bill verstanden die Welt nicht mehr. Er hatte ihre Hoffnungen zerstört. Und dann geriet er auf die schiefe Bahn, schwänzte die Schule, lungerte herum, wurde straffällig.

Als er sechzehn war, fanden sie es an der Zeit, dass er sich einen Job suchte.

Das sei alles »ein Riesenschwindel«, hielt er ihnen vor und lümmelte in seinem unaufgeräumten Zimmer herum. »Was soll ich denn mit einem Job? Acht Stunden ranklotzen, für ein Haus sparen, Ratenkauf? Warum soll ich nicht reisen, mir die Welt anschauen? Man hat nur ein Leben.«

»Du brauchst Geld, um zu reisen«, gaben sie zu bedenken.

Barry rümpfte die Nase. »Ich krieg Geld.«

»Es wächst nicht auf Bäumen«, erklärte ihm Cath.

Um zu reisen, brauchte man natürlich mehr als nur Geld. Abenteuergeist war wichtig, ein gewisses Selbstvertrauen und eine gewisse Neugierde. Barry und seine Kumpels hatten nichts davon. Sich zu amüsieren bedeutete für sie, den Verkäufer im Getränkemarkt so lange zu beschwatzen, bis er ihnen Alkohol verkaufte, sich in ein Pub zu schleichen, obwohl sie zu jung dafür waren, betrunken nach Hause zu torkeln, laut Obszönitäten zu grölen und damit Kinder aufzuwecken und die Leute zu erschrecken, die spät noch ihre Hunde ausführten. Ab und zu zerkratzten sie ein Auto, schraubten die Radkappen ab und warfen sie auf die Straße.

Sonntags zogen sie durch Harlow, weiter hinaus kamen sie selten.

Zum Glück für Barry und seine Kumpels war die Polizei zu beschäftigt, um ihnen Aufmerksamkeit zu schenken.

Man nahm ihr Verhalten als leichte Störung hin.

Doch das angenehme Phlegma, in dem Barry es sich bequem gemacht hatte, wurde eines Morgens jäh gestört, als er erfuhr, dass die Polizei ihn wegen einer Schlägerei in einem Pub suchte.

Er war dort gewesen, das stimmte, und er hatte gesehen, wie ein paar Kumpels sich hatten voll laufen lassen. Sie hatten Streit gesucht, nichts weiter Ungewöhnliches, aber ein Angestellter des Pub war schwer verletzt worden – ein Billardstock hatte seine Lunge durchgespießt.

Der Typ war noch in derselben Nacht gestorben.

Barry sollte verhört werden.

Zumindest ging er fest davon aus.

Als Bill und Cath am Sonntagabend entsetzt über das Verhalten ihres Sohnes vom Treffen des Caravanclubs in Skegness nach Hause kamen, war er verschwunden.

Ohne eine Nachricht zu hinterlassen.

Erst zwei Monate später, als Barry endlich den Mut aufbrachte, zu Hause anzurufen, konnten ihm Bill und Cath mitteilen, dass Nathan und Jake Nolan die Tat gestanden hatten und nun auf ihre Verhandlung wegen Totschlags warteten. Es hatte so viele Zeugen gegeben, dass Barrys Aussage nie wirklich gebraucht wurde.

Barry war also damals nach London geflohen, hatte eine Art Job und eine Art Freundin gefunden. Was eigentlich alles gar nicht nötig gewesen wäre.

Die erste Begegnung mit Cheryls Mutter hatte Bill und Cath geschockt. Nicht Cheryl selbst, obwohl sie auf Grund ihrer sozialen Herkunft ein mitleiderregendes Geschöpf war. Obwohl sie recht hübsch war und mit ihrer Zartheit Beschützerinstinkte weckte.

Als das erste Baby kam, stellte das Sozialamt dem jungen Pärchen eine Wohnung.

Für Cheryl hatte sich der Kreis geschlossen.

Und hatte auch Barry gefangen genommen.

Diese Entwicklung bedrückte Barrys Eltern sehr. Er hätte berühmt werden können, aber nun war er wieder da angelangt, wo sie alle angefangen hatten. Und weil Bill wegen seiner Rückenprobleme seine Arbeit bei ACE Electronics hatte aufgeben müssen und sie nun selbst zusehen mussten, dass sie mit Caths Minigehalt und seiner Erwerbsunfähigkeitsrente über die Runden kamen, konnten sie ihrem Sohn finanziell nicht einmal unter die Arme greifen.

Die Hochzeit im April war eine fast traumatische Erfahrung, von der sich Cath und Bill nie ganz erholten.

Es war das erste Mal, dass sie die Wattses trafen.

Und das vor all diesen Kameras.

Sie hatten gewusst, dass die Kameras da sein würden, und waren entsprechend nervös. Ihre Freunde und Nachbarn würden sie vielleicht bald im Fernsehen sehen können. Cath hatte sich einen schicken Hut von Glo ausgeliehen, der Geschäftsführerin der Kantine, die diese extravagante Kreation kürzlich bei der Hochzeit ihrer Tochter im Frühling getragen hatte.

Der Hut war wie ein rundes kleines Nest gestaltet, um das in einem Schleier Gänseblümchen drapiert waren. Für die große, dünne Cath war er viel zu winzig.

Cheryl gab eine äußerst anmutige Braut ab, auch wenn sie in Weiß auf dem Standesamt erschienen war, was mit einem drei Wochen alten Baby im Kinderwagen und einem Kleinkind im Arm etwas ungewöhnlich war. Cath war entzückt, dass Barry einmal etwas anderes als seine Jeans trug. Er hatte sich wie Bill einen Anzug geliehen, und sie machten beide eine gute Figur darin. Auch wenn Anzüge Bill noch kleiner machten, als er mit seinen 1,65 war.

Mit ihren Freunden und Verwandten standen sie draußen auf dem Bürgersteig, zwischen zwei überquellenden Mülltonnen. Man plauderte nervös, nestelte an Knöpfen herum und rauchte mehr als sonst. Besorgt warfen die Frauen gelegentlich einen prüfenden Blick in ihre Taschenspiegel und taxierten verstohlen die Braut.

In dem Kreisverkehr nebenan schalteten die Lastwagen einen Gang zurück.

»Drinnen ist es bestimmt ganz nett.«

Ein Raunen fuhr durch die Hochzeitsgesellschaft, als Donny eintraf. Sie sah aus, als wollte sie eine Expedition zum Nordpol unternehmen, mit ihren drei schweren Mänteln und den braunen Sandalen, die sie für die Zehen ausgeschnitten hatte. Ihre Füße starrten vor Dreck.

»Die gehört doch bestimmt nicht zu den Gästen, oder?«

»Niemals.«

Angewidert wandten sich die Leute ab.

»Sie ist eine alte Freundin der Braut«, mussten sie schließlich vernehmen. »Sie hat ein Problem, okay, aber Cheryl mag sie. Sie kennt sie, seit sie ein Kind war.«

Dann erschien die dicke Annie.

Sie sah aus wie eine Prostituierte.

Ihr schwarzer Lederrock bedeckte ihren Hintern nur notdürftig. Die weiße Spitzenbluse gab den Blick frei auf einen beachtlichen Busen, der aus dem eng sitzenden Büstenhalter quoll. Auf hohen Pfennigabsätzen, kichernd, die Lippen knallrot angemalt, wackelte sie auf das Brautpaar zu.

Die Kameras folgten ihr unermüdlich: von dem Augenblick, als die Autotür aufflog und man Annies schwarzen Nylonzwickel sehen konnte, bis zu der verschwitzten Umarmung, mit der sie Cath begrüßte. Wobei sie ihr mit ihrem riesigen Hut fast das Nest vom Kopf schob. Ihre Kopfbedeckung erinnerte an eine runde Pralinenschachtel.

Bevor Cath ihn aufhalten konnte, verschwand Bill mit ein paar Lippenstiftabdrücken auf seinen makellos rasierten Wangen im Weinkeller. Die Ankunft der restlichen Familienmitglieder der Braut wollte er sich nicht zumuten.

Lieber Gott, dachte Cath, war das eine Farce. Zweifelsohne würde ganz Großbritannien sich über diese Hochzeit kranklachen. Begriff das denn niemand außer Cath? Waren sie alle so erpicht darauf, sich vor den Kameras zu produzieren? Oder wussten sie einfach nicht, wie man sich zu benehmen hatte?

Die Männer hatten Tattoos auf den Fingern, gepiercte Ohren und Nasen, kahlrasierte Köpfe, Bierbäuche und schlechte Zähne und trugen keine Krawatte.

Die Frauen hatten ihr Haar wasserstoffblond gefärbt, Glitter auf den Wangen und schwarzumrandete Augen. Dazu trugen sie billige Handtaschen aus durchsichtigem Plastik und Ohrringe, die ihre Ohrläppchen nach unten zogen. Die Jugendlichen waren in Jogginghosen und Schuhen mit dicken Plateausohlen erschienen.

Cath und Bill hatten es in ihrem Leben zu etwas gebracht, doch die meisten Browns brauchten sich mit ihren Berufen nicht zu verstecken … Es gab zum Beispiel einen Fahrlehrer in der Familie, Sues Mann, sie lebten in Bishop's Stortford. Doug hatte in der Navy Karriere gemacht und trug seine adrette Uniform. Connie vertrieb Tagesdecken, und David leitete ein erfolgreiches Geschäft für Gartenartikel. Und vor diesen Leuten nun musste Cath lächeln und so tun, als freue sie sich, dass ihr einziger Sohn, der hübsche Barry, in den sie einst solche Hoffnungen gesetzt hatten, den Harlower Browns nun das hier zumutete.

Was sich, anders als Barrys frühere Fehltritte, nicht am Telefon herunterspielen ließ.

Wovon man nicht einfach mit den Worten ablenken konnte: »Ach, Barry geht's gut. Was gibt's Neues bei Lindsey?«

Das hier war real. Es wurde gefilmt. Es kam im Fernsehen.

Sebby konzentrierte sich auf die Braut, Leo auf die Familie und die Gäste.

Cheryl verhielt sich wunderbar; sie war ein Naturtalent. Und der Fiesling, der sie mit diesen Fotoaufnahmen reingelegt hatte, war ein Dummkopf, sie abzulehnen. Aber diese Möchtegern-Starlets waren dermaßen versessen darauf, reich und berühmt zu werden, dass sie alles für einen Typen machten, so lange er nur eine beeindruckende Visitenkarte hatte. Kaum ist die Rede von Probeaufnahmen, hüpfen sie mit den Typen bereitwillig ins Bett und wundern sich dann, wenn sie abgelehnt werden.

Aber, dachte sich Sebby, während er Cheryl den Bürgersteig entlang folgte und ihr zuzwinkerte, er und Leo waren auch nicht viel besser. Sie waren hier, um die Wahrheit zu berichten. Welche Wahrheit? Wessen Wahrheit? Die Wahrheit, die der Regisseur bei ihnen bestellt hatte, und das bedeutete in diesem Fall das Außergewöhnliche, Exzentrische, Rührende, Humorvolle. Man konnte es das Leben nennen, ja, nur dass Sebby sehr wohl wusste, wie Szenen manipuliert und Dialoge zurechtgeschnipselt werden konnten.

Cheryl war hier das Opfer. Sie filmten sie zu einem Zeitpunkt, als sie extrem verwundbar war, um das Mitgefühl der Zuschauer zu wecken. Sie bauten sie nur aus einem einzigen Grund auf: um sie besser fertig machen zu können, wenn die Zeit reif war. Manche Leute genossen es richtiggehend, im Rampenlicht und als Clowns oder Trottel gezeigt zu werden. Doch Cheryl Brown gehörte nicht zu diesen Menschen. Zum einen war sie zu jung und zum anderen zu aufrichtig.

Das bewies diese Hochzeit. In der Regel kostete eine Feier zwölfhundert Pfund, die durchschnittliche Zuschauerin vor dem Bildschirm hatte mindestens tausend Pfund für ein Kleid ausgegeben, dieses Trauerspiel musste sie daher zu Tränen rühren. Am peinlichsten waren die Versuche, es den Reichen gleichzutun. Warum schufen sie sich nicht ihre eigenen Spielregeln? Warum meinten sie, einen Empfang geben zu müssen, bei dem sie etwas zum Knabbern und Discount-Schaumwein anboten? Warum blieben sie nicht bei Bier und Hamburgern? Warum unbedingt einen Hut aufsetzen, wenn es nur zu einer billigen Kopie von C&A reicht? Und warum donnerte man sich mit einem Make-up im Barbara-Cartland-Stil auf, wenn man sich normalerweise dezent schminkte?

Unsummen hatte dieser billige Abklatsch von einer Hochzeitsfeier verschlungen.

Als Sebby davon hörte, dass Leo sich ihn als Mitarbeiter für dieses Projekt gewünscht hatte, war er geschmeichelt und zugleich etwas überrascht gewesen. Zu diesem Zeitpunkt hatten bei Griffin erfahrenere und talentiertere Typen als er gearbeitet. Doch allmählich begann Sebby sich zu fragen, ob Leos Motive wirklich beruflicher Natur gewesen waren.

Natürlich gab es Kollegen, die niemals damit einverstanden gewesen wären, die Pornoaufnahmen einzusetzen. Und es hatte eine Zeit gegeben, da wäre auch Sebby nicht dazu bereit gewesen.

Er blickte über die Kamera hinweg und sah Leo gegenüber auf der Straße. Selbst von hier konnte Sebby spüren, dass Leo etwas vor ihm verbarg.

Bei Griffin wussten alle, dass Alan Beam, der Regisseur der Serie, ohne die geringsten Skrupel nur die Zeit in der Firma absaß, bis er den Zeitpunkt für geeignet hielt, sich selbstständig zu machen. Erst vor ein paar Jahren hatte sich ein Teenager das Leben genommen, nachdem Alan ihn gegen sein Versprechen vor einem Fünf-Millionen-Publikum geoutet hatte. Er hatte das Gesicht des Jungen in einem Dokumentarfilm über Clapham Common gezeigt. Die Kamera hatte ihn nicht nur in Großaufnahme und bei sexuellen Handlungen gezeigt. Alan hatte ihn auch noch dazu gebracht, ein Interview zu geben, und ihm versprochen, seine Stimme unkenntlich zu machen. Dann gab es da den Gerichtsbeschluss, der Griffin dazu verdonnerte, eine riesige Summe Schadensersatz zu zahlen. Und es kursierte das Gerücht, dass manchmal Geld die Hände wechselte, wenn Alan eine Geschichte auf eine bestimmte Weise filmen wollte.

Jennie St. Hill war neu bei Griffin und von daher schwer einzuschätzen. Kate, Sebbys Freundin, würde sie mögen: Sie waren beide derselbe Typ, hatten beide die Schule in Wycombe Abbey besucht, allerdings lagen fünf Jahre zwischen ihnen. Da sich Sebby seines studentischen Image bewusst war – er kaufte sich seine Kleidung im Dritte-Welt-Laden und demonstrierte für die Rettung der Erde –, konnte er sein Glück noch immer nicht fassen, dass ein solch attraktives, kluges Mädchen wie Kate mit jemandem wie ihm zusammen sein wollte. Sie war unkompliziert, lieb und einfühlsam. Sein bester Freund und seine Geliebte zugleich. Sie waren jetzt seit fünf Jahren zusammen, seit er von der Universität abgegangen war.

Jennie St. Hill war von Red Carpet Film abgeworben worden, sie musste einfach gut sein. Warum sie bei Alans krummen Geschäften mitmachte, war Sebby ein Rätsel. Aber vielleicht gehörte das in diesen Zeiten, wo jeder unter Druck stand, einfach zum Geschäft dazu.

Sebby erträgt es kaum, Cheryl so auszunutzen. Doch er sieht sich in einer Zwangslage: Die Wohnung in Covent Garden war ein Riesenfehler gewesen. Eben hatte er noch die Hochzeitsgesellschaft kritisiert, weil sie die Wohlhabenden so plump zu kopieren versuchten, und dabei hatten er und Kate es nicht anders gemacht mit ihrer Wohnung in der Neale Street.

Aber damals hatte Kate noch gearbeitet und eine Aussicht auf berufliches Fortkommen. Sie hatten sich sicher gefühlt, als sie den Vertrag unterzeichnet hatten. *Tone* war ein modernes, geschmackvolles und intelligentes Magazin, das die Medien mit viel Aufhebens begrüßt hatten. Die Verkaufszahlen übertrafen schnell die des nächsten Rivalen, der *Marie Claire*. Bis dahin hatten er und Kate draußen in West Hampstead gehaust, und sie fanden plötzlich, dass es für ihrer beider Karrieren besser sei, wenn sie zentraler wohnten.

Aber Erfolg war etwas Flüchtiges. Zur selben Zeit, als *Tone* wie ein Felsbrocken unterging, kamen Sebby die ersten Gerüchte über einen Stellenabbau bei Griffin zu Ohren.

In seiner Situation konnte er die Chance nicht ablehnen, an einer Serie mitzuarbeiten, die seine nahe Zukunft sichern konnte. Wie konnte er sich Gedanken über Moral machen, wenn es Kate nicht gelang, die Art von Arbeit zu finden, die sie suchte? Vielleicht war sie zu wählerisch und zu ehrgeizig. Doch ihm fehlte der Mut, es ihr zu sagen.

Diese Cheryl sah wirklich nett aus...

Der Standesbeamte wirkte mit seiner Frisur und seiner sanften Fernsehsprecherstimme wie ein Moderator aus den Fünfzigern. Plastikblumen sollten den Raum verschönern, im Hintergrund lief Musik vom Band. Dafür küsste sich das Brautpaar innig und voll aufrichtiger Zuneigung.

»Vielleicht hält es ja nicht lange«, meinte Caths Schwester, Betty. Was Cath ziemlich unsensibel fand, denn schließlich war das die Hochzeit ihres einzigen Sohnes. »Sie sind ja beide noch zu jung, um zu wissen, was sie wollen«, schwatzte Betty weiter.

Auf dem Parkplatz neben dem Ort, wo der Hochzeitsempfang stattfand, bestieg ein Hund eine läufige Hündin, und die Hauswand zierte ein nicht jugendfreier Satz.

Liza Donnolly hockte sich auf den Bürgersteig und brabbelte vor sich hin, bis die Tür aufgesperrt wurde.

Da gab Cath auf. Im Weinkeller legte sie ihre Tasche einfach auf den Tisch, mit dem Geld und den ganzen Papieren. Wenn jemand sie mitgehen ließ, war ihr das auch egal – ihr reichte es.

Bill hatte bereits früher aufgegeben, aber ihn nahm so etwas weniger mit als sie. Er war robuster, als er aussah, ertrug einiges, abgesehen von seinen Rückenschmerzen.

Nur wenige Gäste verließen die Gesellschaft auch nur halbwegs nüchtern. Barrys Angehörige schoben vier Tische zusammen und harrten dort wie angewachsen aus. Die laute Discomusik und das Gekreische von Cheryls Verwandten machten eine Unterhaltung allerdings nahezu unmöglich. Deren Tische füllten sich mit Gläsern und Flaschen von den Tänzern, die diese abstellten, wo es ihnen gerade passte.

Ekstatisch zuckend und wild mit den Armen fuchtelnd bewegten sie sich wie ein Haufen Wilder zur Musik.

Und die ganze Zeit über schwenkten die Kameras durch den Raum.

Zur Maske erstarrt lächelte Cath ununterbrochen, dachte dabei an den Rotweinfleck auf ihrem blassblauen Kostüm und fragte sich ängstlich, ob die Fernsehzuschauer ihn bemerken würden. Ihre größte Sorge war jedoch, dass ein unbedachter Gesichtsausdruck ihren Abscheu vor den Wattses verraten könne.

In einer Hinsicht allerdings waren die Browns und die dicke Annie sich einig: Sowohl Bill als auch Cath hielten die Geschichte mit Griffin TV für nicht nur absurd, sondern darüber hinaus auch für riskant.

»Wenn sie sich schon zum Narren machen wollen, dann sollten sie wenigstens Geld dafür verlangen«, meinte Annie.

»Aber alles Geld der Welt kann den Verlust des Privatlebens nicht wettmachen«, gab Cath zu bedenken. »Und das Thema Armut, es ist so peinlich. Normalerweise müssten sich die beiden doch deswegen schämen.«

»Es ist keine Schande, arm zu sein«, widersprach Annie.

»Sicher, ja, aber normalerweise stellt man das auch nicht zur Schau.«

»Habe ich ihnen schon alles gesagt«, nickte die dicke Annie, »aber Cheryl ist unglaublich stur. Ich glaube, sie ist hin und weg, nur weil sie im Fernsehen zu sehen ist. Dass sie vielleicht entdeckt wird und groß rauskommt, so was in der Richtung.«

»Ich wusste gar nicht, dass Cheryl solche Träume hat.«

»Haben wir die nicht alle?«, rief die dicke Annie. »Cheryl hat schon als Kind davon geträumt, Schauspielerin zu werden. Und sie hat eine sehr schöne Stimme.«

»Damit kann sie ja vielleicht die Kinder in den Schlaf singen.« Cath war noch ganz benommen von der Mitteilung, dass die Geburt im Fernsehen übertragen werden sollte. Bei der Vorstellung, den Unterleib ihrer Schwiegertochter in Großaufnahme zu sehen, lief ihr ein kalter Schauder über den Rücken. Wie sollte sie ihr danach je wieder in die Augen sehen können?

Nach Scarletts Geburt, also etwa neun Monate vor der Ausstrahlung der Serie, besuchten Cath und Bill das Harold-Wilson-Gebäude und brachten Weintrauben und Blumen mit. Ihr zweites Enkelkind – und ein Mädchen. Scarlett, na ja, der Name war etwas zu dramatisch. Diana hätten sie nett gefunden – zum Gedenken. Das Gebäude schien seit ihrem letzten Besuch noch mehr heruntergekommen zu sein. Sprayer hatten die Wände mit grellen roten Graffitis *verunstaltet*, die Müllkörbe in den Gängen quollen über.

Cath litt unter der Allgegenwart der Kamera.

Später erzählte Cath ihrer Chefin, Glo: »Cheryl und Barry war die Kamera egal. Aber mir hat sie den ganzen Besuch verdorben. Dieses verdammte Zoomobjektiv brannte wie Feuer auf meinem Gesicht, als ich die kleine Scarlett zum ersten Mal erblickte, als ich sie hochnahm, als ich sie küsste. Wie soll man sich bitteschön natürlich benehmen, wenn man weiß, dass man ständig gefilmt wird? Ich bin mir sicher, dass ich ständig an meinen Haaren rummachte und mir den Kopf darüber zerbrach, ob meine Nase nicht glänzte. Und statt meiner Schokoladenseite haben die die ganze Zeit die andere gefilmt. Wer weiß, was die daraus machen…«

»Du musst wegfahren, wenn es im Fernsehen läuft«, schlug Glo vor.

»Zwölf Wochen lang? Wie denn? Du redest vom ganzen Winter, und du weißt, wie ungern Bill verreist.«

Sebby und Leo bewegten sich in Cheryls und Barrys Wohnung, als sei es ihre eigene. Die zwei jungen Männer blieben manchmal die ganze Nacht über dort, erzählte Barry. Und sie nannten Cath unbekümmert bei ihrem Vornamen, als kennten sie sie von Kindesbeinen an.

Als Victor zu krabbeln versuchte, lachten sie so herzlich, als gehörten sie zur Familie.

»Ich verstehe nicht, wie du die ganze Zeit diesen Stress aushältst«, bemerkte Cath Cheryl gegenüber. »Noch dazu mit dem Neugeborenen.«

Sie hatte entsetzt registriert, wie gelassen Cheryl ihre Brust mit der vergrößerten Brustwarze zeigte, ohne sich darum zu kümmern, ob die Kameras liefen. Zu gern hätte Cath gefragt, ob sie ihre Schwiegertochter auch auf der Toilette oder im Badezimmer filmten. Es herrschte untereinander eine solche Intimität, dass es in ihren Augen durchaus im Bereich des Möglichen schien.

Doch Cheryls Augen glänzten verklärt. »Alle sind so nett zu uns, die Nachbarn, jeder, sie wissen, was hier passiert, und haben Angst, wir könnten etwas Schlechtes über sie sagen. Das ist verrückt, man bekommt Macht dadurch. Ein paar sind darunter, die rufen ständig, dass sie auch ins Fernsehen wollen. Jetzt, wo die Kameras dabei sind, wagen sie es selbst auf dem Arbeitsamt nicht mehr, Barry wie den letzten Dreck zu behandeln.«

»Also noch immer keine Arbeit?«, wandte sich Bill an Barry. Er hoffte, der Junge würde sich besinnen, bevor die Filmerei vorbei war. »Du bist jetzt ein zweifacher Vater, mein Sohn.« Und Bill zwinkerte in die Kamera. Der eine, den sie Leo nannten, lächelte zurück.

Noch ahnte niemand an diesem Tag, dass Cheryl schon wieder zu grübeln angefangen hatte. Angstvoll dachte sie an den Tag, an dem Sebby und Leo, ihre persönlichen Helden, ihre Ausrüstung zusammenpacken und gehen würden.

5

Als die Dreharbeiten für die Dokusoap begannen, verbrachten Leo und Sebby beinahe den ganzen Tag mit den Browns. Und einige Nächte. Einer der Regisseure kam regelmäßig vorbei. Alan machte Barry auf ähnliche Art nervös wie Jennie Cheryl.

Manchmal blieb einer von ihnen den ganzen Vormittag lang in der Wohnung. Ihre kritischen Anmerkungen blieben nicht ohne Auswirkung auf die Kinder. Vor allem Victor brüllte bei jeder Kleinigkeit, und auch seine kleine Schwester Scarlett ließ sich nicht beruhigen. Wahrscheinlich spürten die beiden die Anspannung ihrer Eltern. Es genügte schon, dass Alan oder Jennie nachdenklich dasaßen und die Familie beobachteten oder einen Vorschlag machten.

»Du kannst Alan nicht ausstehen, weil er schwul ist«, meinte Cheryl. »Männer, die selbst homoerotische Neigungen verspüren, fühlen sich durch Schwule bedroht und werden dann aggressiv.«

Barry schnaubte verächtlich. »Träum ruhig weiter. Er ist dermaßen penibel, das ist nicht mehr feierlich. Schau dir nur mal an, wie er immer die Couch abwischt, bevor er sich hinsetzt. Wie er die Kaffeetassen nach Flecken absucht, wenn du ihm Kaffee anbietest. Hast du seinen angeekelten Blick gesehen, wenn Victor auf ihn zuläuft? Ich habe bei einem Mann noch nie so glänzende Haare gesehen. Er hält sich für Gott-weiß-was Besonderes.«

»Und du versuchst krampfhaft, ihn zu beeindrucken. Igitt! Kommst mit so großkotzigen Wörtern daher wie *brillant*. Du hast heute Vormittag *brillant* gesagt…«

»Habe ich nicht.«

»Barry, ich hab's genau gehört. Alan hält sich für überlegen, weil du dich so bescheuert benimmst. Und wenn Jennie hier ist, kriegst du den Mund kaum auf.«

»Okay, okay, die macht mir Angst. Willst du damit sagen, dass ich insgeheim auf solche Tussis stehe?«

»Pass bloß auf.«

»Sie mag uns nicht.«

»Wie kommst du darauf? Sie könnte nicht netter sein. Sie ist freundlich. Sie ist witzig.«

»Dein Problem ist, dass du überhaupt keine Menschenkenntnis hast. Die hat man, oder man hat sie nicht. Und es tut mir Leid, aber du hast sie nicht. Nur weil sie dich mit Küsschen begrüßt und so tut, als wäre sie ein Fan der *East Enders*. Wenn Jennie dich einlädt, mit ihr und ihren schicken Freunden essen oder ins Ballett zu gehen, bin ich vielleicht bereit, meine Meinung zu ändern.«

Sebby und Leo gehörten bald zum Inventar.

Es fiel nicht schwer zu vergessen, dass sie da waren. Von Anfang April bis Juli folgten die Kameras Cheryl und Barry, wann immer sie die Wohnung verließen. Wo immer sie hingingen, blieben die Leute stehen und starrten ihnen nach. Leo und Sebby folgten ihnen in den Supermarkt, zu Annies

Haus, bei ihren Spaziergängen im Park. Sie fuhren mit ihnen im Bus, wenn die Kinder quengelten und heulten und die schmutzigen Fensterscheiben ableckten. Sie begleiteten sie zum Sozialamt, filmten, wie Cheryl und Barry versuchten, den zuständigen Sachbearbeitern von einem neuen Herd zu überzeugen, zum Arzt wegen Scarletts Husten, zum Jahrmarkt im Park, und an Victors zweitem Geburtstag halfen sie mit, seine Geschenke einzupacken.

Cheryl hatte alles aus Versandhauskatalogen bestellt.

Womit sie nun fünf Pfund die Woche zurückzahlen mussten.

Neugierige Menschen machten sich auf den Weg in den fünften Stock des Wohnhauses, um nachzusehen, was da los war, schreckten bisweilen nicht einmal davor zurück, durch das kleine Fenster, das wegen der Randalierer vergittert war, in die Wohnung zu stieren.

»Willst du ein Brötchen, Mops?«, rief Cheryl dann und brach in lautes Gelächter aus.

In den Drehpausen saßen Leo und Sebby zusammen und quatschten, rauchten eine Zigarette, lasen Zeitung oder erzählten sich Witze. Sebby beobachtete aufmerksam und ernst alles, was um ihn vorging. Seinen großen braunen Augen schien nichts zu entgehen. Das Fernsehgerät lief selten. Für Cheryl waren sie eine richtige Familie. Wenn sie nur solche Brüder hätte statt dieser zwei Hohlköpfe Bobby und Shane… Doch es waren nicht ausschließlich brüderliche Gefühle. Welche Wirkung hatte sie auf die beiden, fanden sie sie attraktiv?

Cheryl verehrte sie auf eine kindliche Art, sie kamen für sie aus einer anderen Welt. Sie stellten etwas dar und waren schon so mancher Berühmtheit begegnet. Leo hatte als Fotograf für den *Mirror* gearbeitet, hatte Madonna und Diana kennen gelernt, war Gast bei Scary Spices Hochzeit gewesen. Er und Sebby hatten an der Universität studiert. Sebby war auf der *Rainbow Warrior* mitgefahren. In seiner kurzen, steilen Karriere war er am südlichen Polarkreis gewesen, war mit Delphinen geschwommen und auf Elefanten geritten. Sie hatten ein paar Dokumentarserien mit produziert, von denen Cheryl einige zumindest dem Namen nach kannte, die jedoch größtenteils auf BBC2 liefen.

Sie stellte sich vor, wie sie reagieren würde, wenn einer der beiden Annäherungsversuche unternehmen würde. Leo flirtete manchmal mit ihr. Sie merkte dann, wie ihr das Blut in die Wangen schoss. Wie sie sich plötzlich albern zu benehmen begann. Cheryl konnte sich nicht vorstellen, dass einer der beiden sich wirklich für eine wie sie interessieren würde… ungebildet, langweilig und bis über die Ellbogen in Abspülwasser steckend. Erstickte ihr Mitleid alle anderen Gefühle? Cheryl wusste, dass Leo verheiratet war und dass seine Frau ein Baby erwartete. Und Sebby hatte eine tolle Freundin.

Sie musste mehr über diese Frauen erfahren. Als könnten ihr die Fotos, die sie ihr zeigten, Informationen geben, so starrte sie sie an. Wie cool die Frauen waren, und wie schön. Den Kleidern konnte sie ansehen, wie teuer sie waren, obwohl sie da keine Erfahrung hatte. Und im Hintergrund war immer ein Strand, eine Skipiste oder ein kleines Pub auf dem Land voller Freunde zu sehen.

Wie hypnotisiert schaute sie die Fotos an, ihre Eifersucht und ihr Neid überraschten sie. Es wurde immer schlimmer, bis sie es kaum noch zu ertragen konnte.

Sie versuchte, sich für sie schön zu machen, versuchte, witzig und schlagfertig zu wirken.

Ängstlich fragte sie sich, was sie ihren Frauen erzählten, wie sie ihnen sie und Barry beschrieben.

Wahrscheinlich war sie ihnen gar nicht wichtig.

Aber würde sie Barry wirklich betrügen, wenn Sebby oder Leo Annäherungsversuche machten? Wenn sie nur an das Leben dachte, das sie ihr bieten könnten! Mit ihrer Energie, ihrem Talent! Aus ihr könnte ein ganz anderer Mensch werden, sie würde sich weiterentwickeln können. In ganz anderen Kreisen würde sie sich bewegen, in exklusiven Restaurants essen, in fremde Länder fliegen. Vorbei wären die öden Tage, ein Leben mit Schulden Vergangenheit. Und der Sex? Wahrscheinlich hatten die beiden erotische Spiele drauf, über die sie und Barry hinter vorgehaltener Hand kicherten. Wahrscheinlich lernte sie mit ihnen Ekstasen kennen, über die sie immer in den Zeitschriften las.

Diese Gefühle machten sie ganz wirr im Kopf, sie waren so heftig, kamen ihr vor, als wäre sie auf Crack oder so, und weniger, als wäre sie einfach nur in jemanden verknallt.

Woher kamen diese Gedanken? War es die Art und Weise, wie sie sie ansahen? Ein sanfter Unterton, der in ihren Stimmen mitschwang? Bestimmte Signale, die sie von ihnen empfing? Oder bildete sie sich das alles bloß ein? Fühlte sie sich so geschmeichelt durch ihre Aufmerksamkeit? Was immer es war, es irritierte Cheryl sehr. Dabei hatten die beiden in ihrem Leben gar keinen Platz für sie. Wahrscheinlich dachten sie nur, sie sei leicht ins Bett zu kriegen. In dieser eigenartigen Beziehung waren die beiden die Aktiven und sie die Passive; die beiden machten Vorschläge, sie führte sie aus. Und obwohl Sebby und Leo locker und stets freundlich waren, hatte Cheryl immer das Gefühl, dass sie sich ihr überlegen fühlten. Doch würde sie Barry wirklich fallen lassen und mit einem der beiden gehen?

Sie konnte es sich einfach nicht vorstellen. Das war doch alles nur Spinnerei. Barry war real, Barry war sicher und gehörte zu ihr, die beiden anderen würden nie seinen Platz einnehmen können.

Bei kleineren Meinungsverschiedenheiten mussten Cheryl und Barry sich stets unterwerfen.

Meistens ging es dabei um die Intimsphäre.

Wenn Cheryl und Barry gestritten hatten oder wenn Cheryl nach einer durchwachten Nacht dunkle Ringe unter den Augen hatte und die Crew noch immer mit ihren Kameras da war und alles filmte, riss Barry der Geduldsfaden.

»Verzieht euch endlich, ihr perversen Arschlöcher!«, brüllte Barry dann. »Lasst uns allein! Haut ab!«

Aber Sebby und Leo ließen sich nur selten aus der Ruhe bringen. Sie versuchten dann zu diskutieren.

»Okay, es ist schwierig, wir wissen, es ist schrecklich, uns ständig dabei zu haben. Aber wir müssen euch auch filmen, wenn es euch schlecht geht.«

»Es geht uns immer schlechter, hört auf, euch hier aufzublasen. Ihr seid hergekommen, mit euren Designerjeans, euren tollen Schlitten vor der Tür und der ganzen Scheiße im Kopf, um zu sehen, wie es bei denen, die ganz unten sind, zugeht... Lieber Gott, ihr lacht euch halb krank.«

»Barry, beruhige dich. Du weißt doch, dass das nicht stimmt.«

»Ja? Das stimmt nicht? Ich liege da völlig falsch?«

Und Cheryl zuckte innerlich zusammen. Nicht weil Barry die Nerven verloren hatte, sondern weil er sich blamierte. Er kam nicht an gegen sie. Das hier war seine Welt, er und Cheryl waren darin gefangen. Sebby und Leo dagegen konnten mit dem Aufzug hinunterfahren und durch eine Zaubertür in ein anderes Leben treten, ein Leben, nach dem sich Cheryl immer stärker sehnte.

Aber leider kannte sie das Passwort für die Zaubertür nicht.

Sie schämte sich für Barry, er kam ihr vor wie ein Versuchstier, das mit Stecknadeln festgesteckt war und nun von Leo und Sebby seziert wurde.

Nichts war dem Filmteam heilig.

Nicht einmal das Schlafzimmer.

»Okay, Kids«, sagte Leo dann, »machen wir ein paar Aufnahmen von euch beiden im Bett.«

Das war zwar als Vorschlag formuliert, doch es war klar, dass es als Befehl gemeint war. Die beiden hatten die volle Macht von Griffin im Rücken, und zu ihrer Verblüffung musste Cheryl feststellen, dass genau das alles sie selbst auch noch anmachte. Ihre unterwürfige Rolle gefiel ihr – mit Leo und Sebby dabei fühlte sie sich so sicher.

Beim ersten Mal hieß es: »Versucht einfach zu vergessen, dass wir hier sind.«

»Ihr macht wohl Witze«, entgegnete Barry, »ihr wollt doch nicht sagen, dass wir uns hier die Kleider vom Leib reißen sollen?« Er stand an der Schlafzimmertür und brüllte fast, aber seiner Stimme war anzuhören, dass er selbst nicht daran glaubte, sich durchsetzen zu können.

»Wenn wir wollen, dass es authentisch rüberkommt – und das wollen wir, und die Leute in der Chefetage von Griffin wollen das, und unser Produzent und sogar Alan will das –, dann müsst ihr da durch. Wir haben es nicht auf Großaufnahmen von Busen und Schwänzen und Ärschen abgesehen, dieser Film wird sorgfältig geschnitten, aber ihr müsst euch natürlich geben, ungezwungen. Es geht um den Ruf unserer Firma. Das hier ist ein Dokumentarfilm, okay?«

»Zieht euch aus und ab ins Bett«, fügte Sebby, der hinter der Kamera stand, ruhig hinzu. »Lasst euch Zeit, ich bin bereit.«

Cheryl und Barry sahen sich an. »Du meine Güte«, sagte Barry und zog die Schultern hoch, »träum ich das?«

»Ist doch egal«, antwortete Cheryl. »Was macht das schon? Du und ich, wir werden bestimmt niemanden aufgeilen, das ist klar.«

Und sie öffnete den Reißverschluss ihrer Jeans und stieg erst mit einem Bein, dann mit dem anderen, heraus. »Cheryl, hör auf…«

»Halt den Mund, Barry!«, rief Leo. »Kamera läuft. Jetzt mach schon, wir sind alle müde, wir wollen alle irgendwann ins Bett.«

Cheryl wandte den Kameras den Rücken zu, als sie ihren BH auszog, und schlüpfte in ihr Nachthemd, bevor sie ihr Höschen auszog. Sie warf Leo einen nervösen Blick zu, bevor sie unter die Bettdecke schlüpfte und sie bis an ihr Kinn hochzog.

»Na ja, das ist immerhin ein Anfang«, meinte Sebby. Dann entledigte sich Barry seines Hemdes und seiner Jeans. Die Unterhose behielt er an.

»Wer weiß«, flüsterte Barry Cheryl ins Ohr, als es dunkel war. »Die beiden könnten genauso gut geile Spanner sein.«

»Sind sie aber nicht.«

Er drehte den Kopf, sodass sie Nase an Nase auf dem Kissen lagen. »Woher willst du das wissen?«

»Weiß ich halt.« Und damit war für sie das Thema erledigt.

Später ging es natürlich weiter. Es ging immer weiter. Alles.

»Vernasch sie«, verlangte Leo. »Du bist jung, du bist geil, du bist ein Macho. Leg dich wenigstens auf sie drauf, zeig den Zuschauern, dass du keine Leiche bist, die zufällig neben ihr im Bett liegt.«

»Verzieh dich«, knurrte Barry.

»Soll ich dir zeigen, wie das geht?«

»Bloß nicht«, stöhnte Barry.

»Komm schon, Kleiner, zeig, was du kannst.«

Am Schluss tat Barry, was sie von ihm verlangten. Ihm blieb keine andere Wahl. Schließlich hatten sie den Vertrag unterschrieben. Er wälzte sich stöhnend auf seine Frau. »Was für eine Heuchelnummer«, murmelte er. »Als nächstes wollen sie wahrscheinlich, dass ich einen Steifen bekomme.«

Im Lauf der Zeit machten ihnen solche Situationen dann nichts mehr aus, so sehr hatten sie sich an die Kamera gewöhnt. Und genau darauf hatte Griffin es natürlich von Anfang an angelegt.

Man konnte den Browns so leicht eine Freude machen, dass es Sebby unangenehm berührte. Und Cheryls Bedürfnis, gemocht zu werden, war manchmal nicht auszuhalten.

Er hoffte, dass alles so gut laufen würde, dass sie diese kranken Fotos von Cheryl gar nicht brauchten. Vielleicht entschied sich Alan ja, die Softpornosache bleiben zu lassen. Er fand Cheryl und Barry so sympathisch und mit jedem Tag wuchs ihm die Familie mehr ans Herz. Sie so in der Hand zu haben, machte ihn fast krank vor Scham.

Immer wieder versuchte er, sich mit dem Gedanken zu trösten, dass diese Aufnahmen kaum Aufsehen erregen würden. Kaum jemanden würde das hinter dem Ofen hervorlocken.

Er sah Leo bewundernd bei seiner Arbeit zu. Beobachtete, wie sein Kollege allmählich das Vertrauen des Pärchens gewann, sodass am Schluss ein Wort von ihm genügte und sie sich bereitwillig fügten. Keine Woche hatte er gebraucht, um Cheryl um den Finger zu wickeln. Und dabei bestand die Gefahr, dass sie, einfach gestrickt wie sie war, nicht begriff, worauf es ihm ankam. Bei Barry war es anders, mit Süßholzgeraspel konnte man ihn nicht für sich gewinnen, genauso wenig mit coolem Auftreten. Ihn beeindruckten auch die Namen der Prominenten nicht, die Leo ständig fallen ließ. Schließlich gelang es ihm mit der Kumpeltour.

Und Leo, der nur einmal ein Spiel gesehen hatte, um es für die Rückseite des *Mirror* zu covern, spielte seine Rolle so gut, dass man hätte meinen können, er sei der heißeste Tottenham-Fan aller Zeiten.

Als sie einmal nur einen halben Tag drehten, suchten sie danach noch das Pub um die Ecke auf. War sich Leo überhaupt klar, welche Folgen seine Flirterei haben könnte? Sebby sprach ihn darauf an.

»Sie ist ein nettes Ding«, meinte Leo gelassen und nahm einen großen Schluck von seinem Lager. »Es ist nicht so, dass ich mich großartig anstrengen müsste. Ich sehe da kein Problem.«

»Für sie ist das kein Spiel«, erklärte ihm Sebby.

»Nicht mein Problem«, knurrte Leo.

»Es wird mit Tränen enden.«

»So blöd ist sie auch nicht.«

»Das hat nichts mit Intelligenz zu tun. Es hat zu tun mit mangelndem Selbstwertgefühl, mit Cheryls Unsicherheit. Für sie bist du ein Held. So einfach ist das. Sie ist leicht zu beeindrucken, und du musst dich nicht lange umsehen, um zu verstehen, weshalb.«

Grinsend lehnte sich Leo zurück. »So unbedarft ist sie nun auch wieder nicht, schließlich hat sie mal für diese Fotos posiert.«

»Erinnere dich doch mal daran, wie sie auf den Fotos ausgesehen hat, Leo. Unbedarfter geht's nicht. Darauf siehst du ein Mädchen, das reingelegt wird. Die haben nicht im Entferntesten etwas mit Erotik zu tun.«

»Worauf willst du hinaus?«

»Lass sie künftig in Ruhe, das ist alles. Du hast sie doch jetzt da, wo du sie haben wolltest.«

Leo starrte Sebby an und grinste noch immer. »Steckt da vielleicht mehr als nur berufliches Interesse dahinter?«

Sebby spürte Wut in sich aufsteigen. Warum redete er überhaupt mit diesem Kerl? Vielleicht hätte er besser nicht davon anfangen sollen. »Anturnen kannst du sie schnell, sie wieder runterzuholen, das wird das Problem werden.«

»Du sprichst wohl aus persönlicher Erfahrung?«

»Das ist ein allgemein bekannter menschlicher Zustand, Leo. Cheryl ist besonders verwundbar, das ist alles. Aber offensichtlich hast du dafür keine Antenne.«

»Du unterschätzt sie«, entgegnete Leo achselzuckend und stand auf, um sich noch etwas zu trinken zu holen. »Du unterschätzt sie beide.«

Doch nicht Cheryl und Barry bereiteten Sebby solches Kopfzerbrechen, es war ihr kleiner Sohn, Victor. Wie sich die Einmischung von Griffin Productions wohl auf sein Leben auswirken würde, wenn die Dreharbeiten vorbei waren? Zwar hielten sie sich aus beruflichen Gründen in der Brownwohnung auf, aber mit Sicherheit hatte sich durch ihre Anwesenheit die ganze Atmosphäre verändert. Ohne sie, vermutete Sebby, würden die Tage anders verlaufen.

Sogar Leo, der werdende Vater, spielte mit dem Kleinen, der schnell Vertrauen fasste, freundlich war und leicht zufrieden zu stellen. Sie kauften ihm Spielzeug – nicht viel, aber es war schwer, der Versuchung zu widerstehen, wenn man sah, wie wenig er hatte. Wenn es drunter und drüber ging und sich auch noch das Baby durch Schreien meldete, kümmerten sie sich um ihn. Sie wärmten auch mal ein Fläschchen, holten ein paar Pizzas, arbeiteten sich in komplizierte Lego-Bauanleitungen ein oder klopften der Kleinen so lange auf den Rücken, bis sie ihr Bäuerchen machte.

Sogar Ausflüge verliefen mit den Kameras fröhlicher. Sebby fand es deprimierend, wie hilfreich und nett Menschen sich plötzlich zeigten, wenn ihnen klar wurde, dass sie im Fernsehen kommen könnten. Menschen, die unter anderen Umständen wohl schulterzuckend vorbeigelaufen wären, wenn sie eine Mutter gesehen hätten, die sich damit abkämpfte, einen Kinderwagen in einen überfüllten Bus zu hieven. In solchen Momenten musste Sebby sich eingestehen, dass er und Leo zumindest gelegentlich zur Verbesserung der Lebensqualität der jungen Familie beitrugen, so sehr sie das Leben von Cheryl und Barry auch ansonsten durcheinander wirbelten.

Leo konnte zum Brüllen komisch sein. Er brachte Cheryl dermaßen zum Lachen, dass ihr die Tränen über die Backen liefen. Barry fühlte sich dadurch beflügelt. Gemeinsam alberten sie herum, machten sich über andere Leute lustig und kicherten wie Teenager über jeden Blödsinn. Jeder, der sie sah, hätte sie für vier Freunde auf einem Ausflug halten können.

Nur ihr unterschiedlicher Wortschatz passte nicht in dieses Bild.

Und die unterschiedliche Kleidung.

Und die Tatsache, dass Leo vorauslief und nie eine Einkaufstüte schleppte.

Cheryl liebte die tief gehenden Gespräche, in denen sie zum ersten Mal ausgiebig schwelgen konnte.

»Aber wie sollen wir aus dieser Situation rauskommen? Wir stecken völlig fest. Wenn Barry eine Arbeit findet, bekommen wir keine staatliche Hilfe mehr. Das reicht dann weder zum Sterben noch zum Leben. Es gibt für ihn keinen Job, bei dem er genug für uns alle verdient.«

»Ihr müsst euch um einen Ausbildungsplatz bemühen«,

meinte Sebby, der sich zwei Zigaretten drehte und ihr eine davon reichte.

»Ach ja? Barry und ich, wir haben aber gar nichts vorzuweisen, rein gar nichts, keine Abschlüsse.«

»Das kann euch niemand vorwerfen. Aber dass ihr euch damit abfindet, das schon.«

»Was für eine Ausbildung meinst du?«

»Na ja… was ihr euch halt so zutraut. Wie wär's mit Krankenpflege?«

»Braucht man da nicht Mathe?«

»Kannst du ja lernen. Du könntest Schwesternhelferin werden. Dafür braucht man keine besonderen Kenntnisse.«

»Ich kann nicht einmal das Neunereinmaleins.«

»Kann ich auch nicht. Sei nicht so pessimistisch, Cher. Du kannst Mathe schaffen, wenn du wirklich willst. Und was ist mit dir, Barry? Mechaniker wär doch was für dich. Du interessierst dich doch für Autos, oder?«

Barry lief puterrot an. »Ist deine Frau vielleicht Schwesternhelferin?«, wandte er sich sarkastisch an Leo. »Und was ist mit Kate, Sebby? Was macht sie denn so? Und warum arbeitest du nicht in einer Autowerkstatt?«

»Oh«, erwiderte Leo lachend und zeigte eine Reihe weißer, tadelloser Zähne. »Das heißt also, für dich gibt es keine Grenzen, Barry? Erzähl mir doch, was du gerne machen möchtest?« Doch Barry konnte ihnen gar nichts erzählen. Er hatte keine Ahnung von Qualifikationen und Abschlüssen, und zurück auf die Schule zu gehen, hielt er für reine Zeitverschwendung. »Ihr arroganten Schweine«, schnaubte er.

»Wir wollen dir doch nur helfen«, antwortete Leo und zwinkerte Cheryl heimlich zu. »Ihr könnt schließlich nicht ewig hier bleiben. Mit den paar Pennys ist das ja kein Leben. Ihr müsst euch Ziele setzen. Lieber Gott, ein Leben wie eures würde mich verrückt machen.«

»Aber mit den Kindern ist ein Neubeginn schwierig«, mischte sich Cheryl ein, der Barry Leid zu tun begann.

»Das ist doch Blödsinn«, fuhr Leo sie an. »Es gibt genügend staatliche Fördermaßnahmen, ihr müsst euch nur darum kümmern. Die Maßnahmen sind vor allem für Leute, die vorwärts kommen wollen, wie sie es nennen.«

Cheryl konnte Stunden damit zubringen, über ihre Situation zu reden. Sie liebte diese Gespräche, sie liebte es, dass über Barry und sie gesprochen wurde und man sich Gedanken um ihre Zukunft machte. »Es ist mangelndes Selbstvertrauen«, betonte sie immer wieder. »Barry und ich, wir sind nicht wie ihr. Ich meine, wir machen bei einem Film mit, in dem es um Megaversager geht. Wir wurden ausgewählt, wir wurden wirklich ausgewählt, weil wir die Armen und Unterdrückten repräsentieren. Für uns ist es also nicht so einfach, daran zu glauben, dass man tatsächlich in seinem Leben etwas verändern kann.«

Als Barry einmal nicht da war, fragte Leo sie: »Warum er? Was zum Teufel bringt ein Mädchen wie dich dazu, sich mit einem Kerl wie ihm einzulassen?«

Sebby stand abrupt auf und fing an, an der Beleuchtung in der Ecke herumzunesteln. Cheryl kicherte unsicher. »Barry? Warum ich Barry geheiratet habe?« Im ersten Moment wusste sie nicht, was sie auf diese Frage antworten sollte. Und Leos Grinsen wurde zusehends breiter, er zog die Augenbrauen so hoch, dass sie beinahe zusammenstießen. »Er ist witzig, er ist nett, er sieht toll aus, er gibt sich Mühe… Er hätte für die Spurs spielen können, musst du wissen, ihm wurde ein Probetraining angeboten.«

»Aber er spielt nicht für die Spurs, oder?«, entgegnete

Leo ruhig. »Sehen wir den Tatsachen ins Auge, er baut immer Scheiße.«

Sebby räusperte sich und fragte: »Leo, kannst du mal eine Minute rüberkommen und dir das ansehen?«

Aber Cheryl gab nicht auf: »Er ist witzig und nett und wird nie ausfallend. Und neben ihm fühle ich mich akzeptiert, wertvoll, er macht mich nicht so runter wie du…«

»Jetzt mach mal halblang, inwiefern mach ich dich denn runter?«

Cheryl errötete. »Einfach indem du da bist.«

Leo grinste amüsiert. »Na ja, das ist eigentlich nicht meine Absicht.«

Sie versuchte, ruhig zu sprechen, aber ihre Stimme hatte zu zittern angefangen. Ihr war ganz heiß geworden. Merkte er etwas? Spürte er, welche Wirkung er auf sie hatte? Sie liebte diese Gespräche voller Anspielungen, sie liebte sie und gleichzeitig machten sie ihr Angst.

»Das klingt, als würdest du von einem guten Freund sprechen. Wo bleibt da die Liebe, wo kommt der Sex ins Spiel?«

Cheryl war zu verletzt, um zu antworten. Er kam ihr so kühl, so abschätzig vor. Sie blickte verwirrt hinauf zu Leo, und er lächelte sie an, als wisse er Bescheid. Ihr zog es das Herz zusammen.

»Und jetzt?«, fragte er sie. »Und in Zukunft? Wirst du dich immer mit Zweitklassigem zufrieden geben?«

»Ja«, antwortete sie trotzig, nur um dieses Lächeln in seinem Gesicht zum Verschwinden zu bringen. »Er ist nicht zweitklassig. Er ist erstklassig. Ich liebe ihn. Und er liebt mich.«

Wenn das alles vorbei war, die Dreharbeiten beendet waren und die Filmleute weiterzogen, würden Leo und Sebby sie dann für immer aus ihrem Leben verbannen? Waren sie nur eine Arbeitsbeziehung, war ihre Freundschaft so oberflächlich?

Cheryl wollte das nicht glauben.

Vielleicht würde die Crew, wenn sie und Barry Stars würden, sie in ihren Kreis aufnehmen. Vielleicht würden auch sie mal abends mit Leo, Sebby, Sophie und Kate ausgehen; vielleicht würden sie zusammen Ski fahren in Frankreich, sich im Sommer mit Freunden ein Haus mieten, und am Ende würden Victor und Scarlett zusammen mit ihren Kindern aufwachsen … Dieselben Schulen besuchen, dieselben Partys, dieselben Universitäten.

Barry müsste sich dann natürlich ändern, müsste lernen, sich nicht immer als Versager zu fühlen, nicht so auf Abwehr zu gehen und den Clown zu spielen. Aber wenn er erst einmal berühmt und reich war, wer konnte schon wissen, wie sich das auf ihn auswirkte?

Der Gedanke an den bevorstehenden Abschied von der Crew ließ Cheryl nicht los. Noch zwei Monate, und dann war es wieder ruhig in der Wohnung. Dann gäbe es niemanden mehr, mit dem man reden konnte, der ihr mal eine Avocado mitbrachte, knusprige Schinkensandwiches backte, den Morgen durch gute Laune verschönte. Es gäbe dann keinen Grund mehr, sich die Haare zu waschen, die Wimpern zu tuschen und sich schön anzuziehen.

Sie versuchte, sich damit zu trösten, dass im darauf folgenden Januar die Dokumentarreihe im Fernsehen laufen sollte und das wunderbar werden würde. Alle Welt würde darüber sprechen – das könnte für sie den Durchbruch bedeuten. Vielleicht würde man sie zu Talk-Shows einladen und zu Wohltätigkeitsveranstaltungen. Sie würden sich dann am Tag darauf die Zeitungen kaufen, um nachzulesen, was die Kritiker schreiben, aber eigentlich waren die Kritiker gar nicht so wichtig. Es würde bestimmt faszinierend sein zu sehen, wie sie auf dem Bildschirm wirkten.

Cheryl hatte sich selbst noch nie auf Video gesehen. Die Bildschirme auf dem Postamt oder bei C&A zählten nicht, sie waren klein und unscharf, und außerdem zeigten sie einen meist nur von hinten. Die Browns hatten kein Mitspracherecht beim Schnitt, und niemand hatte ihnen gegenüber erwähnt, dass sie zu einer Preview eingeladen werden könnten, bevor der fertig gestellte Dokumentarfilm ausgestrahlt wurde. Würden sie sympathisch rüberkommen oder negativ?

Aber sie hoffte, oh, wie sehr sie hoffte … Es war schließlich nicht verboten zu träumen.

Alan Beam beruhigte sie. »Ihr kommt wunderbar rüber«, erklärte er ihnen. »Ihr seid beide wahnsinnig fotogen.«

»Kann ich es mir mal anschauen?«

»Noch nicht.«

Sie hatte wieder davon angefangen, dass sie sich noch ein Baby wünschte.

»Du machst wohl Witze!«, rief Barry über den Kinderlärm hinweg.

»Nein, das meine ich ernst. Ich ertrage die Vorstellung nicht, dass jetzt alles vorbei ist. Ich hab wirklich Angst, Barry. Es ist, als ob das Leben aufhört, wenn Leo und Sebby gehen.«

»Aber noch ein Kind hilft uns nun wirklich nicht weiter. Jesus, Scarlett ist erst acht Wochen alt.«

»Es würde *schon* helfen. Glaub es mir. Ich bin mir absolut sicher, wenn ich schwanger wäre, gäbe es wieder etwas Neues in meinem Leben.«

»Du bist verrückt. Das kann doch nicht dein Ernst sein, Cher.« Barry heulte fast.

»Sonst würde ich es nicht sagen.«

»Wie sollen wir klarkommen mit noch einem Kind?«

»So wie wir es mit zwei auch schaffen.«

»Aber wir schaffen es doch nicht. Wir kommen kaum über die Runden.«

»Na, dann müssen wir uns halt anstrengen, über die Runden zu kommen.«

Natürlich dachte Barry überhaupt nicht an die Folgen, wenn er mit Cheryl schlief. Dann war sein Verstand völlig ausgeschaltet, und Cheryl hatte die Oberhand. Dann konnte Cheryl die Sterne vom Himmel verlangen, und er versprach ihr, sie für sie zu holen.

Sie wusste, dass sie unvernünftig war und dass sie ihn unter Druck setzte. Und dass er befürchtete, sie könnte wieder in dieser Depression versinken. Wieder Tabletten brauchen. Den Großteil des Tages im Bett verbringen. Wegen nichts und wieder nichts in Tränen ausbrechen, den ganzen Tag heulen, ihm die Kinder überlassen, das Kochen, die Wäsche, das Putzen.

Aber sie hatte solche Angst vor der Leere…

Was Cheryl nicht ahnen konnte, war, dass ihre übersteigerten Muttergefühle – ihre Sehnsucht, etwas Großes und Schönes zu schaffen, – der fatale Fehler sein würde, der die beliebten Browns zum meistgehassten Paar des ganzen Landes werden ließ.

6

Die Sonne brennt vom Himmel herunter.

Fünf Stockwerke weiter unten verkünden die Züge ihre gellenden Signale, zwei schrille Töne, und sie verlassen den

Bahnhof. Wohin sie fahren, bleibt den Beobachtern hoch über ihnen verborgen. Manchmal, wenn es windstill ist, kann man die Lautsprecherdurchsagen hören. Wie Stimmen aus dem Jenseits klingen sie, Stimmen, die Cheryl beunruhigen, wenn sie ihre depressiven Phasen hat.

»Erzählen Sie es uns noch einmal, Cheryl«, fordert Hauptkommissar Rowe sie auf. Der Ausdruck in seinen blauen Augen ist so kalt, dass es Cheryl fröstelt. Er sitzt steif auf einem vom Sozialamt bereit gestellten Stuhl mit durchhängender Sitzfläche. »Ich weiß, wie schmerzlich das für Sie ist, aber wir müssen die Ereignisse noch einmal Schritt für Schritt durchgehen.«

Cheryl bricht der Schweiß aus. Rowe muss Verdacht geschöpft haben. Er glaubt ihr nicht. Warum?

Was macht sie falsch? Sie weiß nicht mehr weiter.

Die Polizisten erscheinen jeden Tag bei ihr, jeden Tag derselbe Stress, und jeden Tag versucht Cheryl, sich krampfhaft zu erinnern, was sie ihnen das letzte Mal erzählte.

»Es war kurz nach neun …«

»Warum sind Sie sich da so sicher?«, fragt er sie mit diesem merkwürdigen, nicht zu deutenden Lächeln.

»Weil die Nachrichten gerade im Fernsehen kamen.«

»Auf welchem Kanal?«

»BBCI. Und wir schalten immer auf ITV um, wenn die Nachrichten kommen. Außerdem wollte ich früh in der Klinik sein. Also habe ich ständig auf die Uhr gesehen, so wie Sie …«

»Und Barry hat Ihnen die Treppe hinuntergeholfen?«

»Ja, weil der Lift nicht funktioniert hat.«

»Und dann hat er sie allein gelassen und ist wieder hier raufgegangen?«

»Ja, um aufzuräumen. Der Frühstückstisch, die Betten, die Pyjamas der Kinder und ihre Kuscheltiere, das hat alles am Boden herumgelegen.« Cheryl zieht die Nase hoch und sucht den Blick des Kommissars.

Er erwidert ihren Blick, bis sie ihm ausweicht. »Warum haben Sie alle drei Kinder mitgenommen? Es wäre doch bestimmt einfacher für Sie gewesen, nur Cara mitzunehmen. Um sie ging es ja schließlich, sie war die Kranke.«

»Die Kinder gehen gerne in die Klinik. Es gibt da kistenweise Spielsachen, einen Traktor mit Anhänger, auf dem Victor fahren kann.« Gereizt setzt Cheryl hinzu: »Sie kommen nicht oft raus. Meistens sind sie hier in der Wohnung eingesperrt, langweilen sich, so wie wir.«

»Aber für Scarlett kann das doch noch kein Problem sein, in ihrem Alter?«

»Ist es aber. Sie kann jetzt schon laufen. Und dort kann sie besser rumsausen. Wenn sie mal rauskommt, danach können wir sie gleich hinlegen.«

»Zum Schlafen?«

»Ja, die frische Luft macht sie müde«, erklärt Cheryl ruhig. Sie hat ihnen das alles schon so oft erzählt, er aber beharrt auf den Befragungen, glaubt, ihr könne noch etwas einfallen, was sie bisher vergessen hat.

»Und von hier bis zur Klinik brauchen Sie zehn Minuten?«

»Ja, so ungefähr.«

»Aber Sie können sich noch immer nicht daran erinnern, einen Bekannten gesehen zu haben – Nachbarn, jemanden aus einem Geschäft hier oder Leute aus der Gegend, andere Mütter …«

»Sie wissen doch, dass ich niemanden gesehen habe. Ich hätte Ihnen doch längst erzählt, wenn ich jemand getroffen hätte.«

»Okay, Cheryl, okay, versuchen Sie, etwas Geduld mit uns zu haben.«

Heidi, die Wachtmeisterin, die die meiste Zeit bei ihnen in der Wohnung verbringt, fragt sie, ob sie Tee wollen. Alles ist so anders als damals, als die Filmleute hier waren. Es ist so kompliziert, so anstrengend, und Cheryl will eigentlich nur ihre Kinder wiederhaben, die Wahrheit sagen und alles hinter sich bringen.

In ihren schlimmsten Albträumen hatte sie sich nicht vorgestellt, dass es so schlimm werden würde. Sie hatte gedacht, man würde sie nett behandeln und sie trösten. Stattdessen umringten sie sie wie ein Rudel Wölfe, als wollten sie sie in die Enge treiben und in Stücke reißen.

Drei Viertel der Dreharbeiten lagen hinter ihnen, als Cheryl auf eine Art und Weise, mit der sie glaubte, die Zuschauer anzusprechen, verkündete, sie sei wieder schwanger.

Die Kameras liefen, und sie und Barry standen in der Küche und bereiteten Spiegeleier auf Toast zu. Sie kuschelte sich an ihn und sagte: »Barry, Barry, hör mal… Du weißt doch, ich habe dir erzählt, dass ich gerne wieder ein Baby möchte?«

Barry zuckte zurück, als das Fett spritzte. Er schien zu sehr auf die Bratpfanne konzentriert zu sein, um die Neuigkeit zu begreifen.

Cheryl blickte daher zu Leo und strahlte ihr unsichtbares Publikum an. »Es hat geklappt. Ich bin schwanger.« Sie gab das mit einer Atemlosigkeit und einer Inbrunst bekannt, als stünde sie kurz vor einer großartigen Entdeckung.

Barry drehte mit einer ruckartigen Bewegung das Gas ab und wirbelte herum. Blankes Entsetzen stand ihm ins Gesicht geschrieben. »Das kann nicht sein, wir haben es nur einmal gemacht.«

»Ich war gestern beim Arzt. Heute Vormittag habe ich das Ergebnis bekommen… Ich bin im zweiten Monat.«

Sebby hörte auf zu filmen. Seine Lippen waren zusammengepresst, die Augen blitzten wütend. »Du machst wohl Scherze? Da kann doch nicht wahr sein!«

Sie hätte diese spontane Reaktion richtig interpretieren müssen. Als Leo übernahm, war die Verachtung in seiner Stimme unverkennbar. »Du hast dich also absichtlich schwängern lassen? Obwohl du solch ein erbärmliches Leben führst? In solchen Verhältnissen lebst?« Mit leuchtenden Augen schwenkte die Kamera auf Barry und zoomte sein Gesicht heran.

Empört und verletzt, weil er ihr diesen besonderen Moment verdorben hatte, fuhr Cheryl ihn an: »Verflixt noch mal, was geht dich das eigentlich an?« Aber sie war auf einmal unsicher, wie sie sich verhalten sollte. Sie konnte das Gesagte nicht mehr rückgängig machen. In dem Spiegel über dem Kamin erhaschte sie einen Blick auf sich, wie sie die Kameras einfangen würden: mit trotzig vorgerecktem Kinn und funkelnden Augen.

»Mein Gott, muss ich dir das etwa jetzt erklären?« Leo rollte ärgerlich die Augen. »Das übertrifft alles. Du hirnloses kleines Dummerchen. Ihr werdet in alle Ewigkeit in diesem Loch hier festsitzen. Ihr habt eh schon zwei Kinder, die von dem ganzen Stress hier ganz verstört sind. Habt ihr beide eine masochistische Ader oder was?«

»Halt die Klappe«, mischte sich Barry ein. »Wir können ja noch was dagegen tun, wenn sie erst im zweiten Monat ist.«

»Wovon zum Teufel redest du? Es geht um ein Baby«, rief Cheryl, Tränen in den Augen. »Das ist ein neues Leben, ein Wunder.«

»Komm zurück auf den Boden, Cheryl«, herrschte Leo sie in einem Ton an, den er noch nie zuvor benutzt hatte.

Er provozierte Barry mit seinem Gerede. Warum hörte er

nicht einfach auf damit und hielt den Mund? Was ging ihn das an? Okay, diese Wohnung war nicht gerade ideal, und Victor und Scarlett hatten Untergewicht und schrien viel. Und Cheryl gab ja offen und ehrlich zu, dass ihr der Stress oft zu viel wurde und dass Barry ständig müde war. Aber ein Kind mehr würde auch nicht viel an der Gesamtsituation der beiden ändern…

Plötzlich wünschte Cheryl, sie hätte Barry unter vier Augen von ihrer Schwangerschaft erzählt, sie hätte es für sich behalten, bis die Dreharbeiten abgeschlossen waren, und diese private Angelegenheit nicht mit Millionen Fremden geteilt. Auf einmal fühlte sie sich furchtbar allein. War dies eine schreckliche Vorahnung?

Eher war es wohl eine zu späte Einsicht, dass sie sich mit einem Schlag alle Sympathien ihres Publikums verscherzt hatte.

Niemand gratulierte ihr. Stattdessen betrachtete das Team sie mit einer Mischung aus Verachtung und Mitleid.

»Möge Gott dir helfen«, meinte Leo und wandte sich um. »Du machst eine Riesendummheit.« Sebby stand nur mit traurigem Blick da.

»Na super.« Cheryl wurde immer wütender. »Ist ja ganz toll, ihr Schweine. Was ist schon dabei, dass ich wieder schwanger bin? Ihr habt doch gesehen, wie wir hier leben, ihr wisst, wie es ist. Und jetzt glaubt ihr plötzlich, wir könnten was versäumen.«

»Mein Bruder hat Kinder«, entgegnete Sebby müde. »Er hat sechs Jahre damit gewartet. Bis er aus dem Gröbsten raus war und ihnen das Leben bieten konnte, das er sich für sie vorstellte.«

»Schön für ihn«, bellte Cheryl. »Klingt ja nach einem richtig traurigen Wichser.«

»Wir haben alle gehofft, mit der Zeit käme alles ins Lot

bei euch. Sobald Victor und Scarlett etwas älter gewesen wären, hättet ihr neu anfangen können. Ihr habt beide einen so tapferen und entschlossenen Eindruck gemacht.«

Cheryl wurde immer lauter. »Und warum hältst du nicht auch endlich deine Klappe, Leo? Deine Frau bekommt ein Baby.«

»Unser erstes, ja. Und wir sind mindestens zehn Jahre älter als ihr. Und haben Geld. Lieber Gott, es ist ein Klischee, aber Menschen wie ihr seid euch wirklich selbst euer größter Feind.«

»Wir müssen das Kind nicht bekommen.«

Alle fuhren herum und starrten Barry an, der sie unglücklich ansah.

»Ist doch wahr«, nahm er seinen ganzen Mut zusammen und fuhr fort. »Wir müssen es nicht kriegen. Heutzutage haben Tausende von Frauen Abtreibungen.«

»Kann sein, dass Tausende von Frauen Abtreibungen haben, ich jedenfalls nicht.« Wie konnte Barry ihr das antun? Wie konnte er sie so demütigen? Daran war nur Leos feindliche Reaktion schuld. Barry wusste, wie sie über Abtreibung dachte – niemals käme das für sie in Frage, außer man war vergewaltigt worden oder das Kind war behindert. Und er wusste ganz genau, warum sie dieses Baby brauchte. Ihm war klar, wie sie diese endlose Reihe tödlich leerer Tage fürchtete.

»Barry hat Recht« meinte Sebby ruhig.

»Du kannst nicht noch ein Kind hier reinsetzen.« Leos Blick wanderte über die schäbige Wohnungseinrichtung. »Sei ehrlich. Wie könntest du das tun? Da müsstest du doch total verrückt sein.«

Und dann fingen sie und Barry mit diesem heftigen Streit an, der die Quote auf ungeahnte Spitzen treiben und die vor dem Fernseher sitzende Nation in zwei Lager spalten sollte.

»Du kannst das mit den Fotos jetzt nicht bringen. Das ist gar nicht nötig. Es ist so schon genug los, dass die Sache interessant bleibt.«

Sebby fragte sich, wie er an die Fotos herankommen könnte.

Alan und Jennie sahen sich die Schnellkopien des Filmmaterials an. Als die Passage lief, in der Cheryl ihre Schwangerschaft verkündete, klatschten sie in die Hände. »Das ist es!«, rief Jennie. »Das müsste reichen.«

»Was wollt ihr dann noch mit den Fotos?«

»Schon mal was vom Sahnehäubchen gehört?«

»Aber ihr führt die Öffentlichkeit an der Nase herum.« Sebby begann zu stottern, das passierte ihm häufig, wenn er gestresst war.

»Wieso? Willst du damit sagen, die Kleine hat gar nicht vor der Kamera posiert oder sie ist das unschuldige Opfer, als das ihr sie bisher immer dargestellt habt?« Alans dunkle Augen verengten sich zu schmalen Schlitzen. »Wenn wir es dabei beließen, hätten wir unseren Job nur zur Hälfte erledigt. Wenn dir so viel an der Wahrheit liegt, warum willst du dann der Welt die Fotos nicht zeigen?«

»Weil wir in ihrer Schuld stehen.«

»Das tun wir ganz bestimmt nicht.«

»Das wird ein richtiger Schlamassel, wenn die Zuschauer das mit der Schwangerschaft erfahren. Und das Traurige daran ist, dass Cheryl und Barry keinen blassen Schimmer davon haben. Lieber Gott, reicht euch das denn nicht?«

Leo saß entspannt mit übereinander geschlagenen Beinen in seinem Stuhl und blickte Sebby unverwandt an. »Die öffentliche Meinung wird sich gegen sie wenden, sicher, aber nach einiger Zeit werden die Menschen ihnen verzeihen. Sie sind mit ihrer Situation überfordert, das werden die Leute begreifen, Versager bekommen Kinder wie die Kaninchen, damit müssen wir uns abfinden. Aber diese Fotos werden ihnen bestimmt nicht schaden. Himmel, schau dir das Mädchen doch an. Cheryl war damals erst fünfzehn.«

Sebby hatte gehofft, Jennie würde Partei für Cheryl ergreifen. Schließlich war sie privilegiert, wie Kate, intelligent und erfolgreich. Da könnte sie doch die Serie laufen lassen, ohne Cheryl noch mehr Probleme zu machen. Sie drehte sich in ihrem Stuhl herum, cool und berstend vor Selbstbewusstsein, ganz in der Pose der zukünftigen Topmanagerin. »Das wird ziemlich interessant«, erklärte sie, »zu sehen, wie das Paar darauf reagiert.«

Sebby schoss das Blut ins Gesicht. Mit erhobener Stimme rief er: »Lieber Himmel! Das klingt ja, als ob du von Tieren sprichst, mit denen du irgendein widerliches Experiment vorhast! Siehst du nicht, wie weh du ihnen damit tust. Wie sie dafür bluten werden. Das ist die reinste Schikane, das ist Ausbeutung.«

»Jetzt wirst du aber albern«, entgegnete Jennie. »Als wir mit dem Projekt anfingen, wusstest du genau, was wir vorhaben. Und du warst einverstanden.«

»Widerwillig, ja.«

Es hatte Sebby nicht gerade beruhigt, dass er während der letzten Monate tagaus tagein mit der Art von Armut konfrontiert war, vor der sich Kate in ihrer privilegierten Welt immer gefürchtet hatte. Wegen ihrer irrationalen Ängste hatte er ihr die Details von *Die im Dunkeln sieht man nicht* vorenthalten und nicht mit ihr über seine Arbeit gesprochen. Was sie beide sonst immer sehr genossen hatten. Obwohl Kate bisher dreimal in die engere Auswahl gekommen war, hatte sie noch immer keine neuen Job gefunden. Der Fehlschlag mit ihrem Magazin, *Tone*, klebe an ihr, erklärte sie. In Wahrheit wollte sie einfach zu hoch hinaus, aber das behielt Sebby lieber für sich. Sie hatte sich ziemlich bei ihren Eltern verschuldet, um ihren Anteil an der Wohnung in der Neale Street bezahlen zu können. Und nun fing ihr Vater an, sie davon zu überzeugen, sie doch wieder zu verkaufen.

»Damit will Daddy eigentlich zum Ausdruck bringen«, erklärte sie Sebby mit Tränen in den Augen, »dass er uns bereits genug Geld gegeben hat. Ich kann ihn nicht noch einmal fragen. Er findet, wir sollten die Sache vernünftig angehen und es sei dumm, uns so an die Wohnung zu klammern.«

Sebbys Familie konnte ihnen auch nicht helfen. Seine Eltern hatten gerade eine neue Hypothek auf ihr Haus aufgenommen, um die drei Zimmer im Erdgeschoss in eine abgeschlossene Wohnung für seine jüngere Schwester umzubauen.

Aber wenn sie nun die Wohnung nicht verkaufen konnten?

Was passierte, wenn Sebby seinen Job verlor? In seiner Branche traf das jede Woche Hunderte.

Diese Ängste quälten Kate Nacht für Nacht. Sie versuchte, Sebby nicht zusätzlich damit zu belasten. Ihr fehlte die Erfahrung, das Geld einzuteilen und sich einzuschränken. Kam er abends nach Hause, stand Wein auf dem Tisch. Aus dem Feinkostgeschäft. Es gab Hummerkrabben oder Hühnchen oder Erdbeeren mit Schlagsahne. Manchmal führte sie ihm brandneue Klamotten aus einer Edelboutique vor, als wolle sie ihr Schicksal herausfordern. Sie müsse Wert auf ihr Äußeres legen, erklärte sie ihm mit den neuen Strähnchen im Haar, wenn sie ihre Chance wahren wolle, einen guten Job an Land zu ziehen.

Und am nächsten Morgen fand er sich im Harold-Wilson-Gebäude wieder, musste wieder in den fünften Stock hinaufklettern und den Gestank von Urin und Müll ertragen.

Kates größte Angst war immer gewesen, in einem Wohnwagen auf einem Campingplatz im Niemandsland zu enden. Wie konnte Sebby ihr da sagen, dass es schlimmere Orte gab, zum Beispiel das Harold-Wilson-Gebäude?

Wie würde Cheryl wohl reagieren, wenn sie diese schmierigen Fotos sah. Wenn sie begriff, dass er und Leo die ganze Zeit über von diesen Bildern gewusst hatten. Wenn sie herausfand, dass Griffin Productions sie verwenden wollte und sie von Anfang an hereingelegt worden war. Wenn ihr dämmerte, dass sich die öffentliche Meinung sehr wohl gegen sie wenden konnte.

Wie ein Kind, das von einem Freund der Eltern missbraucht worden war.

Ihre Seele wäre für immer verwundet.

Aber kein Argument, das er bei diesem Meeting vorbrachte, konnte die Meinung der Regisseure ändern.

»Wann wurden die hier denn gemacht?«, fragte Leo scheinbar beiläufig, nachdem er die Fotos sorgfältig neben die Krümel und die einarmige Puppe auf den Couchtisch gelegt hatte. Sebby zoomte auf die Bilder.

Cheryl dachte zunächst, Leo spräche über die letzten Fotos von Scarlett, die Cath mit ihrer Sofortbildkamera gemacht hatte. Sie wusste, dass diese seit dem letzten Besuch ihrer Schwiegermutter herumlagen. Leo hob eine Augenbraue und lächelte. Das war nicht dieses nette Lächeln, das sie so an ihm mochte – jetzt schimmerte Kälte durch. Er hielt ein Foto hoch in die Kamera.

»Schauen wir sie uns doch mal näher an.«

Sie kniete, Scarlett in den Armen, neben dem Tisch auf dem Boden. Sie spürte, wie ihre Augen im Kopf anschwollen. Starr blickte sie hinauf zu Leo, biss sich dabei auf die Unterlippe.

Mit tonloser Stimme fragte sie: »Was soll das? Wo hast du die her?«

»Einer unserer Rechercheure ist auf sie gestoßen.« Seine Augen verrieten nichts, doch sein Mundwinkel zuckte vor Anspannung.

Warum, warum, warum? »Wie das? Die kamen nie in Umlauf. Der Fotograf hat mir erklärt, die wären nicht gut geworden.«

»Dann hat er dich verarscht«, entgegnete Leo.

»Seit wann hast du die?«, stieß sie hervor. »Und warum rückst du ausgerechnet jetzt damit raus?«

»Wir hatten sie von Anfang an.«

»Warum?«, rief sie. »Warum machst du das?« Sie versuchte, Sebbys Blick einzufangen, wollte seine Bestätigung darin sehen, doch er wich ihr aus, sah weg. »Hat jemand sie gesehen? Alan? Jennie?« Cheryl schluckte schwer, als stecke ein trockener Klumpen in ihrem Hals fest. »Ihr werdet sie nicht verwenden? Ihr könnt sie nicht verwenden…«

Barry kam herein. »Was ist denn das?« Er schlenderte zum Tisch und griff nach einem Foto, das, auf dem sie die Füße auf der Stuhllehne hatte. In dieser Stellung Balance zu halten, war nicht einfach gewesen. Auf diesem Foto blieb dem Betrachter nichts verborgen.

»He?« Er hielt es ihr vor die Augen. »He? Das bist du.«

Cheryl nickte langsam.

»Hast du von den Fotos gewusst?«, fragte Leo Barry und kannte bereits die Antwort.

Barry schüttelte schweigend den Kopf, griff nach den anderen Fotos, insgesamt sechs, und warf einen kurzen Blick darauf.

»Ich hab dir nie davon erzählt«, murmelte Cheryl. »Da hab ich richtig Mist gebaut.«

»Hast du Geld dafür bekommen?«, wollte Barry wissen.

»Einen Scheiß hab ich. Wenn sie mich dafür bezahlt hätten, hätte ich es wieder gemacht.«

»Wann war das?« Barry räusperte sich und wiederholte die Frage.

»Kurz nachdem ich dich kennen gelernt habe. Kurz nachdem ich von zu Hause ausgezogen bin. Ich habe bei McDonald's in der Küche gearbeitet. Da hab ich die Anzeige gesehen, Models gesucht. Nach der Arbeit bin ich dahin gegangen, so eine Art Keller. Die Sache ist, ich habe gedacht, der Typ wär ehrlich. Erst hat er ein paar normale Fotos gemacht, und dann hat er mich gefragt, ob ich auch bereit sei, mich für Bademode fotografieren zu lassen.« Cheryl ließ Barry nicht aus den Augen. Sie wollte sehen, wie er reagierte. In diesem Augenblick wirkte er nicht schockiert, eher irritiert.

»Aber du musst den Braten doch gerochen...«

»Hab ich nicht!«

»So blöd bist du nicht.«

»Muss ich damals wohl gewesen sein. Ich habe das Geld gebraucht, Barry.«

»Also was ist dann passiert?«

Sebby ließ die Kamera laufen und fragte sich, wie er unter diesen Bedingungen ein scharfes Bild hinbekam. Leo lehnte an der Wand und beobachtete die Szene.

»Er hatte keinen Bikini da, ja? Ob ich mich nicht einfach so ausziehen könne, bis auf BH und Höschen.«

»Mann, bist du bescheuert...«

»Ich weiß, ich weiß. Und dann, als ich so da saß, kam mir der nächste Schritt nicht mehr so schlimm vor.«

»Aber...« Barry streckte die Hand nach den Bildern aus und sah sie sich noch einmal an. »Diese Stellungen! Wie du posierst!«

»Du warst nicht da, Barry. Du verstehst das nicht. Dieser

Kerl, dieser alte Glatzkopf, hat ständig gesagt: ›Das ist gut, das ist super, das ist genau das, was sie sehen wollen. Du hast es, Baby, du hast eine großartige Zukunft in dem Business, dreh dich mal so, ja, drück deine Titten, mach die Beine breit…‹« Cheryl blickte zur Seite. »Ich habe wirklich gedacht, ich würde es schaffen. Und dann hat er gesagt, er würde mir Bescheid geben. Ich hab dann nie mehr von ihm gehört.«

»Du bist nicht mehr hin gegangen?«

Cheryl senkte die Stimme. »Ich glaube, da hab ich es allmählich kapiert. Es hat einfach ein paar Wochen gedauert. Und als ich es mir im Nachhinein durch den Kopf gehen ließ, kam mir plötzlich alles seltsam vor.«

»Er muss dir doch Geld gegeben haben«, warf Leo ein. Cheryl zuckte zusammen. Einen Augenblick lang hatte sie seine Anwesenheit ganz vergessen.

»Nichts«, gestand sie. Sie stand vom Boden auf und ließ sich auf die Couch plumpsen. Das Gesicht verbarg sie in den Händen. »Nie hätte ich es für möglich gehalten, dass er sie ohne mein Wissen benutzt. Dass sie das so machen, das hätte ich nie gedacht.« Und dann reagierte sie zeitverzögert, so als sei ihr auf einmal etwas klar geworden. Sie richtete sich abrupt auf und brüllte Sebby an: »Hör auf zu drehen! Das kannst du doch nicht verwenden! Glaub bloß nicht, dass du das verwenden kannst! Das ist nicht fair. Da ist meine Mum, und Cath und Bill und…«, sie sah sich verzweifelt um, »… und die Kinder. Die dürfen nie erfahren, dass ihre Mutter sich für so was hergegeben hat.«

»Aber ihr werdet das zeigen, stimmt's?«, fragte Barry. »Es ist euch egal, was wir fühlen. Darauf wart ihr die ganze Zeit aus, diese Fotos einzusetzen. Von Anfang an. Habt ihr uns auch deshalb ausgesucht? Weil ihr diese Fotos hattet? Ihr verdammten Mistkerle…« Er tat einen Schritt auf die

Kamera zu und hob die geballte Faust, als wolle er sie zerschlagen.

»He, beruhig dich. Du nimmst das alles viel zu ernst.« Leo zwinkerte Barry kumpelhaft zu. »Komm schon, mach mal halblang. Wer regt sich denn heutzutage noch groß über so eine Jugendsünde auf? Wenn das wirklich harter Stoff wäre …« Er nahm Barry die Fotos ab. »Sie sind absolut ästhetisch, wirklich. Sehr hübsch.«

»Ihr Mistkerle«, brüllte Barry mit noch immer geballten Fäusten. Er machte einen Schritt auf Leo zu. »Wenn sie so harmlos sind, warum habt ihr sie euch denn dann überhaupt besorgt, verdammt noch mal?«

»Nein, Barry«, rief Cheryl, die gegen das Gefühl ankämpfte, in tiefem Sand festzustecken und sich nicht bewegen zu können. »Nein, warte, bitte.« Wenn sie sich jetzt von Barry mitreißen ließ, erschien ihr das, als würde eine heftige Welle alle ihre Hoffnungen auf einmal ertränken. »Beruhige dich. Ich glaube, Leo hat Recht. Bei solchen Fotos denkt sich heute niemand mehr etwas. Die Leute kennen mich gut genug, wissen, dass ich mich verändert habe, dass ich jetzt dich habe und die Kinder, ein ganz anderer Mensch als damals bin. Heute würde ich so etwas nie tun.«

Barry drehte sich herum. »Meine Güte, Cheryl. Diese Arschgesichter. In deinen Augen können die wohl nie etwas falsch machen. Kapierst du das nicht? Die hatten die Fotos von Anfang an! Sie hatten von Anfang an vor, sie gegen uns einzusetzen. Sie haben uns von Anfang an reingelegt.«

»Ich finde nur, wir sollten nicht überreagieren«, erklärte Cheryl. Sie hatte keine Ahnung von den Absichten und Plänen Griffins, hielt es aber für ausgeschlossen, dass sie ihr schaden wollten. »Mir ist nur deine Meinung wichtig, Barry. Das ist die Wahrheit. Und wenn du verstehst, wie das gelaufen ist, reicht es mir.«

»Du machst dir etwas vor, Cher. Ich wünschte, ich könnte dir glauben, aber du kannst unmöglich meinen, was du da sagst. Die Meinung des Publikums draußen ist dir wichtiger, du würdest alles dafür tun, um von ihnen geliebt zu werden. Das ist dir wichtiger als alles andere.«

»Das stimmt nicht«, erwiderte Cheryl.

»Hör mal zu, Barry«, mischte sich Leo ein, und seine Stimme klang ungewöhnlich sanft. »Diese Bilder zu veröffentlichen kann nur eines bewirken: eine Welle von Sympathie. Die Fotos zeigen, wie verzweifelt Cheryl damals war. Sie zeigen wahre Entschlossenheit, echten Kampfgeist… Dieses Mädchen war bereit, alles zu tun, um zu überleben. Genauso wie jetzt. Die Fotos haben etwas sehr Menschliches. Die Leute werden mit Cheryl fühlen. Wir haben sie nicht erwähnt, weil wir uns schon dachten, dass ihr ablehnend darauf reagieren würdet. Aber lasst euch Zeit, denkt noch mal darüber nach. Diese Fotos stehen für Stärke, nicht für Schwäche. Es gibt jede Menge Leute, die Menschen wie euch übers Ohr hauen. Und die Öffentlichkeit muss erfahren, wie das ist. Cheryl hat eine Jugendsünde begangen. Na und? Wer hat das nicht?«

Und Leo wirkte so überzeugend, dass sogar Sebby beeindruckt war. Barry runzelte die Stirn. Vielleicht sagte der Typ ja die Wahrheit. Aber selbst dann… Die ganze Sache war ziemlich fies von denen, fand er. Cheryl atmete auf.

Die Crew wollte die Fotos einsetzen, um etwas Gutes zu bewirken.

Ihr Charakter würde dadurch vielschichtiger gezeichnet werden. Das hatten sie gesagt. Und sie glaubte ihnen.

Als Ende Juli die letzte Filmrolle abgedreht war, feierten sie eine Art Party.

Die Crew lud sie nicht, wie Cheryl gehofft hatte, in das

Pub ein, von dem sie immer sprachen, oder gar in das thailändische Restaurant, wo sie sich alle ständig zu treffen schienen.

Nein, ganz und gar nicht.

Alan Beam tauchte für zehn Minuten auf und verschwand dann wieder, laut lamentierend, wie viel er noch zu arbeiten habe. Jennie St. Hill rief Sebby auf dem Handy an – sie schaffe es nicht. Dafür waren zwei Techniker, die sie kaum kannten, da und blieben eine Stunde.

Cheryl und Barry, Sebby und Leo und die Spannungen, die seit dem Auftauchen der Fotos vor zwei Wochen zwischen ihnen bestanden, waren also unter sich. Doch obwohl die Beziehung, die bis dahin eng und intensiv gewesen war, nachhaltig geschädigt worden war (Barry konnte ihnen ihr Verhalten nicht verzeihen), konnte Cheryl immer noch nicht glauben, dass beide Männer nun aus ihrem Leben verschwinden würden. Dagegen sprach die Art und Weise, wie diese Freundschaft entstanden war, diese Nähe, die sie fühlte, all die Dinge, die sie ihnen anvertraut hatte, und die tiefe Überzeugung, dass sie sie mochten und daher niemals verletzen würden.

Sebby überreichte ihr einen Blumenstrauß, betonte, dass er dies im Auftrag von Griffin TV tue.

Der Wein, den die beiden Filmleute mitgebracht hatten, sei »gut«, sagten sie. Barry und Cheryl kannten sich mit Wein nicht aus. Aber sie schüttete ihn verzweifelt hinunter, während die beiden mit Barry Bier tranken.

Dann begannen sie von ihrem nächsten Job zu erzählen.

Cheryl hätte sich am liebsten die Ohren zugehalten.

Der Enthusiasmus der beiden traf sie wie ein Schlag ins Gesicht.

Sie starrte Leo an. Seine glänzenden, schulterlangen Haare wirkten wie ein Vorhang, der sein Gesicht umrahmte.

Wenn er sie nach hinten warf, hatte sie Herzklopfen bekommen. Sein Blinzeln, wenn sie etwas getan hatte, was ihm gefiel. Seine gebräunten Unterarme, die Art, wie er Erdnüsse auffing und wie er seine Cokebüchsen zusammendrückte, wenn er sie ausgetrunken hatte.

Und Sebby mit den sanften braunen Augen und diesem unwiderstehlichen Lächeln. Er konnte so abgerissen daherkommen, wie er wollte, sie fand ihn samt seiner Brille trotzdem ungemein sexy. Seine ausgewaschenen Hemden rochen nach altem Leder, wahrscheinlich kam das von seinem alten Morgan. Wie oft hatte sie sich an Sebby gelehnt und den Duft nach Leder aufgesogen, wenn etwas schief gelaufen war. Nichts hatte sie besser trösten können. Dieses komische Westminstergeläut seines alten Handys, sein Greenpeace-Anstecker, sein teures Rasierwasser. Bestimmt hatte Kate ihm das besorgt. Ob er sie heiraten und mit ihr glücklich werden würde?

Cheryl spürte die Eifersucht in sich hochsteigen. Es konnte doch nicht plötzlich alles vorbei sein!

»*Die im Dunkeln* war relativ abschätzbar, aber diese neue Serie wird total verrückt«, erzählte Leo fröhlich, und Cheryl zuckte bei jedem Wort innerlich zusammen. »Da ist dieser Typ, dem eine Insel gehört, die liegt irgendwo vor der Küste bei Eigg. Man vermutet, dass er dreiundzwanzig Kinder mit acht Frauen hat … Er bezeichnet sich selbst als König … Er hat die Unabhängigkeit erklärt, ein richtig verrückter Vogel …«

Cheryl hörte schon nicht mehr zu. »Ihr fahrt also … Auf diese Insel?«

»Wir können ja wohl nicht von hier nach Eigg reinzoomen!«

»Wie lange denn?«

»Der Job dauert vier Wochen.«

»Wann fangt ihr an?«

»Wir haben ein paar Wochen Pause, dann geht's los.«

Cheryl spürte, wie sich etwas Schweres auf ihr Herz legte.

Aber vielleicht sollte sie nicht so schwarz sehen. Wahrscheinlich würden die beiden in ein, zwei Wochen anrufen, und wenn sie mit dem Auftrag da oben fertig waren, würde man sich wieder treffen. Das ging ja nicht, dass man, nachdem man sich so nahe gekommen war, den Kontakt vollkommen abbrach.

Sie waren doch Freunde.

Noch nie hatte Cheryl sich in der Gesellschaft anderer Menschen so wohl gefühlt, auch wenn sie manchmal gestritten hatten.

Und wenn die Serie dann im Januar gesendet wurde, würde sich der Kontakt möglicherweise wieder intensivieren. Sie würden sie sich gemeinsam im Fernsehen anschauen, sie und Barry, Sebby und Leo, und auf den Erfolg miteinander anstoßen. Das würde nett werden. Sie freute sich darauf.

Leo und Sebby gingen. Und sie vermisste sie schrecklich.

Die Wochen und Monate verstrichen. Einmal rief sie bei Griffin TV an, fragte nach Alan Beam, dem Regisseur von *Die im Dunkeln sieht man nicht*. »Wer ist dran?«, fragte die Dame an der Rezeption. Sie nannte ihren Namen. Das Mädchen konnte nichts damit anfangen.

»In der Dokumentarserie geht es um mich«, erklärte Cheryl ihr von der Telefonzelle in der Paddington Station aus. Der Mann in der Zelle nebenan spielte mit seinem Schwanz. »Ich und mein Mann und meine zwei Kinder. Die Leute von Griffin waren monatelang bei uns… Ich müsste nur mal kurz mit Alan sprechen. Oder mit Jennie, das ginge auch.«

»Bleiben Sie bitte am Apparat.«

In der Warteschleife lief klassische Musik. Und ihr Geld fiel durch.

»Hallo? Mrs. Brown?«

»Ja?« Erwartungsvoll umklammerte sie den Telefonhörer. Sie hatte sich genau zurechtgelegt, was sie sagen wollte. Sie wollte sich erkundigen, wie die Arbeit an der Dokumentarserie vorangehe und ob man bereits wüsste, wann die Serie ausgestrahlt werde. Und wenn Alan positiv klang, wollte sie fragen, ob sie und Barry vorbeikommen und mal einen Blick auf das Material werfen könnten.

»Es tut mir Leid, Mrs. Brown, aber Alan ist im Augenblick nicht erreichbar, kann ich ihm etwas ausrichten?«

Cheryl knallte den Hörer auf die Gabel und wischte sich die Tränen aus den Augen.

Man hätte meinen können, sie und Barry hätten nie existiert. Kein Wort, seit Sebby und Leo gegangen waren, keine Zeile, kein Besuch, nicht einmal eine Postkarte aus Eigg.

Schniefend wählte sie die Nummer noch einmal und schob die letzten zehn Pence in den Schlitz. »Griffin Productions, kann ich Ihnen helfen?«

Sie versuchte, selbstbewusst zu wirken, als ob es das Natürlichste der Welt sei zu fragen: »Könnten Sie mir die Privatnummer von Sebby Coltrain geben, ich muss Sebby dringend sprechen…«

»Es tut mir Leid, aber Privatnummern geben wir prinzipiell nicht weiter.«

Cheryl knallte den Hörer auf.

»Ich verstehe dich nicht.« Barry sah sie kopfschüttelnd an, als sie niedergeschmettert zu Hause vor ihm stand. »Sie sind verpflichtet, uns zu sagen, wann es im Fernsehen läuft. Die haben noch anderes zu tun, Cher, bei denen ist es nicht wie bei uns. Für die ist diese Serie nur ein Job unter vielen.«

»Mir bedeutet sie aber sehr viel.«

»Klaro. Weil du sonst nichts erlebst. Und überhaupt, warum wolltest du eigentlich Sebby anrufen?«

»Weil ich verdammt noch mal wissen will, warum er sich nicht gemeldet hat.«

Barry blickte sie fragend an. Er musste immer wieder an diese Fotos denken. Cheryl war er deswegen nicht böse. Er verstand, warum sie sie hatte machen lassen, damit konnte er umgehen. Aber er machte sich Gedanken darüber, wie Griffin die Bilder einsetzen würde und wie sich das auf seine Frau auswirken würde. »Warum sollte Sebby sich melden?«

»Du dummer Hund, weil er uns kennen gelernt hat, deshalb. Weil er und Leo vier Monate lang zu dieser Familie gehört haben und es ziemlich scheiße ist, uns jetzt einfach so fallen zu lassen«, antwortete sie gereizt.

»Jetzt mach mal halblang, Cher, du hast da was falsch verstanden.«

»Ich weiß schon, was jetzt wieder kommt.« Cheryl stand am Spülbecken, die Arme in die Hüften gestützt, und betrachtete ihren Mann, der um halb drei Uhr nachmittags dürr und lang auf dem Sofa lag, während draußen die Sonne schien. Einen kurzen, erschreckenden Augenblick lang war er für sie Symbol für alles, was sie verloren hatte. »Für sie ist es nur Arbeit, sie müssen zum nächsten Job weiterziehen. Und ich war so blöd und dachte, sie wären unsere Freunde, weil ich halt nun mal so eine dumme alte Kuh bin. Okay, okay?«

»Richtig. Genau. Und daran kannst du nichts ändern. Wenn du sie anrufst, machst du es nur schlimmer, machst du dich nur noch mehr zum Narren.«

Als Cheryl die Vorhänge zurückzog, hätte sie sie vor Wut beinahe heruntergerissen.

Die Kinder krabbelten im Schlafanzug über den Teppich. Ihre Windeln mussten gewechselt werden.

In einer Ecke lag ein Haufen Schmutzwäsche und wartete darauf, in den Waschsalon gebracht zu werden.

Sie rannte zum Fernseher und zappte herum, bis sie zwischen den ganzen Zeichentrickfilmen eine Talk-Show fand.

»Warum denn das jetzt?«

»Weil ich Menschen reden hören will.«

»Sei kein Arsch.«

Tränen stiegen ihr in die Augen, sie konnte nichts dagegen tun. »Mir fehlt das Reden. Verstehst du das nicht? Mir fehlen diese tief gehenden Gespräche, nicht nur das Gequatsche über die Kinder oder die Fernsehgebühren oder die Arschgesichter von nebenan oder wer zuerst ins Bad geht. Ich halte das nicht mehr aus, Barry, es macht mich krank.«

Cheryl wollte einfach nicht akzeptieren, dass sie möglicherweise nie mehr etwas von ihnen hören würde. Nicht nur die Gespräche fehlten ihr, auch das Lachen, der fröhliche Schlagabtausch, das Gefühl, wichtig zu sein, bedeutend, und die Energie, die sie spürte, wenn sie da waren. Die ihr manchmal sogar das Gefühl gab, es sei vielleicht doch möglich, ihrem Leben eine andere Richtung zu geben.

Mit Hilfe von Leo und Sebby hätte sie es vielleicht geschafft.

Doch nach dieser Zurückweisung hatte sie mehr denn je das Gefühl, ein absolutes Nichts zu sein.

»Es ist vorbei, Cher«, sagte Barry und streichelte ihr Haar. »Dann ist da ja noch das Baby, und außerdem läuft die Serie bald an. Ich bin so gespannt darauf, wie sie wohl werden wird. Alle werden uns kennen, Griffin muss uns kontakten. Wer weiß, was alles passieren wird, denk doch mal daran.«

Cheryl seufzte. Sie versuchte es. Aber der Schmerz in ihr war übermächtig.

Ein paar Monate lang hatte sie das Gefühl gehabt, von tief innen heraus zu strahlen, wie ein Licht, das den Nebel durchdringt. Und jetzt war alles kaputt. Das war mindestens genauso schlimm, wie von einem Kerl fallen gelassen zu werden, in den man verknallt war.

Barry erschrak, als er den ihm so vertrauten verlorenen Ausdruck in ihren Augen entdeckte, und wusste, dass seine Worte Cheryl bald nicht mehr erreichen würden.

Oft stand er stundenlang am Fenster und starrte auf die Gleise, bis die Kinder an ihm zerrten, weil sie mit ihm spielen wollten. Cheryls trotzigem Blick wich er aus, weil er ihn nicht ertragen konnte.

7

Barry hört zu und fühlt sich immer deprimierter.

Die Bullen lassen sie einfach nicht in Ruhe. Im Zimmer nebenan fragen sie Cher schon wieder aus. Er horcht an der Tür.

Barry hatte sehr wohl versucht, nach oben zu kommen. Die Chance seines Lebens hatte er nicht genutzt, weil sie zu einem zu frühen Zeitpunkt gekommen war. Dass er die Einladung der Spurs zu einem Probetraining abgelehnt hatte, eine Chance, für die manche Jungs einen Mord begangen hätten, war die einzige Möglichkeit für ihn gewesen, sich zu befreien. Mit zwölf Jahren ertrug er die Ketten nicht mehr, in die ihn seine Mutter gelegt hatte, ihr Lamentieren wegen seines Haarschnitts, dass sie darauf bestand, seine Kleidung zu kaufen, an seinen Freunden herumnörgelte, ihm bei jedem Wehwehchen irgendeine stinkende Salbe aufnötigte, er wegen jeder harmlosen Erkältung, jedem blauen Fleck und jeder gezerrten Schulter stundenlang mit ihr in irgendeinem Wartezimmer sitzen musste.

Seit seinem siebten Lebensjahr hatte sich sein Leben um Fußball gedreht. Wenn er nicht mit seiner Mannschaft draußen trainieren konnte, fühlte er sich körperlich regelrecht krank. Und Cath Brown nutzte die Leidenschaft ihres Sohnes zu ihrem Vorteil aus.

Er liebte Fußball mehr als seine Mutter, und darauf setzte sie. Dabei sonnten sich sie und Bill weitaus stärker in seinem Ruhm als ihr Sohn. Barry genoss zwar den Applaus, die Aufmerksamkeit und dass sein Foto in der Lokalzeitung erschien, doch es waren die Spiele und die Verbesserung seiner Technik, die ihn reizten. Aber nur, wenn Barry sein Zimmer makellos aufräumte und desinfizierte, wie seine Mutter es verlangte, durfte er sonntags spielen und dienstags zum Training.

Gehorsam ließ er sich regelmäßig die Haare schneiden, zog in die Schule den Anorak an und erlaubte es seiner Mutter, Bügelfalten in seine Jeans zu machen.

Von den Freunden, über die sie sich immer so lautstark ausließ, dass er vor Scham am liebsten in Grund und Boden versunken wäre, hielt er sich fern. Stattdessen suchte er Anschluss bei den Strebern.

Die Schläger ließen ihn nur deshalb in Ruhe, weil er im Sport so talentiert war.

Als die Spurs ihn zu dem Probetraining eingeladen hatten, hatte Cath über dem Telefon wie eine Gottesanbeterin gehangen und sämtlichen staunenden Verwandten auseinander gesetzt, dass dieses Wunder ohne ihr und Bills Engagement niemals möglich geworden wäre. »Er hatte unsere unermüdliche Unterstützung.« Sie erzählte, wie sie sein Trikot gewaschen, seine Fußballstiefel geputzt, Flohmärkte organisiert hatte, um die Mannschaftskasse aufzubessern und bei Wind und Regen an der Seitenlinie gestanden hatte. Und jetzt, so hatte sie geprahlt, lag es an ihm, das Beste aus der Chance zu machen, die sich ihm bot. Nicht zu vergessen, wie hart Barrys Vater gearbeitet hatte, wie er bei den Treffen des Caravanclubs Fußballwettkämpfe organisiert hatte, damit Barry auch noch im Urlaub die Möglichkeit hatte zu trainieren.

Als Barry all dem den Rücken kehrte, nicht nur dem Probetraining bei den Spurs, sondern dem ganzen Fußballspielen, war er so unglaublich erleichtert, als tauche er endlich aus dem Wasser auf, nachdem er zu lange den Atem angehalten hatte.

Cath redete zwei Wochen lang kein Wort mit ihm. Sie lief mit fest aufeinander gepressten Lippen herum, als sei ihr Mund mit einer Schnur zusammengezogen.

Sein Vater schmollte wie ein kleines Kind. Damals begann auch sein Rückenleiden. Als hätte ihn das Verhalten seines Sohnes körperlich verletzt.

Barry hatte gute Gründe gehabt, das zu tun, was er getan hatte. Aber er wünschte manchmal, es wäre nicht nötig gewesen.

Und jetzt gehen Hauptkommissar Rowe und Heidi mit Cheryl noch einmal ihre bisherigen Aussagen durch.

Barry presst sein Ohr an die Tür. Hatte der Psychotyp, den sie gestern dabei hatten, irgendetwas entdeckt? Das erscheint Barry mehr als unwahrscheinlich. Cheryl glaubt, dass sie kaum etwas gesagt hat. Es ärgert sie, dass ihr Verstand und nicht seiner so durchleuchtet wurde. Sie hasst diese Psychofritzen, sie machen ihr richtig Angst. Vor allem nach dem, was sie ihrer Mutter angetan haben. Und der Ton, in dem sie jetzt mit Cheryl reden, klingt ganz so, als ob sie glauben, sie sei nicht ganz dicht.

Das Aufnahmegerät ist ständig eingeschaltet, um sie zu ertappen, ihr eine Falle zu stellen.

Cheryl ist müde.

Sie sehnt sich nach ihren Kindern.

Barry wünscht sich, er könnte ihr helfen. Damit sie nicht mehr zittert. Damit sie wieder ruhig und ohne Albträume schlafen kann.

»Als Sie an der Klinik ankamen, befanden sich die Kinder also im Kinderwagen. Erzählen Sie uns davon, Cheryl. Wie haben Sie sich an diesem Morgen gefühlt? Ging es Ihnen gut? Hatten Sie Sorgen? Waren Sie in Eile? Ging Ihnen zu viel im Kopf rum?«

»Nein.« Geduldig beantwortet Cheryl diese Fragen ein weiteres Mal. »Ich hatte eine Blasenentzündung. Mir war nur eins wichtig: Wo ist die nächste Toilette?«

»Das war Ihr Hauptproblem?«

»Logisch war das mein Hauptproblem, verdammt noch mal. Das Brennen machte mich wahnsinnig. Und ich dachte, ich könnte, wenn ich mit Cara bei der Krankenschwester war, um ihre Lunge abhorchen zu lassen, der Schwester auch gleich von meiner Blasenentzündung erzählen und sie fragen, ob sie mir etwas geben kann. Dann hätte ich nicht extra zum Arzt gehen und dort wieder ewig warten müssen.« Cheryl redet schnell und gestikuliert mit den Händen.

»Mir ist klar, wie schwierig es für Sie ist, das alles noch einmal zu durchleben...«

»Warum muten Sie es mir dann immer wieder zu?«

»Für den Fall«, erklärt Heidi mitfühlend lächelnd, »dass Ihnen noch etwas einfällt, ein winziges, unwichtiges Detail, das Sie bisher übersehen haben.«

»Ich bin das alles schon so oft durchgegangen, den ganzen Tag, die ganze Nacht mach ich nichts anderes. Ich gebe mir die größte Mühe, das alles zu vergessen, weil ich diese Scheiße nicht mehr aushalte. Glauben Sie nicht, dass, wenn es irgendetwas Wichtiges gäbe, mir das inzwischen längst eingefallen wäre? Denken Sie nicht, dass ich meine Kinder zurückhaben möchte? Dass ich mein Leben dafür geben würde, wenn sie nur wieder gesund und glücklich zu Hause wären?«

»War die Kliniktür offen oder geschlossen?«

»Das weiß ich nicht mehr. Ich weiß es einfach nicht mehr.« Cheryl stützt den Kopf in die Hände und hofft, dass sie Mitleid mit ihr haben und endlich aufhören.

»Aber Sie haben niemanden gesehen. War kein Mensch unterwegs?«

»Natürlich nicht. Auf dem Parkplatz standen Autos. Und das Wartezimmer war sicher auch voll. Aber auf der Toilette war niemand, und niemand hat vor der Toilette gewartet. Und falls doch jemand da war, kann es sein, dass ich sie nicht gesehen habe, so eilig, wie ich es hatte.«

»Sie haben die Kinder in dem Kinderwagen in dem kleinen Eingangsbereich zurückgelassen?«

»Ich habe den Kinderwagen an der Wand abgestellt.«

»Hatten Sie denn keine Angst, dass das gefährlich sein könnte?«

Cheryl richtet sich auf, lehnt sich zurück und schließt die Augen. »Nein. Das war ja kein Supermarkt. Das war eine Klinik. Dort gab es nur andere Mütter mit Kindern. Und Krankenschwestern. Wenn man die Kinder nicht in der Klinik allein lassen kann, wo dann? Und außerdem war ich ja nur kurz weg.«

»Erzählen Sie uns, was geschah, als Sie zurückkamen.«

»Ich habe ein Papiertaschentuch in der Hand gehalten.

Das weiß ich noch, weil ich es danach, nachdem das passierte, in kleine Fetzen zerrissen habe.«

»Wie viel Zeit verging, bis Sie merkten, dass der Kinderwagen fort war?«

»Gar keine, ich bin sofort durch den Wartebereich gerannt und habe die Dame am Empfang angebrüllt.«

»Warum haben Sie nicht sofort vor der Tür nachgesehen?«

»Ich habe wohl angenommen, dass jemand sie in den Wartebereich geschoben hat. In der ersten Sekunde habe ich nicht daran gedacht, dass jemand sie mitgenommen haben muss …« Cheryl fährt sich mit den Fingern durch die Haare, bleibt stecken und reißt sich ein Büschel aus.

»Also, wie lange dauerte es, und das ist wichtig, wie lange dauerte es, bis jemand hinausgegangen und nach den Kindern gesucht hat?«

»Nur ein paar Minuten. Zwei oder drei Minuten. Ein Krankenwagen war gerade vorgefahren. Die zwei Sanitäter haben sofort angefangen zu suchen.«

»Aber zu diesem Zeitpunkt konnten sie bereits keine Spur mehr entdecken.«

Cheryl antwortet nicht, nur ein leichtes Stöhnen ist zu hören.

Barry atmet auf. Es klingt, als seien sie fertig … das heißt, fertig bis morgen.

Monate waren verstrichen seit den Dreharbeiten auf Eigg. Sebby hatte eine große Erleichterung verspürt, die bedrückende Atmosphäre des Harold-Wilson-Gebäudes hinter sich lassen zu können. Wenn ihn Gewissensbisse wegen der Browns quälten, die so unvermittelt allein gelassen und so brutal ausgebeutet worden waren, zwang er sich, noch härter zu arbeiten und sich auf die anstehenden Probleme zu konzentrieren.

In einer Drehpause sprach er Leo auf die Browns an. »Nein, Sebby«, antwortete Leo überrascht, »nein, ich finde nicht, dass wir den Kontakt hätten aufrechterhalten sollen. Was zum Teufel ist denn mit dir los?«

Sebby war selbst irritiert. »Ich glaube, Cheryl hat gedacht, der Dreh mit ihnen würde uns mehr bedeuten, als es tatsächlich der Fall war.«

»Dann soll sie zusehen, dass sie sich selbst was aufbaut. Da können doch wir nichts dafür, wenn sie so klammert. Wir können ja nicht jeden beraten und therapieren, mit dem wir arbeiten.«

»Ich finde, wir waren nicht ehrlich zu ihr.«

Leo warf verärgert den Kopf zurück. »Und daran gibst du mir die Schuld.«

Sebby suchte nach den richtigen Worten. »Unser Verhältnis zu der Familie wurde mit der Zeit immer enger.«

»Sonst hätten wir ja auch keine ordentlichen Ergebnisse bekommen. Das weißt du doch genauso gut wie ich. Wenn du aus einem Hund das Beste herausholen willst, musst du sein Vertrauen gewinnen, und genau das haben wir getan.«

Die Wohnung in der Neal Street stand seit sechs Monaten zum Verkauf. Obwohl sich etliche Interessenten auf ihre Annonce gemeldet hatten, wollte einfach niemand die Wohnung erwerben. Dennoch blieb Sebby zuversichtlich, dass er und Kate eine geeignete Bleibe für sich und einen Käufer für die Wohnung finden würden. Kate, die noch immer keinen Job nach ihrem Geschmack aufgetan hatte, jagte Sebby von einer Wohnungsbesichtigung zur nächsten und hatte dabei jeglichen Realitätssinn verloren. Sie schien zu glauben, einen Goldesel zum Freund zu haben. Sebby wusste sich nicht mehr anders zu helfen, als sein Handy auszuschalten, da sie immer maßlosere Ansprüche stellte.

Die Probleme mit Kate belasteten ihn stark, und es fiel

ihm zunehmend schwer, sich auf seine Arbeit zu konzentrieren. Und das zu einer Zeit, in der er eigentlich Bestleistungen erbringen sollte.

Im Gegensatz zu Sebby war Leo finanziell abgesichert. Falls er und Sophie ihre Jobs verlören, würde sich das kaum auf ihren Lebensstandard auswirken. Dafür würde Sophies Treuhandvermögen sorgen. Ihr Großvater hatte ihr dieses hinterlassen, nachdem ihn seine Supermärkte reich gemacht hatten. Mit diesem Besitz brauchte sie sich ihr ganzes Leben lang keine großen Sorgen machen. Leo arbeitete nicht des Geldes wegen, er arbeitete wegen des Prestiges, um Karriere zu machen und sich einen Ruf zu erwerben. Manchmal, wenn er besonders mit seinen Desillusionen zu kämpfen hatte, verglich Sebby die Möglichkeiten, die Leos ungeborenes Kind mit auf den Weg bekommen würde, mit dem, was den Brown-Kindern vorenthalten wurde. Hätte Griffin eine andere Sicht der Dinge gewählt, hätte *Die im Dunkeln sieht man nicht* dazu beitragen können, den Teufelskreis der Armut zu durchbrechen. Stattdessen würde die Doku ihn vollenden.

Sebby nahm die Videobänder mit nach Hause, als sie fertig geschnitten waren.

»Seit einem Monat liegen sie jetzt rum. Solltest du sie dir nicht endlich mal ansehen?«

Bisher jedoch hatte er sich gesträubt, ihr dieses düstere Bild der Armut vorzuführen. Kate hatte auf ihn zu aufgewühlt und labil gewirkt.

Doch jetzt, da sie darauf bestand, blieb ihm keine Wahl. Er hatte ihr nicht von seinen Skrupeln erzählt und war nun gespannt, wie sie reagierte. Ohne Einzelheiten von den Manipulationen bei den Dreharbeiten zu kennen, konnte sie sich den Film nun ganz unvoreingenommen ansehen. Er war gespannt, wie sie in ihrer direkten Art darauf reagieren würde. Vor allem die Entwicklung ihrer Gefühle interessierte ihn, wie ihre Zuneigung zu den Browns den Höhepunkt erreichen und dann einer heftigen Enttäuschung oder sogar Hass weichen würde.

Wie Barry vermutet hatte, hörten sie nichts von Griffin bis Mitte Dezember, einen Monat vor der Ausstrahlung von *Die im Dunkeln sieht man nicht.* Dann erhielten sie einen Brief, in dem sie zur Preview eingeladen wurden.

»Ich hab dir gleich gesagt, dass sie sich melden. Besser spät als nie.«

Cheryl litt noch immer unter der – wie sie es empfand – grausamen Zurückweisung. Aber Barry hatte es wenigstens geschafft, sie davon abzuhalten, weiter Krach zu schlagen und sich zu erniedrigen.

In einem fort redete sie von der Geburt ihres Babys oder der Dokumentarserie.

Die verrückte Donny sollte auf die Kinder aufpassen. Cheryl hatte so lange auf Barry eingeredet, bis er einverstanden gewesen war. »Donny ist vielleicht schmutzig und ein bisschen seltsam, aber mit Kindern kann sie phantastisch umgehen«, hatte Cheryl erklärt.

Die Preview fand im Londoner Zentrum statt. Es war ein kalter, aber sonniger Tag, und Cheryl war in Hochstimmung.

Trotzdem hatte sie vor Nervosität ihre Nägel bis zum Fleisch abgebissen.

Weil sie viel zu früh ankamen, setzten sie sich in einen kleinen Park in der Nähe, in dem Angestellte aus den umliegenden Büros mit Schal und Handschuhen in der Sonne ihre Sandwiches aßen, Kinder hinter den Tauben herliefen und der Reif auf dem Gras lag.

»Schau mich an«, gluckste Cheryl und strahlte Barry an, »ich zittere.«

»Ich habe richtig Angst davor«, gestand Barry. »Wir werden als richtige Freaks rüberkommen.«

»Als Kretins. Vor allem du.«

»Jetzt ist es zu spät. Und es ist alles dein Fehler.« Barrys Zähne klapperten. »Ich wünschte, wir hätten das bleiben lassen.«

Alle waren sie da, stellte Cheryl staunend fest.

Auf langen Tischen gab es Champagner, Erdbeeren mit Schlagsahne, geräucherten Lachs, zarte Pasteten, Spargel, Avocados und vieles, was Barry und Cheryl gar nicht kannten. Barry erinnerte sich an seinen letzten Job als Kellner. Die Firma war pleite gegangen, und sein Geld hatte er nie bekommen. Zuvor hatte er Autos gewaschen, und davor die gelben Striche auf die Straße gemalt, dann einem Kumpel geholfen, der Fenster putzte, und davor Gepäck in Gatwick ausgeladen. Die Liste war so lang, dass er kaum noch alles zusammenbekam, was er gemacht hatte, seit er Cher getroffen hatte. Immer hatte man ihn als Selbstständigen beschäftigt. Dadurch konnte man die Leute nach Belieben einstellen und entlassen. Und er war immer der Letzte gewesen, der eingestellt worden war. Es war seinen Chefs egal gewesen, wie hart er gearbeitet hatte, wie früh er zur Arbeit erschienen war, um einen guten Eindruck zu hinterlassen, wie höflich er war und wie er sich um Überstunden, Spät- oder Wochenendschichten bemüht hatte. Kein Tag war verstrichen, ohne dass Barry nicht die Abendzeitung studiert, alle Angebote eingekreist hatte und hinüber in den Bahnhof gegangen war, um zu telefonieren. Keine Woche war vergangen, ohne dass er sich im Arbeitsamt über die Stellenangebote informiert hatte.

»Hi, ihr zwei«, grüßte Leo sie so locker, als hätten sie sich erst am Abend zuvor zuletzt gesehen. Als wäre nicht ein halbes Jahr vergangen. »Wie geht's euch denn so?« Dabei umarmte er Cheryl und küsste sie laut schmatzend auf die Wange. »Jedenfalls siehst du großartig aus.« Er wandte sich zu Sebby um und wiederholte lauter als zuvor: »Sehen die beiden nicht großartig aus?«

»Ich habe euch richtig vermisst«, entgegnete Cheryl, die in einem Umstandskleid steckte.

»So bin ich nun mal«, witzelte Leo.

»Wie geht's Victor?«, fragte Sebby mit seiner sanften Stimme, gerade als Alan Beam mit einem wildmähnigen Mann auf sie zusteuerte.

»Das ist Matt, unser Produzent«, stellte er diesen vor. »Ihr erinnert euch doch an ihn, Schätzchen. Er möchte euch sagen, wie sehr ihm die Serie gefällt.«

Der Mann mit den langen gelockten Haaren drückte ihre Hände fest und lang. »Ihr beide seid ja richtige Stars«, erklärte er ihnen und hielt Cheryls Hand noch immer fest. »Wartet nur, bis ihr seht, was wir da haben. Der Film ist äußerst gelungen: einfühlsam, differenziert, intensiv, und es gibt auch durchaus komische Momente.«

»Werden wir uns darin wiedererkennen?«, fragte Cheryl und bemerkte Matts hämischen Blick auf ihren Bauch.

»Einen Moment«, meinte er. »Ich muss kurz mit Joel sprechen. Bis später, amüsiert euch gut.«

Wer waren diese Leute?, fragte sich Barry.

»Ich habe versucht, Sie anzurufen, Alan«, begann Cheryl und nippte vorsichtig an ihrem Champagner. »Das war vor fünf Monaten. Kurz nachdem die Dreharbeiten vorbei waren, habe ich versucht, Sie anzurufen.«

»Hast du eine Nachricht hinterlassen? Ich hätte dich doch zurückgerufen.«

»Wir haben kein Telefon.«

Alan schlug sich auf die Stirn. »Was bin ich doch für ein Idiot, natürlich, ihr habt ja kein Telefon. Ich hoffe, du wolltest nichts Wichtiges. Aber das passiert mir ständig, die Leute erzählen mir immer, sie können mich nicht erreichen. Ruf mich in Zukunft auf meinem Handy an.«

»Ich habe Ihre Handynummer nicht.«

»Ich geb sie dir später. Keine Ahnung, wie's dir geht, aber ich bin am Verhungern. Und wenn man sich nicht ranhält, bekommt man nur noch das, was diese Aasgeier übrig lassen.«

Cheryl versuchte immer wieder, über die Serie zu reden, doch Sebby und Leo unterhielten sich über ihr letztes Projekt, Firmenklatsch, digitales Fernsehen und die Dünnbrettbohrer vom Arts Council.

Wie sollten sich Barry und Cheryl an diesen Gesprächen beteiligen? Über Dinge, von denen sie keine Ahnung hatten?

Von Minute zu Minute fühlte sich Cheryl immer elender. Leute, die sie nicht kannte, blieben kurz stehen und machten eine Bemerkung, um sich sogleich einem anderen Gesprächspartner zuzuwenden. Sebby und Leo, die zumindest in Cheryls und Barrys Nähe geblieben waren, fingen an, über Themen zu sprechen, bei denen die Browns nicht mitreden konnten, und Leo führte drei Telefonate auf seinem Handy.

»Und? Was habt ihr beiden den Sommer über so gemacht?«, fragte Leo und schob sich eine Lachsschnitte in den Mund.

Cheryl war wie vor den Kopf geschlagen. Hatte Leo denn schon alles vergessen? Er war bräuner und größer, als sie ihn in Erinnerung hatte, und sah mit seinem weißen kragenlosen Hemd und der verknitterten Leinenhose wie ein Model aus einer Frauenzeitschrift aus.

Was hatten sie also gemacht?

»Wir sind nach Italien gefahren«, erzählte sie strahlend

und wandte dem stirnrunzelnden Barry den Rücken zu. »Für vierzehn Tage in ein Hotel an den italienischen Seen, weißt du.«

»Ist ja toll«, entgegnete Leo gleichmütig. Und Cheryl wusste auf einmal, dass sie ihn verloren hatte, dass sie sich die ganze Zeit etwas vorgemacht hatte. Barry sah, wie ihre Augen sich mit Tränen füllten, und fühlte sich hilfloser denn je.

Barry tastete in dem kleinen Kino nach Cheryls Hand, aber sie entzog sie ihm. »Sei nicht blöd, es ist alles in Ordnung.«

Alan Beam stand auf der Bühne. Er sah aus wie ein Schauspieler und hörte sich auch so an. »Willkommen, liebe Freunde. Ich weiß, wie sehr ihr alle auf diesen Moment gewartet habt, und freue mich, euch mitteilen zu können, dass der Film noch besser geworden ist, als wir alle es uns erträumt haben.«

Cheryl rutschte nervös auf ihrem Stuhl herum. Barry wünschte sich plötzlich, er könnte einfach nach Hause gehen. Er wollte nichts mehr sehen, er hatte genug.

»Heute Nachmittag wollen wir euch ein paar Clips zeigen, die wir aneinander geschnitten haben, um euch einen Eindruck von dem fertigen Produkt zu vermitteln. Die erste Episode soll am 15. Januar ausgestrahlt werden. Die Sendezeit ist gut, Donnerstagabend von neun Uhr bis neun Uhr dreißig. Hauptsendezeit. Wie ihr seht, setzt man hohe Erwartungen in die Serie.«

Ob er sie und Barry erwähnen würde?, fragte sich Cheryl.

»Ich weiß, dass ihr alle hart für dieses Projekt gearbeitet habt. Vor allem Sebby und Leo waren ganz schön im Stress. Wer kann ihnen da vorwerfen, dass sie zwischendurch immer wieder mal nahe dran waren, den ganzen Krempel hinzuschmeißen? Ich möchte euch also allen danken, dass ihr gekommen seid und mit all eurem Wissen und Können das hier geschaffen habt. Das Ergebnis beweist, wie ihr in einer Minute selbst sehen könnt, dass Griffin auf dem Dokumentarfilmsektor alles in den Schatten stellt.«

Er verließ die Bühne, und der Vorhang öffnete sich zu den Klängen eines Popsongs.

Die heruntergekommenen Straßen um die Paddington Station wurden aus der Luft gezeigt. Das Harold-Wilson-Gebäude fiel selbst noch in dieser Umgebung auf, so hässlich war es. Unter ihm sah man das Gewirr der sich kreuzenden Gleise, die müllübersäten Bahnsteige, die verrosteten Blechschuppen, die Schotterwege, die ins Niemandsland zu führen schienen.

Und da war ihr Balkon mit der Wäscheleine, an der die Windeln wie weiße Friedensfahnen im Wind flatterten.

»We're riding on a strange boat…« wurde lauter.

Barry schloss die Augen. Am liebsten wäre er aufgesprungen und hätte *Stopp!* geschrien. Das war ihr Zuhause, ihre Zuflucht vor der Welt draußen, das hätte er um jeden Preis schützen müssen. Wie hatten sie bloß ein solches Risiko eingehen können? Warum nur hatte er sich mit Cheryl auf diese Sache eingelassen?

Cheryl schien nicht mehr zu atmen. Er spürte ihre Angst und Anspannung neben sich, ließ sie jedoch in Ruhe. Sie hatte noch nie gut mit Angst umgehen können und versuchte immer krampfhaft, diese vor ihm zu verbergen.

Und dann konnte man Barry sehen, mit dem schlafenden Victor auf der Schulter, wie er vor einem Jahr mit der hochschwangeren Cheryl vor dem Kreißsaal ankam.

Von der Geburtseinleitung brachten sie keine Bilder.

Cheryl wirkte so jung. Und er auch. Seine Stimme klang ganz fremd. Er hatte vergessen, was sie alles geredet hatten, während sie dagelegen hatte und nichts passiert war.

»Alles okay, Cher?«

»Ja, wenn ich erst mal diesen dicken Bauch los bin.«

»Victor schläft draußen.«

»Ist jemand bei ihm?«

»Klar doch.«

»Geh ruhig eine rauchen. Geh schon, Barry, das kann hier noch Stunden dauern.«

»Nein, ist schon gut.«

»Du siehst fertig aus.«

Am Anfang wirkte sie wie ein kleines Mädchen, das sich verlaufen hatte – viel zu jung für so was, zu jung und zu unschuldig mit ihrer kleinen Stupsnase und dem frechen Kinn. Als die Wehen stärker wurden, schien sie zu altern, bis man es auf eine seltsame Art normal fand, die Person in den Hintergrund und die körperlichen Aspekte in den Mittelpunkt zu stellen, als sei eine Leiche zu sehen, die nichts mehr fühlen konnte.

Barry sah zu Boden.

Cheryl zuckte zusammen.

Im Kino war es totenstill.

Er hatte sie noch nie so nackt gesehen, nackt auf diese besondere Weise. Die Mutter seines Kindes gehörte plötzlich allen. Jedem Irren, der heimlich die Geschlechtsteile einer Frau begaffen wollte, jedem Zuschauer, der gerade Tee trank, der es sich mit seinem Abendessen vor dem Fernseher bequem gemacht hatte, vor dem Bildschirm die Schuhe putzte oder einen Teppich knüpfte, Schokolade naschte, ein Kind tröstete, ein Kreuzworträtsel löste, sich die Augenbrauen zupfte, die Zehennägel schnitt, die Zeitung zusammenlegte, die Wände tapezierte …

Barry stöhnte in dem dunklen Kino auf und verbarg das Gesicht in den Händen.

8

»Die halten mich für verrückt, oder?«

»Nein, Cher, das bildest du dir bloß ein.«

»Warum musste ich dann zu diesem Psychofritzen? Dich haben sie nicht hingeschleppt. Nur mich.«

Hoch oben im fünften Stock des Harold-Wilson-Gebäudes starrt Cheryl aus dem Fenster. Sie schenkt den Vögeln keine Beachtung, die sich träge im leichten Londoner Wind treiben lassen, sieht die weißen Spuren der Jetgetriebe am grauen Himmel nicht, sondern blickt unverwandt hinunter auf das Gleisgewirr, die Eisenkonstruktionen der Brücken, die langsam dahinrollenden Züge, die ihre gellenden Signale ausstoßen, zwei schrille Töne, wenn sie in andere Welten entschwinden, Welten, in die sich Cheryl wegträumt.

Wenn sie doch mitfahren könnte.

»Geh weg vom Fenster. Es hat keinen Zweck«, sagt Barry.

»Mir reicht's, Barry. Mir ist egal, was passiert. Wenn ich nur meine Kinder wiederbekomme. Ich will sie jetzt sofort haben.«

Sie bricht in Tränen aus, und Barry umarmt sie so fest er kann, damit sie seine Hilflosigkeit nicht spürt.

Die Harlower Browns reagierten auf die erste Folge von *Die im Dunkeln sieht man nicht* mit Entsetzen.

Sie saßen in ihrem penibel aufgeräumten Wohnzimmer zusammen mit zwei benachbarten Ehepaaren und einigen Arbeitskollegen von Cath, waren ziemlich nervös und überhaupt nicht stolz, dass ihr Sohn und seine Frau die Stars einer Serie waren, die die Armut in Großbritannien zum Gegenstand hatte.

»Natürlich sind sie nicht schuld an ihrer Situation«, pflegte Cath dann schnell mit verkniffenem Mund zu erklären, »aber Barry hätte es so viel weiter bringen können.« Damit leitete Cath geschickt über auf die vulgäre Familie von Cheryl und stellte klar, dass sie mit diesem Pöbel überhaupt nicht einverstanden war.

Sie wollte um jeden Preis vermeiden, dass man glaubte, sie und Bill würden diese Leute akzeptieren.

»Heutzutage geht es vielen so«, führte sie dann umständlich aus. »In der Schule geraten die Kinder in falsche Gesellschaft, bekommen keine richtige Ausbildung, kein Wunder bei den heutigen Anforderungen, und bevor sie wissen, wie ihnen geschieht, leben sie am Existenzminimum.«

Cath erntete stets verständnisvolles Nicken und mitfühlendes Seufzen. Aber was ihre Bekannten zu Hause hinter verschlossenen Türen dazu sagten, wollte sie lieber nicht wissen.

»Man muss es Barry lassen«, fügte Bill dann hinzu, »der Bursche hat wirklich alles versucht, um einen ordentlichen Job zu bekommen. Aber heutzutage gibt es ja keine Lehrstellen mehr, überall nur Technik. Ja, ich fürchte, diese Generation ist einfach chancenlos.«

Da saßen sie also mit einer Mischung aus Nervosität und Neugierde im Wohnzimmer. In der Küche stand Tee bereit für acht Personen, den Cath während der Werbepause servieren wollte. Um zehn sollte sich die Zentralheizung ausschalten. Und alle machten sich auf das Schlimmste gefasst.

Als *Strange World* von den Waterboys erklang, verstummten ihre Gespräche schlagartig.

Sie schwebten vom Himmel über Paddington Station direkt zum Kreißsaal in St. Mary's, blickten von Barrys angespanntem, blassen Gesicht direkt auf Cheryls entblößten Unterleib.

Das Schweigen im Wohnzimmer wurde so schwer wie die beigen Samtvorhänge.

In dem Haus, in dem Cheryl aufgewachsen war, ging es ganz anders zu. Wegen so etwas wie Armut oder Gesichtsverlust zerbrach sich die dicke Annie doch nicht den Kopf. Doch als sie plötzlich die Geschlechtsteile ihrer Tochter in Nahaufnahme sah, brüllte sie ihre Söhne an: »Rauf ihr beiden, los, verschwindet!«

Mein Gott, dachte sie, das war ja der reinste Porno.

Und die Vorstellung, wie ihre Feinde im Block sich gerade mit einem Bier amüsierten, war unerträglich.

Doch Annie war hart im Nehmen und blieb tapfer vor dem Fernsehapparat sitzen. Nach dem Schock zu Beginn wurde der Film leichter verdaulich, bis sie sich nur noch um das Baby sorgte, das im Film geboren wurde. Wie der Großteil der Nation saß sie in ihrem Morgenmantel und den farblich dazu passenden Pantoffeln vor dem Fernseher und stöhnte, biss die Zähne zusammen, hielt sich die Augen zu, zündete sich noch eine Zigarette an, zerknüllte das Kissen, bis endlich, zu ihrer großen Erleichterung, ein Kaiserschnitt beschlossen wurde.

Sie war entzückt darüber, wie süß Cheryl aussah – ihre obere Hälfte natürlich. Selbst Barry, den sie nur schlecht gelaunt kannte, schaffte es, fast freundlich zu wirken, als er seine in den Wehen liegende Frau tröstete. Er sah richtig gut aus, dachte Annie, kein Wunder, dass sich Cheryl in den Burschen verknallt hatte und nicht darauf hören wollte, dass sie zu jung war damals. Schließlich war sie erst sechzehn, als sie Victor bekam. Annie hätte Barry durch die Gerichtssäle schleifen können, wäre sie der Typ von Mutter gewesen.

So hübsch wie Cheryl geraten war, hätte sie jeden haben können.

Zugegeben, Cheryl hatte sie vor den Geburtsszenen gewarnt. Sie war bei der Preview gewesen und hatte ihr erzählt, dass einem am Anfang nichts erspart bliebe, wie sie und Barry Todesqualen ausgestanden hätten, als sie mit den ganzen Filmleuten dagesessen hatten und man alles von Cheryl zu sehen bekommen hatte.

»Aber der Teil dauert nicht lang, Mum. Dann wird es besser. Wir kommen übel rüber, irgendwie anders. Sie stellen uns cool dar, aber auf eine langweilige Art.«

Als der arme Barry mit dem kleinen Victor auf dem Arm das Krankenhaus verließ, als er in dieses Loch von Wohnung heimkehrte, kämpfte Annie mit den Tränen. Okay, in ihrem Haus herrschte das reinste Chaos, überall schmutzige Teller, randvolle Aschenbecher, zerrissene Vorhänge, die halb von der Stange hingen, aber wenigstens konnte sie Gras sehen, wenn ihr mal danach war; wenigstens wohnte sie zu ebener Erde, hatte eine Art Garten.

Und dann, um dem schon nicht mehr steigerbaren Elend noch eins draufzusetzen, fiel Barry vor den Augen der Nation auch noch der letzte Chip für das Gas durch, und so musste er noch einmal die ganzen Stufen hinunter und einen Kilometer zu der Tankstelle laufen, die die ganze Nacht geöffnet hatte, um einen neuen Chip für ein paar Einheiten zu holen, damit es bis Freitag reichte.

Mit Victor auf dem Arm und der durchwachten Nacht im Krankenhaus in den Knochen.

Annie fand, die Filmleute hätten ihm doch helfen können. Angeekelt stellte sie sich vor, wie das Filmteam daneben gestanden und ihm zugeschaut hatte, wie bei diesen Tierfilmen, wo eines von diesen armen Gnus von Löwen in Stücke gerissen wird.

Es fiel ihr nicht schwer zu vergessen, dass sie Cheryl und Barry auf dem Bildschirm sah. Die Handlung war so spannend, dass Annie das Gefühl hatte, sie sei in einer der unzähligen Soaps. Sie steigerte sich so in das Geschehen hinein, dass sie sich am Schluss, als der Abspann lief, richtig betrogen fühlte.

Wenn Cheryl und Barry doch nur ein Telefon hätten. Annie hätte sie sofort angerufen. Ihnen zu der tollen Darstellung gratuliert. Sie musste sich ohnehin wieder mal bei ihnen melden. Sie hatte sie seit Caras Geburt nicht mehr getroffen, und das war vor Monaten gewesen.

Fluchend schlurfte sie zur Tür. »Wer zum Teufel ist das denn um diese Zeit?«, murmelte sie und ahnte nichts Gutes. »Was wollt ihr?«, brüllte sie und rückte ihre Lockenwickler zurecht.

»Nur über die Sendung reden«, rief die Frau von gegenüber. »Kann ich reinkommen? Nur für eine Sekunde?«

Das war ja nicht zu fassen.

Nach einer halben Stunde gab es in Annies Wohnzimmer keinen Stehplatz mehr.

Es war wie eine richtige Party.

Sogar die Kinder benahmen sich.

Alle waren hingerissen von dem, was sie im Fernsehen gesehen hatten.

Sie wollten wissen, was als Nächstes passieren würde, und ob Annie auch vorkäme. Und sie sagte ja, und darauf musste sie erzählen, wie es war, vor den Kameras zu stehen.

»Das wird für Wirbel sorgen«, meinte einer der Gäste.

»Ist schon übel, wenn man bedenkt, was manche von denen verdienen.«

»Wie viel geben wir für Waffen aus?«

»Und für die Royals, diese Arschgesichter.«

»Deine Cheryl ist so ein nettes Mädchen.«

»Sie hat es schwer gehabt, die Arme. Und jetzt hat sie drei Kinder, stimmt's?«

Annie badete in der Aufmerksamkeit, genoss sie. Sie schickte Randall auf seinem Motorroller los, um an der Tankstelle noch Salzgebäck und Bier zu besorgen.

Bis nach Mitternacht blieben sie bei Annie, darunter Leute, die früher nie ein Wort miteinander gewechselt hatten, einige der Nachbarn hatten sich sogar ewige Feindschaft geschworen. Cheryl und Barry hatten sie auf eine Weise zusammengebracht, die Annie nie für möglich gehalten hätte.

Und niemand schien einen Gedanken daran zu verschwenden, dass die dicke Annie und ihre Nachkommenschaft bis dahin das Gespött der Gegend gewesen waren. Das schien keine Rolle mehr zu spielen. Sie würden berühmt werden, das zählte. Sie, in diesem fleckigen Morgenrock, mit der Zigarette im Mundwinkel, den zwei straffälligen Söhnen und den unzähligen Fettwülsten. Endlich konnte man ihr vergeben.

Schließlich war sie die Mutter der bemitleidenswerten Cheryl Brown.

Am nächsten Morgen standen zwei Journalisten vor Cheryls Wohnungstür.

Barry war gerade nicht da, ausnahmsweise war er früh aufgestanden, weil er Zeitungen besorgen wollte. Sie interessierten sich für die Kritiken.

»Woher wissen Sie, wo wir wohnen?« Griffin hatte den Browns versprochen, keine Informationen an die Presse zu geben.

»Komm schon, Mädel, das weiß jeder. Wir und ein paar Millionen andere. Die Kamera ist gestern direkt auf euren Balkon gezoomt. Glück gehabt, dass deine Höschen nicht da draußen an der Leine hingen, aber wer schert sich noch um die Höschen, nach dem was du uns gestern gezeigt hast?«

»Haut ab!«, rief Cheryl aufgebracht. Doch einer der beiden hatte schon den Fuß in der Tür.

»Wir wollen doch nur ein bisschen reden, Kleine. Dann lassen wir dich in Frieden, nicht wahr, Chris?«

Cheryl hob Scarlett hoch, die sich an ihre Beine klammerte, und versuchte, an den Männern vorbei ins Treppenhaus zu gelangen. Victor saß drinnen am Tisch. Sie hatte Angst, er könnte hinaufklettern und die Teekanne umstoßen.

»Ich kann jetzt nicht mit Ihnen reden.«

»Nur fünf Minuten«, und schon schlüpften die beiden in ihre Wohnung.

Cheryl lief hin und her, beruhigte die Kinder, versuchte sich zu bedecken, indem sie den Gürtel ihres offenen Morgenmantels zuband.

Das Blitzlicht der Kamera weckte Cara auf.

»Nein. Sie können hier nicht fotografieren.«

Sie bedeckte ihr Gesicht mit den Händen.

Prinzessin Diana fiel ihr ein, und wie sie sie beneidet hatte. Sie erinnerte sich, wie sie zu Barry gesagt hatte: »Dass Di die Paparazzi so stören? Ich würde sofort mit ihr tauschen.« Als Prinzessin Di dann starb, fand sie die Vorstellung merkwürdig, dass Diana bis zum Schluss versucht hatte, vor den Fotografen wegzulaufen. Doch Dis Verfolger waren bestimmt nicht so grob und aggressiv gewesen wie diese Kerle!

»Wir sind vielleicht die Ersten, aber wir werden nicht die Letzten sein«, warnte der Dünne in der Lederjacke sie. »Es ist einfach so, Kleines, du kommst prima rüber. Du wirkst so prickelnd wie Brausepulver. Im Moment bist du der Liebling der Nation.«

Und er zeigte ihr die zerknitterte Titelseite des *Mirror*.

»Schande« lautete die Schlagzeile. Darunter befand sich

ein Foto von Cheryl, das sie bei ihrer Heimkehr aus dem Krankenhaus zeigte, mit einer Plastiktüte von Tesco in der einen Hand und Scarlett in einer Babytrage in der anderen. Das Foto stammte aus dem Film. Sie hatten eine Fotomontage aus einem Bild von ihr und einem, das Ratten zeigte, gemacht, und es sah aus, als ob Cheryl durch die Tiere hindurchging.

Es gab tatsächlich Ratten im Harold-Wilson-Gebäude, man konnte sie nachts hören, aber nicht in der Größe und nicht in der Menge, und Cheryl schrie schon, wenn sie eine von weitem sah.

»Scheiß auf die Verträge«, meinte der eine, der Chris hieß, während er ununterbrochen fotografierte, und durch die Wohnung lief, als sei er hier zu Hause. »Du und Barry, ihr könntet einen Haufen Kohle machen.«

»Wie denn? Indem wir mit dir reden?«

»Genau. Wir könnten da was arrangieren.«

»Das müssten wir erst mit Griffin checken.«

»Hör mir mal zu, Schätzchen«, mischte sich der Dünne ein und entblößte sein Gebiss, »wenn du bei Griffin eine Schweigeklausel unterschrieben hast, bist du dümmer, als die Polizei erlaubt.«

»Das mussten wir.« Cheryl sah ihn irritiert an. Griffin hatte keinen Zweifel daran gelassen, dass die Schweigeklausel ein Teil des Deals war. Ohne Schweigeklausel kein Vertrag.

»Cheryl! *Cheryl!* Schau mal in die Kamera, Kleine. Du kannst uns wenigstens erzählen, wie du den Anfang gestern fandest.«

»War schon okay«, erklärte sie, hauptsächlich um die beiden loszuwerden. »Die erste Szene war zwar etwas hart, aber dann, finde ich, lief es super.«

»Und wie gefällt es dir, berühmt zu sein?«

»Puh! Wir sind doch nicht berühmt. Wie kommt ihr denn auf die verrückte Idee?«

Chris lachte. »Warte nur ab. Kannst du uns erzählen, wie es überhaupt dazu kam, dass ihr da mitgemacht habt?« Und er schob ihr ein Mikrofon direkt unter die Nase.

»Wir haben uns auf eine Annonce gemeldet«, antwortete Cheryl, während sie Cara beruhigte, indem sie ihr auf den Rücken klopfte und sie über die Schulter legte.

Cheryl fühlte sich in der Falle.

Wo zum Teufel blieb Barry? Er hätte längst zurück sein müssen.

Sobald sie es geschafft hatte, diese Tür zu schließen, würde sie darauf achten, dass sie zu blieb. »Viele Leute haben sich beworben. Sie haben sich aber für uns entschieden. Hört mal, könnt ihr jetzt bitte wieder gehen?«

Mit den Fotos, die sie geschossen hatten, könnte man ein ganzes Album füllen.

»Du solltest dich um diesen Vertrag kümmern, Kleine, besorg dir einen Anwalt, und zwar fix.«

»Ich habe hier eine Karte für dich«, rief Chris. »Wenn du richtig reich werden willst, ruf die Nummer darauf an.«

»Es tut mir Leid.« Verwirrt und außer Atem ließ Barry sich mit einem Packen Zeitungen im Arm auf das Sofa fallen. »So eine Scheiße. Die sind alle da unten und suchen unsere Wohnung. Ein paar von denen haben mich erkannt, als ich zurückgekommen bin … Es war die Hölle. Zuerst hatte ich gar keine Ahnung, was die wollten.«

Er breitete die Zeitungen auf dem Boden aus, inmitten der Zwieback- und Smartieskrümel. Hektisch blätterte er die Seiten durch, fand aber den Fernsehteil nicht auf Anhieb. Cheryls Stimme zitterte. »Geh weg, lass mich das machen.« Sie legte das Baby weg, um sich neben Barry auf den Boden zu knien.

Endlich konnten sie lesen, wie die Sendung eingeschlagen hatte. Nicht etwa, schrieben die Zeitungen, weil das Thema so originell sei oder so populär, und auch nicht wegen seiner Aktualität – schließlich herrschte im Augenblick keine Rezession.

Die Filmeffekte seien »subtil« und die Machart »von einem Feingefühl, wie sie allen als Beispiel dienen sollte, die aus dem Leben wirklicher Menschen Unterhaltung herausdestillieren«. Von Cheryl und Barry handelten längere Passagen, doch der Kommentar, über den Cheryl sich am meisten freute, lautete: »Diese jungen Leute sind natürlich und liebenswert und wurden von einem zivilisierten Land auf das abscheulichste behandelt. Sie verdienen unseren höchsten Respekt.«

Nicht eine Kritik war negativ.

Alle hatten sie gleich ins Herz geschlossen.

»Die Hoffnung, die sie ausstrahlten, war beschämend.«

»Brillant« war in einer Kritik zu lesen.

»Eine Sternstunde des Fernsehens« in einer anderen.

»Kompliment an Griffin.«

Cheryl nahm Barrys Hand, drückte sie fest und strahlte ihn glücklich an.

Das Hämmern an der Tür nahm kein Ende.

Sie hatten die Klingel abgestellt. Wäre nicht die graue Metallplatte gewesen, die aus Sicherheitsgründen in allen Wohnungstüren hatte eingebaut werden müssen, wäre die Tür sicher längst eingeschlagen worden, vermutete Barry.

Am Schluss legten sie sich zusammen ins Bett, obwohl es erst halb zehn am Vormittag war. Sie ließen das Licht brennen und nahmen die Zeitungen mit. Cheryl las sie immer wieder. Sie verspürte keinen Hunger, obwohl sie noch nicht gefrühstückt hatte. Durch sie strömte genauso viel Energie und Adrenalin wie damals, als sie das Koks ausprobiert hatte, das Barry mitgebracht hatte, in der Zeit, als sie so down war und die Antidepressiva nahm.

»Als die beiden vorhin von Geld geredet haben, was genau haben sie da gemeint?«

»Sie haben nur gesagt, ich könnte dicke Kohle machen. Und wir seien bescheuert gewesen, uns auf diese Klausel einzulassen.«

»Du hast damals gedrängt zu unterschreiben. Du wolltest keine Zeit verlieren und dich irgendwo erkundigen.«

»Barry, jetzt hör mal zu. Wenn wir nicht gleich unterschrieben hätten, hätten sie uns wahrscheinlich nicht genommen.«

Barry runzelte die Stirn. »Das glaube ich nicht. Irgendwie müssen wir da doch rauskommen.«

»Dann ruf doch diese Nummer an.« Sie reichte ihm die Visitenkarte, die ihr der Journalist gegeben hatte. »Aber wenn du es damit versaust, wenn sie wegen dir die Sendung stoppen …«

»Jetzt mach dir nicht in die Hose. Das würden sie nie tun.«

»Vielleicht doch, wenn das vor Gericht geht und so.«

»Ich finde einfach, wir sollten wissen, woran wir sind.«

Geld zu haben, war Cheryl in diesem Augenblick, in dem sie in anderen Sphären schwebte, völlig unwichtig. Sie hatte alles, wovon sie je geträumt hatte: totale Anerkennung, sogar völlig Fremde mochten sie, den Respekt der Profis, den Neid Tausender und, was am wichtigsten war, es würde weitergehen.

Stürmisch umarmte und herzte sie ihre Kinder, küsste sie Barry.

»Ich träum doch nicht, Barry, oder? Sag mir, dass ich mir das nicht einbilde!«

Sie konnte sich nicht erinnern, sich jemals in ihrem Leben so erfüllt und so besonders gefühlt zu haben.

Nun wusste sie, wie herrlich sich die Stars fühlten, die Sportler, die einen Rekord gebrochen hatten, die Fußballspieler, denen bei der Weltmeisterschaft ein Tor gelang, die Astronauten, die zum Mond flogen, die Dichter, die das entscheidende Wort gefunden hatten.

Jeder Mensch, so fand sie, sollte diesen einen perfekten Augenblick erleben dürfen, wenn alles sich zu einem wunderbaren Ganzen zu vereinen scheint. Wenn sie jetzt sterben würde, würde sie die Welt zufrieden verlassen.

Sie könnte das Augenlicht verlieren und nicht das Bedürfnis verspüren zu sehen.

Sie liebten sie.

Alle liebten sie.

Die Videos, die Sebby mit nach Hause genommen hatte, zogen Kate so in ihren Bann, dass sie sie sechs Stunden am Stück ansah, bevor sie ins Bett wankte.

»Sie sind wunderbar«, sagte sie mit glasigen Augen.

Sebby beobachtete sie genau.

Sie weinte, und sie lachte. Sie schniefte, als sie die für Victors Geburtstag eingepackten Spielsachen sah. Die Browns hatten es natürlich übertrieben, sie wollten sichergehen, dass es dem Kleinen an nichts fehlte. Sie erinnerte sich, wie Sebby darauf bestanden hatte, ihm ein ferngesteuertes Auto zu kaufen.

»Aber dafür ist er doch noch viel zu klein«, hatte Kate eingewandt. »Die Fernbedienung kann er nie und nimmer bedienen.«

»Da wächst er schon rein«, hatte Sebby erwidert.

»Du hast den Kleinen gern, stimmt's?«

»Hättest du auch, wenn du ihn sehen würdest. Er ist so süß.«

Kate hatte noch nie eine so ausführliche Dokumentation über diese Dimension von Armut gesehen. Heruntergekommene Plattenbausiedlungen kannte jeder aus kurzen Nachrichtenbeiträgen, Programmen über Propagandabesuche von Politikern, wenn die heiße Phase des Wahlkampfes begann. Am meisten beeindruckten Kate die vielen bedrückenden Details … Nirgends Platz, um nasse Socken aufzuhängen. Pulverkaffee, kaputte Möbel, kein Telefon, nirgends etwas Schönes zu sehen, zu schmecken oder zu riechen.

»Uns könnte das doch nicht passieren …?«, begann Kate, und Sebby konnte ihr ansehen, wie sehr die Doku sie mitnahm.

»Nein, niemals. Was immer auch passiert, da werden wir niemals landen.«

Er versuchte überzeugend zu klingen, wusste jedoch, dass auch sie sozial absteigen konnten.

Kate weinte, als sie sehen musste, wie Cheryl nachts in der feuchten Wohnung versuchte, ihr Baby warm zu halten, indem sie es an sich drückte. »Das ist so gemein«, flüsterte sie und wischte sich die Tränen aus den Augen. »Wo warst du, als ihr das aufgenommen habt?«

»In meinen dicken Jacken.«

»Du hättest ihr eine geben können.«

»Haben wir auch, bevor wir mit dem Drehen anfingen. Sie hat sie ausgezogen.«

»Ihr hättet doch das Gas bezahlen können.«

»Das ging nicht, wir dürfen uns nicht einmischen. Nicht in dem Maß.«

»Ich wette, ihr habt es getan.«

»Sonst wären wir Unmenschen.«

Kate lachte, als Barry während einer albernen Tanzszene seine Hose verlor. Sie hielt den Atem an, als sie sich vor den Gerichtsvollziehern versteckten, und lachte hysterisch, als sie damit Erfolg hatten. Sie fühlte körperlichen Schmerz, als sie den Schimmel in den Schlafzimmern sah. Und sie zeigte Skepsis wegen Annie. »So übel kann sie doch gar nicht sein«, warf sie ein. »Ihr habt bestimmt übertrieben.«

Sebby schüttelte den Kopf. »Sie war so übel, glaub mir.«

»Leo muss das gehasst haben. Die Wohnung, sich da aufhalten zu müssen und mit den Leuten beisammen zu sein. Wo er sich doch für was Besseres hält.«

»Er hat sich gut im Griff.« Sebby wusste, wie entsetzt Kate wäre, erführe sie von den Fotos, die sie in der Hinterhand hatten. Nie würde sie glauben, dass er damit einverstanden gewesen war. Sie würde ihn für verrückt halten.

»Man sieht, dass sie dich mag«, sagte Kate. »Es ist schon fast wie eine private Vorstellung.«

»Ich weiß, aber da kommt man nicht wirklich dagegen an.«

»Barry ist realistischer.«

»Er ist ein netter Kerl.«

»Das kommt rüber.«

An der Art und Weise, wie die Serie Kate in den Bann zog, konnte Sebby sehen, dass sie gut geworden war. Er musste aufstehen und Kaffee kochen, er musste Kate das Nachthemd bringen und die Geschirrspülmaschine einräumen. Er konnte sich nicht erinnern, dass sie sich in den letzten Monaten von irgendetwas so hätte mitreißen lassen.

Von Kate kam der Vorschlag, am nächsten Abend die zweite Hälfte anzusehen. Sie hatte extra ein TV-Dinner vorbereitet und Sebby seufzte, als er es sah … Hummer Thermidor, eine frische Ananas und ein paar Flaschen Wein. Je weniger Geld sie hatten, umso mehr gab sie aus. Doch immerhin erwähnte sie den Verkauf der Wohnung nicht mehr und verschonte ihn auch mit neuen Wohnungsbesichtigungen.

»Ich habe das Gefühl, diese Menschen schon ewig zu kennen«, meinte sie, als die zweite Hälfte begann. »Richtig unheimlich, wie ihr das hingekriegt habt.«

»Das liegt an Leo.«

»Du machst dich ständig runter. Die bei Griffin halten eine Menge von dir, du bist einer ihrer besten Leute, und das weißt du genau. Und jetzt hör auf, das zu bestreiten. Das nervt.«

Als Cheryl damit anfing, wie es wäre, noch ein Baby zu haben, machte Kate ihrer Verärgerung Luft, indem sie mit ihren Fingernägeln auf die Sofalehne trommelte. Als Barry seine Einwände gegen ein weiteres Baby vorbrachte, nickte Kate zustimmend. »Sie kommen da doch sonst nie raus«, murmelte sie. »Sie ist doch nicht blöd, sie muss das doch sehen.«

Dann verkündete Cheryl ihre Schwangerschaft.

»Das glaub ich einfach nicht«, stieß Kate hervor. »Und das nach allem, was sie gesagt hat. Nach all diesen Vorsätzen. Das ist total unlogisch.«

»So was passiert halt«, wandte Sebby besänftigend ein.

»Das weiß ich. Ich habe sie nur anders eingeschätzt.«

Kate rutschte unruhig hin und her. Das Bein, das sie über das andere geschlagen hatte, begann nervös auf und ab zu wippen.

Als es dem Ende der Serie zuging, war Sebby müde und Kate erschöpft. Die Softpornobilder hatten sie retuschiert, dass keine intimen Details zu erkennen waren. Man baute sie mit in die Geschichte ein, behauptete, sie hätten herumgelegen und Leo habe sie zufällig entdeckt. Cheryl reagierte ganz cool, prahlte, sie würde es sofort noch einmal machen, wenn sie Geld dafür bekäme, und Barry schien sich an den Fotos nicht zu stören. Selbst Cheryls Gesicht wirkte plötzlich anders, als würden Schatten gesetzt, das Licht verändert, die Perspektive. Man konnte den Grund schwer festmachen. Mit einem Mal wirkte diese sympathische junge Frau auf Kate irgendwie habgierig und verbittert. »Ich komm mir richtig angeschmiert vor«, erklärte Kate. »Sie ist eine ausgezeichnete Schauspielerin, das steht fest. Aber was immer ihnen jetzt noch passiert, geschieht ihnen Recht. Sie sind ein hoffnungsloser Fall. Nein, mir tun nur die Kinder Leid.«

Sebby nahm die Brille ab und rieb sich die Augen. »Wie kannst du deine Meinung über sie wegen zwei kleinen Ausrutschern so ändern?«

»Zwei kleine Ausrutscher? Du machst wohl Witze. Griffin ist denen voll auf den Leim gegangen. Wenn du denkst, Cheryl und Barry sind nicht darauf aus, sich alles unter den Nagel zu reißen, was sie kriegen können, ohne Rücksicht auf Verluste, dann machst du dir …«

»Du meine Güte, sie ist doch nur schwanger geworden.«

»Absichtlich. Wegen des Geldes.«

»Woher soll denn dieses Geld kommen?«

»Von den Zuschauern, die ihr, wie sie glaubt, aus der Hand fressen. Sie hat diese Dokumentarserie, die so viel Gutes hätte bewirken können, für ihre eigenen Zwecke missbraucht.«

Sebby lehnte sich zurück. »Kate, du überraschst mich.«

»Und jetzt erzähl mir bloß nicht, dass diese Aufnahmen entstanden sind, als sie erst fünfzehn war. Ich wette mit dir, dass die anschaffen ging und noch viel mehr Dreck am Stecken hat, als ihr überhaupt in der Lage wart herauszufinden.«

»Und wenn schon? Die beiden stehen doch mit dem Rücken zur Wand.«

»Ja, das ist mir klar. Und das wäre in Ordnung, wenn Cheryl die ganze Zeit über nicht den Unschuldsengel gemimt hätte.«

»Hat sie das wirklich getan?«

»Oder jemand anders.«

Leise fragte er: »Glaubst du, die Mehrheit der Zuschauer wird das genauso sehen wie du?«

»Woher soll ich das wissen? Aber sie wären blöd, wenn sie es anders sähen.«

Bei der Preview hatte sich Sebby gegenüber Cheryl und Barry nicht richtig verhalten. Er hätte ihnen erklären müssen, warum er sich so lange nicht bei ihnen gemeldet hatte, hätte sich etwas ausdenken können. Diese Mühe hätten sie ihm wert sein müssen. Aber da er nun mal wusste, was er wusste, hatte er sich wie Leo verhalten, hatte so getan, als sähe er den Schmerz nicht, der in Cheryls Augen geschrieben stand, hatte über alles Mögliche geplaudert, nur nicht darüber. Dabei war offenkundig, wie man den Browns auswich, sie von oben herab behandelte oder gleich ganz ignorierte.

Wie viele Leute hier wohl von dem Dreh am Schluss wussten?

Nicht viele, vermutete Sebby.

Und an diesem Abend würde er gewiss nicht mehr gezeigt werden.

Cheryl und Barry gingen wahrscheinlich in dem Gefühl nach Hause, sie seien fair und positiv dargestellt worden. Abgesehen von dem schockierenden Anfang zeigte die Dokumentation ein junges, attraktives Pärchen, das sich tapfer schlug. Traurig. Komisch. Manchmal faszinierend. Und die beschwingte Reaktion des Publikums war für Sebby der eindeutige Beweis, dass die Dokumentarreihe auch ohne die hinterhältige Manipulation ein Erfolg geworden wäre. Er konnte nur hoffen – und er wusste, dazu bestand kein Anlass –, dass die Browns stark genug waren, mit Triumph *und* Katastrophe fertig zu werden ... obwohl er nie verstanden hatte, was diese zwei Schwindler aus Rudyard Kiplings Gedicht miteinander gemein hatten.

9

In den Acht- und den Neun-Uhr-Nachrichten werden Eltern ermahnt, besonders auf die Sicherheit ihrer Kinder zu achten.

Ein Polizeiwagen bringt Cheryl und Barry in das Pressezimmer im Polizeipräsidium. Heidi Trotter und Hauptkommissar Rowe begleiten sie. Inzwischen ist es zwar Routine für sie, doch Barry leidet jedes Mal aufs Neue und fragt sich verzweifelt, ob er es noch einmal erträgt.

Im Raum drängeln sich die Menschen. Die Polizisten gehen voraus, dann folgt Cheryl, und Barry bildet das Schlusslicht. Er fühlt sich unsicher unter all den Menschen. Die Luft im Raum ist stickig und Barry ist geblendet von den grellen Lampen. Hier herrscht die totale Kontrolle: Jede Veränderung der Mimik, jede Geste wird registriert. Sogar ein Wimpernschlag.

Mit Heidis Hilfe formulierten sie am vorhergehenden Abend einen Text für eine Ansprache. Zehn Tage sind nun seit dem spurlosen Verschwinden der Kinder vergangen. Ihr Appell richtet sich an Nachbarn, Verwandte, Freunde, denen eine Familie aufgefallen ist, die aus welchem Grund auch immer plötzlich drei Kinder mehr hat.

Gästehäuser, Hotels, Campingplätze und Pensionen werden aufgefordert, ein Auge auf ihre Gäste zu haben.

Ein unscharfes, vergrößertes Foto der zwei älteren Kinder, das Cath am letzten Weihnachstfest mit ihrer Instamatic gemacht hatte, füllte wieder den Bildschirm aus.

Anders als weniger prominente Fälle, die lange warten müssen, bis sie von *Crimewatch* ausgewählt werden, wird diesem Verbrechen von Anfang an eine enorme Aufmerksamkeit zuteil, denn die Browns kennt inzwischen beinahe jeder aus den Medien. Was Hauptkommissar Rowe, der aus langjähriger Erfahrung weiß, wie schwer es ist, einen Fall publik zu machen, teils irritiert und teils erfreut.

Barry fällt es schwer, mit der veränderten Einstellung der landesweiten Medien zurechtzukommen.

So grausam sie sie früher verurteilt hatten – den Hass der Öffentlichkeit geschürt, ihn und Cheryl schikaniert hatten, wo sie nur konnten, und alles, was sie getan hatten, kritisiert hatten –, so mitfühlend reagierten sie jetzt. Barry fühlte sich zurückversetzt in jene ersten wunderbaren Wochen, als sie auf der Sympathiewelle des breiten Publikums schwammen.

Damals fühlten er und Cheryl sich, als wären sie Mitglieder der Königsfamilie.

Jedermann auf der Straße war ihr Fan.

»Macht daraus, so viel ihr könnt«, riet ein Moderator ihnen. Barry weiß nicht mehr, welcher. »Das britische Publikum ist sehr launisch. Alles kann sich über Nacht ändern.« Aber er weiß noch, dass er und Cheryl damals überzeugt waren, er sei verrückt.

Und nun ist es so, als hätten diese Hassbekundungen gegen sie nie stattgefunden.

Und manchmal hatte er damals, als Cheryl nicht aufhörte zu weinen, das Gefühl, er könne sie niemals trösten, sie verlange einfach zu viel von ihm. Sie schien ihn allmählich zu verlassen und von einer blinden Verzweiflung vereinnahmt zu werden, in der sie für ihn unerreichbar blieb.

»Nicht alle denken schlecht von uns«, versuchte er sie zu trösten. »Vielen sind wir scheißegal…die meisten Menschen sind auf unserer Seite.«

»Das Gefühl habe ich überhaupt nicht«, entgegnete sie. »Aber ich würde gerne ein paar von denen kennen lernen, wenn es sie gibt. Hier leben die bestimmt nicht.«

Jetzt aber fließen die Gesichter ihrer früheren Peiniger über vor Mitgefühl für ihre Opfer von einst. Die wüsten Beschimpfungen und unflätigen Beleidigungen bleiben aus. Stattdessen macht sich eine stille Erwartung breit, als die Browns an einem Tisch Platz nehmen, der vor Mikrofonen überquillt.

»Guten Morgen, meine Damen und Herren«, beginnt Hauptkommissar Rowe und fasst die aktuelle Lage zusammen. An diesem Morgen wird er der Sündenbock sein, er wird sich dafür rechtfertigen müssen, dass es noch keine konkreten Hinweise gibt.

Cheryl liest den vorbereiteten Appell vor.

Aus dem Mund einer besorgten Mutter würde der Appell die größte Wirkung erzielen, darin waren sie und die Polizei sich einig gewesen.

»Ich weiß, wie einige unter Ihnen über mich denken«, fängt sie stockend und leise an, »und ich verstehe, weshalb. Aber ich bin nicht hier, um mich zu verteidigen. Ich kann es nicht ändern, dass ich so bin, wie ich bin, und jeder, der mich hier sieht, hat in seinem Leben Fehler gemacht. Nur habe ich im Gegensatz zu anderen meine Fehler vor Millionen von Zuschauern begangen.«

Sie hält inne. Kaut an ihrer Unterlippe. Fährt sich mit der Hand durch die Haare. Schnieft und schluckt, bevor sie fortfährt. »Aber eines muss Ihnen klar geworden sein, wenn Sie die Serie gesehen haben: Dass ich meine Kinder liebe. Meine Kinder bedeuten mir alles, sie sind mein Leben. Wir hatten es schwer, Barry und ich, wir konnten ihnen nie viel bieten, aber wir haben ihnen unsere ganze Liebe geschenkt. Einige von Ihnen konnten nicht verstehen, warum ich mir so sehr noch ein Kind wünschte. Heute kann ich Ihnen nur sagen, dass ich meinen Kindern so viel Glück verdanke, dass ich mir, es mag selbstsüchtig gewesen sein, noch mehr davon wünschte. Doch das ist jetzt belanglos. Was geschehen ist, ist geschehen. Kein Verbrechen, sei es auch noch so schlimm, kann die Höllenqualen, die ich erleiden muss, als Strafe rechtfertigen. Jede Nacht bete ich zu Gott, wenn es dich gibt, lieber Gott, dann hilf mir bitte.«

Das Blut weicht ihr aus den Wangen und ihr Blick wird leer, bevor sie verstummt.

Cheryl sitzt da und starrt in ihr Publikum, als habe sie den Grund ihrer Anwesenheit völlig vergessen. Hauptkommissar Rowe nimmt ihr das Blatt aus der Hand und liest mit ruhiger Stimme zu Ende:

»Falls also jemand einen auch noch so leisen Verdacht hat, wo diese Kinder sein könnten, falls jemand glaubt, er kenne jemand … vielleicht eine Frau, die ein Kind verloren hat, Eltern, denen eine Adoption verweigert wurde, geistig verwirrte Menschen, die sich zu so einer Handlung hinreißen lassen könnten, alle Hinweise, die uns helfen könnten, diese Kinder wieder nach Hause zu bringen, bitte zögern Sie nicht, sich bei uns zu melden. Sämtliche Informationen, die bei uns eingehen, werden streng vertraulich behandelt.«

»Mrs. Brown? Mrs. Brown?« Ein eifriger junger Reporter versucht, ihr Fragen zu stellen.

»Sie werden Verständnis dafür haben, dass wir zu diesem

Zeitpunkt keine Fragen zulassen können«, erklärt Hauptkommissar Rowe unnachgiebig.

Nach jenen ersten positiven Pressereaktionen auf die erste Folge der Serie, als sie ihre ersten Erfahrungen mit einer ihnen wohlgesinnten Welt gemacht hatten, bestand Barry darauf, einen Anwalt aufzusuchen, um prüfen zu lassen, ob es einen Ausweg aus dieser Schweigeklausel gab, die sie bei Griffin unterzeichnet hatten.

Auch der Anwalt empfing sie herzlich, als seien sie seine Kinder, und führte sie in sein Büro, um den Vertrag zu studieren.

Das Einzige, was ihn wirklich zu interessieren schien, war, was ihn in der nächsten Episode erwartete.

Dass die Serie so erfolgreich war, verblüffte sie beide.

Was faszinierte die Menschen daran?

»Das ist genauso wie die Gafferei bei einem Unfall«, meinte die dicke Annie. »Je grauslicher er ist, umso besser.«

Wie Barry befürchtet hatte, erwies sich der Vertrag als unumstößlich. Erst wenn die Serie vollständig ausgestrahlt worden war, durften die Browns aus ihrer Publicity Nutzen ziehen. Erst dann durften sie der Presse gegen Geld Interviews geben oder sich für Fernsehauftritte bezahlen lassen.

»Das ist eine Schweinerei«, erklärte ihnen der Anwalt, »aber zerbrechen Sie sich deshalb nicht lange den Kopf, vielleicht ist es am Ende zu Ihrem Vorteil. Wenn Ihre Popularität weiter so wächst, wird die Nachfrage nach Ihnen nach Ablauf der Serie nur umso größer.«

Diese Auskunft versöhnte Barry etwas. Er hatte dadurch weniger das Gefühl, betrogen worden zu sein. Da er wusste, was Stars von den Medien kassieren, begann er Pläne für eine Zukunft zu schmieden.

Der Gedanke, dass ihr Ruhm vergehen oder sich gar gegen sie wenden konnte, kam keinem von ihnen.

Zu diesem Zeitpunkt bestand dazu auch kein Anlass.

Griffin schickte ihnen sämtliche Zeitungsausschnitte, alle Kritiken und Artikel.

Cheryl kaufte ein Notizbuch und verbrachte Stunden damit, alles sorgfältig einzukleben.

»Damit wir es nicht vergessen.«

Barry grinste.

Anfragen wegen Interviews und öffentlicher Auftritte kamen genauso häufig wie Zahlungsaufforderungen. Sie fingen klein an: im Lokalradio, wo sie zwischen lockerem Geplauder sechs Songs auswählten, eine bescheidene Version von *Musik für die Insel.*

Sie hatten es nicht nötig, sich ein Image zu schaffen.

Ihre Natürlichkeit hatte ihnen diese Anerkennung eingebracht, also blieben sie weiterhin natürlich, als sie ins Fernsehen aufstiegen. Anfangs waren sie sehr nervös, doch allmählich gewannen sie Selbstvertrauen, da die Journalisten bei den Interviews darauf bedacht waren, Cheryl und Barry von ihrer besten Seite zu zeigen. Niemand wollte sich vorwerfen lassen, die Browns durch den Fleischwolf gedreht zu haben. Daher blieb Barrys dunkle Vergangenheit unerwähnt, ebenso Cheryls Mutter, oder dass ihre zwei jüngeren Halbbrüder ständig mit dem Jugendgericht zu tun hatten.

Von einem dritten Kind ahnte noch niemand etwas, Cheryl trug weite Hosen. Die Interviews drehten sich um die Filmarbeiten und die schockierende Tatsache, dass zu Beginn eines neuen Millenniums mitten in Europa noch immer solche sozialen Missstände existierten. »Die Kinder« wurden als Gruppe angesprochen, und jeder ging davon aus, es handele sich um zwei. Cheryls erneute Schwangerschaft würde erst in der achten Episode enthüllt.

Die »Tapferkeit« der Browns angesichts ihrer schwierigen Lebensumstände war ein Aspekt, für den die Öffentlichkeit sie bewunderte. Sie hatten sich nie für »tapfer« gehalten und verstanden das Aufhebens nicht, das darum gemacht wurde. Und Barrys Entschlossenheit, Arbeit zu finden, wurde als geradezu heldenhaft gesehen angesichts der katastrophalen Situation auf dem Arbeitsmarkt für ungelernte Arbeitskräfte.

Griffin teilte ihnen mit, dass das Publikum ausgesprochen viel Geld einsandte, trotz der Aufforderungen in den Medien, solche Spenden stattdessen den entsprechenden karitativen Einrichtungen zukommen zu lassen.

Dass sie keine Bezahlung für die Serie erhalten würden, wussten Cheryl und Barry von Anfang an, aber wenn die Menschen das Geld direkt für sie schickten, war es in ihren Augen jedoch unfair, dass man es nicht an sie weitergab.

»In unserer Serie sprechen wir das ganze breite Spektrum der Armut an und nicht nur eure«, erklärte ihnen Alan Beam, als sie ihn vom Bahnhof aus anriefen und versuchten, ihn über die Geräusche der ein- und ausfahrenden Züge hinweg zu verstehen. »Und wir verfügen nicht über die Logistik, um mit Spenden dieser Größenordnung fertig zu werden. Wir beschäftigen uns nicht mit finanziellen Transaktionen, sondern machen Sendungen.«

Barry fuhr sich durchs Haar. »Aber die Leute sollten erfahren, dass wir ihr Geld gar nicht bekommen.«

»Macht euch keine Sorgen, das sagen wir ihnen schon. Wir schicken ihnen ihre Schecks zusammen mit einer Liste geeigneter Kandidaten zurück. Nachdem wir das lange diskutiert haben, sind wir zu dem Schluss gekommen, dass wir, wenn wir diese Geschenke an euch weitergeleitet hätten, euch zu Freaks gemacht hätten, und genau das wollten wir unbedingt vermeiden.

»Das ist so was von bescheuert.«

»Barry«, mahnte ihn Alan, »glaub mir, ich weiß, wie dir zu Mute ist und dass das schwer für euch zu akzeptieren ist…«

»Wir haben schon kein Geld für die Dreharbeiten bekommen, aber jetzt, bei diesen wahnsinnig hohen Quoten, sollten wir etwas bekommen. Richtig? Ihr hättet uns ein Gehalt zahlen können, ihr könntet uns jetzt bezahlen, wenn ihr nur wolltet. Wenn ich daran denke, wie ihr uns dazu gezwungen habt, einen Vertrag zu unterschreiben, der uns daran hindert, Interviews zu geben…«

»Wir wollten nicht der Katalysator werden, der euer Leben durcheinander bringt.«

»Ach ja? Und ihr nehmt euch das Recht heraus, das zu beurteilen?« Barry hatte das Gefühl, seine Kinder im Stich gelassen zu haben. Wenn er einmal unnachgiebig gewesen wäre, einmal nicht auf Cheryl gehört hätte, hätte er ihre Zukunft sichern können. Warum tat er auch immer, was sie sagte? Warum war er so versessen darauf, ihrem Willen zu entsprechen? Der Gedanke, wie man ihn über den Tisch gezogen hatte, hielt ihn die ganze Nacht wach.

Sein Leben würde er geben für seine Kinder und für Cher.

»Nein, wir können es nicht am besten beurteilen, aber wir tragen die Verantwortung…«

»Scheiß drauf.«

»Und aus Rücksicht auf eure Gefühle wollten wir keine öffentlichen Ausstellungsstücke aus euch machen.«

Barry knallte wütend den Hörer auf die Gabel. »Es ist sinnlos«, erklärte er Cheryl. »Man kann nicht mit ihnen reden, da ist jedes Wort zu viel.«

In dem Augenblick, als er das Harold-Wilson-Gebäude betrat, wünschte sich Sebby, er hätte auf Leo gehört. Stattdessen hatte er seinem schlechten Gewissen nachgegeben. »Sie haben niemanden, mit dem sie darüber reden können …«

»Das weißt du doch gar nicht. Sie haben beide ihre Familien.«

»Von denen ist doch keine Hilfe zu erwarten. Alan und Jennie scheren sich nicht um die beiden. Cheryl und Barry werden gerade von einem Publicitysturm hinweggefegt. Wie zum Teufel sollen sie sich zurechtfinden? Mit wem sollen sie sich beraten? Mein Gott, Leo, fühlst du dich denn nicht ein kleines bisschen verantwortlich?«

Leo zuckte die Schultern. »Und wie willst du ihnen dann helfen, wenn die Kacke erst richtig am Dampfen ist?«

Auf diese Frage hatte Sebby bisher noch keine Antwort gefunden. Doch weil ihn Leos Gleichgültigkeit aufbrachte, beantwortete er sie, ohne nachzudenken. »Ich werde in ihrer Nähe bleiben. Vielleicht kann ich ihnen nicht helfen, aber wenigstens kann ich für sie dasein.«

»Du hast dich viel zu sehr in diese Familie hineinziehen lassen. Das ist unprofessionell. Die kommen ohne dich zurecht. Das haben sie doch vorher auch geschafft. Du nimmst dich viel zu wichtig.«

Aber Sebby bestand darauf, sie anzurufen – und wenn es nur war, um an ihrem momentanen Erfolg Anteil zu nehmen.

Cheryl bekam weiche Knie, als hätte sie Besuch aus dem Königshaus. Barry wurde ganz flau im Magen. Er wünschte, Sebby und Leo wären nicht gekommen. Noch nie hatte er seine Frau so glücklich gesehen. Cheryl empfing die Filmleute mit großer Dankbarkeit. Das sei das Beste, was ihr im ganzen Leben passiert sei. Sie war überzeugt, dass die Ausstrahlung der Schmuddelfotos, die ihr noch bevorstand, ihrer Glaubwürdigkeit nicht schaden würde. Leos Argumente hatten sie überzeugt.

Sie hatte sich sehr zu ihrem Vorteil verändert, sah jünger, lebendiger und hoffnungsvoller aus. Sebby dachte, dass seine Ängste offenbar unberechtigt gewesen waren. Die Browns kamen mit ihrem Erfolg sehr gut ohne seine Hilfe zurecht. Cheryl genoss jede Minute. Doch Barry wirkte bedrückt, war einsilbig und ließ Cheryl reden.

Leo gab als Erster zu, wie überrascht sie vom Erfolg von *Die im Dunkeln sieht man nicht* waren. »Uns war schon klar, dass das Material gut ist, sehr gut sogar«, erklärte er, »aber niemand konnte ahnen, wie das Publikum reagieren würde.«

Cheryl hing an seinen Lippen. »Wir sind euch zu großem Dank verpflichtet«, schmeichelte sie ihnen. »So wie ihr es gemacht habt, die Mühe, die ihr euch gegeben habt, alles richtig hinzukriegen, was ihr für wichtig gehalten habt, und die kleinen Details ... Sogar wenn wir streiten, wirkt das okay.«

Die Serie sei für einen Preis nominiert, erzählte ihnen Sebby. Sir Art meinte, für die Auszeichnung bestehe eine reelle Chance.

»Vielleicht entschließen sie sich dann, eine Fortsetzung zu drehen«, meinte Cheryl und schenkte den Wein, den sie mitgebracht hatten, in angeschlagene Gläser. »Glaubt ihr, dass diese Möglichkeit besteht? Wir hätten nichts dagegen, oder, Barry? Dieses Mal wären wir noch besser, jetzt, wo wir wissen, wie's geht.«

Sebby fand es unangenehm, wie sie sich anbiederte. Wäre Leo nicht neben ihm auf dem durchgesessenen Sofa gewesen, hätte er versucht, sie zu bremsen und auf das Schlimmste vorzubereiten. Aber alles, was er ehrlicherweise sagte, war: »Es ist aber noch nicht alles gelaufen, noch lange nicht.«

»Wie meinst du das? Wir haben doch die Preview gesehen«, hakte Barry nach. »Und die schien in Ordnung zu sein. Wir werden am Schluss doch nicht etwa zu Ungeheuern oder etwas in der Art?«

»Warten wir's ab«, antwortete Leo, und Sebby hatte das Gefühl, sein Kollege wollte noch etwas hinzufügen, da er kurz innehielt und die Stirn in Falten legte, doch der Moment verstrich, und sie redeten über etwas anderes.

»Es war nett«, meinte Cheryl, als sie gegangen waren, »sie mal wiederzusehen.«

Barry schwieg dazu, freute sich jedoch für sie.

Ein paar Tage würde sie dank des Besuchs der Filmleute ihren Erfolg in vollen Zügen genießen können.

Cheryl und Barry waren begehrte Gäste, vor allem bei Wohltätigkeitsveranstaltungen. Allerdings konnten sie nur dann daran teilnehmen, wenn ihre Fahrtkosten übernommen wurden und Donna auf die Kinder aufpasste.

Sie schnitten bei Marathonläufen das Band durch, führten Märsche für gute Zwecke an, ihr Bild erschien in einer Kampagne zur Obdachlosenhilfe, die sogar in der U-Bahn hing.

Die Kinder waren noch zu klein, um bei den Veranstaltungen dabei zu sein.

Einmal erklärte sich sogar Cath bereit, sie zu hüten. Das hatte sie noch nie getan. Die Fahrt nach Harlow war jedoch zu teuer und zu umständlich. Außerdem kannten die Kinder ihre Großmutter kaum.

Cheryl und Barry besuchten viel lieber Annie.

Wundervolle Stunden verbrachten sie vor ihrem kaputten Gasofen damit, sich auszumalen, wie es wohl werden würde, wenn sie endlich gegen Honorare mit der Presse sprechen könnten. Sogar ein Verleger nahm Kontakt zu ihnen auf. Es war die Rede von einem Buch. Das junge Paar hatte eine solche Ausstrahlung, dass Bob Carnaby, der Gameshow-Moderator, fragte, ob sie bei ihm auftreten wollten, wenn ihr Vertrag es erlaubte.

Ganz oben auf ihrer Liste stand ein eigenes Haus, falls das Geld dafür reichen würde.

In ihrer Phantasie richteten sie das Haus ein.

Und ein Auto natürlich, aber welche Marke?

Vielleicht könnten sie sogar Urlaub machen, und Cheryl brachte einen Arm voll Prospekte nach Hause. »Wir können ja mal schauen«, meinte sie, »das ist ja nicht verboten.«

Barry war bescheidener als sie. Er sagte: Frankreich, sie wollte Barbados.

Er sagte: ein Escort, sie wollte einen Jeep.

Er sagte: eine Doppelhaushälfte. Sie sagte: ein Cottage mit einem Teich im Garten.

Ihre Armut war für sie plötzlich ein Zustand, dessen Ende absehbar war.

»Nicht mehr lange«, sagte Cheryl nun, wenn sie den Billigketchup auf den Teller drückte. »Heinz.... nur noch Heinz. Und Kelloggs.«

Und wenn sie die endlosen Stufen in dem graffitibeschmierten Treppenhaus erklommen, den klapprigen Kinderwagen zwischen sich, fragte sie ihn: »Einen gepflasterten Weg oder einen Kiesweg, was würde besser aussehen?«

Am besten aber gefiel Cheryl ihre Beliebtheit.

Fremde sprachen sie auf der Straße an und baten sie um ein Autogramm, die Mädchen an den Supermarktkassen, die sie sonst immer gleichmütig ansahen, lächelten sie plötzlich an, die Busfahrer hörten auf, sich über den schrecklichen Kinderwagen zu beschweren und halfen ihnen stattdessen, und die Mitfahrenden warfen ihnen keine bösen Blicke mehr zu, wenn die Kinder quengelten.

Sogar die Leute aus ihrem Viertel brüllten ihnen nicht mehr hinterher, sondern starrten ihnen bewundernd nach.

Der einzige Mensch, der sich nicht verändert hatte, war Donny auf ihrer Bank im Park. Sie kannte die Serie nicht, sie sah nicht fern, las keine Zeitungen und deswegen behandelte sie sie so wie immer. Sie teilte ihre Pommes frites mit Victor, liebkoste Scarlett und passte auf die Kleinen auf, wenn sie sie brauchten. Barry mochte die alte Frau viel lieber als früher und sagte sich manchmal, dass sie der einzige unverstellte Mensch in seiner Umgebung war, und das hatte etwas Tröstliches.

Und so verging der Winter wie im Rausch.

Nur noch zwei Folgen fehlten, und sie konnten endlich ihr Geld einstreichen und ihre Träume verwirklichen.

Sie waren allein in der Wohnung, sie beide und die Kinder, als sie sich die Diskussion wegen Cheryls erneuter Schwangerschaft im Fernsehen ansahen. Cheryl wirkte entschlossen und kämpferisch, als sie ihre große Neuigkeit verkündete. Barry schien müder als üblich.

»Wir schaffen das nicht«, erklärte Barry.

»Aber sicher.«

»Was machen wir jetzt?«

»Wir kommen schon durch.«

»Wie denn?«

»Wie immer. Wir werden einen Weg finden und überleben.«

»Ich dachte, wir wollten mehr als nur irgendwie überleben?«

»Wir reden über ein Baby, Barry, wie kannst du so herzlos sein.«

»Weil wir nicht einmal für die beiden sorgen können, die wir schon haben, Cher. Victor hat Probleme mit dem Ohr, und demnächst stellen sie uns den Strom ab …«

»Wir bekommen mehr Geld.«

»Ha, als ob das hilft.«

»Sie müssen uns mehr zahlen. Es steht uns zu. Lass sie zahlen.«

»Wen?«

»Die Schweine da draußen, die genug davon haben. Sie sind es uns schuldig.«

Dann kam die Abtreibungsfrage und Cheryls entrüstete Reaktion darauf, dass Barry diese Möglichkeit überhaupt in Betracht gezogen hatte.

»Es ist nicht meine Schuld«, schluchzte sie. »Was soll ich machen? Wenn ich ein Baby will, werde ich es auch bekommen. Das ist das einzige, was kein Geld kostet.«

Später gingen sie versöhnt ins Bett.

Es hatte schlimmere Szenen gegeben als diese. Sie hatten sich schon heftiger gestritten, manchmal hatte sie geflucht wie ihre Mutter. Barry hatte einmal einen Topf zu Boden geknallt, dass dieser zerbrochen war. Und ihr tränenüberströmtes Gesicht, als sie in der Nacht einmal Victor gepackt und geschüttelt hatte, weil er einfach nicht zu weinen aufhörte und die Wand im Schlafzimmer vom Regen ganz feucht war.

Doch die Zuschauer hatten Verständnis gezeigt.

Sie hatten die Browns in ihr Herz geschlossen.

Dieses junges Pärchen konnte nichts Falsches tun. Sie verdienten etwas Besseres, und wer oder was auch an ihrem Elend schuld war, sie waren es jedenfalls nicht.

Bis zur achten Folge …

10

Hexerei und Zauberei sind Teufelswerk. Der Satan kann auch die allerbesten Werke zu Sünden und Schanden machen und vernichten und lästern, was recht gethan.

Martin Luther

Grau zieht in der Dämmerung der Morgen herauf.

Dreizehn Tage sind vergangen, seit die Kinder nicht mehr zu Hause sind.

Auf dem Balkon begrüßt eine einbeinige Taube gurrend den Tag.

Unten, wo das Harold-Wilson-Gebäude seine schwarzen Schatten wirft, geht das quirlige Leben weiter, als wäre nichts geschehen.

Die Armut hat viele Gesichter: Es gibt die Obdachlosen, die Junkies, die Gelegenheitsarbeiter, Männer und Frauen mit bleichen Gesichtern, die zu den Zügen hasten. Erst nach acht Uhr wird die Mittelschicht den Bahnhof bevölkern, Männer in Anzügen, mit Schirmen und Aktentaschen und Frauen im Kostüm.

Cheryl und Barry verlassen ihre Wohnung.

Ohne Taschenlampe.

Sie wagen kaum zu atmen.

Irgendetwas war schief gegangen. Die Kinder hätten am Vortag zurückkommen sollen. Den ganzen Tag hatten Cheryl und Barry auf die Nachricht gewartet. Cheryl war so aufgeregt, dass Barry ständig auf sie einreden musste: »Beruhig dich, sie beobachten uns noch immer. Du musst nur noch ein paar Stunden durchhalten, dann ist es vorbei.«

Minuten erschienen ihnen wie die Ewigkeit.

Was Cheryl zu diesem Täuschungsmanöver veranlasst hatte, ist ihr immer noch schleierhaft. Die zurückliegenden Wochen waren unerträglich gewesen. Sie hatte angefangen, an ihrer eigenen Existenz zu zweifeln. Ihr Gesicht starrte ihr ängstlich aus dem Spiegel entgegen, und sie musterte es genau, voller Angst, das Spiegelbild könne verschwinden. Sie hatten ihr mit ihren grausamen Verdächtigungen die Identität geraubt. Sie wusste nicht mehr, wer sie wirklich war. Im Sonnenlicht war ihr Spiegelbild dumpf, als läge eine Staubschicht auf ihrer Haut, und die Leere in ihrem Gesicht erschreckte sie. Sie wirkte gehetzt, getrieben, verrückt.

Ihr Plan war einfach gewesen. Am zwölften Tag sollte Donny eine Decke über den Kinderwagen werfen und ihn um acht Uhr, während der Rushhour, im dichten Menschengewimmel im Bahnhofsbuchladen neben dem Taschenbücherregal abstellen.

Falls sie jemand ansprach, sollte sie einfach behaupten, sie habe den Kinderwagen gefunden. Und sie sollte ihre Lieblingsbank erst verlassen, wenn die Kinder sich sicher in den Händen der Bahnhofspolizei befanden.

Man kannte sie am Bahnhof. Wenn es ihr gelang, den Wagen in den Buchladen zu schieben, ohne entdeckt zu werden, spielte es keine Rolle, wie lange sie da draußen saß. Sie gehörte zum Inventar, wie die Tauben, wie die gelben Kehrmaschinen.

Aber die Zeit verstrich und nichts geschah.

Noch am Tag zuvor hätte jede Nachricht sich durch Piepstöne auf Heidis Walkie-Talkie angekündigt, jedes Klopfen an der Tür, jeder Sirenenton in der Ferne das Ende dieses Albtraums ankündigen können. Aus dem Fenster konnten sie gerade noch die Abstellgleise sehen, auf denen die verbeulten Waggons verborgen wurden, versteckt hinter einer vier Meter hohen, mit Glassplittern gespickten Mauer. Die kaputten Waggons flankierten die eine Seite der Mauer, das Schulgebäude mit dem geteerten Pausenhof die andere. Aber das Zugunglück lag bereits sechs Monate zurück. Sechs Passagiere waren dabei umgekommen, vierundzwanzig waren verletzt worden. Die Experten hatten ihre Untersuchung abgeschlossen, nun war es an den Schrotthändlern, mit ihren riesigen Bolzenschneidern anzurücken und aufzuräumen.

Doch weil die Mühlen der Verwaltung langsam mahlen, standen diese demolierten Waggons nun schon seit Wochen auf diesem Abstellgleis. Um die Räder begannen kleine Büschel Gras zu wachsen, lichthungrige Ranken kletterten bereits an den Wänden hoch, und die Tauben hatten auf den Dächern ihre Spuren hinterlassen.

Zwölf Tage, hatten Cheryl und Barry beschlossen.

Am zwölften Tag hatten sie nur wenig Zeit für sich allein, ohne dass die Wachtmeisterin Heidi ihnen Gesellschaft leistete. Erst am späten Abend konnten sie einander trösten, und auch dann nur flüsternd und bei Kerzenlicht. Irgendetwas stimmt nicht. Cheryls Nerven liegen blank. Sie drängt Barry dazu, loszugehen und die Kinder zu suchen. Entweder ist Donny etwas zugestoßen, oder sie hat es vergessen, oder sie brachte es nicht übers Herz, die Kinder wieder herzugeben – eine Möglichkeit nach der anderen spielen sie durch, und trotz der Gefahr, entdeckt zu werden, müssen sie sich ihre Kinder nun einfach zurückholen.

Es war geradezu lächerlich leicht gegangen. Während Cheryls Klinikbesuch hatte Barry ein Loch in den Zaun am Bahngelände geschnitten, groß genug für Donny, den Kinderwagen und die nötigen Vorräte.

Donny gefiel ihre neue Unterkunft. »Vielleicht bleib ich hier, wenn das vorbei ist«, meinte sie, als sie sie besichtigte. »Sieht aus, als ob die Dealer und Junkies das noch nicht entdeckt haben.« Zu oft schon hatte sie unangenehme Begegnungen mit den Straßengangs, Verrückten und Durchgeknallten gehabt, die sich in ihrem Revier herumtrieben. Seit sie auf der Straße lebte, war sie schon häufig bedroht und sexuell belästigt worden.

Dass die Suchkommandos das Wrack nicht gefunden hatten, lag an der Position der Waggons. Sie waren eingezwängt zwischen zwei hohen Mauern und konnten nur von oben eingesehen werden. Ironischerweise hatte der Platz in der Eröffnungssequenz der Dokumentarserie großen Raum eingenommen. Als Cheryl diese unglaubliche Idee kam – die Idee einer Entführung, um öffentliches Mitleid zu erregen und ihren schmachvollen Zustand zu beenden –, war Donny die Antwort auf die erste Frage, die sich stellte, und die herrenlosen Waggons die Antwort auf die zweite Frage.

Sie und Barry, der sich noch immer sträubte, aber einwilligte, so weit zu gehen – und nicht weiter –, hatten die Kinder allein in der Wohnung zurückgelassen und sich wie Diebe in die Nacht hinausgeschlichen, immer auf der Hut vor dem Sicherheitsdienst der Bahn und den Wartungsarbeitern.

Barrys frühere Erfahrungen mit Diebstählen und Vandalismus halfen ihnen dabei.

Kids hatten ein Loch unter dem Drahtzaun gegraben. Und sonst gab es keine Abtrennung zwischen dem Gleisgelände und dem bisschen Wiese hinter dem Wohnblock. Cheryl und Barry krochen vorsichtig unter dem Zaun durch, denn der Boden war übersät mit Kondomen und Hundekot. Immer wieder glitt ein Lichtkegel über sie hinweg. Geduckt huschten sie von einem Versteck zum nächsten, über die Gleise, hinter die Hütten, schlüpften durch die Maueröffnungen, über Schotter und Eisenbahnschwellen, bis sie die beschädigten Waggons erreichten.

Cheryl befand sich in einer Art Trance. Ihr kam der Gedanke, dass sie noch vor kurzem nie auf die Idee gekommen wäre, so etwas Verrücktes zu tun.

Das hier war das Ergebnis von Monaten voller Verfolgung und Verachtung.

Die anfängliche Sympathie war in blanken Hass umgeschlagen.

Man verachtete und verunglimpfte sie, man bewarf sie mit Schmutz.

Ihr Ruhm war ein neun Tage währender Rausch gewesen, doch ihre Schande drohte nie zu vergehen.

Wie oft wünschte sich Cheryl, sie hätte ihre Schwangerschaft für sich behalten. Und auch die Fotos waren vom Publikum nicht positiv aufgenommen worden, wie Leo es prophezeit hatte. Ganz im Gegenteil. Sie hatten ihr den Todesstoß versetzt.

Ihre Schwangerschaft und diese pornografischen Fotos hatten mit einem Schlag die Zuneigung der Nation vernichtet.

Mit einem bitterbösen Artikel von Susan Holmes in der *Daily Mail* hatte es begonnen. Der Tenor lautete: Uns, das heißt, der gesamten mitfühlenden britischen Öffentlichkeit, die bekannt dafür ist, ein Herz für Hunde und jeden zu haben, der abgestürzt und in der Gosse gelandet ist, wurde von einem Pärchen unverantwortlicher Kretins etwas vorgegaukelt, das nicht die geringste Absicht hatte, einen Finger krumm zu machen, um sich sein Geld mit ehrlicher Arbeit zu verdienen. O nein, weit gefehlt. Dieses raffinierte Gaunerpärchen hatte nicht nur geschickt das System angezapft, sondern verlangte vom hart arbeitenden Steuerzahler, ihre unglaubliche Dummheit auch noch zu subventionieren. Und noch etwas: Was das mit den guten Eltern anging, welche »guten« Eltern würden so tief sinken und sich für Pornos ablichten lassen oder ein weiteres Kind in ihre elende Welt setzen?

Sie gehörten zwangssterilisiert.

Es sollte Einrichtungen geben, in die man sie einsperren und ihnen ein paar Tatsachen über das Leben beibringen konnte.

Die Kinder sollte man ihnen wegnehmen, um zu verhindern, dass die unschuldigen Kleinen von diesem Kreislauf der Armut infiziert wurden.

Der Artikel hatte den Kern der Sache getroffen und fand sich in abgewandelter Form in den anderen Zeitungen wieder bis hin zu den Talk-Shows, in denen manche Teilnehmer den Kopf der Browns forderten.

Diejenigen, die vom Elend der Browns am stärksten bewegt worden waren, waren nun am hasserfülltesten, weil sie sich von ihnen und von Griffin betrogen fühlten.

Auf der Straße bespuckte man Cheryl und Barry.

Jemand warf Steine in ihre Fenster.

Schob ihnen Kot unter dem Türschlitz durch.

In den Medien wurde fanatisch darüber diskutiert, ob in seltenen Fällen Abtreibung nicht per Gesetz verordnet werden sollte.

Cheryl entdeckte eines ihrer Talente neu, das sie ganz vergessen hatte. Sie zwang sich in eine Art Trance, die ihr half, sich gegen all diese Leute zu schützen, die sie nicht in Ruhe ließen, Tag und Nacht verfolgten, ihnen auflauerten. Dieses Talent hatte sie bereits im Krankenhaus eingesetzt, als sie sieben Jahre alt war, und in jenem Jahr, das sie in der Pflegefamilie verbrachte. Aber manchmal drang die Wirklichkeit durch diese dünne Mauer und drohte, sie zum Einstürzen zu bringen.

Die Abtreibungsgegner stimmten ein wildes Kampfgeschrei an. Sie stürzten sich auf Barry, schimpften ihn ein sexbesessenes Monster, der eine Abtreibung verlangte, nur weil er nicht in der Lage gewesen war, einen Gratispariser zu benutzen. Sie forderten, dass man moralisch degenerierte Menschen wie ihn und Cheryl zwingen sollte, dieses Kind auszutragen und anschließend zur Adoption freizugeben.

Die Harlower Browns wurden bei zwei Treffen des Caravanclubs geschnitten.

Bei ihrer Ankunft mussten sie feststellen, dass ihr Lieblingsplatz von einem neuen Mitglied übernommen worden war.

Als sie eines Morgens aufwachten, war ihr Vorzelt zerrissen, und sie wussten, dass das nicht der Wind gewesen war.

Die Anrufe der Verwandten, die es weiter gebracht hatten im Leben, hörten auf.

Bills Rückenprobleme verschlimmerten sich dramatisch, bis er kaum noch das Haus verlassen konnte. Und sogar Caths Freundin und Chefin, Glo, von der sie sich den Hut für Barrys Hochzeit ausgeliehen hatte, zeigte ihr eine Zeit lang die kalte Schulter.

»Aber du warst mir gegenüber nicht ehrlich, Cath«, warf sie ihr vor, als sie sich nach dem Mittagessen in der leeren Kantine aussprachen. »Du musst doch gewusst haben, worauf es die beiden abgesehen hatten. Du musst es doch die ganze Zeit über gewusst haben. Die zwei sind doch nur darauf aus, unser soziales System auszunützen.«

»Ich habe es nicht gewusst, Glo, ehrlich, ich schwöre es. Barry war nie so, bevor er mit Cheryl zusammenkam. Schau uns an, Bill und mich, wir haben nie einen Pfennig vom Staat genommen.«

Glo sagte kein Wort dazu, wahrscheinlich überlegte sie gerade, wie viel wohl Bill pro Monat für seinen so genannten schlimmen Rücken einstrich.

Cath spürte das Misstrauen ihr gegenüber überall. So viele Leute hatten begonnen, ihnen aus dem Weg zu gehen, sie hätte es nicht ertragen können, wenn Glo nun auch noch angefangen hätte. »Bill hat Multiple Sklerose«, log sie und schaffte es, dass ihr Tränen in die Augen stiegen. »Ich habe bisher nie ein Wort gesagt... Wir gehören nicht zu den Leuten, die auf Mitleid aus sind.«

»Ach Cath, das tut mir so Leid«, rief Glo und nahm ihre alte Freundin und Kollegin in die Arme. »Du hättest etwas sagen sollen. Ich hatte ja keine Ahnung. Es ist einfach – man hört und liest so viel, da beginnt man zu glauben, alle Menschen, selbst die, die man kennt...«

Sie weinten zusammen und waren wieder versöhnt. Und als sie die Tische abwischten und die Essig- und Ölflaschen einsammelten, hatten sie noch feuchte Augen.

Die Nachricht von Bills Krankheit verbreitete sich in Harlow wie ein Lauffeuer.

Als Bills Arzt von der neuen Diagnose erfuhr, zog er verwundert die Augenbrauen in die Höhe, doch selbstverständlich gab er keinen Kommentar ab.

Annie Watts ließ sich weniger leicht umwerfen, als der Wind plötzlich eisig wurde.

Schließlich war sie es gewohnt, von ihren Nachbarn verachtet und gehänselt zu werden.

Den kurzen Frieden, die unerwartete Beliebtheit, hatte sie eher als Atempause gesehen, eine Zeit, um Luft zu holen und aufzurüsten für den nächsten Schlagabtausch. Und Marge Smith als Freundin zu haben hatte sich als etwas anstrengend erwiesen, nun, da sie der Star des Viertels war.

Von Anfang an hatte sie Cheryl vor der Serie gewarnt, und Barry hatte sie gesagt, er sei ein Idiot.

Wer seinen Kopf über die Brüstung hält, muss mit einem Kugelhagel rechnen. Das ging allen so, niemand hielt sich lange dort auf. Nicht einmal Di vor ihrem Tod. Man hörte oder las kaum ein gutes Wort über sie.

Aber kein Schaden ohne Nutzen. Bobby und Shane, inzwischen Halbwüchsige, waren von ihrer Gang ausgestoßen worden, weshalb sie nun die meiste Zeit in ihren Zimmern verbrachten und Modelle zusammenklebten…

Sie versuchte, ihrer Tochter ihre Hilfe anzubieten, aber diese war so traumatisiert, dass man sie kaum erreichen konnte.

Annie fuhr zu der Wohnung, musste sich den Weg durch die Reporter manchmal geradezu erkämpfen. Sie brachte den Kindern Süßigkeiten mit. Ihre neue Enkeltochter bekam sie nie zu sehen. Sie fürchtete, Cheryl könnte das Kind für die schreckliche Lage verantwortlich machen, in der sie steckte. Kurz nach der Geburt, als Annie vorbeikam, war Barry mit den Kindern unterwegs, damit Cher sich etwas erholen konnte. Das nächste Mal, als Cher behauptete, Cara sei da, war das gelogen, also sah Annie sie wieder nicht. Cher schien nicht reden zu wollen, und Annie drängte sie nicht. Etwas an ihrer Tochter erinnerte sie an die Zeit, als sie selbst in der Klinik gewesen war, psychisch krank, damals, nach der Sache mit Fred. Es hatte etwas damit zu tun, wie Cheryl ständig auf und ab ging, ausdruckslos vor sich hin starrte, und wie sie schlurfte.

»Komm schon, Cher«, pflegte sie dann zu sagen. »Das Leben geht weiter. Der Schmerz geht vorbei. Eines Tages wirst du an diese Zeit zurückdenken und lachen.«

»Sei still, Mum«, entgegnete Cheryl. »Du hast keine Ahnung.«

Ihre Tochter musste wirklich einiges einstecken. Bei manchen dieser Lügen, die sie in der Zeitung las, musste sich Annie allerdings vor Lachen den Bauch halten.

Wenn sensationsgierige Leute an ihre Tür klopften, brüllte

Annie sie durch die Tür an, also versuchten sie ihr Glück bei den Nachbarn.

Sie beobachtete sie.

Stundenlang waren sie in Marge Smith' Haus verschwunden.

Das Foto von ihr, das sie dann in der Zeitung brachten, zeigte sie in Leggings, mit Lockenwicklern, der Zigarette im Mundwinkel, dem Stinkefinger in der Luft, und ihr Gesicht füllte die ganze Titelseite aus, jede Warze, jedes Härchen war zu sehen. In Großaufnahme.

Die Schlagzeile darüber lautete: »Mit so einer Mutter …« Der Rest blieb der Phantasie der Leser überlassen.

Aber das gehörte der Vergangenheit an. Das war ein abgeschlossenes Kapitel. Der dreizehnte Tag ist angebrochen.

Es ist noch tiefe Nacht, zwei Stunden vor Sonnenaufgang.

Als sie endlich den dritten Waggon erreichen, hören sie leises Kinderschluchzen. Cheryl stolpert im Dunkeln, auf der notdürftig errichteten Rampe liegt etwas Schweres. »Donny? Donny?«, ruft sie mit zitternder Stimme und ahnt, dass etwas Schreckliches passiert ist.

Sie kann nicht über das Hindernis steigen und tritt verzweifelt mit dem Fuß dagegen. Warum sollte Donny einen Sack hier liegen lassen …? »Mach die Taschenlampe an! Hier, Barry, schnell, hier.« Sie muss zu ihrem weinenden Kind … Und warum ist es dunkel in dem Waggon? Das Gas kann ihnen nicht ausgegangen sein. Wo ist Donny?

Als Leiche wirkt Donny zierlicher als zu Lebzeiten. Ihre Augen stehen weit offen, wirken überrascht. Oder schockiert? Ihre schwarze Gestalt liegt der Länge nach über die Rampe gestreckt, die Barry errichtete, damit sie mit ihren kurzen, schweren Beinen in den Waggon steigen konnte.

»Mein Gott!« Cheryl stößt einen gellenden Schrei aus. »Mein Gott, wir müssen da rein!«

Bevor es Barry gelingt, die Tote mit seinen fahrigen und ungeschickten Händen wegzuschieben, klettert Cheryl über Donnys weiche Jacken und Mäntel, um die Tür zu erreichen. Verzweifelt versucht sie, sie aufzudrücken. Die Tür bewegt sich nicht. »Ich schaff es nicht…«, brüllt sie. »Sie ist im Weg. Zieh sie runter, Barry. Victor? Victor? Scarlett?«

Das leise Schluchzen wird lauter.

Cheryl wirft sich so heftig sie kann gegen die Tür. Ihre Stimme gellt ihr in den Ohren. »Haltet durch, Victor, wir kommen, wir sind hier.«

Das Geräusch von zerbrechendem Plastik, ein Rutsch, und Donny ist weg von der Tür und liegt unten auf dem rußigen Schotter. Eine Eisenstange fällt ihr scheppernd aus der Hand. Cheryl reißt Barry die Taschenlampe aus der Hand, stößt die Tür auf und fällt durch den Türrahmen. Die Tür war nicht versperrt. Jemand hat sie aufgestemmt.

Wer? Und warum?

Der Lichtkegel fällt auf Victor. Seine Augen sind weit aufgerissen, der Daumen steckt im Mund, und sein Gesicht ist ganz schmutzig… *Mein Gott, wie lange ist er schon in diesem Zustand?* Alleine. Im Dunkeln. Verängstigt. Sie zieht ihn in ihre Arme und drückt ihn so fest, dass er sich greinend wehrt. Die Gaslampen brennen nicht mehr. Scarlett liegt schlafend in dem Bett in der Ecke. Erst Cheryls Tränen wecken sie auf. Sie lebt. Gott sei Dank. Gott sei Dank, sie lebt! Cheryl streichelt über die speckigen Babyärmchen, über die lockenverklebte Stirn, als berühre sie ein kleines Wunder.

Cheryl kann kaum atmen. Voller Panik ringt sie hysterisch nach Luft, macht ein Geräusch, als werde sie gewürgt. Der schmutzige Regen mischt sich an den Fenstern mit dem

Taubendreck, und auf dem Tisch stapeln sich halb leere Dosen und Plastikflaschen. Schluchzend drückt Cheryl ihre beiden Kinder an sich, genießt ihren Geruch, beschließt, sie unter keinen Umständen mehr loszulassen.

»Sie kann noch nicht lange tot sein…«

Wer? Von wem spricht er? Wie kann er in solch einem Augenblick einen klaren Gedanken fassen?

»Sie ist noch warm.«

Die Erinnerung an die Leiche unten an der Rampe blitzt auf. Sie war schwer und dunkel und stank. Donnys Gesicht ist geschwollen. Wo früher eines ihrer Augen war, sitzt nun eine giftgelbe Beule, ein Zahn fehlt. Um ihren Mund klebt getrocknetes Blut.

»Und die Kinder… Sieh nur, ihnen fehlt nichts. Schau, Scarlett lacht.«

Doch Cheryls Stimme klingt unnatürlich. Ihre Schläfen pochen, sie zittert am ganzen Körper und ihre Augen flackern. Zwei große Ginflaschen, eine halb leer, eine noch voll, stehen auf dem Tisch. Weitere leere Ginflaschen liegen unter der Bank wie liegen gelassenes Gepäck. »Aber wie lange schon, Barry? Wie lange. O Gott. Der Gedanke, was hätte passieren können.«

Barry schließt die Augen, um nicht darüber nachzudenken.

»Cheryl? Barry?«

Die Köpfe von Polizisten tauchen in Fußhöhe in der Türöffnung des Waggons auf. Die Knöpfe ihrer Uniformen leuchten im Licht der Taschenlampen.

Cheryl und Barry hätten wissen müssen, dass die Polizei sie nicht aus den Augen lässt.

Cheryl starrt entgeistert in die Gesichter der Männer.

»Cara ist weg! *Cara ist nicht da!*«, schreit sie plötzlich.

Barry öffnet den Mund, versucht zu sprechen, aber stattdessen bringt er nur ein Flüstern hervor: »Und Donny ist tot.«

»Okay, okay«, erklärt Hauptkommissar Rowe beschwichtigend und ist erleichtert, dass er bei den Ermittlungen seiner Intuition gefolgt ist, weil sie – wie so oft zuvor – richtig war. Er hatte die beiden überwachen lassen, seit die Kinder verschwunden gemeldet worden waren. Irgendetwas hatte von Anfang an bei diesem so genannten Verschwinden nicht gestimmt. Und der Polizeipsychologe, der Cheryl dreimal befragt hatte, hatte von einem Münchhausensyndrom gesprochen. »Natürlich kann ich nichts mit Sicherheit sagen, nach nur drei kurzen Sitzungen«, hatte ihm der Psychologe erklärt. »Ich könnte mich auch irren. Aber es gab durchaus schon Fälle, in denen jemand versucht hatte, Aufmerksamkeit zu erregen, indem er die eigenen Kinder opferte.

»Immer mit der Ruhe«, ruft der Kommissar. »Zuerst wollen wir die Leute hier rausholen und zu den Autos bringen. Die Kinder müssen im Krankenhaus untersucht werden. Cheryl und Barry nehmt ihr fest, wir kümmern uns später um sie.« Anschließend erteilt er Anweisungen für die Absperrung des Tatorts.

Cheryl fleht ihn, Victor in den Armen, an: »Lassen Sie uns mit ihnen fahren. Bitte, Sie müssen uns mit ihnen fahren lassen.«

»Geben Sie uns das Kind jetzt, Cheryl, bitte. Wir möchten die Kleinen nicht weiter durcheinander bringen. Ich fürchte, die Kleinen haben schon genug mitgemacht.«

»Jemand muss in der Nacht gekommen sein, Donny erschlagen und Cara mitgenommen haben…« Versteht dieser so genannte Kommissar denn nicht, was passiert war? Was ihrem Baby zugestoßen sein konnte?

»Jemand hat die Tür aufgebrochen. Was ist bloß los mit Ihnen? Warum hören Sie mir denn nicht zu? Das ist unglaublich.«

Sie hat vor, so lange zu brüllen, bis er endlich reagiert und ihr zuhört.

Donny ist tot. Den Kindern geht es gut. Aber lieber Gott, wo ist Cara?

Vielleicht ist sie bereits tot.

Lieber, lieber Gott, vielleicht begraben sie sie lebendig.

Vielleicht quälen und missbrauchen sie ihr Baby … Unter diesen Schlägertypen gibt es Monster. Man weiß, was diese Freaks mit Tieren anstellen, um sich zu amüsieren. Die halbe Zeit sind sie ohnehin voll gepumpt mit Drogen … jetzt hör mir zu, du Arsch. Hör zu …

Bevor Cheryl weiß, wie ihr geschieht, steht sie schon vor dem Waggon. Sie stolpert hinter den Bahnhofspolizisten die holprigen Bahnschwellen entlang in Richtung Bahnhofsgebäude. Man schiebt sie in ein Auto und fesselt sie mit einer Handschelle an eine Polizistin, die mit versteinertem Gesicht neben ihr sitzt.

Wo ist Barry? Sie kann ihn nicht sehen.

Wenigstens sind Victor und Scarlett zusammen. Fremde tragen sie über die Gleise zu einem Krankenwagen. Die Sirene ist ausgeschaltet, aber das blaue Licht blinkt wie verrückt. Cheryl versucht verzweifelt, ihnen nachzusehen, doch rasch verschwinden sie im Inneren des Wagens, weshalb sie den Kopf kraftlos in die Hände legt.

Hauptkommissar Rowe geht am Fenster vorbei und beugt sich kurz zu ihr herunter. Seine Stimme ist so kalt wie die eisernen Gleise, die sich in der dunklen Ferne verlieren, als er leise knurrt: »Sie mieses Miststück. Wissen Sie eigentlich, was Sie getan haben? Wenn diesem Baby irgendetwas zustößt, dann verspreche ich Ihnen, dass Sie dafür Ihr Leben lang büßen werden.«

11

Bei dem Prozess gegen Mary Spencer im Jahre 1634 herrschte ein solcher Radau, dass diese die Anklagen nicht verstehen konnte, die gegen sie vorgebracht wurden.

The English. A Social History 1066–1945

Cheryl fühlt sich wie ein Kaninchen, das von Jagdhunden in die Enge getrieben wird.

Wenn sie nur diese Menschen davon überzeugen könnte, dass Victor und Scarlett ohne sie verloren sind.

»Mir scheint, dieser Gedanke kam Ihnen vor dreizehn Tagen nicht in den Sinn«, entgegnet Paula Lake mit einem Lächeln, das Cheryl Angst macht. Hauptkommissar Rowe schweigt, beobachtet aber alles aus dem Hintergrund.

»Das war anders.« Cheryl fällt es schwer, sich auf diese Frage zu konzentrieren.

Sie hasst die Stimme dieser Polizistin. Versucht, ihre Ohren vor diesem Klang zu versperren, in eine andere Richtung zu hören, wünscht sich weit weg, an einen Ort, der lange vor dieser Hölle liegt. »Woher soll ich wissen, was mit Donny passiert ist? Sie ist tot, das ist alles, und Cara ist verschwunden.« Bei diesen Worten schnappt sie nach Luft, als könne sie nicht fassen, was sie da sagt. »Jemand muss Donny überfallen und mein Baby mitgenommen haben.«

»Wie sind Sie nur auf die Idee gekommen, Ihre Kinder einer solchen heruntergekommenen Säuferin anzuvertrauen? Das ist mir schleierhaft. Wer weiß, mit welchem Abschaum sich diese Frau abgegeben hat. Haben Sie denn nicht über die möglichen Gefahren nachgedacht? Diese Waggons sind Wracks, überall Glasscherben, Metallstücke, kaputte Sitze, mein Gott, was sind Sie bloß für eine Mutter?«

Cheryl schüttelt den Kopf. Sie kann genauso wenig verstehen, was sie getan hat, wie Paula Lake, diese starrköpfige Frau, die aus ihrer Verachtung für sie keinen Hehl macht. »Aber wir haben Donny nicht umgebracht. O Gott, nein. Wir haben Donny nicht umgebracht. Ich schwöre es.«

»Es ist unsere Sache, das zu klären. Bislang wissen wir noch nichts über die Todesursache.«

»Warum hätten wir das tun sollen? Sie haben doch selbst gesehen, in welchem Zustand sich meine Kinder befanden. Cara ist weg. Wahrscheinlich werden Sie jetzt damit anfangen, wir hätten sie auch noch umgebracht.«

»Nein. Aber die Möglichkeit, dass Sie sie irgendwo versteckt halten, ist nicht von der Hand zu weisen. Um die Öffentlichkeit für sich zu gewinnen und sich ihr Mitgefühl zu erschwindeln, ist Ihnen doch offensichtlich jedes Mittel Recht.«

Cheryl würde diese Frau am liebsten an ihrer Halskette packen und daran reißen. »Wie oft muss ich Ihnen das noch sagen? Wir sind losgegangen, um die Kinder zurückzuholen. Warum hätten wir Cara anders behandeln sollen?«

»Sagen Sie es mir, meine Liebe«, entgegnet Paula Lake und lehnt sich zurück.

Cheryl steht auf und geht in dem Verhörzimmer auf und ab. Die Stimme der Polizistin gellt ihr in den Ohren. Trotzdem ist sie froh, dass jemand da ist, mit dem sie sprechen kann. Am unerträglichsten findet sie es, wenn sie in ihrer Zelle eingesperrt ist. Das sei zu ihrer eigenen Sicherheit, heißt es. Verzweifelt kauert sie dann dort und sehnt sich danach, Victor und Scarlett in die Arme zu schließen und zu trösten.

An Cara wagt sie nicht zu denken.

In der Zelle drohen die Mauern sie zu erdrücken, die Luft, so still, ohne jedes Geräusch, riecht nach Grauen und Wahnsinn.

Wie es wohl den Kindern geht?

Und wo sind sie?

Und warum, lieber Gott, sagt man ihr nichts?

In dieser Verwirrung blitzt plötzlich ein neuer Gedanke auf.

Was, wenn sie sie die Nacht über hier in der Zelle behalten wollen?

Was, wenn Victor und Scarlett im Krankenhaus bleiben müssen? Sie hatten bestimmt schreckliche Angst.

Die Polizei weiß doch, dass ihr Baby verschwunden ist, warum verachten sie sie trotzdem so sehr, verhalten sie sich ihren Ängsten gegenüber so gleichgültig?

Paula Lakes gepudertes Gesicht verzieht sich vor Ärger. »Sie haben Ihre drei kleinen Kinder mit einer besoffenen Pennerin als Gesellschaft in zwei verwahrlosten Eisenbahnwaggons zurückgelassen und erzählen uns nun, Sie hätten nicht mit tragischen Folgen gerechnet? Wollen Sie uns das allen Ernstes weismachen, Cheryl?«

Hauptkommissar Rowe auf seinem Stuhl neben der Tür sagt kein Wort. Mit angewidertem Gesichtsausdruck blickt er auf seine Hände.

»Mir ist klar, wie das auf Sie wirken muss, aber wir waren uns sicher, dass Donny nicht säuft.«

»Erzählen Sie mir doch nichts! Sie war Alkoholikerin, sie stank gewaltig nach dem Zeug.«

»Und die Waggons waren nur zehn Minuten von der Wohnung weg. Wir haben sie bewacht, so oft es ging. Wir haben uns um alles gekümmert, uns vergewissert, dass die Kinder in Sicherheit sind.«

»Wer kam denn zuerst auf diese Idee, Cheryl? Waren Sie das oder Barry?«

»Es war meine Idee. Barry wollte nichts davon wissen.«

»Aber Sie haben es geschafft, ihn zu überreden?«

»Wo ist Barry?« Cheryl beginnt zu schreien. »Wann kann ich ihn sehen?«

Hauptkommissar Rowe lächelt kühl.

Unruhig blickt Cheryl auf die Uhr. Vier Stunden sind vergangen, seit man sie verhaftete. Die Nacht ist der Dämmerung gewichen, wie man durch die dicke, opake Fensterscheibe sehen kann.

»Meine Mum, Annie, wissen Sie, meine Mum wird sich um die Kinder kümmern! Tun Sie doch was!«

»Wie haben Sie Barry überredet?«, fährt Paula Lake sie ungeduldig an.

»Er dachte, ich breche zusammen.« Vielleicht hören sie auf, sie zu quälen, wenn sie ihre Fragen schnell beantwortet.

»Und warum waren Sie so am Boden zerstört?«

»Das wissen Sie doch längst. Wegen der Art und Weise, wie uns alle behandelt haben, sogar wildfremde Leute.«

»Und das war wegen dieser Fernsehserie, *Die im Dunkeln sieht man nicht*?«

Sie glauben, sie könnte Donny umgebracht haben. Sie halten sie für eine Art Verrückte. Cheryl muss versuchen, so normal wie möglich zu wirken. Paula scheint vollkommen gefühllos zu sein. Vielleicht kann Cheryl zu ihr durchdringen, ihr Mitgefühl erregen. Sie muss sofort aufhören, so aggressiv zu sein.

»Als Sie mit Cara schwanger wurden, hat sich da die öffentliche Meinung gegen Sie gewandt?«

»Das war tödlich. Es war, als ob uns alle hassten. Als hätten wir ein schreckliches Verbrechen begangen. Dabei habe ich doch nur ein Baby erwartet. Alle meinten, das ginge sie was an. Alle hielten uns für Abzocker, und als diese Pornobilder aufgetaucht sind, haben sie geglaubt, ich hätte mit dem Zeug was am Hut, ich wäre der letzte Dreck. Wenn ich mich so fotografieren lasse, müsste ich auf den Strich gehen. Und dann …«

»So unpopulär zu sein, das haben Sie nicht ausgehalten?«

Cheryl hält sich die Ohren zu. Schon die Erinnerung daran ist unerträglich. »Es ging immer weiter. Es hörte nicht auf. Zuerst dachten wir, nach ein paar Wochen wäre alles vorbei, aber die Fotografen ließen nicht locker und brachten weiter diese Artikel mit allen möglichen Lügen über uns in den Zeitungen.«

Paula Lake verzieht keine Miene. »Und was war mit Barry? Wie ist er damit umgegangen?«

»Die Abtreibungsgegner, die haben ihn gehasst. Aber sie haben es nicht an Barry ausgelassen. Es trifft immer die Frauen, wenn sie einen Sündenbock brauchen.« Vielleicht kann Cheryl an Paula Lakes Gerechtigkeitsgefühl appellieren. Vielleicht hat auch sie als Frau Diskriminierung erlebt.

»Hören Sie, können wir nicht damit aufhören und über Cara reden? Inzwischen könnte man sie schon gefunden haben. Der Gedanke an sie macht mich ganz verrückt. Sie würden es mir doch sagen, wenn etwas passiert wäre?«

Vor ihren Augen taucht das Bild Caras auf, wie sie sie zum letzten Mal sah. Sie trug einen rosa Strampelanzug und eine weiße Weste mit …

Und was geschieht mit Victor und Scarlett?

Ist jemand bei ihnen, der sie mag?

Sie muss hier raus … *unbedingt*.

Im Gang sind Stimmen und Schritte zu hören.

Cheryl vermutet, dass Schichtwechsel ist, und hofft, dass Paula Lake verschwindet und jemand Einfühlsameres ihren Platz einnimmt.

»Bei drei Gelegenheiten haben Sie und Barry sich über das Fernsehen an die Öffentlichkeit gewandt. Sie waren so versessen darauf, dieses Täuschungsmanöver durchzuziehen, dass Sie dafür Millionen Menschen belogen haben.« Paula Lake lehnt sich zurück und klopft mit dem Stift gegen ihre perfekten Zähne. »Ist einem von Ihnen beiden jemals der Gedanke gekommen, dass die Menschen außer sich vor Sorge waren? Nicht nur die breite Öffentlichkeit, sondern auch die Polizeikräfte des ganzen Landes haben ihre knappen Ressourcen dafür verschwendet, Ihre drei kleinen Kinder zu suchen. Tausende von Pfund wurden ausgegeben, nur um Ihr Ego aufzubauen, und dem Fremdenverkehr hat es auch geschadet, jeden Gast bespitzeln zu müssen.« Schwungvoll wirft sie ihren Stift auf den Tisch. »Und alles nur wegen Ihres Egoismus.«

»Das ist mir klar. Natürlich ist mir das klar, und es tut mir auch Leid. Und wie mir das Leid tut. Ich habe einfach nicht daran gedacht, wohin das alles führen kann.«

»Und jetzt haben Sie es noch einmal getan, stimmt's?«

»Nein.« Cheryl schluchzte auf. »Wie oft soll ich …?«

»Sie und Ihr Mann haben diese widerliche Entführung bis ins letzte Detail geplant. Sie hätten die Aktion zu jedem Zeitpunkt beenden können, doch das wollten Sie nicht, stimmt's? Sie haben sich dafür entschieden, einfach weiterzumachen, obwohl Sie wussten, mit welchem Aufwand die Polizei nach den Kindern gesucht hat.«

»Wann kann ich endlich nach Hause?«

Paulas Ohrringe klirren, als sie den Kopf nach hinten wirft. »Nach Hause? *Nach Hause?* Das soll wohl ein Witz sein.«

Die Art und Weise, wie sie das sagt, verursacht Cheryl Übelkeit. »Wie meinen Sie das?«, fragt sie mit bebender Stimme.

»Sie gehen nirgendwohin, Cheryl. Nur am Vormittag zum Gericht.«

Hauptkommissar Rowe sieht plötzlich auf, als habe er ein Stichwort gehört, auf das er die ganze Zeit gewartet hat.

»Cheryl Brown«, beginnt Paula Lake feierlich. »Ich nehme Sie fest wegen Irreführung der Polizei. Des Weiteren sind Sie angeklagt wegen Kindesvernachlässigung im Falle Victor Brown, drei Jahre, Scarlett Brown, zwei Jahre, und Cara Brown, sechs Monate. Sie haben das Recht, die Aussage zu verweigern, doch alles, was Sie sagen, kann gegen Sie verwandt werden…«

»Nein. Nein…«

Doch Paula fährt unbeirrt fort. »Vielleicht werden Sie auch noch wegen Mordes angeklagt. Ihre Aussage kann später aufgenommen werden. Wir werden heute Abend noch einmal miteinander reden, wenn Sie etwas Zeit hatten, über alles nachzudenken.« Mit den letzten Worten erhebt sie sich von ihrem Stuhl. Hauptkommissar Rowe schlägt die Tür hinter sich zu, und nur die Polizistin, die die ganze Zeit zuhörte und kein Wort sagte, ist noch im Raum mit der Gefangenen.

Als Cheryl sie bittet, ihr zu erzählen, ob es eine Spur gibt von Cara, weigert diese sich zu antworten.

Ein paar Monate lang war Cheryl von Cath und Bill als würdige Schwiegertochter aufgenommen worden. Schließlich war wegen Cheryl ihr Ansehen in der Familie gestiegen.

In ihren wenigen kurzen Fernsehauftritten hatte Cath so gewirkt, wie sie es sich erhofft hatte – wie eine anständige

Frau aus der Mittelschicht mit Prinzipien, der man keine Schuld geben konnte am sozialen Abstieg ihres Sohnes.

Die Harlower Browns waren von Verwandten, die Karriere gemacht hatten, zum Weihnachtsessen eingeladen worden… Das hatte es noch nie zuvor gegeben. Natürlich gingen sie nicht hin wegen des Yuletreffens des Caravanclubs, das sie nie versäumten.

Dieses Jahr schrieben ihnen alle Weihnachtskarten, selbst die Leute, deren Adressen sie schon längst mit Tippex übermalt hatten. Um alle Karten zu beantworten, musste Cath eine Großpackung kaufen.

Bills Rücken ging es viel besser, er konnte sogar wieder im Garten arbeiten und die Ampeln mit den Stiefmütterchen bepflanzen.

Und als sie von der Summe hörten, die Barry und Cheryl nach dem Auslaufen der Serie durch Auftritte verdienen könnten, waren sie schwer beeindruckt. Cath hoffte insgeheim, dass ein Teil davon den Weg in ihre Tasche fand. Schließlich war Barry ihnen einiges schuldig, eine kleine Geste zumindest, nach all den Schwierigkeiten, die er ihnen in diesen furchtbaren Teenagerjahren gemacht hatte.

Annie Watts, erzählte man ihnen, suhlte sich in ihrer plötzlichen Popularität.

Hütete die Kinder, wenn Barry und Cheryl zu einer öffentlichen Veranstaltung eingeladen waren. Drängte sich mit aller Macht vor jede Kamera.

Über Bill und Cath würden die Reporter nichts ausgraben können. Sie hatten nichts zu befürchten, auch wenn die Telefonanrufe und die Einladungen aufhörten. Dieses Jahr würde sie an Weihnachten bestimmt keine zusätzlichen Grußkarten kaufen müssen.

Die Presse schoss sich auf die Wattsens ein. Sie forschten so lange herum, bis sie herausfanden, dass Annie ihre Umgebung schikanierte und ihre Söhne ständig vor Gericht erscheinen mussten.

»*Mit so einer Mutter ...*« Diese Schlagzeile sprach für sich.

Hätten sie Cath gefragt, hätten die Journalisten nicht so viel Zeit mit Recherchen über Annie vergeuden müssen.

Zu diesen abstoßenden Fotos von Cheryl enthielt sich Cath jeden Kommentars.

Einmal während dieser turbulenten Zeit hatte Barry seine Eltern angerufen und gefragt, ob er, Cheryl und die Kinder ein paar Tage in Harlow bleiben könnten, »nur um dem Druck zu entfliehen«, bat er sie. »Hier ist die Hölle los. Wir halten das nicht mehr aus.«

»Warte einen Moment, Barry«, antwortete Cath, während sie sich zu Bill umwandte.

»Ich kann nicht lange warten«, rief Barry. »Mir geht gleich das Geld aus.«

Bill brauchte immer ewig, um eine Entscheidung zu treffen und zwang dadurch Cath, die Sache in die Hand zu nehmen. »Ein Tag geht in Ordnung, Barry«, erklärte sie. »Es ist wegen Dads Rücken, weißt du. Er kann die ganze Nacht nicht schlafen, und dann mit den Kindern, ich fürchte, das wird uns zu viel. Aber wir würden uns freuen, wenn ihr alle für einen Tag kommen würdet!«

»Wir brauchen Abstand, wir müssen raus hier«, hatte Barry sie angefleht.

»Es tut mir Leid, Barry, aber das passt uns im Augenblick gar nicht.«

Dann hatten sie nichts mehr von ihm gehört, bis die drei Kleinen vermisst wurden. Und dann konnte man kaum noch Schritt halten mit den Ereignissen.

Als die Affäre ihren vorläufigen Höhepunkt erreichte, ging Cath jeden Morgen vor der Arbeit zu ihrem Zeitungshändler und kaufte die ganze Palette an Blättern, um sich zu vergewissern, dass sie und Bill nicht erwähnt wurden.

Wenn die Presse vor ihrer Tür stand, waren sie und Bill stets höflich, machten den Reportern aber unmissverständlich deutlich, dass sie nicht bereit waren, sich zu den Vorfällen zu äußern.

»Was wird nun aus den finanziellen Träumen der beiden, wo sie nun der Sündenbock der Nation sind?«, fragte Bill eines Abends, als sie nach der Urlaubssendung auf *Eastenders* warteten.

Auch Cath war dieser Gedanke bereits gekommen, doch sie hatte es für geschmacklos gehalten, das Thema anzusprechen.

»Vielleicht sind sie dadurch noch gefragter«, antwortete sie und rührte ihren Tee um, bevor sie den Löffel auf die rosenbemalte Untertasse legte. »Skandale kommen immer gut bei den Leuten an.«

Eingesperrt in ihrer Zelle, kann Cheryl Schritte hören, Stimmen, kurze Anweisungen, Schlüsselgeklirr und Zellentüren, die ins Schloss fallen.

Immer wieder waren Cheryl und Barry während der langen Monate ihrer Gefangenschaft von den Medien angesprochen worden, doch aus Angst vor weiteren Repressalien hatten sie jedes Angebot abgelehnt. Wäre bekannt geworden, dass sie mit ihrer Geschichte Geld verdienten, hätte das die Öffentlichkeit aufs Neue empört.

Cheryl wischt sich die feuchten Hände an den Knien ab. Das rechte Knie zittert, sie kann es nicht stillhalten. Warum kommt niemand?

Wie werden wohl Bill und Cath reagieren, wenn sie die ganze Geschichte erfahren?

Cheryl geht in ihrer Zelle auf und ab. Sie hatte doch nur

dieser Hasskampagne ein Ende bereiten wollen. Die Welt war ihr plötzlich so irreal erschienen. Cheryl glaubte, eine Rolle in einer Seifenoper zu spielen. An die Konsequenzen, falls ihr Plan scheitern sollte, hatte sie nie gedacht. Es war ihnen so simpel und einfach erschienen. Wie man es aus dem Fernsehen kannte, ganz egal, was geschah, am nächsten Tag war alles okay.

Sie haben gesagt, sie solle schlafen.

Wie sollte sie das anstellen?

Beim Gedanken an Donny, deren Tod sie möglicherweise verursacht hat, weint sie. Donny war vielleicht der beste Freund, den sie auf dieser Welt je hatte.

Wo wird sie, Cheryl, morgen sein?

Und wo sind ihre Kinder?

12

Vor der Tür von Sebby Coltrains Wohnung in der Neal Street steht ein Polizeiinspektor. Sebby will gerade die Croissants warm machen, die Kate im Brotfach gelassen hatte, und öffnet die Tür mit einem Topflappen. In der Küche riecht es nach frischem Kaffee, und überall sind Spuren von Kate: Narzissensträucher, kindliche Malereien in klaren Rot- und Grüntönen und ein halbfertig gestrickter Schal aus teurer Cashmerewolle, den sie immer wieder unter Tränen aufgetrennt hatte.

»Nein, es ist in Ordnung, kommen Sie nur rein«, sagt Sebby.

Er vergisst Kaffee und Croissants und lauscht gebannt den Ausführungen des Inspektors. Er hatte von den gekidnappten Kindern aus den Medien erfahren, jeder hatte davon gehört … Und nach der Familie selbst litt Sebby wahrscheinlich am meisten unter der Vorstellung, dass den Kleinen etwas zustoßen könnte. Ihm hatte der Mut gefehlt, sich bei den Browns zu melden. Doch die Geschichte von Cheryls fürchterlichem Täuschungsmanöver entsetzt und fasziniert ihn zugleich.

»Sie haben die ganze Zeit über gewusst, wo die Kinder waren?«, wiederholt er ungläubig einzelne Sätze des Berichts.

»Sind Sie ganz sicher? Irrtum ausgeschlossen?«

Auch wenn er zunächst nicht glauben will, was der Inspektor erzählt: Die Gründe, die man ihm schließlich für Cheryls unglaubliches Verhalten nennt, kommen ihm irgendwie vertraut vor.

Im Gegensatz zu allem, was er Leo erzählt hatte, im Gegensatz zu allen Vorsätzen, die Sebby gefasst hatte, hatte er die Browns während dieser langen Monate, seit der Bekanntmachung der dritten Schwangerschaft und der Veröffentlichung der Fotos, nicht in ihrer Wohnung besucht. Stattdessen hatte er sie verraten, hatte sich selbst verraten. In seinen schlimmsten Albträumen hatte er sich nämlich nicht ausmalen können, wie schlimm die öffentliche Reaktion ausfallen würde. Es war wie religiöser Fanatismus, ein Pogrom … Nur hatte Cheryl kein faltiges Gesicht, keine zerfurchte Stirn, keinen Damenbart, keine krächzende Stimme, sie schielte auch nicht und hatte keine Warze auf der Nase. In jeder Zeitung, die Sebby in die Hand nahm, blickte ihm Cheryls Gesicht entgegen, gewöhnlich mit dicken Balken über Teilen ihres Körpers und einer fetten Schlagzeile darüber. Wieder hatte die Presse etwas Neues gefunden, ein weiteres Hassobjekt. *Hexe! Hexe!* Seine Unfähigkeit, ihnen zu helfen, das Wissen um seine Rolle bei diesem Medienspektakel, quälte und zermürbte ihn. Wenn er sich bei Cheryl meldete und sie ihm verzieh, wäre das schlimmer für ihn als ihre Verachtung. Und als die Brownkinder vermisst wurden, griff Sebby mindestens viermal zum Stift, meistens um vier Uhr morgens, wenn er schweißgebadet aufgewacht war. Doch er wusste nicht, was er schreiben sollte, ihm fiel nichts ein, was nicht nach Heuchelei geklungen hätte. Nichts konnte ihn von der Schuld befreien, die er auf sich geladen hatte.

Wahrscheinlich wartete niemand so sehnsüchtig auf ein glückliches Ende wie Sebby. Und nun das…

Cheryl hat die Entführung selbst inszeniert. Als er hört, dass das Baby, Cara, noch immer vermisst wird, beunruhigt ihn das sehr.

Die von Inspektor Moss genannten Gründe für Cheryls seltsames Verhalten ergeben für Sebby einen Sinn. Cheryls verzweifelte Sehnsucht, geliebt zu werden, fällt ihm ein, und wie verletzt sie reagierte, wenn sie beschimpft wurde, weil sie, ohne nach links und rechts zu schauen, über die Straße ging. Sebby und Leo hatten sich oft über sie lustig gemacht, weil sie so empfindlich war, es auch manchmal für ihre Zwecke ausgenutzt.

Der junge Inspektor versucht, von Sebby mehr über Cheryl zu erfahren. »Sie waren oft mit dieser Familie zusammen, lebten praktisch monatelang bei ihnen. Hinter diesem Fall steckt mehr, der Hauptkommissar meinte deshalb, Sie könnten uns womöglich helfen, die Sache zu beleuchten.«

»Und Sie glauben tatsächlich, Cheryl könnte Mrs. Donnolly umgebracht haben?«

»Der Pathologe vermutete zunächst, ein Schlaganfall sei die Todesursache. Aber ob die Frau nun angegriffen wurde oder ob sie stürzte, wird sich erst nach der Autopsie zeigen, wenn überhaupt. Ihr Gesicht sah übel aus, das könnte natürlich von einem Sturz aus Trunkenheit herrühren. Oder dem Versuch, die Waggontüre aufzubrechen, denn da sind Gewaltanwendungen festzustellen. Ihr Körper war über und über mit Abschürfungen und Blutergüssen bedeckt, was aber wahrscheinlich zum Teil eine Folge ihres Lebensstils ist.«

»Hat man denn keine Fingerabdrücke gefunden?« Sebby fühlt sich wie in einem schlechten Film.

»Leider trug Mrs. Donnolly ständig Handschuhe, daher fand man kaum Abdrücke von ihr. Nicht einmal im Waggon selbst. Wir fanden auch keine Abdrücke auf der Eisenstange, auf der wir Spuren von ihrem Blut entdeckten. Aber das hat nichts zu bedeuten. Falls hier ein Überfall stattgefunden hat, haben die Angreifer es erfolgreich vermieden, Spuren zu hinterlassen.«

»Warum sollten Cheryl und Barry Mrs. Donnolly denn töten wollen, wenn ihnen die Frau so nahe stand, dass sie ihr ihre Kinder anvertrauten?« Er fährt sich durchs Haar. »Sie war sogar zu ihrer Hochzeit eingeladen. Und während der Arbeit mit den Browns haben die beiden Mrs. Donnolly ziemlich häufig gesehen. Wir haben sie ganz gut kennen gelernt. Für Cheryl war sie so etwas wie eine zweite Mutter. Sie kannte sie seit Jahren, wissen Sie, seit ihrer Kindheit.«

Mit einem langen Blick auf die Kaffeemaschine bemerkt der junge Mann in dem strahlend weißen Hemd: »Lassen Sie sich nicht von Ihrem Frühstück abhalten.«

Sebby springt auf. »Oh, entschuldigen Sie bitte, ich hätte Sie fragen sollen.«

»Schwarz, zwei Stückchen Zucker, bitte.«

Schweigend sieht er zu, wie Sebby den Kaffee einschenkt. »Das ist es ja. So vieles passt bei diesem Fall nicht zusammen. Ich meine, warum sollte eine normale Mutter das Leben ihrer Kinder aufs Spiel setzen, indem sie sie mit einer Pennerin in einem Eisenbahnwaggon allein lässt?«

»Sie sehen das falsch.«

»Ach?«

»Ja.« Noch immer den Kaffeelöffel in der Hand, mit dem er seinen Worten Nachdruck verleiht, setzt Sebby sich wieder. »Ich weiß nicht, aber im Nachhinein ergibt alles einen Sinn.«

»Vielleicht für Sie ...«

»Für jeden, der Cheryl kennt.«

Der Inspektor trinkt zu hastig, verbrennt sich die Zunge und stellt fluchend die Tasse ab. »Sie meinen, sie ist krank?«

»Wer hat Ihnen gesagt, dass Sie zu mir kommen sollen?«

»Jemand von Griffin.« Er sieht in seinen Notizen nach. »Tarbuck?«

»Ach, Leo? Ja, aber er hat sie auch gekannt. Er war während des ganzen Jobs mit mir zusammen.«

»Er sagte, Sie hätten Cheryl näher gestanden als er, weil Sie sensibler als er seien. Weniger oberflächlich. Etwas in der Richtung.«

»Hat er das wirklich gesagt?« Nachdenklich berührt Sebby den Griff der Kaffeetasse. »Cheryl ...« Sebby sucht nach Worten, »wollte von allen geliebt werden.«

»Wollen das nicht die meisten Menschen?«

»Bei Cheryl war das mehr als eine Laune, es war ihr Lebensinhalt. Wir haben uns einmal darüber unterhalten. Ich habe sie gefragt. Anfangs hat sie es abgestritten, wurde ziemlich aggressiv, aber später waren wir uns einig, dass es mit dieser Geschichte in ihrer Kindheit zusammenhängen könnte.«

Der Inspektor schaut ihn irritiert an. »Wovon sprechen Sie?«

Sebby zögert kurz, bevor er fortfährt. »Als Kind lag Cheryl monatelang im Krankenhaus. Sie war damals erst sieben. Ihr Arm musste praktisch wieder angenäht werden. Die Hunde hatten ihn abgerissen, wussten Sie das denn nicht?«

Sein Gegenüber schüttelt den Kopf. Dann greift der Inspektor nach der Kaffeetasse und schlürft laut.

»Sie hatte sechs Operationen. Die Krankengymnastik danach muss furchtbar schmerzhaft gewesen sein. Sie hat versucht, es mir zu erklären. Wenn die Ärzte einen Patienten mochten, bemühten sie sich, rücksichtsvoller mit ihm umzugehen. Sie hat erzählt, die meisten Kinder wären den Ärzten richtig in den Arsch gekrochen … immer freundlich lächeln, kleine Geschenke machen, den Lieblingsteddy hergeben zum Beispiel, einfach versuchen, durch nette Gesten positiv aufzufallen. So denken Kinder nun mal, nehme ich an …«

»Und das ist Ihrer Meinung nach der Grund für dieses krankhafte Verlangen danach, gemocht zu werden?«

»Das könnte ein Grund sein, ja. Das wurde für sie zur Gewohnheit. Deshalb hat sie so viel riskiert, um die öffentliche Meinung zu ändern. Und deshalb haben sie die von der Serie ausgelösten Aggressionen so hart getroffen.«

Der Inspektor kratzt sich am Kinn. »Das kommt mir etwas an den Haaren herbeigezogen vor.«

»Sie haben mich gefragt. Ich bin kein Seelenklempner.«

»Ein Grund, warum ich hier bin, ist, dass wir herausfinden wollen, ob das Baby entführt wurde oder ob Cheryl und Barry es irgendwo anders versteckt haben. Wir wollen kein zweites Desaster. Gleich nachdem die Kinder vermisst worden waren, haben wir Cheryl von einem Psychiater untersuchen lassen. Hauptkommissar Rowe hatte ein schlechtes Gefühl bei der Sache. Der Typ meinte, sie könnte am …«, der Polizist blätterte in seinen Notizen, »Münchhausensyndrom by proxy leiden. Sagt Ihnen das was?«

Sebby nickte. »Sucht nach Aufmerksamkeit.«

»Extreme Sucht nach Aufmerksamkeit.«

»Ein intensives Bedürfnis, wichtig genommen zu werden, die Bereitschaft, dafür so gut wie alles zu tun, inklusive die Bereitschaft, die eigenen Kinder in Gefahr zu bringen.« Sebby schüttelt den Kopf. »Ich glaube nicht, dass sie dazu fähig wäre.«

»Wir haben nicht die Zeit für eine gründliche Analyse, deshalb bin ich hier«, erklärt Inspektor Moss. »Um etwas über Ihre Eindrücke als Außenstehender, neutraler Beobachter zu hören. Sie ist eine unglaublich gute Lügnerin. Die ganze Nation ist ihr auf den Leim gegangen.«

»Und sie ist eine verdammt gute Schauspielerin.«

»Ich weiß, ich habe die Serie gesehen.«

»Wo ist sie jetzt?«

»Auf der Wache. Wir können sie nicht gehen lassen, solange wir nicht mehr über Mrs. Donnolly wissen.«

»Cheryl ist nicht gewalttätig«, sagt Sebby kopfschüttelnd. »Und Barry genauso wenig. Jemand anders muss die alte Donny zusammengeschlagen und das Kind entführt haben … Aber aus welchem Grund?«

»Den Grund kenne ich«, antwortet der Inspektor und starrt viel sagend in seine leere Tasse. »Wenn jemand wusste, wer diese Kinder sind und warum sie versteckt waren, dann sind sie die idealen Geiseln … Ohne forensischen Beweis sind wir darauf angewiesen herauszufinden, was sich tatsächlich zugetragen hat.«

Am selben Nachmittag wird Cheryl aus ihrer Zelle geholt. Wie betäubt folgt sie dem Wachmann durch zahllose Schwingtüren die sterilen Gänge entlang. Die Wände zu den Büros sind aus Glas.

Heute ist sie der Star der Show, sie zieht alle Blicke auf

sich, um sie dreht sich alles. Die Leute hier kann nichts mehr schockieren, sie haben bereits alles gesehen – auch Serienmörder werden hier schon entlanggelaufen sein. Tastaturen und Gespräche verstummen, Stühle schwingen in ihre Richtung.

Jeder glaubt, sie genau zu kennen.

Schließlich haben sie ihre Geschlechtsteile in Großaufnahme gesehen.

In dem Verhörraum erwartet sie ihr Anwalt, Ernie Eales, hinter dem Schreibtisch. Cheryl muss an die vielen Menschen denken, die, wie sie selber sowohl schuldig als auch unschuldig waren, schon an diesem Tisch saßen und auf Freiheit hofften.

Mr. Eales, ein Mann von jugendlicher Gestalt, gehört zu der Armee von Angestellten, die jeden Morgen durch die Paddington Station marschiert und dabei die Menschen um sie herum geflissentlich übersieht.

Es gibt auf dieser Welt Menschen mit Kuhaugen, Menschen mit Haifischaugen und Menschen mit Augen, wie sie geprügelte alte Hunde haben. Aber die Augen dieses Mannes sind die intelligenten und verständnisvollen Augen eines Menschen, der im Einklang mit sich selbst lebt.

So sieht keiner der Ärzte aus, die Cheryl kennt, auch kein Sozialarbeiter, kein Lehrer und niemand vom Arbeitsamt.

Überrascht stellt Cheryl fest, dass sie noch nie in ihrem Leben mit einem solchen Menschen wie Mr. Eales gesprochen hat.

Er wird dafür bezahlt, ihr zuzuhören.

Er muss auf ihrer Seite sein.

Sie betet zu Gott, dass er ein guter Verteidiger ist. Sie hat genug Krimis im Fernsehen gesehen, um zu wissen, wie wichtig das ist.

Er wird ihr helfen können.

»Ach Cheryl, schön Sie zu sehen. Ich hoffe, Sie wurden gut behandelt?«

Er hat den typischen Public-School-Akzent.

»Gibt es etwas Neues von Cara?«

Seine Augen verraten ihr die Antwort.

»Geben Sie sich keine Mühe. Sie brauchen es mir nicht zu sagen. Aber wissen sie wenigstens schon, wer Donny umgebracht hat? Es muss doch schon einen Verdacht geben?«

»Leider kann ich Ihnen dazu nichts sagen. Aber ich kann Ihnen versichern, dass große Anstrengungen unternommen werden, Ihr Kind zu finden, so wie man sich bis gestern bemüht hat, Ihre drei Kinder zu finden.«

Cheryl zuckt zusammen.

»Hören Sie zu, Mr. Eales, ich weiß, das ist alles meine Schuld, ich weiß, wenn ich das nicht getan hätte, wäre Cara jetzt nicht verschwunden. Donny wäre noch am Leben. Ich weiß, das war alles falsch. Und ich gäbe alles dafür, es ungeschehen zu machen.«

»Nehmen Sie doch Platz, Cheryl«, erwidert er ruhig. »Ich muss Ihnen mitteilen, dass Sie morgen früh, Sie und Barry, vor dem Gericht erscheinen sollen. Das mag Ihnen grausam vorkommen, aber Gesetz bleibt Gesetz, und ich bin sicher, man wird keine große Härte walten lassen. Die Anklage wegen Kindesvernachlässigung wurde fallen gelassen, damit wären sie auch nie durchgekommen. Und Mord steht außer Frage, dafür gibt es nicht den geringsten Beweis. Aber es wäre vernünftig, wenn Sie ein Geständnis ablegen würden, was die Irreführung der Polizei angeht. Ich verteidige Sie beide, solange Sie damit einverstanden sind.«

»Womit müssen wir rechnen?«, fragt sie heiser.

»Das kann niemand, am wenigsten ich, mit hundertprozentiger Sicherheit voraussagen, doch falls Sie dem Gericht versichern, niemals wieder so verantwortungslos zu handeln, denke ich, müssten Sie mit einer Bewährungsstrafe davonkommen. Eine Freiheitsstrafe wird das Gericht wohl nicht verhängen. Und die Folgen Ihrer Handlungen, die außerordentliche Medienaufmerksamkeit und die Reaktion der Öffentlichkeit kann man ja kaum Ihnen anlasten.«

»Sehen Sie Barry später?«

Er nickt. »Gleich im Anschluss an unser Gespräch. Soll ich ihm etwas ausrichten?«

»Kann ich ihn nicht sehen? Bitte! Nur ganz kurz.« Würde Leo sie jetzt fragen, die Frage, die sie so aus der Fassung brachte, als er sie ihr vor einem Jahr stellte, so würde sie ohne zu zögern antworten: »Ich habe ihn geheiratet, weil ich ihn liebe, aus ganzem Herzen liebe. Weil er witzig ist und nett und traurig. Weil ich weiß, dass er es eines Tages schaffen wird, und weil ich ohne ihn nicht leben kann.«

»Das wird wohl nicht gehen, fürchte ich«, sagt der Anwalt

Sie sieht ihn flehend an. »Können Sie ihm sagen, dass ich ihn liebe? Und dass es mir Leid tut?« Ihr Blick wird glasig. »Und wie geht es Victor und Scarlett? Wo sind sie? Wer kümmert sich um sie?«

»Victor und Scarlett sind im Augenblick in Pflege, bis das Gericht zu einer Entscheidung gefunden hat.«

Was? Was hat er gesagt? Er muss sich geirrt haben. »Was meinen Sie mit ›in Pflege‹?« Ihre Augen füllen sich mit Tränen.

»Sie müssen verstehen, dass die Ämter im Interesse Ihrer Kinder handeln müssen, und es ist zu früh, um sagen zu können, ob es im Wohle Ihrer Kinder ist, sie in Ihre Wohnung zu Ihnen und Barry zurückzubringen.«

Cheryl beginnt zu zittern. »Sie meinen, das machen sie automatisch, wenn beide Eltern vor Gericht kommen? Und wenn alles vorbei ist, kommen sie zu uns zurück?«

»Nein, ich fürchte, ich muss Ihnen die Wahrheit sagen. Das meinte ich nicht damit. Der Fall ist ernster. Es besteht die Gefahr, dass Ihnen Ihre Kinder so lange entzogen werden, bis die Verantwortlichen zu der Überzeugung gelangen, dass Sie eine kompetente und zuverlässige Mutter sind.«

»Was? Heißt das, wir müssen vielleicht um unsere Kinder kämpfen?«

»Im Augenblick sieht es so aus, ja.«

Puterrot im Gesicht ruft sie: »Aber die haben kein Recht, die Kinder von uns fern zu halten. Können Sie nicht was dagegen unternehmen?«

Ernie Eales lehnt sich zurück und wirkt so entspannt, als redeten sie über das Wetter.

Lieber Gott, denkt Cheryl. *Wie können sie ihr das nur antun?*

Wie konnte man auch nur daran denken, ihr und Barry die Kinder wegzunehmen?

Ihre Qualitäten als Eltern beweist die Dokumentarserie. Jeder, der sie kennt, kann den Fachleuten darlegen, dass sie und Barry ihre Kinder anbeten. Sie ihnen wegzunehmen kommt einem Skandal gleich.

Außerdem sind da noch Annie und Cath… Warum sollten sie die Kinder fremden Menschen geben?

»Ich fürchte, das habe ich nicht zu entscheiden. Meine Aufgabe ist es, Sie zu verteidigen und morgen eine Bewährungsstrafe für Sie zu erreichen. Und mit diesem Ziel vor Augen müssen wir nun die Gründe für Ihre Aktionen durchgehen. Wir müssen sichergehen, dass das Gericht versteht, was Sie dazu bewegt hat. Dass keine böse Absicht dahinter steckte, dass das Ganze außer Kontrolle geriet und die Stimmungsmache in den Medien Sie zu diesem fatalen Schritt führte.«

»Aber wann? Wie lange? Um Himmels willen, warum kann ich jetzt nicht zu meinen Kindern? Wann kann ich mit den Sozialarbeitern reden?«

»So beruhigen Sie sich doch, Cheryl, beruhigen Sie sich doch. Hysterie bringt Sie jetzt auch nicht weiter. Ein Schritt nach dem andern. Bleiben Sie ganz ruhig.«

Nachdem Dill von den Hunden zerrissen worden, ihre Mutter krank geworden und Fred ausgezogen war, damals, als die siebenjährige Cheryl aus dem Krankenhaus, Princess Margaret's, entlassen wurde, den Arm noch immer eingebunden, lebte sie bei Mrs. Bradbury in einem viktorianischen Haus mit zwei Stockwerken. In den Schlafzimmern stank es nach Katzenklo.

Mrs. Bradbury hatte damals noch zwei andere Pflegekinder, Sonia und Barbara, die doppelt so alt waren wie Cheryl. Alle drei gingen auf dieselbe Schule.

Sonia und Barbara waren Freundinnen und beide vierzehn.

Sie schliefen in einem Zimmer.

»Wie lange muss ich hier bleiben?«, wollte Cheryl von ihrer Sozialarbeiterin wissen. Sie saßen in Mrs. Bradburys mit Nippes überfülltem Wohnzimmer und Cheryl flüsterte, als sie Sue diese Frage stellte, um nur ja nicht undankbar zu erscheinen.

»Du weißt doch, dass es deiner Mutter im Moment nicht gut geht, ja? Du kannst also nicht nach Hause, bevor es deiner Mami nicht besser geht.«

Sie spürte, wie sich ihre Augen mit Tränen füllten. »Aber wie lange dauert das noch? Und weiß Mum überhaupt, wo ich bin?«

Sue zog die Augenbrauen hoch. Ihre und Mrs. Bradburys Augen trafen sich über dem dunkel gemusterten Teppich.

Wie sollte sie der Kleinen verständlich machen, dass ihre Mutter den Verstand verloren hatte, dass sie nicht mehr wusste, wo oben und unten war, und schon gar nicht, wo ihre Tochter war?

»Natürlich weiß deine Mutter, wo du bist«, antwortete Sue.

Cheryl merkte sofort, dass sie log.

»Aber warum kann ich nicht einfach bei den Donnollys wohnen?«

»Weil Mrs. Donnollys Haus dafür nicht geeignet ist.«

Mrs. Bradbury wohnte in Shepherd's Bush, Cheryl würde also die Schule wechseln müssen.

Sie würde neue Freunde finden und sich daran gewöhnen müssen, nachmittags durch ein fremdes Gartentor nach Hause zu kommen, an einem fremden Tisch Tee zu trinken, in einem Bett zu schlafen, dessen Matratze härter war als die ihres Bettes daheim, und in einem Schlafzimmer mit anderen Schatten.

An ihrem ersten Tag in der neuen Schule, Parkwood Junior, sollten Sonia und Barbara sich um ihre kleine Schwester-auf-Zeit kümmern. Cheryl dachte, dass sie sie hinbringen und den Lehrern erklärten, wer sie sei.

Aber auf dem Bürgersteig vor dem eisernen Zaun meinte Sonia: »Du kommst doch klar, oder?« In ihrer Schultasche waren Zigaretten. Wenn sie noch länger hier wartete, würde sie keine Zeit mehr haben, um zu rauchen, bevor die Schulglocke läutete.

»Ja, ich komm schon klar.«

»Vergiss nicht, nach der Schule setzt du dich auf die Mauer und wartest auf uns bis um halb vier. Geh ja nicht weg. Bleib auf der Mauer sitzen, bis wir dich abholen. Kapiert?«

»Ja, ich hab's kapiert.«

Sie stand auf dem Bürgersteig und sah zu, wie die anderen Kinder laut miteinander schwatzten, und einige Arm in Arm im Schulgebäude verschwanden.

Die Schule glich dem Schloss des Riesen in *Hans und die Bohnenranke.*

Das war eine ihrer Lieblingsgeschichten, die ihre Mutter ihr immer wieder vorgelesen hatte – bis Fred in ihr Leben getreten war. Aber hier gab es keine Bohnenranke, zu der sie laufen und die sie hinaufklettern konnte, keine kugelrunde Mutter, die zu Hause mit dem Kochlöffel im Topf rührend auf sie wartete, keine Kuh und keinen Garten voller Sonnenblumen. Cheryl hatte auch keine Zauberbohnen in der Tasche. Nur den Gutschein für ein freies Mittagessen und zwanzig Pence für Süßigkeiten.

Sie hatte ihr »Reich« verlassen.

In den Märchen kamen immer Reiche vor. Riesen konnten mit einem Schritt zum nächsten Reich gehen, und Cheryl hoffte verzweifelt, dass ihre Mutter wusste, in welchem Reich sie sie suchen musste.

Aber es war nur gerecht, dass es ihr so schlecht ergangen war.

Schließlich war sie schuld an Dills entsetzlichem Tod, an der Krankheit ihrer Mutter und Freds Auszug. Und auch die schrecklichen Schmerzen, diese furchtbaren Operationen in Princess Margaret's und die anschließende wochenlange Krankengymnastik hatte sie selbst durch ihr Handeln verursacht. Gott kannte ihr Innerstes, Gott, der alles sah mit seinem Auge. Cheryl kannte ihr Innerstes. Niemals würde ihr Vergebung zuteil werden.

Niemals würde sie sich selbst verzeihen.

Plötzlich tauchte, aus der Kälte, eine warme Hand auf und drückte die ihre. Cheryl blickte in das Gesicht der hübschesten Frau, die sie je gesehen hatte. Sie trug ein knallrotes Kleid und lächelte freundlich auf das Mädchen herunter.

»Cheryl! Hallo, Schätzchen! Was, um Himmels willen, machst du hier? Wir warten alle auf dich. Komm schon, komm mit mir, und ich zeige dir die Schule und stelle dich deinen neuen Freunden vor.«

Wie hypnotisiert hielt sich Cheryl hinter Miss Tandy, während die Farben und Geräusche auf sie einstürzten. Die Wände waren über und über bedeckt mit Bildern, und um eine Tür hingen Marionetten aus Pappmaché.

Das Klassenzimmer war hell erleuchtet und roch nach Tonerde und Lack. Die Schüler saßen an bunten Tischen. Auf Miss Tandys Tisch lag eine weiß und blau getupfte Tischdecke.

»Also dann«, begann Miss Tandy mit einer hohen, energischen Stimme, »wir freuen uns alle sehr, heute Cheryl Watts willkommen heißen zu dürfen. Cheryl hatte in letzter Zeit wenig Glück. Sie musste lange Zeit im Krankenhaus verbringen, wo sie mehrmals am Arm operiert wurde. Und, was noch schlimmer ist, sie musste ihr Zuhause verlassen und lebt nun bei fremden Menschen, weil es ihrer armen Mutter nicht gut geht.«

Ein leises Seufzen ging durch die Klasse.

»Nun würde ich gerne von euch hören, wie sich Cheryl eurer Meinung nach fühlen muss. Hebt die Hand und erzählt es mir.«

»Voller Angst.«

»Hungrig.«

»Traurig.«

»Allein.«

»Will wieder heim.«

»Ja, sehr gut. Ich bin sicher, dass Cheryl all das im Augenblick fühlt. Es liegt jetzt also an uns, uns um sie zu kümmern und dafür zu sorgen, dass sie hier glücklich ist. Wer möchte sich zu Cheryl an den Tisch setzen?«

Sofort flogen dreißig Hände hoch.

»Lasst mich mal sehen. Ich glaube, am besten kommen Josie und Matty an ihren Tisch. Sie werden sich bestimmt vernünftig benehmen.«

Auf dem Spielplatz wurde Cheryl von allen umringt.

Ihrem gebannt lauschenden Publikum erzählte sie von den Hunden und ihrem Arm und von ihrer Mutter, die im Krankenhaus lag und sich das Bein amputieren lassen musste. In Zukunft würde sie mit einem Holzbein leben müssen.

Die Zeit in Parkwood war eine glückliche Zeit für sie.

Sie wurde als Erste in eine Mannschaft gewählt, während sie an ihrer alten Schule stets als eine der Letzten ausgesucht worden war.

Sie war eine kleine Berühmtheit und sah noch dazu hübsch aus.

Im Theaterstück der Schule bekam sie die Hauptrolle. Sie war die gute Fee, ihre Röcke waren mit weißen Netzen und goldenen Münzen bedeckt. Die Eltern und Lehrer klatschten für sie am lautesten Beifall. Cheryl sonnte sich in ihrem Applaus und in ihrer Opferrolle. In dieser Zeit wurden die Weichen für ihr ganzes späteres Leben gestellt.

Dabei war sich die siebenjährige Cheryl sehr wohl der Tatsache bewusst, dass sie eine Schwindlerin war.

Eine Sünderin. Sie machte ihnen allen was vor, doch es funktionierte. Nur so ertrug sie dieses Jahr.

Allerdings vergaß sie nie, wie einsam sie sich gefühlt hatte, als sie bei Mrs. Bradbury hatte wohnen müssen.

Niemand konnte ahnen, wie sehr sie die Schalenstücke in der Orangenmarmelade hasste, oder Samt, oder nach jemandem im selben Badewasser baden zu müssen. Niemand wusste, wie langweilig sie *Schwarzer Peter* fand, dass ihr schlecht wurde, wenn sie Marmite aufs Brot bekam, und dass ihr Gartenzwerge Angst einjagten. Niemand brachte ihr bei, sich die Zähne genau zwei Minuten zu putzen, den Po von vorne nach hinten zu wischen und was sie mit ihren schmutzigen Socken machen sollte. Eine Woche lang stopfte sie sie zusammen mit ihren Unterhosen unter die Matratze, bis Mrs. Bradbury die Wäsche fand und ihr den Wäschekorb zeigte.

Zwar kam Mrs. Bradbury jeden Abend und gab ihr einen Gute-Nacht-Kuss, aber wie wichtig es für Cheryl war, dass ihr Kissen aufgeschüttelt und wie ein kleines Nest zurechtgerückt wurde, wusste sie nicht.

Das wusste nur ihre Mutter.

Daher hat Cheryl angesichts der Drohung, der bloßen Vorstellung, ihre eigenen Kinder müssten einen Tag, geschweige denn eine Woche oder einen Monat in Pflege verbringen, das Gefühl, mit dem Kopf in einen Schraubstock geraten zu sein.

Es glich einem Albtraum für sie, hier in diesem hellen kleinen Zimmer zu sitzen, mit diesem Mann, zu dem sie nicht durchdringt. Alles, was sie sagt, jede Frage, die sie stellt, verwandelt sich in Gefasel, rätselhafte, bedrohliche Äußerungen. Sie räuspert sich geräuschvoll. In ihrem Zustand kann sie Mr. Eales kaum noch sehen, seine Silhouette verschwimmt vor ihren Augen. Es ist eins geworden mit dem Fenster.

Sie ist unfähig, sich auf die Details ihrer Verteidigung zu konzentrieren.

Obwohl diese nicht besonders kompliziert sind.

Sie blickt auf die sonnenbeschienene Straße hinaus. Irgendwie fand sie es tröstlicher, als es dunkel war. Sie gibt ihre Schuld zu und wiederholt das Geständnis. Das ist ihre Schuld – alles ist ihre Schuld. Sie hatte Barry dazu überredet mitzumachen. Die öffentliche Hetzjagd hatte sie beinahe in den Wahnsinn getrieben, und natürlich hätte sie so einen gemeinen, hinterhältigen Plan niemals auch nur erwägen dürfen. Falls das Gericht ihr verzeihen könnte, wäre sie dankbar für diese außerordentliche Gnade.

Wie sie die Nacht überstehen soll, die längste, dunkelste Nacht ihres Lebens, weiß sie nicht.

Man sagt ihr, sie solle schlafen.

Wie soll sie schlafen können?

Man redet ihr zu, etwas zu essen.

Warum sollte sie essen?

Maikäfer flieg, der Vater ist im Krieg, die Mutter ist in Pommerland und Pommerland ist abgebrannt.

Am Morgen wäscht und macht sie sich so gut zurecht, wie sie kann – ihr Äußeres wird vor Gericht eine nicht unbedeutende Rolle spielen. Sie will bei der Öffentlichkeit, der Presse und dem Gericht einen ruhigen und positiven Eindruck hinterlassen.

Der Kombi mit den dunklen Scheiben ist innen vergittert, aufgeteilt in Einzelkäfige. Möglicherweise sitzt Barry im Käfig neben ihr, aber sie ist zu sehr mit sich beschäftigt, um ihre Umgebung wahrzunehmen.

Vor dem Gerichtsgebäude angekommen, hört sie einen kräftigen Schlag gegen den Kombi und Geräusche, die nach Pfiffen und Buhrufen klingen. Cheryl glaubt, eine Menschenmenge erkennen zu können, die gegen Absperrungen drückt.

Der Kombi kommt zum Stillstand, der Fahrer flucht und stößt gereizt hervor: »Wie ist es denn eigentlich so, berühmt zu sein, hm?«, als das Fahrzeug zu wackeln beginnt…

»Barry!«, schluchzt Cheryl verzweifelt. »Barry! Ich habe solche Angst, was ist denn bloß los?«

Inzwischen schwankt der ganze Wagen.

Schrille Frauenstimmen übertönen die der Männer, und Cheryl blinzelt in das Blitzlichtgewitter von Hunderten von Kameras, das sich in den dunklen Scheiben spiegelt.

13

Barry fragt sich, ob er und Cheryl in der Zeit ihrer größten Beliebtheit anders behandelt worden wären.

Wenigstens sind sie jetzt zusammen, sitzen sie nebeneinander auf einer Bank in einem kahlen Zimmer mit einer Neonlampe an der Decke. Cheryl kauert neben ihm, und Barry kann nichts tun, außer ihr den Arm um die bebenden Schultern zu legen.

»Es ist gut, Cher. Es wird alles wieder gut«, sagt er mit sanfter Stimme.

Beiden ist klar, dass er sich anhört wie ein Idiot. Aber was sonst soll man sagen, wenn man leer im Kopf ist, wenn man keine Ahnung hat, in welchem Bett man die Nacht verbringen wird? Oder wo? Was kann er tun? Wie kann er ihr helfen?

»Hat dir Eales das von den Kindern erzählt?« Ihre Stimme klingt kehlig und fremd.

»Ja. Aber vielleicht sind das nur die üblichen Gerichtsbestimmungen.«

»So habe ich das nicht verstanden.«

»Vielleicht gehört er zu den Typen, die immer zuerst das Negative sehen.«

»Kann sein, dass sie uns sagen müssen, was schlimmstenfalls passieren kann. Vielleicht läuft das immer so.«

»Kann sein. Wir müssen die Bewährungshelfer wegen der Kinder fragen. Die werden mehr wissen als Eales.«

»Warum brauchen sie so lange? Warum können wir es nicht endlich hinter uns bringen?«

Ratlos schüttelt Barry den Kopf.

Um nicht zu zittern, umklammert Barry sein Handgelenk.

In dem hell erleuchteten Gerichtssaal herrschen dichtes Gedränge und lautes Stimmengewirr. Zwischen zwei Herren mittleren Alters, beide mit Glatze und randloser Brille, sitzt eine freundlich aussehende Frau mit schlohweißem Haar. Ein Angestellter liest die Anklage gegen das Ehepaar vor. Auf der rechten Seite beginnen die Journalisten zu kritzeln, eifrig bemüht, das Geschehen im Gerichtssaal bis zu den äußersten Landesgrenzen zu tragen.

Mit gleichmäßiger Stimme trägt der Staatsanwalt die Fakten vor. Nur die Art und Weise, wie er Cheryl schildert, macht Barry wütend.

Der Staatsanwalt bezeichnet sie als »heimtückisch« und »hinterlistig«.

Barry hingegen wird als Schwächling und Pantoffelheld geschildert.

Barry spürt, wie seine Frau neben ihm zittert.

Die Luft im Saal ist zum Schneiden. Die Richter hören mit zusammengezogenen Augenbrauen zu, als die wahren Kosten der Polizeiaktion vorgetragen werden.

Danach werden Berichte von den medizinischen Untersuchungen der Kinder vorgelesen.

»Im Augenblick, Madam, verbleiben die zwei älteren Kinder, Victor und Scarlett, in der Aufsicht der staatlichen Fürsorge, bis die Berichte vorgelegt werden können.«

An dieser Stelle hebt Cheryl den Kopf, ihre Augen glänzen von Tränen.

Als der Staatsanwalt endlich Platz nimmt und Ernie Eales sich schwungvoll erhebt, atmet Cheryl auf.

Er führt aus, dass es wegen der Dokumentarserie für jeden, der diese verfolgte, unmöglich ist, die Browns objektiv zu sehen. »Wir haben so lange mit ihnen gelebt«, erklärt Eales, »dass wir das Gefühl haben, sie genau zu kennen. Wir haben sie in guten und schlechten Zeiten gesehen. Wir kennen ihre Macken, ihre Fehler, ihre Stärken und ihre Schwächen. Diese unglückseligen Fotos und die Bekanntgabe der dritten Schwangerschaft wurden unverhältnismäßig aufgebauscht, sonst hätte es nie zu diesem entsetzlichen Stimmungsumschwung in der Öffentlichkeit kommen können, zu diesem Hass und den Anfeindungen, denen das Ehepaar schutzlos ausgeliefert war.«

Die Vorsitzende des Gerichts beugt sich vor, um ihn zu unterbrechen: »Auch ich habe mir die Serie angesehen. Meine ganze Familie hat sie verfolgt.« Sie wendet sich nach rechts und erkundigt sich bei ihrem Kollegen: »Und Sie, Mr. Dobbs?«

Mr. Dobbs nickt. »Ich auch«, der zweite Mann auf der Bank bejaht ebenfalls.

Ernie Eales macht ein zufriedenes Gesicht. Mit seinen langen Fingern klopft er auf dem Pult vor sich den Takt. »Man konnte den Eindruck gewinnen, die Browns hätten einen Mord begangen. Es war die reinste nationale Hysterie, die von der Presse nach Kräften unterstützt wurde. Vergessen Sie nicht, Mrs. Brown war schwanger, als die Medien sie zur Aussätzigen erklärten. Und zum Zeitpunkt des wirklichen Verbrechens hat sie ihr Baby gestillt. Selbst das Gesetz berücksichtigt, dass die Handlungen einer Mutter zwölf Monate nach der Geburt von gewissen Affekten beeinflusst werden können.

Versetzen Sie sich in ihre Lage.

Und so wenig man Cheryl Browns Handlungen gutheißen kann, so sehr kann man sie bedauern und nachvollziehen.«

Der Verteidiger atmet tief durch und fährt fort: »Man könnte meinen, dieses Ehepaar wurde bereits stärker bestraft, als es es verdient hat. Und wir müssen uns nun selbst ehrlich die Frage stellen, wer für die Verfolgung dieser jungen Familie tatsächlich die Verantwortung trägt. Vielleicht sind wir das alle, die das Schicksal der Browns im Fernsehen sahen, ohne an die Folgen für die beiden zu denken. Wer hat denn die Lawine, die Folge von Ereignissen ausgelöst, die zu dieser Katastrophe geführt hat? Und haben die Medien wirklich das Recht, sich die Menschen auf der Straße zu suchen und sie für ihre Zwecke zu benutzen?

Dieses Projekt hat sich verselbstständigt. Niemand konnte voraussehen, wie populär es werden würde. Und kein Experte wird je die Reaktionen des Publikums prophezeien können. Doch was immer diese beiden nun erwartet, ob sie die kleine Cara sicher und wohlbehalten in ihre Arme schließen können oder nicht, dieses Paar wird mit dem größten Albtraum leben müssen, der Eltern widerfahren kann.«

»Verflucht«, denkt Rupert Shand.

Der Vertreter Griffins und ihr juristischer Berater, der zwischen den Rechtsanwaltsgehilfen sitzt, zuckt bei Ernie Eales' Worten zusammen. Solche Anschuldigungen hatten sie die ganze Zeit über befürchtet – irgendwann mussten sie erhoben werden –, aber dennoch wurde Griffin zum ersten Mal in der Öffentlichkeit so angegriffen.

Ausgerechnet an diesem Morgen war das Meeting außerdem durch einen Brief unterbrochen worden.

Auch mit dem Brief hatte man irgendwann gerechnet, und doch hatte jeder gehofft, dieser Kelch würde an ihnen vorübergehen.

Sie waren alle da gewesen, im Konferenzraum bei Griffin: der Produzent, Matt Broomhead; die zwei Regisseure der Serie, Alan Beam und Jennie St. Hill; die Kameraleute, Sebby Coltrain und Leo Tarbuck; Rupert selbst natürlich; Jim Falkerson, der Finanzchef, und selbstverständlich der Vorsitzende, Sir Art Blennerhasset, das Oberhaupt von Griffin. Art hatte der Gruppe den Brief laut vorgelesen. Seine Stimme hatte nicht geschwankt, doch sein Gesicht war knallrot vor Wut.

»Wir haben das Baby, Cara Brown. Als Gegenleistung für ihre sichere Rückkehr erwarten wir die Zahlung von fünfhunderttausend Pfund.«

Man konnte sehen, unter welchem Druck Art stand. Aber er hatte gegen sein besseres Wissen die Serie unterstützt und war nicht der Mann, der sich nun aus der Verantwortung stahl.

Man hätte im Raum eine Stecknadel fallen hören können. Rupert spürte eine Missstimmung zwischen den Regisseuren und den Kameraleuten. Während der kurzen Diskussion saß Sebby Coltrain mit geschlossenen Augen dabei, als verweigere er sich vollkommen, während Leo Tarbuck ständig wirkte, als ob er etwas sagen wollte, sich dann aber doch dazu entschloss zu schweigen.

Griffin hatte von der Polizei erfahren, dass die Browns mit Mrs. Donnollys Tod nichts zu tun hatten. Die entsprechenden Laborbefunde standen noch aus, und die Ergebnisse der pathologischen Untersuchung waren enttäuschend ausgefallen. Der Boden am Tatort war mit Straßensplitt bedeckt, auf dem sich keine Fußabdrücke mehr feststellen ließen. Die Polizei hatte Cheryl und Barry von dem Moment an, in dem sie die Wohnung verlassen hatten, um die Kinder zu holen, bis zu dem Augenblick, in dem sie den Waggon erreicht hatten, beobachtet. Die Browns hätten gar nicht die Zeit dazu gehabt, ein solches Verbrechen zu begehen. Dennoch mussten gewisse Fragen gestellt werden – schließlich waren die beiden die Ersten am Tatort, und da galt es, die übliche Vorgehensweise einzuhalten, um spätere Ermittlungen nicht zu gefährden.

Die Medien waren angehalten worden, über die Suche nach Cara zurückhaltend zu berichten. Zwar hatten die ersten oberflächlichen Untersuchungen von Cheryls psychischer Verfassung zu keinem eindeutigen Ergebnis geführt, doch man hatte auf höchster Ebene entschieden, auf Grund der vorliegenden Informationen das Verschwinden der kleinen Cara als Entführung zu behandeln. Und nun, da dieser Brief eingegangen war, schien sich diese Entscheidung als richtig erwiesen zu haben.

Natürlich hatte Griffin während der Zeit, als die drei Kinder vermisst wurden, eine ganze Reihe solcher Lösegeldforderungen erhalten. In den meisten davon wimmelte es nur so von Rechtschreibfehlern, manche waren geradezu obszön in der Detailversessenheit, mit der sie die Grausamkeiten schilderten, die den Kindern bevorstanden, sollten die Forderungen nicht erfüllt werden. Laufend trafen Briefe, Telefonanrufe und inzwischen auch E-Mails ein. Es ist kaum zu fassen, dachte sich Rupert, wie viele gestörte Menschen da draußen rumlaufen, Menschen, die nur darauf aus sind, aus jeder Tragödie, aus dem Unglück anderer, noch den letzten Blutstropfen herauszupressen.

Aber der Brief, der an diesem Morgen angekommen war, unterschied sich von den bisherigen.

Er war nicht aus ausgeschnittenen Zeitungsbuchstaben zusammengeklebt, nicht wie von Kinderhand mit Filzstift gemalt, sondern ordentlich in schwarzer Tinte gedruckt und enthielt nur wenige Zeilen.

Als noch die drei Kinder vermisst worden waren, war man sofort zu der Übereinkunft gekommen, dass, falls eine

Forderung gestellt würde, Griffin diese, wenn es keine andere Möglichkeit gäbe, erfüllen müsse. Und jetzt war, hier vor Gericht, ihre Rolle und ihre unverantwortliche Vorgehensweise von der Verteidigung der Browns kritisiert worden. Dagegen würden sie sich nicht öffentlich zur Wehr setzen können.

Verdammt, denkt Rupert Shand.

Der denkbar schlimmste Fall ist eingetreten.

Der Ruf der Firma wird für immer Schaden nehmen.

»Bitte erheben Sie sich.«

»Möchte einer von Ihnen beiden etwas dazu sagen?«, wendet sich die vorsitzende Richterin an die Browns. Dabei beugt sie sich so weit nach vorne, dass ihre Perlenkette auf das Pult klopft.

Eales hat die Antwort vorher mit ihnen geübt, doch nur Barry ist in der Lage, das Wort zu ergreifen. Cheryl steht kreidebleich und zitternd neben ihm, kurz davor, in Tränen auszubrechen.

Sie wünscht sich, alleine zu sein, möchte weg von diesen Menschen.

Barry hat noch nie zuvor in der Öffentlichkeit gesprochen und weiß, dass die Presse jedes Wort festhalten wird. Seine kurze Ansprache hat er auswendig gelernt. «Cheryl und mir tut es sehr Leid, Ihnen allen so viele Schwierigkeiten bereitet zu haben.« Er räuspert sich, um seine Nervosität zu überspielen und überzeugender zu klingen. »Und wir möchten Sie beide bitten, die Umstände in Betracht zu ziehen, die zu dem Scherbenhaufen beitrugen, den wir aus unserem Leben gemacht haben.«

Er sucht die Augen Ernie Eales', der ihm zulächelt.

Die vorsitzende Richterin beugt sich nach vorne und bespricht sich mit dem Angestellten. Er deutet auf eine Frau, die etwas steif am Ende des Saales sitzt. Die Frau erhebt sich und schreitet nach vorne.

Schließlich hebt die Richterin den Kopf. »Meine Kollegen und ich haben beschlossen, uns zum Mittagessen zurückzuziehen. Während dieser Pause wird uns die Bewährungsbeauftragte vorab mündlich Bericht erstatten. Daher werden wir unsere endgültige Entscheidung erst fällen, wenn wir Zeit hatten, über ihren Rat nachzudenken.«

»Es läuft gut«, meint Eales, der sie zu einem weiteren karg eingerichteten Büro begleitet. »Man wird Sie nicht einsperren. Meines Erachtens sieht es gut aus.«

Doch Barry ist verzweifelt, er denkt nur daran, in welcher Verfassung sich Cheryl befindet.

Jegliche Farbe ist aus ihrem Gesicht gewichen. Man bringt ihr ein Glas Wasser, und er führt sie zu einem harten Plastikstuhl, auf den sie kraftlos niedersinkt.

Nun muss er allein die Bewährungshelferin überzeugen, dass eine Bewährungsstrafe auf lange Sicht die ideale Lösung wäre, dass er und Cheryl davon profitieren würden und eine Gefängnisstrafe, wie kurz sie auch ausfiele, unter diesen Umständen großen Schaden anrichten würde.

Olivia Sweet schlägt einen Aktenordner auf und zieht die Hülle von ihrem Kugelschreiber.

Mit besorgtem Blick mustert sie Cheryl.

»Es ist wegen Cara«, erklärt er, »Cher kann an nichts anderes mehr denken, als an sie, Victor und Scarlett.«

»Da haben Sie sicher Recht«, entgegnet Miss Sweet. »Und das ist auch vollkommen verständlich. Aber im Augenblick müssen wir uns mit der Gerichtsordnung auseinander setzen. Man hat mich beauftragt herauszufinden, ob eine Bewährungsstrafe bei Ihnen beiden sinnvoll erscheint.

Falls weitere Berichte angefordert werden, wovon ich ausgehe, werde ich Sie noch öfter sehen.«

Barry beschließt zu schweigen, um nichts Falsches zu sagen. In brenzligen Situationen übernahm normalerweise Cheryl das Kommando. Ihr würden bestimmt die richtigen Worte einfallen.

»Ist alles in Ordnung mit Ihnen?«, fragt Miss Sweet Cher. »Können Sie uns folgen?«

»O ja, ja«, krächzt Cheryl.

»Lassen Sie sich Zeit. Nun, Cheryl, ich würde gerne von Ihnen wissen, ob Ihnen klar ist, was eine Bewährungsstrafe bedeutet?«

»Nicht wirklich.« Sie zuckt die Achseln.

»Wie steht es mit Ihnen, Barry? Hatten Sie schon einmal eine Bewährungsstrafe?«

Barry schüttelt wahrheitsgemäß den Kopf.

»Und, Cheryl?«, fragt Miss Sweet weiter, während sie sich eifrig Notizen macht. »Ich denke, Ihre beiden Brüder kennen das Gericht bereits recht gut?«

Die Frau kommt Barry wie ein Vogelwesen vor, mit diesen ruckartigen Bewegungen ihres kleinen Kopfes und wie sie auf bestimmte Punkte niederstößt, wie ein Raubvogel, der ein Kaninchen ausgemacht hat.

»Es sind nur ihre Halbbrüder«, antwortet Barry. »Sie hat nicht besonders viel zu tun mit ihnen.«

»Ach ja? Ich dachte, Sie und Ihre Mutter stünden sich sehr nahe?« Und sie wirft Cheryl einen durchdringenden Blick zu.

Auch sie glaubt Annie zu kennen, denkt Barry seufzend. Sie kannte das Bild, das die Presse von ihr zeichnete, die sie, wie Griffin, für ihre Zwecke benutzte – als hassenswerte Rabenmutter, als fettes Monster, als primitiv und asozial.

Auf einigen der Fotos, die sie während der schlimmsten Zeit von ihr druckten, sah sie wie eine brünftige Zuchtsau aus.

»Eines möchte ich absolut klarstellen«, fährt Miss Sweet fort. »Wir arbeiten für das Gericht. Bewährungshilfe ist kein einfacher Ausweg. Bewährungshilfe bedeutet, dass Sie Ihren Bewährungshelfer regelmäßig treffen und Sie bei einer Zuwiderhandlung umgehend wieder vor Gericht landen. Ferner, dass Sie den Empfehlungen Ihres Bewährungshelfers zu jedem Zeitpunkt Folge leisten und dass Sie sich darüber im Klaren sind, dass wir detaillierte Berichte über Ihre Fortschritte erstellen und weiterleiten.«

Barry nickt eifrig.

Ob Cheryl zuhört oder nicht, kann man nicht erkennen. Plötzlich muss sie an Donny denken, die arme Donny, und bricht in Tränen aus.

»Wann kriegen wir unsere Kinder zurück? Warum sind sie bei der Fürsorge? Was müssen wir tun, um Sie zu überzeugen, sie sofort nach Hause zu lassen? Wir haben ihnen nie wehgetan. Wir lieben sie. Wir konnten nicht wissen, was Donny zustoßen würde. Wir konnten nicht wissen, dass sie alleine gelassen würden. Wir waren glücklich, eine glückliche Familie, bevor das alles begann. Ihr glaubt, dass ihr alles wisst. Das tut ihr nicht. Ihr zerstört Menschenleben, ihr reißt Familien auseinander, Leute wie wir sind euch scheißegal…«

Cheryl redet, ohne nachzudenken, ohne zu realisieren, dass ihre Freiheit von diesem Gespräch abhängt und von den Entscheidungen dieser Frau, die sie so ohne Mitgefühl mustert und die ganz offensichtlich noch weitere berufliche Ambitionen hat.

14

»Das Letzte, was wir wollen, ist Ihre Situation in dieser schrecklichen Zeit zu verschlimmern«, erklärte ihnen die Richterin freundlich. »Wir alle möchten Ihnen beiden unser Mitgefühl ausdrücken.« An dieser Stelle hielt sie kurz inne und lächelte Cheryl zu. »Wir können nur hoffen, dass Cara wohlbehalten zu Ihnen zurückkehrt und dass Sie eines Tages das alles hinter sich lassen und in Frieden mit Ihrem jungen Leben fortfahren können.«

Trotz der tröstenden Worte der Richterin zitterte Cheryl am ganzen Körper und sah so ängstlich und hoffnungslos aus, als ob sie gerade zum Tode verurteilt worden wäre.

»Wir haben die Bewährungshelferin angehört, nachdem sie sich mit Ihnen unterhalten hatte«, fuhr die Richterin in einem sachlicheren Ton fort, »und wir glauben, dass die Hilfe eines Bewährungshelfers sich für Sie beide im Laufe der Zeit als förderlich erweisen wird. Für eine endgültige Entscheidung fehlen uns noch die Berichte der Ärzte und der Sozialarbeiter. Deshalb wird die Verhandlung bis auf weiteres vertagt. Dem Gesuch um Bewährungshilfe ist stattgegeben.«

Auf den Pressebänken wurde diese Erklärung mit wildem Gestampfe begrüßt, was Barry und Cheryl jedoch kaum wahrnahmen. Kaum hatte Cheryl mit Eales an ihrer Seite den Eingang zum Gerichtsgebäude erreicht, ging das Blitzlichtgewitter los, und die Mikrofone wurden ihnen entgegengestreckt. Hunderte Stimmen redeten auf sie ein, wollten Antworten auf entgegengeschleuderte Fragen.

»Kein Kommentar«, rief Eales, »kein Kommentar.«

Jemand brüllte: »Hexe! Hexe! Was hast du mit deinem Baby gemacht?«

Cheryl hörte es und zuckte zusammen, so wie es vor fünfhundert Jahren wohl die verfolgten Frauen getan hatten, als es hieß, alle Niedertracht der Welt sei nichts verglichen mit der Niedertracht einer Frau.

Eales kämpfte sich mit seinem strahlenden Hollywood-Gebiss den Weg frei. Der Taxifahrer half ihnen in den Wagen. Eales blieb draußen. »Um eine Erklärung abzugeben«, sagte er, »ein paar Worte, damit diese Idioten zufrieden sind.«

»Aber ich habe nicht so viel Geld dabei«, stotterte Barry, als das Taxi anfuhr.

»Das geht in Ordnung, Freund, alles bezahlt.«

Die Nachricht von ihrer Verhaftung hatte in jeder Zeitung gestanden, war auf jedem Kanal, ob Radio oder Fernsehen, übertragen worden, seit dies an diesem Morgen bekannt geworden war. Zwei der Brownkinder waren gefunden worden, doch das Baby war noch immer vermisst. Es war unglaublich, nicht zu fassen, aber dieses Ehepaar hatte die Kinder selbst versteckt.

Die Öffentlichkeit fragte sich: Was kommt als Nächstes?

Welche Schandtaten hat diese Frau noch begangen?

Die Leute waren so aufgebracht, dass sie das Kreuz schlugen, wenn sie über Cheryl sprachen, um sich gegen den bösen Blick zu schützen.

Sie war es. Sie musste es gewesen sein.

Es war Tagesgespräch, im Bus, im Zug, im Supermarkt, in den Pubs und an jeder Straßenecke.

Bevor Cheryl und Barry am Harold-Wilson-Gebäude ankamen, wo sie ein weiterer Ansturm von Kameras erwartete, sickerten nach und nach Details der Geschichte, wahre wie falsche, an die Öffentlichkeit.

»Nein«, wollte Cheryl laut aufheulen, als das Taxi vor

dem Harold-Wilson-Gebäude stehen blieb und sie von der Pressemeute umzingelt wurden.

»Nein!«

Sie drängten sich durch die Reporterschar, die ihnen die fünf Betontreppen hinauf folgte, bis sie ihre Wohnung erreichten.

Cheryl wurde ganz krank vor Angst. Sie dachte darüber nach, was Barry gesagt hatte. Vielleicht wurde durch ihr abwehrendes Verhalten alles nur noch schlimmer… Vielleicht sollten sie mit der Presse kooperieren, nicht mehr vor ihr davonlaufen, sich nicht länger verstecken. Es musste doch einen Weg geben, diesem Chaos eine positive Richtung zu geben.

Möglicherweise hatte Barry Recht. Und der Zeitpunkt war gekommen, es zu versuchen. Aber jedes Mal, wenn Cheryl stehen blieb, riss er sie mit; wenn sie sich umdrehte, zog er sie hinter sich her, als fürchte er, ihr gehe die Puste aus oder sie stolpere und falle ihren Feinden in die Hände.

»Warte, Barry, warte…«

»Halt durch!« Barry hatte gedacht, falls es ihnen gelänge, einen Reporter auf ihre Seite zu ziehen, falls sie einem ihre Exklusivgeschichte gäben, könnte das bei der Suche nach Cara helfen.

Aber wem von ihnen sollten sie trauen?

Endlich schlugen sie die Tür hinter sich ins Schloss und waren wieder einmal froh, dass sie gegen Vandalismus gesichert war.

Barry macht ihr eine Tasse Tee, und sie sitzen eng umschlungen auf der Couch, um die Nachrichten zu sehen.

Der Bericht ist objektiv und fair. Nur die reißerischen Schlagzeilen machen Angst.

»Bewährung für Mutter, die Entführung der eigenen Kinder plante. Polizei suchte vergeblich.«

Und wenn die banalen Fernsehschlagzeilen schon so lauten, was werden dann die Zeitungen morgen schreiben?

Sie zwingen sich, jedes Klopfen an der Tür zu ignorieren. Hätten sie ein Telefon, würden sie den Stecker ziehen.

»Alles, was wir ab jetzt tun, ist in den Augen der Medien berechnend und hinterhältig.«, sagt Barry.

»Victor und Scarlett sind in Sicherheit«, erklärt Cheryl. »Es geht also nur noch um Cara, und mir ist es ganz egal, was sie uns später alles vorwerfen. Ich muss herausfinden, ob uns jemand hilft.«

Doch Barry fragt sich: Wie viel weiter kann er ihr folgen? Ängstlich beobachtet er ihr Gesicht. Das letzte Mal, als er tat, was sie sagte, rannten sie direkt in die Katastrophe hinein. Stirnrunzelnd sagt er: »Sie werden uns vorwerfen, dass wir uns nur wegen des Geldes an die Presse wenden.«

»Wie können sie so was behaupten? Es wird kein Geld geben. Schau, ich will nur, dass uns jemand hilft.«

»Seit wann geht es diesen Leuten um die Wahrheit? Sag bloß nicht, du hast das bereits vergessen. Und dieses Mal sind sie hinter dir her … hast du sie nicht gehört?«

»Das ist doch nichts Neues. Gerade deshalb muss ich es tun. Ich habe nichts mehr zu verlieren, du schon.«

Erinnerungen an Geschichten von vermissten Kindern verfolgen Cheryl, zahllose Berichte unerträglichen Leids, die sie auf der Suche nach den Fernsehseiten oder Starfotos gelesen und überblättert hatte. Wie alle hatten auch sie kurz innegehalten und diesen Stich gespürt und sich gedacht, dass sie selbst nie so etwas Schreckliches durchmachen müsste. Sie hatte sich gefragt, wie eine Mutter eine solche Verzweiflung überleben konnte, ohne verrückt zu werden. Und jetzt streicht sie sich mit ihren blassen unglücklichen Fingern über das Gesicht, um zu spüren, ob das hier die Realität ist oder ein schrecklicher Albtraum.

Der nächste Tag ist angebrochen, und nun scheint es für die Öffentlichkeit so gut wie sicher, dass Barry und Cheryl diese Entführung selbst vorgetäuscht haben. Geld zu verlangen für die Tochter, die sie irgendwo versteckt halten. Bei Griffin ist eine Nachricht eingetroffen, und durch eine undichte Stelle gelangte diese Information sehr zum Ärger der Polizei, die den Brief geheim halten wollte, an die Presse.

Nun macht man den Browns Vorwürfe, den Tod einer einfachen alten Frau verschuldet zu haben, indem sie sie an diesem gottlosen Ort einem solchen Risiko aussetzten. Unscharfe Fotos von den Gleisen und den Eisenbahnwracks versuchen, diese Sichtweise zu untermauern. In den Waggons waren sechs Menschen gestorben.

Der Ort wirkt wie der Vorhof zur Hölle.

Hauptkommissar Rowe fällt es schwer, Cheryl und Barry gegenüber seine Wut zu verbergen, denn er hält beide für notorische Lügner. Vor allem, wenn er daran denkt, was für eine lächerliche Strafe gegen sie verhängt wurde. Bewährung für ein Verbrechen, das aus dem lächerlichen Motiv begangen wurde, öffentliches Mitleid zu erregen. Das durfte doch einfach nicht wahr sein! Mrs. Buckle, die Richterin fiel jedes Mal von Neuem auf die Tränen der Beschuldigten herein.

Fassungslos schüttelt Hauptkommissar Rowe den Kopf, über Heidi Trotter, seine Polizistin mit der Spezialausbildung, die ebenfalls Mitleid mit Cheryl hat – wegen dieses »schrecklichen Trips«, wie sie es nennt.

Im Auto, morgens auf dem Weg zu ihrer Wohnung, hatte er versucht, Heidi die Augen zu öffnen: »Die beiden haben sich das alles selbst zuzuschreiben.«

»Ach ja?«, meinte sie. »Wie man sich bettet, so liegt man, meinen Sie das? Den Spruch kenne ich von meiner Oma.«

»Sie denken mit dem Herzen, nicht mit dem Kopf.«

»Gut so, mein Kopf hat mir bisher nicht viel geholfen.«

Hauptkommissar Rowe stimmte ihr innerlich zu. Trotter war wirklich nicht gerade die attraktivste aller Frauen, mollig und übersät von Sommersprossen.

Mürrisch knurrte er: »Ich hatte das letzte Mal Recht und ich denke, die Chancen stehen nicht schlecht, dass die Browns über den Aufenthaltsort von Cara Bescheid wissen.«

»Quatsch«, meinte Trotter mit einer wegwerfenden Handbewegung.

»Ich glaube, Cheryls Verzweiflung hat Sie schwer beeindruckt.«

»Ja, sicher hat mich das mitgenommen.«

»Dann vergessen Sie nicht, dass sie genauso verzweifelt geguckt hat, als sie sehr wohl wusste, wo die verdammten Kinder sind.«

»Es ist das Schockelement, Sir. Ihnen als Mann fällt das vielleicht nicht so auf.«

»Falls dieses Schockelement vorher nicht vorhanden war, warum haben Sie das dann damals nicht gemerkt? Und es erwähnt?«

»Weil Sie das, Sir, als weibliche Intuition abgetan hätten.«

Die Lösegeldforderung, die bei Griffin einging, wird so ernst genommen, dass man extra eine Sonderkommission für dieses Thema einsetzte.

Was Hauptkommissar Rowe begrüßt.

Die Suche nach diesen drei Kindern hatte für ihn einem Albtraum geglichen. Und dazu die Angst, diese Entführung könnte echt sein.

Seine gereizte Stimmung ist daher verständlich. Diese endlosen Nächte, in denen er nicht schlafen konnte, von denen nur seine Frau wusste; seine Appetitlosigkeit; die Vorstellung, was diesen drei Kindern zugestoßen sein könnte; diese Zeit kann er nicht so einfach aus seinem Gedächtnis streichen. Und er ist fest entschlossen, nicht zuzulassen, dass ihm seine Sorge um Cara seine Arbeit erschwert. Vor allem, falls es sich um einen neuen Trick der Browns handelt.

Wütend läuft Barry in der Wohnung auf und ab. »Wir wurden doch ständig überwacht, wie hätten wir uns da hinausschleichen, Cara schnappen und sie woanders hinbringen können?«

»Wer weiß, ob sie überhaupt mit den anderen in dem Waggon war?«

»Um Gottes willen.«

Dass Scarlett und Cara so kurz hintereinander geboren waren, stellte ein großes Problem für die Ermittler dar. Die Milchfläschchen, die das Team fand, könnten Cara gehört haben, aber auch Scarlett. Da die Schnuller im Desinfektionsmittel schwammen, gaben sie keinen Anhaltspunkt. Die in schwarze Müllsäcke gestopften Wegwerfwindeln waren von den Gerichtsmedizinern untersucht worden, weil es jedoch keine Vergleichswerte gab, konnte nur festgestellt werden, dass die Kinder hauptsächlich Milchprodukte und Getreidebrei zu sich genommen hatten. Die gefundenen Strampelanzüge konnten von sechs wie von achtzehn Monate alten Babys getragen worden sein. Cara und Scarlett hätten sie beide benutzt haben können, das Gleiche galt für die Tücher und das Bettzeug. Die Hautpartikel und Haare, die man fand, entsprachen denen Scarletts, aber einiges war in Seifenwasser gewaschen und sogar mit einer alten Nagelbürste traktiert worden – eine von Mrs. Donnollys Marotten in Bezug auf Hygiene –, daher ließen auch diese Untersuchungen keine weiterreichenden Schlüsse zu.

Mit drohendem Unterton fährt Hauptkommissar Rowe

fort: »Niemand behauptet, dass Sie beide es selbst getan haben. Sie könnten einen Penner aus der Gegend engagiert und beauftragt haben, die Tür einzutreten, der alten Frau eine Abreibung zu verpassen und das Kind mitzunehmen. Aber die Abreibung ist etwas zu weit gegangen ….«

»Nein, bitte hören Sie auf damit. Sagen Sie nicht so etwas«, fleht Cheryl und hält sich die Ohren zu.

»Hören Sie, um Gottes willen, hören Sie zu. Wir würden niemals zulassen, dass Cara in die Hände so eines Verrückten gerät. Und wir hätten nie zugelassen, dass Donny verletzt wird …«

»Ich habe den Eindruck«, unterbricht Rowe sie, »dass Sie sich beim ersten Mal, als Sie Ihre Kinder weggegeben haben, nicht gerade viel Gedanken um ihre Sicherheit gemacht haben.«

Die Gedanken in Cheryls Kopf rasen durcheinander.

Wann fing dieser Albtraum an?

Begann das alles mit *Die im Dunkeln*? War es die Serie, die sie nach und nach in diese furchtbare Situation geführt hatte? Oder gab es andere, tiefere Ursachen? Doch Cheryl zwingt sich dazu, sich jetzt auf das Wohlergehen ihrer Kinder zu konzentrieren, nicht darauf, was hätte sein können, nicht auf die Verdächtigungen der Polizei. »Dieser Brief, diese Forderung. Glauben Sie, der könnte echt sein?«

»Wir können es natürlich nicht mit Gewissheit sagen«, erklärt Trotter, »aber es sieht danach aus.«

In Cheryls nächster Frage schwingt ihre ganze Hoffnung mit: »Heißt das, es könnte sein, dass Cara wohlauf ist?«

Trotter fährt sich mit den Händen durch die roten Haare. »Seien Sie da mal nicht zu optimistisch«, beginnt sie, um dann, angesichts von Cheryls entsetztem Gesichtsausdruck, nach beschwichtigenden Worten zu suchen: »Aber wenn die Leute, bei denen Cara ist, davon überzeugt sind, dass sie wertvoll für sie ist, dann bedeutet das, dass sie eher für ihr Wohlergehen sorgen werden.«

Dann versichert das Ehepaar Rowe, Mrs. Donnolly sei zu keinem Zeitpunkt in den Plan eingeweiht gewesen. Daher hatte sie auch keine Ahnung, dass die Browns ihre Kinder der Polizei als verschwunden gemeldet hatten.

Die Polizei hatte keine aktuelle Zeitung in dem Waggon gefunden.

Zeitungen hatte Donny ohnehin nie gelesen. »Da steht lauter Schwachsinn drin«, war ihr Kommentar gewesen.

Sie hatte sich nichts dabei gedacht, mit den Kindern auf ein heruntergekommenes Abstellgleis zu ziehen und sich ganz allein um drei Kinder zu kümmern, die nicht ihr gehörten. Sie hatte Cheryl gemocht und ihr vertraut. In der Junkie- und Pappkartonwelt, in der sie lebte, war nichts merkwürdig. Wahrscheinlich hatte sie sich sogar darüber gefreut. Für sie war es eine Ehre, auf die Kinder aufpassen zu dürfen, auf die »lieben Kleinen«. Sie hatte immer gerne Kinder um sich gehabt und das sehr vermisst, nachdem man ihr ihre weggenommen hatte. Als Winston sie verlassen hatte und ihre Welt aus den Fugen geraten war.

»Kommen Sie schon, Cheryl, warum geben Sie es nicht einfach zu? Aber dieses Mal geht es Ihnen nicht um Mitleid, oder? Nein, dieses Mal sind sie eiskalt, jetzt geht es Ihnen um das Geld, stimmt's?«

»Warum sollten wir uns das alles angetan haben und es dann gleich noch einmal tun?«, fragt Barry, auf und ab laufend. »Warum hätten wir Cara nicht dort verstecken sollen?«

»Vielleicht als zusätzliche Täuschung, um uns noch mehr in die Irre zu führen«, meint Rowe und kratzt sich unbeeindruckt am Kinn. »Sie wussten, dass Sie unter ständiger Überwachung standen. Sie haben uns also absichtlich zu den Kindern geführt, uns den ganzen Mist erzählt, dass Cheryl den Stress nicht mehr ertrug und so weiter, und dann kommen Sie uns mit dem zweiten Unglück und erwarten, dass wir wieder drauf reinfallen.«

»Aber warum sollten wir uns das antun?«, ruft Cheryl. »Etwa wegen der paar tausend Kröten?«

»Weil Sie krank sind.« Rowe mustert sie mit verengten Augenschlitzen, als könne er ihr wahres Ich so besser erkennen. »Und gierig wie der ganze Abschaum hier. Weil Sie auf die ständige Aufmerksamkeit Ihrer Umwelt so angewiesen sind wie andere Menschen auf Luft. Und weil Sie glauben, wir alle seien so leichtgläubig wie Trotter.«

Zitternd am ganzen Körper zieht Cheryl die Schultern hoch und sieht schweigend zu Boden.

Kate, die fließend Deutsch und Französisch spricht, hat einen Job als Übersetzerin bei einer Citybank bekommen. Sebby war überrascht, dass sie den Job annahm. Doch sie verdient viel Geld, und das ist es, was sie im Moment brauchen. Sie bricht jeden Morgen um acht auf und kehrt um halb fünf zurück.

In Hochstimmung wegen ihres neuen Jobs zog sie los und kaufte sich bei DKNY eine eng anliegende Silberkreation, in der sie an diesem Abend alle anderen Frauen in den Schatten stellt. Und jetzt sitzen sie und Sebby zusammen mit Kollegen von Griffin und deren Frauen an einem Tisch, davon überzeugt, bei dieser Preisverleihung den Preis für ihre Kategorie zu erhalten.

Sebbys Karriere scheint gesichert, als der Moderator, Charles Lamb, den Umschlag aufschlitzt und den Namen des Siegers verkündet.

Kate fällt Sebby um den Hals. *Die im Dunkeln sieht man nicht* hat den prestigeträchtigsten Preis gewonnen. Sir Art

Blennerhassets Gesicht verschwindet kurz in einer Zigarrenrauchwolke.

Jennie St. Hill und Alan Beam, dessen Haare so glänzend und gelockt sind wie ihre, werden für ihre ausgezeichnete Regie gelobt, und Sebby und Leo für ihre innovative Kameraarbeit. Sebby ergreift Kates Hand und drückt sie fest. Alle wichtigen Leute aus Funk und Fernsehen sind hier versammelt.

Trotz der Freude über den Preis runzelt Sebby die Stirn und rutscht unruhig auf seinem Stuhl hin und her. Die Preisverleihung erfüllt ihn plötzlich mit Unbehagen. Obwohl sie theoretisch nichts Ungesetzliches getan haben – schließlich waren die Pornofotos echt, Cheryls Schwangerschaft ihre eigene Schnapsidee –, hatten sie die ganze Sache auf widerliche Weise manipuliert.

Alles um ihn herum erscheint ihm auf einmal leer, und er beschließt, sich Kate anzuvertrauen.

Zwar liebt sie es wie vielleicht kein anderer, Geld auszugeben, doch in ihrem Innersten ist sie eine warmherzige und großzügige Frau, die seine Sorgen verstehen und teilen wird. Und ihn vielleicht von seiner Schuld freispricht, die ihn nicht mehr schlafen lässt.

15

Griffin bekam eine zweite Nachricht von Caras Entführern. Dieses Mal telefonisch, in einer Mickymaus-Heliumstimme.

Und obwohl die Spezialeinheit vermutet, die Instruktionen könnten den Anfang einer Reihe von Tests darstellen, haben sie dennoch vor, sie zu befolgen. Sie müssen die Erpresser überzeugen, dass sie für jeden vernünftigen Vorschlag empfänglich sind. Und womöglich brächte das die Entführer zum Einlenken.

Sir Art Blennerhasset selbst, der Präsident von Griffin, der sich die Schuld gibt für diese entsetzliche Situation, erklärte sich bereit, den Boten zu spielen. Er soll fünfhunderttausend Pfund in einer Adidassporttasche neben der Peter-Pan-Statue in den Kensington Gardens abstellen, um halb vier Uhr nachmittags.

Um diese Zeit wird es dort vor Touristen wimmeln, die bewaffnet mit Camcordern, Decken und Thermosflaschen die Sehenswürdigkeiten Londons abklappern. Das macht es den Polizisten in Zivil einfacher, sich unter die Menge zu mischen. Vier Augenpaare bewachen die Tasche ununterbrochen. In ihr befindet sich ein Sendegerät. Jeder Straßenzug wird kontrolliert, jeder Fußweg beobachtet, und in der Statue selbst ist eine winzige Kamera versteckt.

Die Browns wird man über die Details der Übergabe nicht informieren, sie erfahren nur, dass der Kontakt hergestellt wurde und an diesem Nachmittag etwas geschehen wird.

Aus Angst vor körperlicher Gewalt, da jetzt der öffentliche Hass seinen Höhepunkt erreicht hat, brechen Cheryl und Barry am frühen Morgen auf und verbringen die Zeit bis zum Mittag in einem Café. Dann fahren sie mit dem Bus zu der Fallkonferenz, in der darüber entschieden wird, wie es mit Victor und Scarlett weitergeht, den beiden Kindern von ihnen, deren Aufenthaltsort den Behörden bekannt ist.

Über Cara wird es frühestens am Nachmittag Neuigkeiten geben.

Cheryl ist vollkommen aufgelöst. Sie wünscht sich, man hätte ihr nichts von der Entwicklung gesagt.

Barry hofft inständig, dass niemand vom Sozialamt der Presse einen Tipp über diese Fallkonferenz gegeben hat.

Dennoch rechnet er – nach allem, was schon passiert ist – damit, vor dem Sozialamt von einer aufgebrachten Menschenmenge erwartet zu werden.

Cheryl ist so sehr mit der Bedeutung dieser Entscheidung heute beschäftigt, dass sie sich über solche Dinge keine Gedanken macht. Barry muss sie zwischendurch immer wieder erinnern: »Dein Schal schleift am Boden. Komm schon, Cher, reiß dich zusammen.« Mechanisch zieht sie ihren Schal zurecht.

Seit ihrer Rückkehr in die Wohnung hat Cheryl der Zeitung täglich neue Enthüllungen über ihre Vergangenheit entnommen. Ihr kam es vor, als betrachte sie vergilbte alte Fotos. Menschen, an die sie sich selbst kaum noch erinnern konnte, wussten so viel über sie zu erzählen, konnten sich noch so lebhaft an die alten Zeiten erinnern, dass sie nur staunen konnte.

Fred, ausgerechnet Fred.

Der Ex-Freund ihrer Mutter.

Derselbe Fred, dessen Hunde über Dill hergefallen waren, der wegen Totschlags ins Gefängnis musste, wegen dessen Auszug Annie durchdrehte. Seit zehn Jahren hatte man von ihm nichts mehr gehört. Irgendwie hatten die Presseleute ihn offenbar ausgegraben, und Fred berichtete detailliert von seinem Leben in Hackney, als Cheryl sechs oder sieben Jahre alt war. Was für ein merkwürdiges Kind sie gewesen war: gewalttätig, schwer einzuschätzen, mit ständigen Stimmungsschwankungen und Wutausbrüchen, ein Sargnagel für ihre kranke Mutter, das Haar in der Suppe einer ansonsten wunderschönen Beziehung, die vielleicht von Dauer gewesen wäre, wäre nicht dieses Kind gewesen. Und wie verlogen und durchtrieben sie gewesen war. Und wie sie ständig im Mittelpunkt hatte stehen wollen.

»Jeder, der mich damals kannte, weiß, dass kein Wort davon wahr ist«, rief Cheryl empört bei der Lektüre aus. »Wie hatten die Journalisten Fred auch nur ein Wort glauben können? Er hatte mehr Zeit im Gefängnis als draußen verbracht. Er hat Mum in den Wahnsinn getrieben und ihr das Herz gebrochen.«

Neben dem Artikel war ein Foto von Fred mit seinem dicken, roten Gesicht, seinen Wurstfingern und der Zigarette im Mundwinkel abgebildet. Und ein kleineres Foto von ihr, in einer Gruppe von Schulkindern, mit einem Kreis um ihren Kopf.

Kein Heiligenschein.

Eher eine Brandmarkung.

Ein Klassenfoto. Einer ihrer ehemaligen Klassenkameraden musste es an die Presse verkauft haben.

Barry, der angesichts eines solch schäbigen Journalismus völlig überfordert war, konnte nur den Kopf schütteln. Er fürchtete, dass ihre Leidenszeit noch lange nicht vorbei war.

Dann waren da noch Mrs. Bradbury und ihre anderen Pflegekinder, Sonia und Barbara. Irgendjemand musste sie ausfindig gemacht haben. »Ich hatte einige Kinder in Pflege damals«, raunte Mrs. Bradbury dem Reporter ins Ohr, »aber keines war so merkwürdig wie Cheryl Watts. Die habe ich nie vergessen.«

Aber Mrs. Bradbury war stets nett zu ihr gewesen.

Dass sie unglücklich in Mrs. Bradburys Haus in Shepherd's gewesen war, daran hatte Mrs. Bradburys keine Schuld. Cheryl war damals krank vor Heimweh gewesen. Warum sagte Mrs. Bradbury dann diese scheußlichen Dinge über sie?

Weil es die Wahrheit war?

War sie wirklich ein seltsames und schwieriges Kind gewesen?

Hatte sie Geld aus Mrs. Bradburys Geldbörse gestohlen?

War sie eine Bettnässerin gewesen?

Vielleicht stimmte das, und sie konnte sich nur nicht mehr daran erinnern.

Und wenn sie Mrs. Bradbury aufgestöbert hatten, warum hatten sie nicht auch mit Miss Tandy von der Parkwood School gesprochen, ihrer verständnisvollen Lehrerin.

Oder mit Josie und Matty, ihren Freunden?

Oder mit Sue, ihrer Sozialarbeiterin?

Sonia und Barbara wirken auf den Fotos billig wie zwei Flittchen. Ihre unreine Haut war sogar noch auf den Schwarzweißfotos zu erkennen.

Cheryl war überrascht, dass die beiden überhaupt etwas über sie erzählen konnten. Sie hatten so gut wie nichts mit ihr zu tun gehabt. Die beiden waren so beschäftigt mit sich selbst, waren so dicke Freundinnen gewesen, dass für sie kein Platz gewesen war.

»Sie war eine ganz üble Nummer«, teilte Sonia viel sagend mit. »Sie war wie alle diese Kinder, die ihr ganzes Leben im Kinderheim verbracht haben, hochgradig gestört, wissen Sie, man konnte ihr nicht trauen, hatte allerhand laufen, die Kleine, Pornos, perverses Zeug und so …«

Cheryl fühlte körperlichen Schmerz, als sie das las. Sie war damals sieben Jahre alt gewesen. Wo sollte sie Pornos herbekommen haben? Sie hatte nicht einmal gewusst, dass es so etwas gab.

»… In den Geschäften was mitgehen lassen, genau wie ihre Brüder, von denen man so viel liest. Aber weil sie so süß aussah, als ob sie kein Wässerchen trüben könnte, ist ihr nie etwas passiert.« Und dann, als Antwort auf eine Frage: »Aber ja, sie hat alles nur getan, um die Aufmerksamkeit auf sich zu ziehen.«

Barbara fuhr eifrig fort: »Sie hat alles getan, was man sich nur vorstellen kann, sie ließ sich von den Männern begrapschen, hinter dem Gemeindezentrum. Sonia und ich, wir haben uns Sorgen gemacht wegen ihr, haben es auch Mrs. Bradbury erzählt, aber die hat gemeint, sie wäre machtlos. Der Sozialarbeiterin war es egal, was Cheryl tat, was hätte unsere Pflegemutter da machen sollen?«

»Wir haben versucht, uns wie ältere Schwestern zu verhalten«, erzählte Sonia. So viel Phantasie hätte Cheryl ihr nie zugetraut. »Wir haben uns um sie gekümmert, so gut wir konnten, Babs und ich, und zum Dank hat sie uns übel beschimpft, unsere Klamotten zerrissen und uns zu Boden geschubst.«

Annies Feinde in Hackney, vor allem ihre alte Intimfeindin Marge Smith, fanden endlich einen willkommenen Anlass für die lang ersehnte Abrechnung.

Als die Browns populär waren, hatten sie sich vor Freundlichkeit Annie gegenüber fast überschlagen. Als die dritte Schwangerschaft bekannt wurde, hatten sie sich wieder auf ihre frühere Feindschaft besonnen. Sie rückten in voller Stärke an, gerüstet mit Tee und Mitgefühl, als die drei Kinder als vermisst galten. Doch nun standen sie vereint gegen ihre Nachbarin und wussten eine Menge über sie zu erzählen.

»Ich erinnere mich an die Zeit…«, begannen diese Geschichten meistens.

Und mit »Mich wundert das nicht« kommentierten sie, was die unglückliche Cheryl Ann Watts nun wieder angerichtet hatte.

»Aber ich bin doch ein ganz normaler Mensch«, schluchzte Cheryl, die es nicht aushielt, ständig solche Horrorgeschichten über sich lesen zu müssen.

»Du weißt es«, versicherte Barry ihr, »und ich weiß es auch, Cher.«

Barry ging es in der Hinsicht besser als seiner Frau. Seine Eltern bewegten sich in anderen Kreisen, ihre Bekannten waren nicht die Art von Menschen, die die Presse mit Klatschgeschichten fütterten. Und die meisten Verwandten der Browns aus Harlow waren aufgestiegen in der Welt und wollten nicht in Verbindung gebracht werden mit Barry, dem schwarzen Schaf der Familie.

Schließlich waren sie nicht auf das Geld angewiesen, das die Reporter für Informationen boten.

»Rabauke«, war das Schlimmste, was sie über ihn sagten.

Die Öffentlichkeit war noch immer aufgeheizt wegen der kleinen Cara, doch die Schuld für das Schicksal des Babys lag, da war man sich einig, bei den Eltern. Für sie gab es in diesen Stunden der Verzweiflung keinen Funken Mitgefühl.

Sie dachten an diese alte Frau, die totgeprügelt worden war, diese Kleinen, die man sich selbst überlassen hatte, und jetzt war auch noch das Baby verschwunden.

»Die hat die Kleine irgendwo versteckt, davon bin ich fest überzeugt. Dieses Miststück.«

»Und selbst wenn sie es nicht war, soll sie ruhig zur Abwechslung mal ein bisschen schwitzen. Denk mal daran, was diese armen Kinder von ihr durchgemacht haben!«

»Die sollten sie ihr nicht zurückgeben, sie hat sie nicht verdient. Die ist ein ganz übles Weib.«

»Was für eine Mutter kann so eine Schlampe schon sein?«

Dabei wussten sie genau, was für eine Mutter sie war.

Sie hatten sie monatelang im Fernsehen gesehen. Hatten gesehen, wie sie ihre Kinder anbetete, wie sie versuchte, sie nett anzuziehen, sie so gut zu ernähren, wie sie es sich leisten konnten, mit ihnen spielte, sie verwöhnte, wenn es ihr möglich war, sich ihretwillen die Nacht um die Ohren schlug, vor Angst um sie fast krank war und mit ihnen lachte.

Damals hatte sie das Fernsehpublikum geliebt.

Hatte ihre Energie bewundert.

Wie konnten sie nun diese gemeinen Lügen glauben?

Wie die Menschen doch Sünder lieben, dachte Cheryl, vor allem wenn es sich um Frauen handelt.

Hexe! Hexe!

> *Die größte Tragödie der Hexenverfolgung besteht darin, dass als Hexen denunzierte Frauen von ihren eigenen Verwandten verlassen werden, da es heißt, sie brächten durch ihre Zauberei Unglück über ihre Familie.*
>
> Philippe Schmidt, *Superstition and Magic*

Zwei Gesichter am Konferenztisch erkennen Cheryl und Barry wieder. Paula Lake, die das Verhör auf der Polizeiwache geführt hat, vertritt hier die Polizei. Cheryl bekommt sofort weiche Knie. Und die Bewährungshelferin, Olivia Sweet, zu der Cheryl keinen Zugang gefunden hatte, sitzt da in ihrem Leinenkostüm, einen Aktenordner aufgeschlagen vor sich und einen Stift zwischen den manikürten Fingern.

Am Ende des Tisches sitzt eine Frau, an deren weißer Bluse ein Knopf fehlt, sodass ein Stück ihrer rosafarbenen Unterwäsche zu sehen ist. Sie stellt sich selbst als Mrs. Binnie vor, sie sei die Direktorin des Sozialamts.

»Bitte nehmen Sie doch Platz, Mr. und Mrs. Brown.«

Zwischen den sechs bereits besetzten Stühlen befinden sich nur noch zwei leere Stühle. Als sie sich setzen, steht eine Sekretärin auf, die hier ist, um mitzuschreiben, und schenkt ihnen Kaffee ein.

»Also dann«, beginnt Mrs. Binnie, »wir bemühen uns immer, diese Termine nicht zu offiziell zu halten, aber es gibt bestimmte Regeln, die wir befolgen müssen. Ihnen zuliebe. Es ist nur fair, dass Sie erfahren, wie unsere Entscheidungen zustande kamen.« Doch die Direktorin behält lieber für sich, dass der psychiatrische Bericht vertraulich bleibt. Einige Dinge bleiben besser in der Hand der Experten. Zum Beispiel: die Meinung des Facharztes, es gebe eindeutige Hinweise für das Vorliegen eines Münchhausensyndroms by proxy (natürlich kann er dies in diesem frühen Stadium nicht mit absoluter Sicherheit sagen, doch die Möglichkeit muss in Betracht gezogen werden). Und falls dieses Syndrom vorläge, wäre es nicht zu verantworten, der Mutter die Kinder zurückzugeben. Trifft nämlich diese Diagnose zu, so hieße dies, Cheryl Brown würde sehr weit gehen, um die Aufmerksamkeit auf sich zu ziehen.

Mrs. Binnie fährt fort: »Sollten Sie etwas nicht verstehen, so zögern Sie bitte nicht, uns zu unterbrechen. Natürlich bekommen Sie die Gelegenheit, Ihren Standpunkt vorzutragen, wenn es so weit ist.« Ihr Lächeln wirkt wohlwollend und zugleich professionell.

»Die Polizei ist der Meinung, es wäre äußerst unklug, Victor und Scarlett Brown zu diesem Zeitpunkt zu ihren Eltern zurückkehren zu lassen«, erklärt Paula Lake. »Wir sind aus folgenden Gründen zu diesem Schluss gekommen ...«

In Cheryls Ohren rauscht es.

Wie sehr wird dieser vernichtende Bericht die Entscheidung beeinflussen?

Begreift denn niemand, dass die Polizei die Dinge gar nicht anders sehen kann? Wie könnte sie unparteiisch sein?

»Auf gefährliche Weise verantwortungslos«, ist ein Ausdruck, der in diesem langen Bericht immer wieder fällt.

»Psychisch labil«, ein weiterer.

»Unaufrichtig und beeinflussbar.«

Endlich beendet Paula Lake ihren Redeschwall.

Um Platz zu machen für den nächsten.

Cheryl verkrampft unter dem Tisch die Hände, bohrt die Nägel in die Haut.

Verzweifelt hofft sie, nicht die Kontrolle zu verlieren.

Auf keinen Fall darf sie hysterisch wirken. Wenigstens der psychiatrische Bericht müsste neutral sein. Bei den Gesprächen mit Mr. Tonge hatte sie kaum etwas gesagt. Er hatte zugehört, genickt und gelächelt und sich Notizen gemacht.

Was für Notizen?

Sie muss versuchen zu verstehen, warum diese so genannten Fachleute sich weigern, ihr zu vertrauen.

Es geht ihnen um das Wohl ihrer Kinder.

Säße sie in diesem Gremium, hätte sie sich mit diesen Fakten auseinander zu setzen, käme sie wahrscheinlich zu demselben verdammten Schluss.

Olivia Sweet spricht frei, wirft nur manchmal einen Blick auf die Akte vor sich. In überzeugend klingendem Tonfall führt sie aus, dass auch sie es für äußerst unklug hält, die Kinder zu diesem Zeitpunkt den Eltern zurückzugeben.

»Es gibt noch so viele offene Fragen in diesem traurigen Fall«, erläutert sie, »und die Suche nach den Antworten wird viel Zeit und Geduld brauchen. In diesem frühen Stadium sind wir von der Bewährungshilfe lieber auf der vorsichtigen Seite. Die Risiken sind einfach zu groß. Wir hatten nicht die Zeit, die Situation eingehend zu untersuchen.«

Sie blättert in der Akte. »Dieser ständige Medienzirkus würde, unserer Ansicht nach, nicht ohne negative Auswirkungen auf diese noch sehr kleinen Kinder bleiben. Und wir wissen, dass Cheryl Brown diesem Rummel nicht unbedingt abgeneigt ist und jederzeit wieder damit anfangen könnte, sich ins Rampenlicht zu drängen.«

Erregt springt Cheryl auf. »Nein! Nein! Das stimmt nicht…«

Die Anwesenden starren sie schockiert an.

»Bitte setzen Sie sich, Mrs. Brown…«

»Aber was diese Kuh gesagt hat, stimmt nicht!«

»Mrs. Brown, ich bitte Sie«, und die Sozialamtsdirektorin hebt die Hand, in der sie ein zerknülltes Papiertaschentuch hält. »Sie müssen es wirklich uns überlassen, diese Sachlage zu beurteilen. Wie ich bereits gesagt habe, erhalten Sie und Ihr Mann später die Gelegenheit, dazu Stellung zu nehmen.«

»Ich soll also hier sitzen und zuhören, wie diese Leute ihre Lügen verbreiten, ohne dass ich mich verteidigen darf, ohne dass jemand damit Schluss macht? Ich soll hier sitzen, während Sie in aller Seelenruhe beschließen, uns unsere Kinder wegzunehmen?«

»Mr. Brown, bitte versuchen Sie, Ihre Frau zu beruhigen…«

»Cher! Cher!« Ungeschickt packt Barry sie am Arm und versucht, sie auf ihren Stuhl zu ziehen. »Bitte nicht!«

»Sie wissen nichts von mir!« ruft Cheryl und befreit sich aus seinem Griff. »Niemand hier. Sie wissen überhaupt nichts von mir. Bloß wegen der Fernsehserie und den Geschichten in den Zeitungen bilden Sie sich ein, mich zu kennen, und wegen der Lügen, die alle erzählen.«

»Würden Sie bitte Ihre Frau nach draußen bringen?« schlägt einer der Anwesenden vor. »Vielleicht beruhigt sie sich dann.«

»Wir können nicht fortfahren, solange sich Mrs. Brown in diesem Zustand befindet«, erklärt Mrs. Binnie und angelt sich ein frisches Papiertuch aus der Kleenexbox.

Paula Lake und Olivia Sweet flüstern miteinander.

»Du bestärkst sie noch in ihrer Meinung über dich«, stöhnt Barry kopfschüttelnd.

»Versetzen Sie sich in meine Lage«, kreischt Cher. »Ich liebe meine Kinder. Ich will sie wieder bei mir zu Hause haben. Glauben Sie denn nicht, dass ich schon genug gestraft bin?«

»Mrs. Brown, hier geht es nicht um Strafe.«

»Ich weiß, ich weiß. Es geht um das Wohl meiner Kinder, aber ich bin ihre Mutter. Ich weiß, was das Beste für sie ist. Sie brauchen ihr Zuhause, Barry und mich.« Dabei schlägt sie mit den Fäusten auf den Tisch.

»Komm schon, Cher, gehen wir hier raus. Rauchen wir eine Zigarette und kommen zurück, wenn du dich beruhigt hast.«

Allmählich gelingt es ihm, sie vom Tisch wegzubekommen. Man hat beinahe den Eindruck, er müsse sie aus einem Krampf lösen.

Über die Schulter hinweg schleudert sie der Kommission noch eine Beschimpfung entgegen: »Was glaubt ihr eigentlich, wer ihr seid, ihr Klugscheißer, ihr Wichser!«

Mit hängenden Schultern kehrt Cheryl zehn Minuten später in das Konferenzzimmer zurück.

Was haben sie wohl in der Zwischenzeit über sie geredet?

Hat ihr Verhalten sie in ihrem Entschluss bestärkt? Cheryl zweifelt nicht daran. Aber vielleicht hatten sie die Entscheidung längst gefällt, bevor sie Cheryls Wutausbruch erlebten. Vielleicht blieb ihr Aussetzer, ihr Gefühlsausbruch folgenlos.

»Ich möchte mich entschuldigen«, erklärt sie und befolgt damit Barrys Rat. »Ich hätte mich nicht so verhalten sollen. Das ist auch gar nicht meine Art, das müssen Sie mir glauben. Ich bin nur so, weil mir die Kinder so fehlen.«

Barry stößt sie sanft in die Seite, um sie zum Schweigen

zu bringen, bevor sie sich erneut in die Sache hineinsteigert.

Dann ergreift er das Wort und klingt auf einmal erwachsen, richtig energisch. Von dieser Seite hatte Cheryl ihren zwanzig Jahre alten Mann bisher nie kennen gelernt.

Ängstlich mustert Cheryl die Gesichter der Anwesenden. Die meisten wirken konzentriert, verraten aber nichts.

Barry schildert, wie negativ sich eine fremde Umgebung auf seine Kinder auswirken könnte. Er und Cheryl hätten eine engere Beziehung zu ihren Kindern als die meisten Eltern, was auch mit den sehr beengten Wohnverhältnissen und der mangelnden Gelegenheit zu Ausflügen zusammenhinge. Doch die durch diese Beschränkungen entstandene Bindung, fürchtet Barry, könnte durch die Trennung beeinträchtigt werden, und der daraus entstehende Schaden für die Zukunft sei nicht abschätzbar.

Was die Presse anbelange, hätten er und Cheryl inzwischen gelernt, damit umzugehen. Cheryl hatte ihn zu dieser Lüge gedrängt. Er überzeugt seine Zuhörer davon, dass die Wohnung im fünften Stock keineswegs von Nachteil, sondern für ihre Zwecke perfekt geeignet sei. Da sie von zwei Seiten unzugänglich sei – an der dritten Seite befinde sich der Liftschacht –, könne sie also nur von der Eingangsseite her betreten oder eingesehen werden. Und die beiden Fenster und die Tür seien durch Stahl gegen einen Einbruch gesichert.

»Sobald wir die Tür hinter uns geschlossen haben, hören wir niemanden im Treppenhaus«, erklärt Barry. »Die Leute verschwinden dann schnell wieder, weil das Treppenhaus kein angenehmer Ort ist, um stundenlang zu warten.«

»Aber was geschieht, wenn Sie Ihre Wohnung verlassen?« will Olivia Sweet wissen.

»Ich bin anscheinend nicht so interessant für sie, sie stürzen sich vor allem auf Cheryl. Wenn sie aber einen Schal trägt, kommen wir meist durch. Wir wissen jetzt auch, worauf wir achten müssen. Wir sind erfahrener, haben unsere Lektion gelernt.«

Bei diesen Worten lächelt Mrs. Binnie. Nachdem sie Barry für seine Hilfe gedankt hat, fasst sie die Überlegungen des Gremiums zusammen.

Sie müssen ihre Entscheidung getroffen haben, während wir draußen waren, denkt Cheryl.

Nichts von dem, was Barry gesagt hat, hat etwas daran ändern können.

Seine Ansprache war die reine Zeitverschwendung.

Sie haben sich wahrscheinlich über ihn lustig gemacht.

Unter großer Anstrengung nimmt Cheryl Bruchstücke aus der Schlussrede der Direktorin wahr. Und ihre letzten Worte bleiben wie ein scharfes Messer in ihrem Herzen stecken, für immer …

»Wir sind einverstanden damit, dass Victor und Scarlett in die Obhut ihres Vaters zurückkehren, solange ihre Mutter, Cheryl, nicht mit ihnen unter einem Dach wohnt.«

16

Die Sitzung wird für fünfzehn Minuten unterbrochen. Dann werden Cheryl und Barry dem Gremium erklären müssen, wie sie sich entschieden haben.

»Aber wo soll ich denn hingehen?«

Den Arm um ihre Schulter gelegt, erklärt Barry tapfer: »Du musst nirgends hingehen. Sei nicht dumm.«

»Aber wenn ich in der Wohnung bleibe, können die Kinder nicht nach Hause.«

»Dann müssen sie halt etwas länger wegbleiben. Du ziehst nicht aus, Cher. Diese fiesen alten Weiber da drin sind durchgeknallt, die haben sie nicht mehr alle. Das können die nicht machen. Die können dich doch nicht einfach aus deiner Wohnung werfen.«

»Ich würde ja zu Mum gehen«, murmelt Cheryl, »aber wenn ich mich dort blicken lasse, bringen sie mich um. Mum hat es ohnehin schon schwer genug. Wenn ich auch noch da auftauche, wird es nur schlimmer.«

»Was ist mit meiner Ma? Du könntest bei ihr draußen in Harlow bleiben.« Barry sieht Cheryl fragend an.

Cheryl lächelt erschöpft. »Lass das. Wir wollen uns nichts vormachen. Die würde lieber Myra Hindley aufnehmen als mich. Zwar hat die jede Menge Leute auf dem Gewissen, aber sie ist wenigstens nicht mit ihr verwandt. Und in die Waggons kann ich auch nicht mehr, jetzt, wo sie alles abgesperrt haben.«

»Wen kennen wir denn sonst noch, der uns helfen könnte?«

Resigniert blickt Cheryl zu Boden. »Niemanden.«

»Wir könnten so tun, als ob du weg wärst.« Barry wirft einen Blick über die Schulter. »Du gehst und schleichst dich heimlich wieder rein.«

»Das können wir nicht riskieren. Unmöglich. Sie würden uns nur wieder die Kinder wegnehmen und sie uns das nächste Mal überhaupt nicht mehr zurückgeben. Sie zur Adoption freigeben oder so was in der Richtung.«

Trotz allem ist Cheryl erleichtert, dass man wenigstens ihren Mann für normal hält, für vertrauenswürdig, und er nicht von diesem Zorn getroffen wird. Und sie weiß, dass alles ihre Schuld ist. Es war ihre Idee gewesen, bei dieser Serie mitzumachen, es war ihre Idee gewesen, die Kinder zu verstecken, und sie war es gewesen, die dem Druck nicht standhielt. Der gutmütige Barry hatte einfach mitgemacht, und deshalb ist sie die böse Hexe, während er nur der Mitläufer ist, der ihr nichts abschlagen konnte.

»Ich geh jetzt einfach rein und sage ihnen, dass wir ihre Bedingungen annehmen, ja? Ich geh rein, und wir überlegen uns später, was wir machen. Irgendeine Möglichkeit muss es geben. Wir können nicht zulassen, dass sie gewinnen. Wie zum Teufel kommen sie dazu, einen solchen Keil zwischen uns beide zu treiben? Uns einfach zu trennen, ohne uns Hilfe anzubieten? Das ist verrückt, krank ist das!«

»Vielleicht haben sie eine Idee, wohin ich gehen könnte?« Im Geiste sieht sie sich selbst eine Tasche packen, in die Nacht hinausgehen und wie sie Barry in dem Doppelbett zurücklässt mit Victor und Scarlett neben ihm.

»Nein«, wirft Barry ein. »Diese Pestbeulen da drin ändern am Schluss noch ihre Meinung, wenn sie denken, dass wir selbst nichts finden, dass wir nicht zurechtkommen. Es ist besser, wir lügen ihnen was vor. Ich sage ihnen, du gehst zu Annie. Sie wissen nicht, dass du unmöglich zu ihr kannst. Sie haben keine Ahnung, wie schlimm es ist.«

»Okay. Du gehst rein, und ich warte hier.«

In den Minuten, die sie alleine vor der Tür verbringt, rasen die Gedanken durch Cheryls Kopf.

Sie meint, es eine Woche ganz gut draußen unter freiem Himmel auszuhalten. Schließlich ist gerade Sommer, die Nächte sind warm, aber was kommt danach? Darf sie die Kinder besuchen? Kann sie eine Unterstützung beantragen?

Glauben die denn wirklich, sie könnte ihren Kindern etwas antun? Sie mit glühenden Zigaretten quälen, sie verprügeln, an ihre Betten fesseln, sie in kochend heiße Badewannen setzen? Falls sie sie tatsächlich für dazu fähig halten, wird das nur Öl in das Feuer der Medien gießen. Die Zeitungsschlagzeilen und die Talk-Shows werden dadurch glaubwürdiger, der Abscheu der breiten Öffentlichkeit erhält neue Nahrung, das teuflische neue Image des brutalen Weibes, das zu allem fähig ist, solange es sie ihren Zielen näher bringt, würde abgerundet.

Gibt es denn niemanden, den sie um Hilfe bitten kann? Barry meinte, dass die Press Complaints Commission vielleicht die richtige Anlaufstelle für sie wäre. Aber Cheryl glaubt nicht, dass sie jemand so Berüchtigtem wie ihr Glauben schenken würden. Ein Anruf bei den zuständigen Ämtern würde genügen, um ihnen zu bestätigen, dass Cheryl Brown keine geeignete Mutter ist.

Und dann gab es da noch Barrys Vorschlag, dass sie sich an eine überregionale Zeitung wenden sollte, um ihre Version der Geschichte darzulegen. Was freilich nicht ohne Risiken wäre. Aber Barry war der Auffassung, dass sie diese Risiken wohl in Kauf nehmen müsse angesichts ihrer hoffnungslosen Lage.

Nach zehn Minuten kommt Barry blass aus dem Meeting. »Sie haben mir abgenommen, dass du zu Annie gehst. Das scheint ihnen recht zu sein. Und Victor und Scarlett bringen sie heute Abend nach Hause.«

»Cara vielleicht auch?«

Barry nickt schluckend. »Möglicherweise.«

»Aber wie willst du allein mit den dreien zurechtkommen?«

»Ich schaff das schon«, erklärt Barry. »Wenn es sein muss, schaffe ich es.«

Zum Teil, um sich wegen der bevorstehenden Ereignisse am Nachmittag abzulenken, und zum Teil aus der Notwendigkeit heraus, für Cheryl eine Bleibe zu finden, verbringen sie und Barry die nächsten Stunden damit, die Zeitungen nach Jobs mit Unterkunft zu durchforsten.

Personal gesucht. Ausbildung möglich. Die angegebene Adresse liegt nur ein paar Straßen von ihrer Wohnung entfernt. Eine Tafel im Fenster, ein Messingschild an der Tür, Gildwern Altersheim. Das Gebäude sieht mit den vergitterten Fenstern aus wie ein ehemaliges Krankenhaus.

Barry und Cheryl werfen sich einen hoffnungsvollen Blick zu. Die Klingel hallt in der leeren Diele wider.

Die Tür wird von einem jungen Mädchen in einer adretten Dienstkleidung geöffnet.

»Ich habe Ihr Stellenangebot im Fenster gesehen«, erklärt Cheryl.

»Die Chefin ist gerade nicht da«, antwortet das Mädchen, »aber wenn Sie mir Ihren Namen und Ihre Adresse dalassen, werde ich sie weitergeben.«

Cheryl wendet sich Barry zu. Bei dem ganzen Durcheinander und dem Schock am Morgen, den Ängsten wegen Cara an diesem Nachmittag hatten sie diese Möglichkeit gar nicht in Betracht gezogen.

Wie konnten sie Cheryls Namen hinterlassen? Er musste auf der Skandalliste das Landes einen der oberen Plätze einnehmen… Jedem würde er sofort ins Auge springen und würde jeden möglichen Arbeitgeber abschrecken. Ihre Unverschämtheit, sich um einen Job zu bewerben, bei dem es um hilfsbedürftige Menschen ging, stünde garantiert am nächsten Morgen in allen Zeitungen auf der ersten Seite.

»Machen Sie sich keine Mühe«, wehrt Cheryl resigniert ab und merkt, dass es schon zu spät ist, denn an den Augen des Mädchens kann sie ablesen, dass diese allmählich begreift, wen sie vor sich hat.

Ihre Hand fliegt hoch zum Mund. »O Gott, Sie sind doch nicht…«

»Nein, ich bin niemand«, antwortet Cheryl.

In Restaurants wie McDonald's, wo sich Cheryl und Barry kennen gelernt hatten, würde man sie sofort erkennen, und selbst wenn die Angestellten nicht wüssten, wer sie ist, spätestens zehn Minuten später würde ein Kunde es hinausposaunen.

Genauso würde es ihr in einem Kaufhaus ergehen.

Oder bei einer Reinigungsfirma, einer Tankstelle oder einer Bar.

Mit gesenkten Köpfen sitzen sie an einer belebten Straße an einer Bushaltestelle. Cheryl versucht, sich darauf einzustellen, eine Nacht auf der Straße zu verbringen, am Bahnhof zu warten, bis der Morgen anbricht, in der Hoffnung, dass ihr nichts geschieht. Und Barry ist entschlossen, eine Tür zu einer der leer stehenden Wohnungen im Harold-Wilson-Gebäude aufzubrechen.

Mit dem Fuß scharrt sie ein Muster in die Zigarettenkippen. »Das bringt nichts. Du kommst nie rein, das weißt du doch. Die haben die Türen so gebaut, dass niemand reinkommt. Vergiss es, Barry.«

Niedergeschlagen schaut er ihr zu, wie sie an ihrem Kunstwerk arbeitet. Dann, vollkommen unvermittelt, ruft er zornig: »Das ist nicht unser verdammter Fehler. Wenn wir nicht in diese Scheißserie gekommen wären, wäre nichts davon passiert. Wir müssen uns an Griffin wenden. Das ist unsere einzige Chance. Sie müssen uns einfach zuhören. Sie wissen, was passiert ist. Wir haben ein Kind verloren, beinahe die ganze Familie. Donny ist tot, und jetzt werden wir auch noch getrennt, verdammt.«

»Die würden doch gar nicht mit uns reden. Hast du das schon vergessen? Ich hab das schon einmal versucht.«

»Nicht die Mistkerle in der Führungsetage. Ich rede von den Typen, die uns kennen. Was ist mit Sebby oder Leo?«

»Warum die? Denen sind wir egal. Die wollten mir nicht mal ihre Privatnummer geben. Das hab ich auch versucht damals. Es hat keinen Zweck, Barry. Und selbst wenn ich ihre Nummern hätte, warum sollten sie uns zuhören? Sie haben bekommen, was sie wollten, oder? Sie haben vorbeigeschaut, als alles prima lief, und seither haben wir nichts mehr von ihnen gesehen.«

»Aber ich habe Sebbys Nummer.«

»Was?«

»Ich hab sie.« Barry nickt. Hört nicht auf wie einer dieser Stoffdackel im Wagenheck zu nicken.

»Wie das?« Sie starrt ihn ungläubig an.

»Ich hab ihn danach gefragt.«

Warum lügt er sie an? Was soll das? »Wann?«

»Als sie mit dem Filmen angefangen haben, als alles noch in Ordnung war. Er meinte, er könnte mir ein Ticket für ein Arsenalspiel besorgen, und deswegen solle ich ihn zu Hause anrufen, aber ich habe es nie getan. Ich hatte kein Geld, um ihn anzurufen, geschweige denn, um das Ticket zu bezahlen.«

»Das hast du mir nie erzählt, auch nicht, als ich ihn damals erreichen wollte.«

»Ich habe es dir nicht erzählt, weil ich Angst hatte, dass du dich vor ihm erniedrigen würdest.«

Cheryl denkt laut nach. »Selbst wenn Sebby uns nicht helfen kann, könnte er einen Journalisten kennen, der sich Zeit nimmt, unsere Version anzuhören.«

»Könnte sein.«

»Wo ist die Nummer?«

»Komm, lass uns zurück in die Wohnung gehen, deine Sachen holen, etwas trinken, und dann such ich sie.«

»Können wir schon anrufen?« Sie traut sich nicht, auf die Uhr zu schauen. So geht es schon mindestens zwei Stunden.

»Es ist noch nicht halb vier.«

Und Cheryl kann kaum noch atmen.

Zum angegebenen Zeitpunkt parkt Sir Art Blennerhasset seinen BMW und spaziert am See und dem Palast vorbei (in den er früher gelegentlich eingeladen worden war) zur Peter-Pan-Statue. Es fällt ihm nicht leicht, eine so große Summe Geld an einem öffentlichen Platz abzustellen, aber er vertraut darauf, dass die Polizei das Geld keine Sekunde aus den Augen lassen werde.

Wegen des Schicksals der Browns und der Rolle, die seine Produktionsfirma dabei spielte, haben er und seine Kollegen in der Führungsetage dafür gesorgt, dass in Zukunft unter Aufsicht eines Psychologen sämtliche Kandidaten für Dokumentarserien einer Reihe von Tests unterzogen werden.

Bei einem Meeting schlug Art vor, für die Browns einen Trust einzurichten, doch wegen der Schuldfrage und der ganzen juristischen Aspekte konnte er den Vorschlag nicht durchsetzen.

Schließlich hatte Cheryl Brown, wie die kürzlich beförderte Jennie St. Hill ausführte, unabhängig von der Wirkung der Dokumentarserie – und die öffentliche Entrüstung hatte alle entsetzt – ein Verbrechen begangen. Sie musste also von Anfang an psychische Probleme gehabt haben.

Auf Cheryls Geisteszustand weisen auch die Public-Relations-Leute von Griffin hin, wenn man ihnen Manipulation vorwirft. Art gefällt es ganz und gar nicht, dass Cheryl in den Augen der Mehrheit der Bevölkerung als verrückt abgestempelt wird.

»Die Frau hat einfach nicht alle Tassen im Schrank. Dafür können wir nichts. Wir können nicht bei jeder neuen Sendung darauf Rücksicht nehmen.«

Oder: »Alles, was den Browns widerfahren ist, haben sie sich selbst zuzuschreiben.«

Alan Beam, der neu in den Verwaltungsrat aufgenommen worden war, sagte sogar: »Genau genommen war es zum Besten der Gesellschaft, indem wir aufgedeckt haben, dass diese Frau zu gestört ist, um sich ordentlich um ihre Kinder zu kümmern.«

Seit die Nachricht von der Lösegeldforderung an die Öffentlichkeit gedrungen ist, sind die Verantwortlichen bei Griffin darauf bedacht, jede weitere Entwicklung in dem Fall geheim zu halten. Obwohl einiges für eine Entführung des Babys sprach, wurde dies nicht offiziell bestätigt. Sollte diese schreckliche Angelegenheit gut ausgehen, wird Griffin das Bestmögliche aus seinem Beitrag herausholen.

Nachdem er seinen Auftrag erledigt hat, entfernt sich Art Blennerhasset langsam von der Adidastasche. Schweißperlen bedecken seine Stirn. Beinahe hofft er, diesen dramatischen Auftritt noch ein zweites Mal durchführen zu müssen. Adrenalin pulst durch seine Adern. Trotz seiner moralischen Integrität bedeuten ihm Macht und die Demonstration von Macht viel. Dieser Spaziergang durch den Park vor den Augen einer Hundertschaft von Polizisten und mit der halben Million in der Hand hat ihn zutiefst befriedigt.

Seine Frau Sarah hat sogar vorgeschlagen, privat zu den Browns Kontakt aufzunehmen und ihnen ihre Hilfe und Unterstützung anzubieten. Leidenschaftlich setzt Sarah sich für eine Reihe von Wohltätigkeitsorganisationen ein, sammelt Gelder und unterstützt sie nach besten Kräften. Auch Art findet, dass sie den Browns etwas schuldig sind. Doch in seiner Position als Vorsitzender von Griffin muss er sich in solchen Angelegenheiten zurückhalten.

»Ich ertrage es einfach nicht, Art«, hatte sie ihm gestern Abend erklärt, als sie in ihrem Seidenpyjama in ihr Regency-Bett kletterte. »Den Gedanken an dieses arme Pärchen, dem man so übel mitgespielt hat. Und das alles nur, weil du vor diesen paar Möchtegern-Künstlern und Angebern klein beigegeben hast.«

»Du gibst mir die Schuld, stimmt's?«, entgegnete Art.

»Ja, das tue ich. Du hättest deinen Prinzipien treu bleiben sollen. Du wusstest, dass diese Sendung viel zu sehr in die Intimsphäre gehen würde, und du hast dich über den Tisch ziehen lassen.« Heftig reibend trug sie ihre Nachtcreme auf. »Dabei ist es ganz und gar nicht deine Art, Schwäche zu zeigen.«

Sarah hatte Recht. Das hatte sie meistens. Während des langen Wartens an diesem Nachmittag lässt Art sich dieses Gespräch noch einmal durch den Kopf gehen.

Als jedoch um halb fünf die Tasche immer noch am ursprünglichen Platz steht, wird die Aktion abgebrochen und die Tasche heimlich weggenommen.

Der Telefonanruf mit der schlechten Nachricht ist ein Schlag für Cheryl und Barry. Es hilft auch nichts, dass man ihnen erklärt, man habe mit diesem negativen Ausgang gerechnet, und ihnen versichert, es sei so gut wie sicher, dass die Kidnapper sich wieder meldeten. »Das ist häufig ein langwieriger Prozess.«

Cheryl bricht auf dem Bahnhofsplatz zusammen. Barry muss sie beinahe die Treppen zu ihrer Wohnung hinauftragen. Während er sie auf das Sofa bettet und zudeckt, denkt er: Es muss doch irgendeine Medizin geben, die ihr hilft, mit alldem fertig zu werden. Vielleicht ist es sinnvoll, einen Arzt zu rufen. Aber er befürchtet, für Cheryl würde sich so leicht kein Arzt finden, keiner, der sie verstehen würde.

Barry beschließt, Sebbys Telefonnummer zu suchen, und hofft, Cheryl damit aufmuntern zu können.

Cheryl wirft einen Blick auf die Karte, die Barry ihr gibt. »Seine Adresse steht auch drauf.«

»Warum besuchst du ihn nicht heute Abend?«

»Soll ich ihn überraschen?« Sie hat keine Lust, ihn anzurufen. Um mit einer fadenscheinigen Entschuldigung abgewimmelt zu werden.

»Vielleicht ist er unterwegs und filmt«, wirft sie ein, bemüht, ihre Gedanken an Cara zu verdrängen.

Doch bevor sie die Wohnung verlässt, räumt sie auf, wechselt die Bettwäsche der Kinder, legt ihre Lieblingsspielsachen heraus und drückt zum Abschied einen Kuss auf ihre kleinen Kissen.

Der Anblick der Kindersachen schmerzt sie sehr.

Bald wird Barry die Kleinen in den Armen halten, sie zum Lachen bringen und ihnen Schokoladenbonbons geben. Bald wird er sie ausziehen, sie baden, ihnen Schaum auf die Nase blasen, ihre kleinen Körper an sich drücken, ihre Wärme durch die Handtücher spüren, ihnen die winzigen Zehen abtrocknen. Dann wird er sie ins Bett bringen, zudecken und ihrem leichten Atem lauschen, zusehen, wie sie träumen, und er wird ihre Beinchen wieder unter die Decke schieben, wenn sie sie herausstrecken.

»Noch ist es nicht zu spät«, meint Barry und streichelt Cheryls Wangen. »Wir könnten einfach beim Sozialamt anrufen und sie bitten, die Kinder noch etwas zu behalten, bis wir was für dich gefunden haben.«

»Für sie ist es wichtiger, hier zu sein, als für mich.« Cheryl dreht sich rasch weg und verlässt die Wohnung, damit er die Tränen in ihren Augen nicht sehen und es sich anders überlegen kann.

Viel hat sie nicht mitgenommen.

Sie ist warm genug angezogen, um bis zum Morgen durchzuhalten. In dem Einkaufsnetz hat sie eine Decke, nur für den Fall, es würde kälter als erwartet. Und die Fernsehzeitschrift von der letzten Woche. In ihrer Hosentasche stecken ihre letzten fünfzig Pence. Damit kann sie sich eine Tasse Tee kaufen, einschließlich eines Platzes in einem Nachtcafé. Dort kann sie dann sitzen bleiben, solange etwas in ihrer Tasse ist, zusammen mit den Pennern, den Junkies und den Trinkern.

Aber zuerst hat sie einen langen Fußmarsch vor sich.

Covent Garden. Dort wohnt Sebby mit seiner Freundin – vielleicht sind sie inzwischen schon verheiratet, sie hat ihn so lange nicht mehr gesehen. Sie lässt sich Zeit, wie sie es als Kind tat, als sie sich ein Pfefferminzbonbon einteilte, indem sie immer nur ein kleines Stück abbrach. Am Trafalgar Square bleibt sie stehen und sieht den Leuten zu, die an aneinander vorbei drängeln, den Theaterbesuchern und den Straßenmusikanten. Hier ist alles so anders als in der heruntergekommenen Gegend, in der sie wohnt. Warum war sie eigentlich nie mit Barry hier? Ein kurzer Abendspaziergang, und sie hätten sich als Teil dieses bunten Treibens fühlen können, kleine Grüppchen, Familien, Studenten, Touristen, die auf die steinernen Löwen klettern, und Schulgruppen, die noch spät auf ihren Bus warten… Pommes frites, Hamburger, Pizzas, Fish'n' Chips und ein alter Mann, der ausdauernd Tauben füttert.

Diese gesichtslose Menge war schuld an ihrem Elend.

Hatte sie aus ihrem Zuhause vertrieben.

Hatte sich gegen sie verschworen und beschlossen, ihr ihre Kinder zu nehmen.

Die hier sind gesegnet, und ich bin verdammt, denkt Cheryl, so versuchte man schon in alten Zeiten herauszufinden, ob man eine Hexe vor sich hatte – man steckte ihr Nadeln ins Fleisch.

Aber wäre ich schuldig, dürfte ich keine Schmerzen fühlen.

Und trotz der milden Temperaturen und des aufsteigenden Bilderbuchmondes am samtenen Himmel zieht Cheryl ihren Anorak fester und achtet darauf, dass die Kapuze ihr Gesicht verbirgt.

17

Über eine Stunde hatte Kate Sebbys Geständnis gelauscht, das er mit heiserer Stimme vorgetragen hatte, als wolle er sein Gewissen erleichtern, indem er ihr etwas von seiner Last auflud.

Das Zimmer mit den fast bis zum Boden reichenden Fenstern, von denen aus man die Straße überblicken konnte, ist so groß wie Cheryls und Barrys ganze Wohnung. Auf den hellen Holzböden liegen Teppiche. Sebby und Kate sitzen in zwei voluminösen Polstersesseln. Der Couchtisch mit den Leselampen und dem Zeitschriftenstapel daneben verleiht dem Raum eine gemütliche Atmosphäre.

Kate bemitleidet Sebby nicht, wie er gehofft hatte. »Warum zum Teufel hast du mir das nicht früher erzählt?«

»Weil wir so in der Klemme gesteckt haben. Weil ich Angst vor deiner Reaktion hatte. Ich musste mitmachen, Kate, ich durfte um keinen Preis meinen Job verlieren.«

Kate nimmt einen großen Schluck von ihrem Wein. »Ich hätte dir geraten, die Finger davon zu lassen. Das stinkt zum Himmel, Sebby, das ist krank. Und wenn man sich vorstellt, was inzwischen alles geschehen ist.«

»Ich weiß«, seufzt er und lässt den Kopf hängen, »ich weiß.«

»Ich war auch nicht ganz unschuldig, stimmt's? Hätte ich nicht mit beiden Händen das Geld ausgegeben …«

Achselzuckend fährt Sebby fort: »Ich hatte Angst, dass wir auch so enden würden wie die Browns. Wenn du diese Wohnung gesehen hättest.«

»Ich habe sie gesehen. Ich habe mir die Serie angeguckt, hast du das vergessen? Ich war die Erste, die über die Browns herfiel und ihnen vorwarf, keinen Funken Verstand zu haben – noch ein Kind in die Welt zu setzen, Pornoaufnahmen zu machen –, als das ganze Land noch hinter ihnen stand. Es erschien mir so … undankbar, verstehst du?«

»Sollte es auch.«

»Das ist mir jetzt auch klar. Und bei dem Gedanken wird mir ganz anders.«

»Wir hätten das auch ganz anders bringen können. Mit etwas Einfühlungsvermögen, so wie in den ersten sieben Episoden. Dann wären sie praktisch ungeschoren davongekommen. Aber nein, man hat ja gerade wegen der Fotos für sie entschieden. Damit man diese erbärmlichen Fotos gegen sie verwenden und die öffentliche Meinung um 180 Grad drehen konnte.«

Kate verschränkt die Finger. »Ihr konntet aber nicht voraussehen, dass Cheryls Schwangerschaft und ein paar schlüpfrige Fotos zu so einer Massenhysterie führen würden. So gesehen ist es nicht wirklich eure Schuld.«

»Wessen Schuld ist es denn dann?«

»Die Schuld der breiten Masse, ihre Freude über ein Opfer. Es sind meistens Frauen, die über andere Frauen herfallen, gierig danach, ihrer Verbitterung Luft zu machen. Eine ganze Menge dieser Zuschauer haben Cheryl wahrscheinlich beneidet, über Nacht Fernsehstar geworden zu sein.

Warum sollte Cheryl so viel Glück haben und sie nicht? Insgeheim fühlen alle Genugtuung, wenn jemand abstürzt.« Kate wirft ihre goldblonden Haare nach hinten. »Und Cheryl war so dumm, mit dieser Entführungsgeschichte auch noch die letzten Sympathien zu verspielen. Jetzt haben die Menschen einen echten Grund, sie zu hassen! Das Ganze kommt mir manchmal vor wie eine Hexenverfolgung im Mittelalter. Dabei hat Cheryl nicht einmal rote Haare!«

»Wenn ich da an Leo denke. Er hat sich nie großartige Gedanken um Moral gemacht, für ihn zählte nur die Kunst.«

»Auf das Geld war er sicher nicht angewiesen.« Nachdenklich zupft sie an ihrem Ohrläppchen. »Stimmt es denn, dass die Polizei nicht sicher ist, ob Cara tatsächlich entführt wurde? Sind sie deshalb zu dir nach Hause gekommen?«

Sebby nickt. »Sie waren einmal hier. Vielleicht kommen sie noch einmal. Aber ich glaube einfach nicht …«

Die Sonne brennt durch die Fenster herein. Kate fährt sich über die feuchte Stirn und fällt ihm plötzlich ins Wort. »Wer sagt, dass es überhaupt ein Baby gibt?«

»Was?« Sebby starrt sie entgeistert an.

Kate denkt laut nach. »Überleg doch mal. Versuche, die Sache als Unbeteiligter zu sehen. Du hast mir so viel von Cheryl erzählt, zum Beispiel wie wichtig es für sie ist, geliebt zu werden, aber während dieser ganzen Aufrufe im Fernsehen konnte man nie ein Foto von Cara sehen. Und Annie hat auch gesagt, sie habe sie nie gesehen. Ihr eigenes Enkelkind? Ist das nicht seltsam? Cara müsste jetzt fünf Monate alt sein. Sicher, Cheryl war schwanger. Jeder weiß das, weil sie es vor zehn Millionen Leuten herausposaunt hat. Aber wer sagt, dass sie sich nicht doch für eine Abtreibung entschieden hat? Wer könnte ihr das zum Vorwurf machen, unter diesen Umständen? Oder wer kann sagen, ob das Baby lebend zur Welt kam?«

»Aber warum …?« Sebby schnappt nach Luft.

»Warum sie es niemandem erzählt hat? Wolltest du das fragen? Lass uns überlegen. Als sie schwanger wurde, hatte Cheryl keine Ahnung, dass die Öffentlichkeit sich gegen sie wenden würde. Aber sie wusste, was du davon gehalten hast, und Leo. Ihr wart ihre Helden, und obwohl sie sich gegen eure Argumente verteidigt hat, könntet ihr sie dennoch so weit beeinflusst haben, dass sie sich doch zu einer Abtreibung entschlossen hat. Barry war dafür.«

»Sie war absolut gegen Abtreibung. Schon aus Prinzip.«

»Sie war auch absolut dagegen, ihrem Image zu schaden. Und ich könnte gut verstehen, dass sie die Abtreibung nicht unbedingt publik machen wollte, als gerade die Sendung angelaufen war.«

»Das ist doch verrückt. Sie hätte es ihrer Familie gesagt, ihrer Mutter.«

Kate scheint nicht zuzuhören. Es sprudelt nur so aus ihr heraus. »Nicht unbedingt. Nicht wenn ihre Angst vor dem Verlust ihrer Glaubwürdigkeit alles andere überwog.«

»Aber Cheryl war gerne schwanger. Sobald sie schwanger war, hat sie sich wichtig gefühlt.«

»Nicht halb so wichtig wie durch ihre Bildschirmpräsenz.«

Sebby nimmt die Brille ab und putzt die Gläser, als könne er seiner Freundin so besser folgen. »Du meinst tatsächlich, sie hat alle belogen und vorgetäuscht, sie habe ein drittes Kind? Hat sich alles nur ausgedacht, den Namen, dass es mit den anderen entführt wurde? Jetzt dreh bitte nicht durch. So durchgeknallt ist sie auch wieder nicht.«

»Nein, sie ist überhaupt nicht durchgeknallt.« Kate wirft Sebby einen kühlen Blick zu. »Sie ist bloß ein Würstchen, an dem entsetzlich herummanipuliert wurde.«

»Und Barry? Glaubst du, Barry würde bei so einem Riesenschwindel mitmachen?«

»Ich wüsste nicht, warum er das nicht tun sollte. Nach dem, was du mir erzählt hast, macht Barry doch so gut wie alles, solange es nur Cheryl glücklich macht. Er liebt sie«, die Worte sprudeln nur so aus Kate heraus. »Hör zu. Barry war einverstanden, so zu tun, als seien ihre Kinder gekidnappt worden, um die öffentliche Meinung positiv zu beeinflussen. Wenn du mich fragst, bedeutet das, dass er praktisch alles für Cheryl tut.«

»Stimmt. Was geschieht dann, wenn Mrs. Donnolly die Kinder am Bahnhof abstellt – ohne Cara? Wie gehen die Browns damit um, dass Cara immer noch fehlt?«

»Genau dieses Problem haben sie jetzt, oder? Sie behaupten, sie sei entführt worden. Schicken Nachrichten. Versuchen noch immer, öffentliches Mitgefühl zu erheischen. Nur wird es diesmal kein so glückliches Ende nehmen. Diesmal taucht das Kind nicht auf.«

Sebby runzelt die Stirn: »Und Mrs. Donnolly? Der haben sie dann wohl einfach eine übergezogen? Irgendwie passt das nicht zusammen. Es ergibt einfach keinen Sinn.«

»Nein, da gebe ich dir Recht. Das hat nie zum Plan gehört. Sie wurde von Fremden angegriffen, irgendeiner Schlägertruppe, die herumzieht und Obdachlose überfällt. Du weißt, die gibt es massenhaft, und vor allem in diesem Teil Londons. Überall an den Wänden findest du ihre Namen geschmiert – Rassisten, Arschlöcher von der Nationalen Front.«

»Warum verfolgt dann die Polizei diese Spur nicht?«

»Weil sie sich nicht auf Cheryl konzentriert. Was sie für ein Mensch ist, welche Erfahrungen sie gemacht hat. Und wie weit sie gehen würde, damit man ihr verzeiht.«

»Wofür verzeiht?«

»Nur ein Mensch zu sein.«

»Das ist also deine Theorie?« Mit zusammengezogenen

Augenbrauen starrt er Kate an, und sie blickt durchdringend zurück.

»Es gibt natürlich noch andere Möglichkeiten. Cheryl könnte eine Fehlgeburt erlitten und es vor beiden Familien geheim gehalten haben.«

»Aber für so ein extremes Verhalten gibt es doch bestimmt Therapien?«

»Hast du nicht selbst gesagt, dass Cheryl auf Psychologen und Psychiater schon fast phobisch reagiert, nachdem sie erleben musste, wie sie ihre Mutter zerstört haben? Bei dem Interview mit dem Polizeipsychologen war sie nicht besonders gesprächig. Wie dem auch sei, beim Gesundheitsdienst laufen sie nicht gerade herum und bieten jeder Frau eine Therapie an, die eine Fehlgeburt hatte. Sie teilen Formulare aus, auf denen steht, dass das Baby tot ist, und erklären den betroffenen Frauen, dass sie dieses Formular bei ihrem Arzt abgeben sollen.« Sie schluckt geräuschvoll, bevor sie fortfährt. »Kann ja sein, dass ich falsch liege. Wahrscheinlich sogar. Was ich da sage, ist einfach grässlich.« Das Krankenhaus muss Informationen über dieses dritte Kind von Cheryl haben.«

»Eine Abtreibung kann unter Umständen schwierig nachzuweisen sein.«

»Nicht bei Cheryl. Sie hätte nie das Geld für eine private Abtreibung aufbringen können.«

»Das stimmt, ja. Aber sie könnte einen falschen Namen angegeben haben.«

Kate schlägt die Beine übereinander. »Es gibt noch ein weitaus schlimmeres Szenario«, sagt sie mit ernstem Blick. »An das du wahrscheinlich noch gar nicht gedacht hast.«

»Du wirst es mir gleich sagen.« Sebby fährt sich durch seinen unordentlichen Haarschopf. »Willst du mich mit diesen scheußlichen Theorien für irgendwas bestrafen?«

Kate geht nicht darauf ein und fährt langsam fort. »Wenn es tatsächlich eine Cara gibt, müsste sie um Weihnachten herum geboren sein, kurz bevor die Serie auf Sendung ging. Bevor die Kleine drei Monate alt gewesen wäre, hätte die Öffentlichkeit sie schon verdammt. Wie hätte sich das wohl auf Cheryls Beziehung zu ihrer Tochter ausgewirkt, wo das Baby doch die Ursache ihres ganzen Elends war? Mir wird auf einmal ganz schlecht…«

»Ach Kate, um Himmels willen.« Sebby weicht das Blut aus den Wangen. »Hätte es in dieser Wohnung einen Todesfall gegeben, hätten die beiden das nicht verheimlichen können.«

Kate zuckt die Achseln. »Kann schon sein. Vielleicht war diese ganze Entführungsgeschichte aber auch eine Möglichkeit, sich aus der Sache herauszuwinden. Die Leiche wird nie auftauchen. Irgendwelche Unbekannten haben Cara auf dem Gewissen. Das werden alle denken.«

Das Tor, das die Wohnungen in der Neal Street sichert, gleicht dem in einem Hochsicherheitstrakt. Es herrscht ein Belagerungszustand. Das Menschengedränge auf der Straße ist so dicht, dass ein Durchkommen ohne Blessuren kaum möglich ist. Wie zu Weihnachten in der Oxford Street.

Cheryl beneidet die Glücklichen, die hier an ihren Tischen sitzen, im Freien essen und das Treiben durch ihre bauchigen Weingläser betrachten. Die haben es geschafft… Oben auf den Balkonen sitzen die Thatcher-Yuppies in ihren Calvin-Klein- und Gucci-T-Shirts, während Seifenblasen an ihnen vorbeischweben, die ein Werbeclown von Hamleys mit Glöckchen an den Zehen aufsteigen lässt.

Das Tor liegt zwischen einem kleinen Laden mit Ansichtskarten von London und einem Clubeingang, aus dem laute Musik dröhnt – um den Eingang sind muskulöse, in

Leder gekleidete Türsteher aufgebaut, die jeden der Hereindrängenden abtasten.

Hinter dem Tor liegt ein kleiner privater Innenhof.

Cheryl holt tief Luft, bevor sie die Klingel drückt, die zu Sebbys Wohnung gehören muss – S. A. Coltrain. Sein Familienname steht auf der Karte. Außerdem ist ihr der Name vertraut vom Abspann am Ende der Episoden. Sebastian Coltrain … Leo Tarbuck.

Eine Pause und dann eine Stimme aus dem Kasten in der Wand. »Ja, wer ist da?«

»Ich bin's, Cheryl Brown.« Selbst jetzt spricht sie leise, damit niemand aus der Menge hinter ihr sie hört und die Jagd auf sie eröffnet.

»Cheryl?« Nicht einmal eine Pause. Dann ein freundliches: »Komm doch rauf.«

Immerhin weiß er noch, wer sie ist. Andererseits wird er an jedem Kiosk an sie erinnert.

Sie drückt gegen das Tor. Es schwingt lautlos auf und schließt sich automatisch hinter ihr. Nummer zwölf. In Kursivbuchstaben. Sie überquert den kleinen Innenhof – ein paar traurige Blumenkübel – und steigt die Treppe hoch.

Hier gibt es keine Graffiti.

Keine herumliegenden Spritzen.

Keine Prostituierten oder Dealer in den dunklen Ecken.

Die Wohnung selbst ist überraschend klein. Sparsam möbliert. Pastellfarben mit Wischeffekten an den Wänden, Perserteppiche und seltsame Federzeichnungen in Holzrahmen an der Wand. Die Wohnung erinnert sie an eine Fernsehwerbung mit einem Zimmer, von dem aus man einen Ausblick auf den Canale Grande in Venedig hatte.

Das Mädchen mit der Flasche Wein in der Hand, das sie so neugierig ansieht, muss Kate sein.

Kate, mit den tollen Jobs.

Kate, die jeden Winter Ski fährt.

Kate, von der Cheryl Fotos sah, auf denen sie stets von attraktiven Menschen umringt war, trägt knappe Shorts und eine durchsichtige Bluse und läuft barfuss.

Was für einen Eindruck Cheryl wohl auf sie macht in ihrer billigen Jeans, dem Anorak und den Turnschuhen aus dem Second-hand-Laden.

Kate setzt ihr nettestes Lächeln auf. »Nehmen Sie doch Platz. Ich hole Ihnen auch ein Glas. Möchten Sie Eis?«

»Nein danke, ich möchte nichts.«

»Ich weiß, was los ist.« Sebby beugt sich nach vorne und macht ein besorgtes Gesicht. »Was soll ich sagen? Es tut mir so Leid.«

»Ich dachte, du bist vielleicht gar nicht da.« Cheryls Herz schlägt ihr bis zum Hals. Er ist ihr so vertraut, sie verbrachten so viel Zeit miteinander. »Ich dachte, du würdest vielleicht arbeiten.«

»Nein, wir haben gerade eine Pause bis zum nächsten Dreh.«

Bitte mach, dass er jetzt nicht von seinen Projekten anfängt, fleht Cheryl innerlich. Auch wenn er ein Workaholic ist, muss er doch wissen, dass ihr Baby vermisst wird…

»Ich musste aus der Wohnung raus«, erklärt Cheryl und wartet gespannt, wie er reagiert.

»Warum denn das?«

»Sie glauben, ich stelle eine Gefahr dar für meine Kinder.«

»Wer glaubt das?«

»Die Leute vom Sozialamt. Die Experten. Lauter Leute, die mich nicht kennen und nichts von mir wissen.«

»Wie furchtbar.« Sebby streckt ihr eine Hand entgegen, als wollte er ihr Hilfe anbieten. »Wo zum Teufel willst du jetzt hin?«

»Ich kann nirgends hin«, antwortet Cheryl tonlos.

»Deshalb bist du zu mir gekommen? Du möchtest hier bleiben.«

»Nein, deswegen bin ich nicht hier.« Cheryl meint, eine gewisse Erleichterung in seinem jungenhaften Gesicht zu entdecken. Und einen viel sagenden Blickwechsel zwischen ihm und Kate, als sie mit dem Glas ins Zimmer zurückkommt.

»Natürlich können Sie bei uns bleiben«, ruft Kate jetzt, da sie sicher sein kann, dass Cheryl ablehnt.

»Nein, das ist nicht nötig«, entgegnet Cheryl. »Trotzdem danke.« Dennoch verletzt sie seine Zurückweisung, und sie zuckt zusammen. Er hätte ja darauf bestehen können, dass sie bleibt. Er weiß, dass sie heute keine Bleibe hat. Und obwohl sie heute Abend aus einem anderen Grund herkam, hatte sie doch insgeheim gehofft, er würde ihr anbieten, hier zu schlafen, oder sich wenigstens freuen, sie zu sehen.

Ich bedeute ihm nichts mehr, denkt sie deprimiert.

In der nächsten halben Stunde trinkt Cheryl kalten Chardonnay und erzählt Sebby die Neuigkeiten. Von der Entführung hat er natürlich gehört, und von den Forderungen, die an Griffin gestellt wurden. Die großen Fenster stehen weit offen, von der belebten Straße herauf hören sie Blasmusik. In *Mardigras-Musik* mischen sich die Beats aus dem Nachtclub.

»Na, ich wette, Sie gäben einiges darum, wenn Sie nie von Griffin TV gehört hätten«, wirft Kate ein. »Wenn man bedenkt, was Ihnen seitdem alles passiert ist.« Ihre betuliche Gastfreundschaft – ständig steht sie auf, um nachzuschenken oder noch etwas zum Knabbern zu holen – zeigt, wie wenig Cheryls entsetzliche Situation sie berührt.

»Das tut mir so Leid für Sie, Cheryl«, sagt Kate. »Es ist einfach zu schrecklich, nicht wahr, Sebby?«

Am liebsten würde Cheryl Kate wegschicken, so sehr geht ihr ihre heuchelnde Anteilnahme auf die Nerven.

Mit der Zeit werden die Gesprächspausen länger, und Cheryl spürt Kates Abneigung, noch eine teure Weinflasche entkorken zu müssen. »Wenn mir nur jemand zuhören würde. Einer würde reichen, die anderen kämen dann nach, so viel habe ich gelernt. Es war so oft so in meinem Leben«, beginnt Cheryl sich an den wahren Grund ihres Besuchs bei Sebby heranzutasten.

»Was ich getan habe, war furchtbar. Ich weiß auch, warum alle mich so hassen. Und ich will mich gar nicht für den Unschuldsengel ausgeben, der ich nicht bin.«

Kate und Sebby scheinen zu spüren, dass Cheryl etwas Wichtiges sagen möchte und blicken sie aufmerksam an.

»Ihr kennt bestimmt viele Leute aus den Medien. Ihr geht auf Partys, trefft bedeutende Leute. Seht sie bei eurer Arbeit, oder?« Nervös spielt Cheryl mit einer Haarsträhne. »Ich brauche nur einen Journalisten, der nicht Teil dieser Massenhysterie ist und mir eine Stunde lang zuhört, mich ernst nimmt. Mir die Chance gibt, ihm die Gründe meines Handelns zu erläutern.«

Aufmunternd lächelt Sebby sie an.

Nicht auf Geld, ein Referenzschreiben oder einen Job hat sie es abgesehen, und auf Rache ist sie auch nicht aus – ja, auch dieser Gedanke muss ihm durch den Kopf geschossen sein, denkt Cheryl. Und sie kann das nachvollziehen. Alle wissen, wie labil sie ist, aber niemand kann sagen, wozu sie noch fähig ist. Griffin hatte das Personal angewiesen, sich nicht auf ein Gespräch mit den Browns einzulassen, sondern dies den Juristen zu überlassen.

Aber Kate und Sebby sind sich einig: Sich an die Presse zu wenden ist eine großartige Idee von Cheryl. Mit dem richtigen Journalisten an der Hand könnte es klappen. Am besten ist es, sie fragen Leo – geben ihm eine Chance zur Wiedergutmachung. Cheryl erfährt nebenbei, dass Kate und Sebby gar nicht so oft ausgehen. Jetzt, da sie wissen, dass ihr Zuhause gerettet ist, bleiben sie lieber in ihrer Wohnung. Aber Leo kennt bestimmt eine Menge Journalisten, die für diese heikle Angelegenheit in Frage kämen.

»Ruf ihn an, Sebby.«

»Was? Jetzt gleich?«

»Klar. Ruf ihn sofort an«, drängt ihn Kate.

Leo ist sogar ausnahmsweise zu Hause und bittet die drei, ihm zehn Minuten zu geben, um ein paar Leute anzurufen.

Nach einer Viertelstunde, die Kate mit Small Talk zu überbrücken versuchte, meldet sich Leo und gibt einen Namen und eine Telefonnummer durch. Er glaubt, dass die Reporter von den seriösen Tageszeitungen nicht in Frage kommen, da sie ohnehin neutral über den Fall berichten. Sie schüren nicht den Hass auf Cheryl.

Nein, Zak Quinn ist genau der richtige Mann; er schreibt Features für den *Mirror*. Wenn er eine exklusive Story bekäme, sei er interessiert und wolle Cheryl noch an diesem Abend treffen.

»Gott, wie peinlich«, seufzt Kate, als sie die Tür hinter Cheryl zumacht und sich dagegen lehnt, als ob sie verhindern wollte, dass sie wieder geöffnet wird.

»Du hast dich viel zu sehr um sie bemüht. Das war peinlich. Nach dem, was wir vorher alles über sie spekuliert hatten, war es, als hätte sie uns auf frischer Tat erwischt. Und alles, was ich von mir gegeben habe, klang furchtbar gestelzt. Vielleicht hätten wir darauf bestehen sollen, dass sie hier bleibt.«

»Sie wollte schon, das war deutlich. Aber ich habe gedacht, das sei gegen die Regeln. Sonst hätte ich versucht, sie zu überreden«, antwortet Kate. »Aber dir wäre das doch sicher nicht recht gewesen.«

Cheryl verlässt die Wohnung mit einem Zettel, auf dessen einer Seite der Name eines Pubs steht und auf der anderen *Zak Quinn, 22 Uhr 30.*

Ob Leo Zak gesagt hat, dass sie etwas seltsam ist?

Er vorsichtig vorgehen solle?

Jedes Wort überprüfen solle, das sie sagt?

Oder hat sich Leo daran erinnert, dass sie mal ganz normal war, nicht im Geringsten so wie jetzt?

Bei diesen Gedanken bekommt Cheryl Kopfschmerzen. Im Laufen fragt sie sich, warum Sebby den Journalisten nicht einfach in die Wohnung bat.

Schließlich waren sie doch ihre Freunde.

Und hatten heute Abend doch offensichtlich nichts vor.

Und obwohl es ihr die Tränen in die Augen treibt, denkt Cheryl darüber nach, warum sie das so verletzt. Warum Sebby und auch Leo sie sogar jetzt noch nicht einladen, mit ihnen und ihren Freunden in einem überfüllten Pub an einem Tisch zu sitzen. Dabei kennt sie die Antwort auf diese Frage nur zu genau. Niemand will mit einer Aussätzigen gesehen werden, dem Bösen, Unberührbaren.

Ihre Unbeliebtheit könnte vielleicht ansteckend sein.

Sie entschließt sich, gleich zu dem Treffpunkt zu gehen, anstatt noch länger in dieser Menschenmenge herumzuirren. Zwar hat sie kein Geld für einen Drink – nur für den Tee später, um die lange Nacht zu überstehen. Sie läuft an den Obdachlosen vorbei, die neben Supermärkten und Kirchen die Menschen anbetteln. Sie überlegt sich, was passieren würde, wenn sie das auch täte. Wenn jemand mit einer Kamera vorbeikäme und sie erkennen würde, könnte er bis zum nächsten Morgen ein gemachter Mann sein.

Cheryl läuft vor dem Pub hin und her und wird von etlichen Männern angesprochen. Wenn die wüssten, wer sie ist, würden sie sie nicht einmal mit der Zange anfassen wollen, denkt sie grinsend. Vielleicht würde das ja den Preis in die Höhe treiben.

Als die Dunkelheit hereinbricht, wirkt alles bedrohlich, die Seitenstraßen und Eingänge sind kaum noch voneinander zu unterscheiden.

Sind da Schritte hinter ihr? Sie dreht sich schnell um. Nichts.

Ein Straßenkehrwagen fährt vorbei, fängt sie mit seinen Scheinwerfern ein und lässt sie hinter sich. Ihre Beine sind von dem Wasserstrahl ganz nass, und ihre Turnschuhe stehen in einer Pfütze. Ein Hund mit weißen Ohren hebt das Bein an einem altmodischen Laternenpfahl. Sie ruft nach ihm, würde gern seine Wärme und Freundschaft spüren. Ob das ein herrenloser Hund ist, auf der Suche nach Futter, oder ein Ausreißer, der nun nach Hause läuft zu seinem Körbchen neben dem Kamin? Er zieht die Lefzen hoch und knurrt sie an, Cheryl bleibt in sicherer Entfernung.

»Cheryl?«

Erschrocken zuckt sie zusammen.

Sie holt tief Luft und dreht sich tapfer um, bereit, sich gegen den bevorstehenden Angriff zur Wehr zu setzen.

»Cheryl? Ich bin Zak. Du hättest reingehen sollen. Deine Drinks hättest du auf meinen Namen aufschreiben lassen können.«

Woher hatte sie das wissen sollen?

Jeder kennt ihn in diesem Pub. Er scheint sogar einen Stammplatz zu haben. Offenbar ist es der einzige Pub in

London, der heute Abend nicht überfüllt ist. Cheryl wundert sich nicht darüber. Es ist dunkel hier hinter den staubigen, zugezogenen Vorhängen, riecht nach abgestandener Luft, Zigarettenrauch und außerdem nach Urin aus der Männertoilette. Die einzigen Frauen in der Kneipe sind ein paar Prostituierte mit Miniröcken und Pfennigabsätzen. Die Wände bedecken Drucke von Treibjagden, die Decke schmückt eine Sammlung schwerer eiserner Schlüssel.

Es scheint nur Chips und Erdnüsse zu geben.

Auf Zaks Tisch glänzen die Bierglasringe der vorherigen Gäste.

»Was möchtest du trinken?«

Cheryl trinkt wenig Alkohol, und mit dem Wein bei Sebby hatte sie mehr als genug. Sie muss einen klaren Kopf bewahren. »Weißwein?«

»Trocken?«

»Nein, süß.«

Er kommt zurück mit einem bis zum Rand mit Bier gefüllten Glas für sich und einem Glas mit Lippenstiftflecken, in dem ihr Wein ist.

Wird er ihr zuhören oder sie nur benutzen?

»Du sitzt ganz schön in der Scheiße«, fängt er mit Schaum auf seiner Oberlippe an, und klettert auf den Hocker neben ihr, als schwinge er sich auf ein Pferd. Cheryl sitzt auf der Bank, deren Samtbezug von einem gelbbraunen Muster aus Zigarettenlöchern überzogen ist. Zaks knalliges Hemd erinnert sie an Magnum, und seine blaue Jeans ist in Kniehöhe abgeschnitten.

»Alles war mein Fehler«, erklärt Cheryl hastig.

»Aber du konntest doch nicht wissen, dass eine Schwangerschaft und ein paar Fotos eine so heftige Reaktion der Bevölkerung hervorrufen würden.«

»Nein.« Der Wein schmeckt nach Korken. Sie verzieht

den Mund. »Nein, das meine ich gar nicht. Sondern, was ich mit den Kindern gemacht habe. Was jetzt mit Cara passiert. Ich bin mit dem Rückschlag einfach nicht zurechtgekommen. Egal wo wir hingegangen sind, überall waren sie, Leute, die uns beschimpft und angestarrt haben, Briefe, Drohungen…«

»Und jetzt ist es noch schlimmer?«

»Ja, jetzt ist es unerträglich.«

»Jetzt haben sie einen wirklichen Grund, dich zu hassen.«

»Ich weiß. Aber was ihr Journalisten schreibt, heizt sie weiter an. Sie würden zuschlagen, wenn sie nicht dafür bestraft würden. Und die Hetzartikel in den Frauenzeitschriften und die Experten im Fernsehen, die mein Verhalten als eine Art Krankheit bezeichnen. Jeder hat eine Meinung über mich, aber niemand versteht, was wir in der Zeit durchgemacht haben, als die Dokumentarserie vorbei war und wir verteufelt wurden.«

»Und darüber willst du mit mir sprechen? Verstehe ich das richtig?«

Seine dunklen Augen mustern sie eindringlich. Die Beine hat er links und rechts von ihr ausgestreckt, es sind die haarigsten Beine, die sie je gesehen hat. Wie ein Affe, schießt es Cheryl durch den Kopf. Schnell, immer in Bewegung und ungeduldig. Der könnte einen packen und mit einem davonlaufen…«

»Du möchtest also, dass ich dich von deinem Verbrechen freispreche?«

Cheryl lächelt. »O nein.«

»Du möchtest, dass ich dir so etwas wie besondere Umstände herbeischreibe?«

Cheryl seufzt ungeduldig. »Ich möchte, dass Sie die Wahrheit über mich schreiben, so wie Sie sie sehen. Das ist alles. Darum bitte ich Sie. Und wenn Sie das nicht wollen, dann verschwenden wir beide unsere Zeit.«

»Ich dachte, du weißt nicht, wo du die Nacht verbringen kannst?«

»Stimmt. Aber das ist nicht Ihr Problem.«

»Ah, und hier irrst du dich«, entgegnet Zak, noch immer mit diesem scherzhaften Unterton. »Wenn du möchtest, dass ich die Wahrheit erzähle, ist das selbstverständlich *mein* Problem. Ich muss mehr über dich wissen, und über Barry, und was da läuft. Und wenn du nicht weißt, wo du heute Nacht hingehen kannst, kannst du genauso gut zu mir kommen, und wir fangen mit unserer Arbeit an. Wie du so richtig bemerkt hast, wir wollen doch nicht unsere Zeit verschwenden.«

Auf wen hat sie sich da eingelassen?

Und kann sie Leo überhaupt noch trauen?

18

Jeder fleischliche Akt außerhalb der Ehe ist eine Todsünde, und er wird nur von solchen ausgeführt, die außerhalb des Liebesgebots stehen.

Der Hexenhammer

Sie ist Zak so dankbar. So dankbar, wie man einem Arzt ist, dem man das Leben seines Kindes verdankt. Cheryl würde sogar einen Mord begehen, wenn sie dadurch Cara finden oder sich von diesem fürchterlichen Ruf befreien könnte.

Nach der halben Stunde im Pub war sie sich wegen der einfühlsamen, intelligenten Fragen, die Zak stellte, sicher, dass sie es hier mit einem aufrichtigen Menschen zu tun hat.

So aufmerksam hat ihr lange niemand mehr zugehört. Bei ihm hat sie nicht im Geringsten das Gefühl, sie habe sich ihr entsetzliches Schicksal selbst zuzuschreiben. Und wie lange ist es her, dass sie mit jemandem sprach, der sie zu mögen schien?

Wenn ihr jetzt noch jemand helfen kann, dann Zak.

Die knallrote Harley-Davidson, auf der er sie nach Hause fährt, unter Brücken und Überführungen durch, durch haarsträubend enge Abkürzungen, beweist, dass er genauso exzentrisch ist, wie sie vermutet hatte. Sie legt den Kopf zurück, und London verschmilzt zu einem einzigen hell leuchtenden Lichtermeer. Eng schmiegt sie sich an seinen muskulösen Körper – er macht bestimmt Bodybuilding. Geht in eines dieser Studios, wo die Schönen und Reichen dieser Gesellschaft anzutreffen sind.

Die Raserei und das Selbstvertrauen des Fahrers entsprechen genau ihrer Stimmung.

Schneller, schneller.

Sie hat das Gefühl, nichts könne sie mehr verletzen mit seinem schützenden Rücken vor ihr.

Das Dahinrasen gleicht einem Rausch, der verstärkt wird durch den vielen Alkohol, den Cheryl an diesem Abend gegen alle guten Vorsätze getrunken hat. Überrascht bemerkt sie, dass sie weint. Sie leckt die heißen Tränen weg und genießt den salzigen Geschmack.

Staunend läuft Cheryl durch Zaks Loft, von dem aus man einen Blick über die Themse hat. Um hineinzugelangen, muss man eine Feuerwehrleiter hochklettern, ein Schwindel erregendes Unterfangen, in das oberste Stockwerk.

Zak Quinn bewohnt ein einziges Zimmer, einen Raum so groß wie eine Fabrikhalle. Anstrengungen, die Wände zu tapezieren oder den Raum auf andere Weise gemütlich zu machen, hatte er nicht unternommen. Ziegelmauern. Metall. Rohre. Am anderen Ende befindet sich ein gigantischer offener Kamin, in dem große Holzscheite aufgerichtet sind. Kerosinlampen hängen in unterschiedlicher Höhe von der Decke herab. Um das Fenster zu öffnen, drückt Zak auf einen Knopf, und die halbe Wand erhebt sich und verschwindet wie ein riesiges Garagentor. Keine Brüstung sichert den Abgrund zwischen ihr und der tiefen schwarzen Themse unten. Im Vorbeigehen berührt Zak eine Wurlitzer aus den Fünfzigerjahren und blecherne Musik füllt den Raum und erzeugt augenblicklich die intime Atmosphäre eines kleinen Wohnzimmers.

»Gefällt dir die Musik?«

Cheryl nickt zur Stimme von Elvis, der »One Night With You« singt.

»Hast du schon was gegessen?«

Cheryl schüttelt den Kopf.

»Bist du Vegetarierin?«

»Nein.«

»Ich hol dir was zu trinken.« Mit wenigen Handgriffen öffnet er eine Flasche Rotwein, ganz anders als sie und Barry, die regelmäßig den Korken beim Versuch, ihn herauszuziehen, zerstören.

Der Kühlschrank hat Ähnlichkeit mit einer Jukebox. Und der Ofen wirkt schwedisch, ist lang gestreckt, mit vielen Türen und einer ganzen Reihe silbern abgedeckter Kochplatten. Mit einer Hingabe, wie sie sie nur von Fernsehköchen kennt, hackt, würzt, knetet, rührt und kostet Zack, und das Aroma, das durch den höhlenartigen Raum schwebt, ist wie die Musik – überwältigend.

Der Tisch gleicht einem riesigen Koffer. Dagegen machen die Stühle direkt einen langweiligen Eindruck. Staunend steht Cheryl vor den weit geöffneten Fenstern, von denen aus man die Kähne und die mit Lichterketten geschmückten Ausflugsboote sehen kann, und saugt den Geruch ein, der von der Themse aufsteigt und sich mit den Düften im Raum mischt. Niemals könnte Cheryl die Zutaten so sicher zusammenmischen. Und nichts, was sie oder Barry je gekocht haben, hat nach etwas anderem als Fett oder angebrannt, tiefgefrorenem Fisch oder Kohl gerochen.

Um nicht so untätig herumzusitzen, probiert sie den Wein. Er schmeckt fruchtig.

Sie möchte Zak unbedingt gefallen. Wenn er sie mag, wird er sie nicht verletzen, hofft sie.

Bei dem Gedanken, heute Nacht ein Bett zu haben, werden ihre Knie ganz weich vor Erleichterung.

Noch nie hatte Alkohol eine solche Wirkung auf Cheryl, es kommt ihr vor, als ob sie ihren Körper verlasse. Dieses freie, schwebende Gefühl macht ihr Angst und gefällt ihr zugleich.

Zak serviert das Essen in einer großen Holzschale und verteilt es in kleine Schüsseln. Das Chili brennt Cheryl am Gaumen und überdeckt alle anderen Gewürze.

»Fischpfanne. Da ist Tintenfisch«, erklärt er, als sie ein Stück ausspuckt, nachdem sie fünf Minuten darauf herumgekaut hat.

Das »Interview« scheint an diesem Koffertisch stattzufinden. Denn zwischen Zaks merkwürdigem Tafelgeschirr aus Treibgut und ausgebleichten Ästen steckt ein kleiner Kassettenrekorder.

Der mysteriöse Klang der Nebelhörner aus der Ferne, von der Biegung der Themse, und Musikfetzen von den vorüberziehenden Ausflugsbooten unterbrechen hin und wieder das intensive Gespräch. Es ist so einfach, mit ihm zu reden. Er fällt ihr nicht ins Wort, ermuntert sie höchstens zwischendurch oder murmelt ein paar Worte voll Mitgefühl oder Entsetzen.

Cheryl erzählt ihm alles und zeigt keinerlei Ermüdungserscheinungen.

Selbst das Grauen über Caras Entführung, das sie die ganze Zeit mit sich herumträgt wie eine brennende Wunde, hat sich auf wundersame Weise zu einem dumpfen erträglichen Schmerz gewandelt.

Sie hätte es nie für möglich gehalten, mit einem Fremden über solch persönliche Dinge reden zu können. Nicht, nachdem sie Leo kennen gelernt hatte, der ähnlich aufmerksam zuhören konnte wie Zak. Die Wörter sprudeln nur so aus ihr heraus, als habe sie auf diesen einen Zeitpunkt gewartet, um sich endlich alles von der Seele zu reden... Von ihrem Sexleben mit Barry bis zu ihrem ersten Mal, als sie dreizehn war; als sie einmal Kokain probierte mit Barry und wie sie in der U-Bahn mal jemand begrapschte.

Und die ganze Zeit über ruhen Zaks Augen unverwandt auf ihr.

Sein Anrufbeantworter springt ein paar Mal an, die Anrufer hinterlassen kurze Nachrichten, doch sie ist zu konzentriert, um dauernd darauf zu achten, und Zak ignoriert die Anrufe vollkommen.

Und Cheryls Vertrauen wächst, ihr Vertrauen in Zak, ihr Vertrauen in sich selbst, in ihr Aussehen und in das, was sie sagt. Sie redet in dem Bewusstsein, eine faszinierende, dunkeläugige Frau mit langem glänzenden Haar zu sein.

»Ich muss auch mit Barry reden. Was er zu sagen hat, könnte das Bild vervollständigen, das ich von dir habe.«

Barry? *Barry?*

»Morgen. Ich treffe ihn und die Kinder morgen im Park. Du kannst mitkommen.«

Gegen zwei Uhr nachts schaltet er schließlich den Kassettenrekorder aus und fragt Cheryl, ob sie sich duschen möchte.

Und dann schlafen.

Sein jäher Gesprächsabbruch lässt sie zusammenfahren. Am liebsten würde sie die ganze Nacht durchmachen. Sie möchte ihren Körper zu der Musik bewegen und sich weiter in dieser Ekstase treiben lassen, damit dieses ungewohnte Gefühl dauert und dauert und dauert …

Unbeirrt führt er sie zu einer abgetrennten Ecke. Hinter einer schulterhohen, silbergestrichenen Eisenwand befinden sich eine Dusche und ein Whirlpool. »Zieh dir das über, wenn du fertig bist.« Er hängt einen japanischen Kimono über die eigenartige Wand. »Deine Sachen stecke ich in die Waschmaschine, bis morgen sind sie trocken und sauber, okay?«

Sie muss verrückt sein, dass sie sich in der Wohnung eines Fremden nackt auszieht, von dem sie nichts als eine dünne Metallwand trennt. Wie in einem Film fühlt sie sich. Und die Wohnung gibt eine hervorragende Kulisse dafür ab. Während das Wasser über sie herabströmt und sie es sich aus den Augen wischt, sieht sie jedes Detail von Zaks Äußerem, seine Stimme, seine Gesten, alles, was er zu ihr gesagt, und alle Gefühle, die er in ihr geweckt hat, genau vor sich.

Und sie wünscht sich sehnsüchtig, ihm zu gefallen.

Sie lehnt ihre Stirn an die Abtrennung, um sie zu kühlen, drückt ihre Wange und die Lippen dagegen. Verwundert denkt sie daran, wie sie noch vor kurzem unter den schrecklichen Ereignissen der letzten vierundzwanzig Stunden litt, die ihr beinahe den Verstand geraubt hatten. Aber jetzt … Mit geschlossenen Augen gibt sie sich genussvoll dem Wasser hin.

»Du siehst hinreißend aus«, schmeichelt er ihr, als sie, in den Seidenkimono gehüllt, vor ihn tritt.

Sie kichert verlegen. »Das tue ich nicht, nicht wirklich.«

Er beugt sich zu ihr herunter und küsst sie sanft. Wieder

schließt sie die Augen, als sie seinen warmen Atem auf ihren Lippen fühlt und seinen Geruch einatmet, der sich mit dem ihren mischt. Sie fühlt sich auf einmal schläfrig. »Ich hab nur Angst«, flüstert sie benommen.

Zak lacht leise, und dieses Lachen klingt beruhigend. Also folgt sie ihm zu einem Sockel aus Ziegelsteinen, auf dem eine Matratze liegt.

In ihrem Körper breitet sich eine wohlige Wärme aus. Tief seufzend sinkt sie auf die Matratze.

Sie zögert nur kurz, als er ihren Kimono abstreift. »Zwing mich nicht.«

»Hab keine Angst.«

Allein seine Stimme scheint ihre Arme zu streicheln, ihre Brüste und da, wo es am stärksten brennt, zwischen den Beinen. Sanft aber bestimmt bringt Zak sie in bestimmte Stellungen. Angst und Scham weichen dem angenehmen Gefühl des Ausgeliefertseins. Sie ist seine Gefangene und muss es bleiben, bis er sie freigibt, muss tun, was er befiehlt. Mit ausgestreckten Beinen liegt sie auf dem Bett, reibt sich die Brustwarzen, und er packt ihr Handgelenk, reißt ihre Arme hoch und hält sie in dieser Stellung. Ihr Körper scheint anzuschwellen und zu glühen, begierig nach allem, was noch kommen mag.

Cheryl will sich ihm hingeben in der Hoffnung, geliebt zu werden. Keine Stellung ist ihr zu schamlos. Er ist ein leidenschaftlicher Liebhaber. Wie aus einem Roman entsprungen. Irreal.

Dann rollt er auf sie, langsam, beinahe nachdenklich. Sie atmen gleichzeitig aus und ein. Das Gefühl von Zeit und Bewegung verschwindet, von purer Lust verdrängt.

Zak bringt sie mit seiner Liebeskunst dazu, um sich zu schlagen, laut zu stöhnen, zu bitten und zu flehen. Sie verliert jedes Gefühl ihres Selbst, scheint ihrer eigenen Auslöschung nah zu sein. Auf seinem schweißüberströmten Gesicht bemerkt sie ein seltsames triumphierendes Lächeln.

Cheryl erwacht fröstelnd und verstört. Panik überkommt sie, verlassen und an einem fremden Ort zu sein. Sie blickt an sich hinunter, auf ihren nackten Körper. Was hat sie getan? Was ist passiert?

Sie rollt sich zusammen, umarmt sich selbst, um sich zu wärmen. Ihre Unsicherheit ist zurückgekehrt, stärker denn je.

Wo ist Zak?

Der Loft wirkt bei Tageslicht noch größer und ungewöhnlicher. Trotz der enormen Ausmaße des Raumes war es Zak gestern gelungen, den Eindruck zu erwecken, er sei größer als seine Umgebung, als sei der ihn umgebende Raum zu klein für ihn.

Sie hört ihn von der anderen Seite, von einem vollkommen von schwarzen Vorhängen abgeschirmten Bereich, die Art Vorhänge, wie man sie von Fotostudios kennt. Seine Schritte hallen auf den blanken Dielen wie Donner. Sie blickt zu ihm auf. Vollständig angezogen steht er vor ihr und hält zwei Tassen Kaffee in der Hand. »Alles okay?«, fragt er.

Als erinnere sie sich erst in diesem Moment an die vergangene Nacht, schießt ihr das Blut in die Wangen. Beschämt wendet sie sich ab. Das Pochen in ihren Schläfen lässt sie keinen klaren Gedanken fassen. Was hat er ihr gestern zu trinken gegeben? Hat sie der Wein derart willenlos gemacht?

Zak lächelt achselzuckend.

»War doch nett. Was soll daran falsch gewesen sein?«

»Ich bin verheiratet«, antwortet Cheryl mit kehliger Stimme, »und ich habe Barry noch nie betrogen.«

Cheryl zieht das Laken bis zum Kinn.

Wo sind diese wahnsinnigen Gefühle von letzter Nacht bloß geblieben?

»Ich habe dir doch gesagt, dass ich dich kennen lernen will.«

»Das hast du ja auch.«

»Es war nett. Mach dir keinen Kopf deshalb.«

Wie an die Wand geworfene Dias sieht Cheryl plötzlich Einzelheiten der letzten Nacht vor sich. Sie fühlt sich ekelhaft und hässlich. Was denkt er jetzt bloß von ihr? Und Cara, ihr Baby, ist entführt, weiß Gott von wem, und weiß Gott, was diesem winzigen Körper alles angetan wurde und wird? Zak zieht verwundert die Augenbrauen hoch, versteht nicht, warum sie sich solche Sorgen macht. Ängstlich sieht sie ihm zu, wie er ihre Kleider aus dem Trockner holt.

Hatte Zak das alles arrangiert?

Hatte er die ganze Zeit über vor, sie ins Bett zu ziehen?

Hatte er ihr deshalb Bett und Tisch angeboten?

Hatte er ihr Drogen gegeben?

Sie hat ihr Eheversprechen nicht einfach nur gebrochen, sie hat es schlicht vergessen.

Dass sie zu einem solchen Betrug oder solch ungezügelter sexueller Leidenschaft fähig wäre, hätte sie nie für möglich gehalten.

Sie beschließt, sich auf die geschäftliche Seite ihres Treffens zu konzentrieren. »Du hast gesagt, du bräuchtest Fotos. Ich bin einverstanden, Aufnahmen machen zu lassen.«

»Mach dir jetzt deshalb keine Gedanken«, meint Zak. »Dafür haben wir später noch Zeit.«

»Wann erscheint der Artikel in der Zeitung?«

»Im Laufe der Woche. Ich kann dir den genauen Tag nicht sagen.«

»Es tut mir Leid, was gestern Nacht passiert ist.« Hält er

sie für ein Flittchen? »Ich habe mich noch nie so aufgeführt.«

»Das war wirklich skandalös«, erwidert Zak grinsend. Seine Schritte klappern auf dem Holzboden, als er die Tassen in den Küchenbereich zurückträgt. »Du solltest das öfters tun, es macht Spaß.«

Nach einem wortkargen Frühstück, bestehend aus Grapefruitsaft und einer Art Müsli, das Zak in einem Mixer zusammenrührt, fahren sie auf seiner roten Harley wieder durch den Londoner Verkehr, doch diesmal hält er sich an die Verkehrsregeln.

Bei der Vorstellung, in Kürze ihre beiden Kinder in die Arme schließen zu können, klopft Cheryl das Herz bis zum Hals. Solange sie nicht in der Wohnung lebt, kann sie ihre Kleinen so oft sehen, wie sie will, falls Barry anwesend ist. Das bedeutet, dass Barrys Gespräch mit Zak in ihrer Wohnung stattfinden muss. Draußen im Park mit den herumtollenden Kindern würde er sich unmöglich konzentrieren können.

Cheryl hat vor, im Park zu warten, bis das Gespräch mit Zak beendet ist.

Zak wird doch nichts von letzter Nacht erwähnen, oder?

Ihm wird doch nichts herausrutschen?

Er hat ihr die ganze Freude auf ihre Kinder verdorben.

Bei dem bloßen Verdacht, sie könnte fremdgegangen sein, würde Barrys Welt einstürzen.

Als Victor und Scarlett den Weg entlangstapfen, Victor in seinen Teletubby-Stiefeln und Scarlett hintendrein, eine Hand an dem schäbigen Buggy, vergisst Cheryl ihre Ängste für einen Moment.

Sie drückt beide an sich, redet leise auf sie ein und kann

nicht aufhören, ihren Duft einzusaugen. Tränen stehen ihr in den Augen.

»Oh. Geht es ihnen gut?«

Barry umarmt sie alle auf einmal. »Es geht ihnen sogar hervorragend.«

»Vermissen sie mich?«

»Natürlich. Und ich vermisse dich auch.«

»Gibt es Neues von Cara?«

Barry schüttelt den Kopf.

Dann erinnert sich Cheryl an Zak, der noch immer auf seinem Motorrad sitzend darauf wartet, vorgestellt zu werden.

Wäre das kein gutes Foto?

Eine kleine Familie, beinahe komplett.

Warum war nicht die Rede von einem Fotografen? Oder wird Zak die Aufnahmen später selbst machen?

Besorgt fragt Barry. »Wie war die Nacht? Ich konnte nicht schlafen, musste ständig an dich denken.«

»Die letzte Nacht war in Ordnung. Ich bin mit Zak nach Hause gegangen. Er schreibt einen Artikel über uns. Es hat geklappt, Barry! Alles wird gut. Ich habe Sebby gefunden, und Leo hat Zak angerufen. Er ist ein Kumpel von ihm, ein Kollege. Wir können ihm vertrauen.«

Plötzlich zuckt Cheryl zusammen. Ein Krampf durchfährt sie, der an ihren Schultern beginnt und den ganzen Körper hinunterläuft. Verwirrt beobachtet sie, wie Zak Barrys Hand schüttelt. »Hi, Barry, freut mich, Sie kennen zu lernen.« Mit seinen geraden weißen Zähnen strahlt der *Mirror*-Reporter ihren Mann an.

19

»Sicher kann es sein, dass Cheryl sich selbst etwas vormacht. Die totale Verdrängung. Falls sie dieses Kind verloren hat, wäre es durchaus denkbar, dass sie sich bei dem ganzen Stress, den sie hinter sich hat, selbst einredet, dass es noch am Leben ist«, überlegt Sebby, nachdem er den Nachmittag damit verbracht hat, das Geburtsregister des vergangenen Sommers im St. Catherine's House durchzusehen. Aber er findet keinen Beweis für die Geburt einer Cara Brown. »Es würde mich auch nicht allzu sehr überraschen, wenn der Schock, den Cheryl erlitten hat, als sie Mrs. Donnolly tot vorfand, eine Art posttraumatischen Stress bei ihr ausgelöst hat.«

»Aber was ist mit Barry? Warum sollte er …?«

»Er macht doch immer, was sie sagt«, entgegnete Sebby. »Das war früher so, und jetzt wird es nicht anders sein. Wahrscheinlich hat er Angst davor, sie mit der Wahrheit zu konfrontieren. Alles ist außer Kontrolle geraten, und er ist völlig überfordert. Er hat nicht gewusst, an wen er sich wenden sollte.«

»Und was zum Teufel sollen wir jetzt machen?«

»Wir müssen zur Polizei damit«, erklärt Sebby. »Das ist für alle das Beste, auch für Cheryl. Aber ich verabscheue, was wir hier tun. Wir erklären sie für verrückt.«

»Morgen«, meint Kate. »Wir sagen es ihnen erst morgen. Cheryl ist krank, Seb, sie braucht Hilfe. Es ist alles so schrecklich.«

»Okay, morgen«, stimmt Sebby zu und schimpft innerlich mit sich, findet, dass er eigentlich auf Cheryls Seite stehen sollte. Und jetzt ist ausgerechnet er derjenige, der ihr das Genick bricht – Sebby weiß, dass die aufgebrachte Öffentlichkeit keinen weiteren von Cheryl Browns wahnsinnigen Plänen hinnehmen wird.

Dieses Mal ist die Sonderkommission zuversichtlicher.

Wieder rief jemand aus einer öffentlichen Telefonzelle mit verzerrter Stimme an. Nur der Übergabeort ist ein anderer.

Speaker's Corner im Hyde Park, am Sonntagmorgen um zehn. Zu der Frage: »Wie geht es dem Kind?«, äußert sich der Anrufer nicht.

Beamte gehen in der Nachbarschaft noch immer von Tür zu Tür und stellen ihren Fragenkatalog. Die Öffentlichkeit wurde aufgefordert, nach einer Mutter Ausschau zu halten, die plötzlich ein sechs Monate altes Baby hat. Diese Person wirke möglicherweise nervös, und das Baby schreie mehr als andere Babys. Wahrscheinlich sei mindestens eine Frau in den Fall verwickelt.

Ärzte und Krankenhäuser sollen Auffälligkeiten melden, zumal das Baby, als es entführt wurde, eine leichte Bronchitis hatte.

Noch einmal macht sich Sir Art Blennerhasset auf den Weg, die Adidastasche in der Hand. Noch einmal stellt er sie an der vom Kidnapper angegebenen Stelle ab. Noch einmal wundert er sich über das Gedränge, die vielen seltsamen Typen, die sich hier rumtreiben. Er stellt es sich schwierig vor, den Richtigen zu finden. Wenn die Leute wüssten, was sich in der Tasche befindet: ein schneller Griff, ein Stoß, ein Schlag, eine Drehung … nein. Das wäre nicht möglich, nicht mit so vielen Polizisten in Zivil in der Nähe.

Art fühlt sich allmählich wie ein Teilnehmer eines grausamen Spiels, das nicht enden will.

Seit dem Erfolg von *Die im Dunkeln sieht man nicht* gab es Veränderungen im Vorstand von Griffin. Alan Beam, Regisseur und geistiger Vater von *Die im Dunkeln sieht man nicht*, langweilt bei wichtigen, vertraulichen Sitzungen mit der Polizei als Vorstandsmitglied alle zu Tode. Im Haus kursiert das Gerücht, dass Headhunter ihn ständig mit ihren Angeboten bedrängen. Art vermutet, dass Alan es selbst verbreitet hat.

Und Jennie St. Hill, die Regieassistentin bei *Die im Dunkeln sieht man nicht*, eine Frau, die ihre Ellbogen einsetzt, um vorwärts zu kommen, und überzeugt davon ist, dass ihre haarsträubenden Ideen den Weg für neue »Durchbrüche in der Medienindustrie« ebnen, hat ein Gehaltsniveau erreicht, das nicht mehr weit von seinem entfernt ist.

Auf dem Weg nach Hause bleibt Art stehen, um die Sonntagszeitungen zu kaufen. Die *Times* und den *Observer* haben sie abonniert, aber es kann nicht schaden, ein paar Boulevardblätter zu lesen. Er findet, dass sie ausführlicher über Sport berichten, und Sarah liebt es, die Artikel über den Prominentenklatsch zu lesen.

Allmächtiger.

Was soll das?

Vom Titelblatt des *Mirror* springt ihm ein Bild von Cheryl Brown entgegen in einer äußerst unglücklichen Pose – ihr Schamhaar ist nur von einem schwarzen Ausrufezeichen bedeckt. Das wird Sarah wieder zum Anlass nehmen, dagegen zu wetten, dass Griffin junge Aufsteiger wider besseres Wissen gewähren lässt.

Er fragt sich, wie er den Browns jetzt noch helfen soll.

Was zum Teufel läuft da jetzt?

Erschöpft lässt er sich in den Sitz seines BMWs sinken und liest noch einmal die Schlagzeile: »Baby entführt – Mutter posiert für Porno.«

In der Unterzeile wird als Autor ein gewisser Zak Quinn genannt.

Art wird zu Hause den ganzen Artikel lesen.

Die Browns aus Harlow beugen sich fassungslos über die Schlagzeile.

Da glaubt man, noch schlimmer könne es nicht kommen, und dann setzt man sich mit der Sonntagszeitung zu Tisch, den Braten bei 150 Grad im Ofen, und die Katastrophe bricht herein.

Wie konnte Cheryl ihnen das antun?

Hatte sie in dieser Dokumentarserie denn nicht genug von sich gezeigt? Mit gespreizten Beinen im Kreißsaal, vor allen Leuten. Diese Schmuddelfotos. Und jetzt das.

Und seit Cath Brown ihre Freundin Glo anlog, dass Bill Multiple Sklerose habe, verbreitete sich dieses Gerücht wie ein Lauffeuer im Viertel, und nun muss Bill so tun, als ginge es ihm täglich schlechter, als es ihm wirklich geht. Er humpelt mit einer Krücke herum, die Nachbarn bringen ihm Videos und Plätzchen. Manchmal hat Cath den Eindruck, ihr Mann genieße die ungewohnte Aufmerksamkeit.

Vielleicht sollten sie Barry besuchen.

Er wird jetzt eine Schulter brauchen, an der er sich ausweinen kann – wenn die kleine Cara noch immer vermisst wird und seine Frau so schamlos die Ehe bricht.

Cara wird inzwischen sicher tot sein. Das arme Ding.

Am Ende werden sie immer tot aufgefunden, und was geschieht mit diesen Monstern, die auf der Suche nach ihren kleinen Opfern umherlaufen? Ein paar Jährchen hinter Gittern, und es geht wieder raus, als wäre nichts gewesen. Abhacken, findet Cath, alles abhacken, die Eier und den Rest. Es wäre wirklich besser gewesen, Cara wäre nie geboren worden. Aber das hatten ja viele Leute gedacht, als Caras Zeugung bekannt gegeben wurde.

Falls die Presse also eine weitere Meinung braucht, soll sie ruhig bei Cath anrufen. Je düsterer man Cheryl schildert, desto weißer wird ihr Sohn Barry daneben erscheinen. Schließlich ist er nur ein Mann, der auf die Reize dieser Frau hereingefallen ist. Sie hat ihn abhängig gemacht mit ihren sexuellen Tricks. Cath hätte es sich gleich denken können, dass es darauf hinausläuft. Immer geht es um Sex. Und das ist oft der Anfang vom Ende.

»Ich brauche dich, Mum.«

»Du dumme Kuh. Jetzt hast du's endgültig vergeigt.«

Annie drückt ihre Tochter an sich, schaut nach links und rechts, bevor sie die Tür hinter ihr schließt, berührt das Hufeisen mit dem Zeigefinger und zieht die dünnen Vorhänge zu.

»Die Nacht zum Samstag habe ich im Park verbracht. Ich hatte gehofft, Barry würde herauskommen und mit mir reden.«

Cheryl fährt sich durch ihr zerzaustes Haar. »Er ist nicht gekommen. Nachdem ihn dieser Reporter, Zak Quinn, interviewt hat, habe ich gewartet und gewartet, aber er kam nicht runter. Zak muss es ihm erzählt haben. Ich hatte keine Ahnung von den Fotos. Ich wäre nie auf die Idee gekommen, dass er so was tun würde…«

Annie verschränkt ihre speckigen Arme vor der Brust. »Aber du warst nackt in seiner Wohnung?«

»Ich war betrunken, high. Er muss mir irgendetwas in den Wein getan haben…«

»Du siehst gar nicht zugedröhnt aus.« Annie zieht die Zeitung unter ihrem abgewetzten Sofa hervor und beäugt sie angewidert. »Ich hab sie versteckt, damit die Jungs sie nicht finden. Du siehst so aus, als ob du Spaß hast.«

»Ich bin gestern Mittag in die Wohnung hinaufgegangen. Barry hat gesagt, er würde runterkommen, sobald er mit Zak fertig ist. Ich habe gegen die Tür geklopft, gebrüllt. Ich musste Barry sprechen. Er hat meine Kinder. Aber er kam nicht raus, und am Ende hat sich wohl einer der Nachbarn beschwert, denn auf einmal sind die Bullen gekommen und haben mich mitgenommen. Sie haben gemeint, ich würde gegen meine Bewährungsauflage verstoßen.« Cheryl schluckt. »Natürlich wusste ich zu dem Zeitpunkt nicht, was Zak ihm erzählt hatte. Ich hatte ja noch keine Ahnung, dass er diese Fotos hinter den Vorhängen entwickelt hat, als ich noch geschlafen habe. Und dass er sie Barry gezeigt hat.«

»Du hast also diesen Mistkerl gebumst, hm?« Annie rümpft die Nase.

»Mum, ich kann's nicht erklären.«

»Überrascht mich nicht.«

Die Andeutung eines Lächelns huscht über Cheryls Gesicht. »Es war nicht so.«

»Das sagen sie alle.«

»Ich weiß. Ich *weiß*.«

»Und die ganze Zeit lief die Kamera? Gott, Cher, du musst das doch gemerkt haben! Du bist ja nicht blind und taub.«

Cheryl schüttelt langsam den Kopf. »Ich hab es aber nicht gemerkt.«

»Dann musst du noch dümmer sein, als ich dachte.«

»Er war so nett zu mir.«

»Das kann ich mir vorstellen.«

»Er wollte uns helfen«, erklärt Cheryl, den Tränen nahe.

»Sich selbst wollte er helfen, meinst du wohl.« Annie rollt die Augen. »Männer. Diese Marge Smith drüben wird ein Fest feiern.«

»Und die anderen?«

Annie lugt hinter dem Vorhang raus. »Ja, sieht so aus. Mistkerle.«

Cheryl reißt den Kopf hoch. »Mach dir keine Sorgen, Mum, ich hab nicht vor, hier zu bleiben.«

»Kannst du aber, wenn du willst, Cher, das weißt du.«

Cheryls Augen scheinen aus den Höhlen zu treten. »Ich muss zurück. Ich muss in der Nähe bleiben für den Fall, dass ich Barry sehe. Irgendwann muss er die Wohnung verlassen. Er muss so verletzt und so wütend sein. Ich weiß das, mir ginge es genauso.«

Annie nickt und legt lauschend den Kopf auf die Seite. »Bist du pleite?«

»Ja, ich bin getrampt.«

»Ganz schön gefährlich.«

»Ich hab die Kapuze aufgelassen.« Sie lacht. »Der Fahrer dachte wohl, ich wäre irgendwie entstellt.«

Annie hebt den Porzellanhundekorb von dem holzverkleideten Kaminsims herunter. Cheryl weiß noch, wie sie als Kind mit dem dazugehörigen Porzellanterrier spielte und wie es sie teils faszinierte und teils ekelte, dass ihre Mutter darauf bestand, ihre abgeschnittenen Zehennägel in dem Körbchen aufzubewahren – als eine Versicherung gegen Unglück. Einmal brach Cheryl sein Bein ab und klebte es heimlich wieder an. Ob Annie das je bemerkte?

»Hier hast du einen Fünfer.«

»Danke, Mum.«

»Du kannst bleiben, wenn du willst.«

»Ich weiß, ich weiß.«

»Barry! Ich weiß, dass du mich hören kannst! Du musst mich reinlassen! Bitte, bitte! Lass dir erklären, wie es dazu kam!«

Die neugierigen Nachbarn öffnen ihre Haustüren, die Hände in die Hüften gestützt, die Arme vor der Brust verschränkt.

»Eine richtige kleine Hure bist du …«

»Versteh ja nicht, wie du dich da noch traust …«

»Was hast'n mit deiner Kleinen gemacht?«

»Du hast hier nichts zu suchen, das weißt du.«

Sie brüllt so laut sie kann. »BARRY!«

»Verzieh dich, und lass die Kinder in Ruhe.«

»Reicht es dir denn noch nicht, was du angerichtet hast?«

»Ich hol die Bullen.«

Cheryl versucht, die Rufe zu überhören und geht langsam die Treppe hinunter.

Sollen ihr die Reporter doch folgen.

Wie eine alte Frau schlurft sie zum Park. Das Einkaufsnetz mit der Decke, für den Fall, dass es kalt werden sollte, hat sie noch immer bei sich. Sie sucht ihre Bank auf, damit Barry sie findet, falls er seine Meinung ändert. Diese Nacht wird sie hier verbringen, die nächste und jede weitere Nacht, bis sie die Chance erhält, ihm alles zu erklären.

Aber was soll sie ihm sagen?

Schließlich hat Zak sie nicht gezwungen, mit ihm ins Bett zu gehen.

Sie wollte es, weil sie ihn attraktiv, *unwiderstehlich* fand. Und wie soll sie jemanden davon überzeugen, dass in dem Rotwein Drogen waren?

Vielleicht irrte sie sich ja.

Vielleicht war sie wirklich die geile Nymphomanin, als die sie die Presse darstellte. Immerhin hatten Sonia und Babs den Zeitungen berichtet, dass sie schon als Kind für Geld mit Männern mitging. Wie viel Geld Quinn wohl mit dieser Story verdienen würde? Fünftausend? Zehntausend? Und bekam Leo als Vermittler Provision?

Und Kate und Sebby?

Sie stöhnt auf. *O Cara, Cara, wo bist du?*

Zitternd wählt sie Sebbys Telefonnummer.

»Sebby, hier ist Cheryl.«

Sie rechnet damit, dass er den Hörer auflegt. Er aber gibt vor, so entsetzt zu sein wie sie.

»Ich habe mit Leo gesprochen. Er hatte keinen Schimmer, dass sich die Sache so entwickeln würde.« Sebby klingt aufrichtig. »Bitte glaub mir, Cheryl, wir hätten dir das nie angetan. Ich habe den ganzen Vormittag versucht, Zak zu erreichen, aber er ist nicht zu Hause. Ich weiß nicht, was ich tun soll. Ich fühle mich so schuldig.«

»Ihr habt gesagt, dass ich ihm trauen kann.«

»Davon war ich fest überzeugt. Ehrlich. Und Kate auch. Leo hat gesagt, dass er ein ausgezeichneter Journalist ist.«

Cheryl hat das Gefühl, dass ihr jemand die Kehle zudrückt.

»Können wir irgendetwas für dich tun, Cheryl? Sag es, irgendetwas?«

»Nein, Sebby, dafür ist es jetzt zu spät.«

»Wo verbringst du die Nacht?«

»Warum interessiert dich das? Hast du noch einen Kumpel, bei dem ich schlafen könnte?«

Dann piepst es, und ihr Geld ist verbraucht.

Die Dämmerung bricht herein.

Cheryl sitzt regungslos da und wartet.

Pärchen legen sich auf Decken ins Gras.

Ein Betrunkener schwankt vorbei.

Langsam nähern sich Schritte. Das ist nicht Barry. Seinen Gang kennt sie. Wer immer das ist, er ist groß und schwer … wahrscheinlich jemand, der es auf Cheryls Decke abgesehen hat. Außer dieser Decke besitzt sie nichts mehr, abgesehen von den Kleidern, die sie am Leib trägt und für die niemand einen Groschen gäbe.

Aber dieser Geruch ist ihr irgendwie vertraut …

Ein Obdachloser, wie Donny.

Wenn Donny jetzt bloß hier wäre.

Gedankenverloren pustet Cheryl auf ihre Pommes frites. Falls nicht jemand zufällig diese Eisenbahnwaggons entdeckt hatte, was in Anbetracht ihrer versteckten Lage sehr unwahrscheinlich erschien, dann musste irgendwer gewusst haben, dass die Kinder dort waren.

Aber woher?

Etwa einer von Donnys zweifelhaften Freunden? Hatte die Alte sich verplaudert? Hatte sie die Kinder alleine gelassen und die Mülleimer nach Weinflaschen abgesucht – obwohl Cheryl und Barry die Hand dafür ins Feuer gelegt hätten, dass sie clean war.

Schloss man diese Möglichkeit aus, dann kamen noch die Leute im Harold-Wilson-Gebäude in Frage. Und die Eisenbahnarbeiter natürlich. Außerdem die Leute, die über dem fünften Stock wohnten, und davon auch nur die, deren Wohnungen zum Bahnhof hin lagen.

Donny hätte schon sehr verzweifelt sein müssen, um die Kinder sich selbst zu überlassen. Nur Alkohol hätte ihr die Zunge lockern können. Gewöhnlich war Donny sehr wortkarg gewesen.

Bewegt sich da etwas hinter den Büschen? Angespannt starrt Cheryl in die Richtung.

Wer sonst könnte davon gewusst haben? Cheryls Kopf schmerzt vor Anstrengung. Wer? *Wer?* Als ihr der schreckliche Gedanke durch den Kopf schießt, als sie ihn aus ihrem Gehirn zu verbannen sucht, geht sie hinüber zu dem Zaun. Sie zerknüllt die leere Pommestüte. Wirft sie weg. Nein. *Nicht Barry.*

O nein, nicht Barry.

Aber Barry hätte das nie allein machen können. Jemand musste ihm geholfen haben.

Warum?

Wegen des Geldes?

Oder hatte er es darauf abgesehen, sie endgültig in den Wahnsinn zu treiben?

Sie ist fassungslos darüber, dass sie so etwas Unvorstellbares überhaupt in Erwägung zieht. Und dann fällt ihr ein, in welchen Kreisen er sich bewegt hatte, bevor sie ihn kennen lernte. Abschaum sagt Cath dazu, zwielichtiges Gesindel. Das Letzte. Und sie haben sich weiterentwickelt – von kriminellen Teenagern zu echten Verbrechern. Einige von ihnen sind sogar im Gefängnis gelandet.

Cheryl fällt plötzlich auf, dass er sich nicht gerade übermäßig ins Zeug gelegt hat, um zu verhindern, dass sie auf die Straße musste. Da hätte er sicher mehr für sie tun können – außer ...?

Sie lehnt sich gegen den Zaun und umfasst die Spitzen, die oben herausragen. Niemand wusste, dass die Kinder dort waren, niemand außer ihr und Barry. Barry hatte Sebbys Karte. Barrys Club sind die Spurs, seit jeher. Sie hat noch nie gehört, dass er sich für Arsenal interessierte. *Er erwähnte es nie.*

Könnte Barry, mit Leos Hilfe, diese Farce mit Zak Quinn tatsächlich geplant haben?

Aber warum, warum, *warum*?

Sinnt eine Frau allein, dann sinnt sie auf Böses.

Der Hexenhammer

Mit ganzer Kraft umklammert sie die Zaunspitzen, reißt an ihnen, als quälten sie unerträgliche Schmerzen, als bringe sie ein Kind zur Welt.

20

»Komm nach Hause, mein Sohn, ich richte dir dein altes Zimmer her. Du kannst nicht hier bleiben, Tag und Nacht eingesperrt und mit dieser Verrückten draußen vor der Tür. Du brauchst Ruhe, nach allem, was du durchgemacht hast. Komm nach Hause, zu deiner Mutter und deinem Vater.«

»Ich weiß nicht, ob ihr die Kinder ertragen könnt.«

»Mach dir keine Gedanken wegen der Kinder, mein Sohn. Das schaffen wir schon, wir haben es immer geschafft. Vergiss nicht, ich bin selbst eine Mutter.« Und Cath Brown lacht zufrieden.

Barry hatte die Wohnung an diesem Morgen bewusst früh verlassen, um zu verhindern, mit den Presseleuten oder Cheryl zusammenzustoßen, die ihm, wie er vermutete, sicher draußen im Park auflauerte. Er hatte nichts mehr zu essen im Haus und lief die fünf Minuten zu dem kleinen Supermarkt weiter unten in der Straße. Eigentlich hätte er sich, sobald er um die Ecke bog, unvorstellbar frei fühlen müssen, wie ein Vogel, der sich in die Luft erhebt, von den Aufwinden tragen lässt und dahingleitet, überall freundliche Gesichter, kein Feind weit und breit.

Denn jetzt ist er es, der verletzt ist.

Wie konnte sie ihm das nur antun? Und aus allen Zeitungen sprang ihm dieses Foto entgegen … Er hätte Cher nie so verletzt. Schon damals, als diese Nacktfotos von Cher an die Öffentlichkeit kamen, war er geschockt, aber es war ihm gelungen, vernünftig damit umzugehen. Das hier war etwas Anderes. Sie hatten nicht viel, sie beide, aber wenn sie einander nicht treu waren, hatten sie gar nichts. Ohne Cher und ihre verrückten Einfälle wäre Cara jetzt nicht vermisst.

Sie hätten niemals bei dieser verfluchten Serie mitgemacht. Und sie wäre nie mit diesem Quinn zusammengekommen.

Cher mit ihrem Temperament, ihrer Energie, ihren Ideen. Aber warum macht er auch immer alles, was sie vorschlägt? Warum gibt er immer nach, obwohl er es eigentlich besser weiß? Er muss verrückt gewesen sein, bei dieser vorgetäuschten Entführung der Kinder mitzumachen, und das zu einem Zeitpunkt, zu dem sie beide schon einem Nervenzusammenbruch nahe waren. Liegt es daran, dass er zu weich ist? Vielleicht wäre er kein solcher Schwächling, wenn er arbeitete, wenn er, wie sein Vater das nannte, die Kohle heimbrachte.

Er hatte bereits Angebote. Zwei Journalisten waren in die Wohnung gekommen und hatten ihn nach seiner Geschichte gefragt: der Mann, der mit der Hexe lebte.

Bislang hat er abgelehnt. So tief will er nicht sinken.

Aber jetzt muss er seine Mutter anrufen.

Kein Wunder, dass Cath unbedingt will, dass er zu ihr kommt. Ihr Telefon hat nicht aufgehört zu läuten seit dem Sonntagmorgen, an dem die Story im *Mirror* erschienen war.

Interviews, Radio, Fernsehen, Boulevardzeitungen – seit Cheryl »geoutet« wurde, ist Barry gefragt. Er soll den Presseleuten erzählen, wie Cheryl ihm schon immer auf der Nase herumtanzte, das er nicht überrascht war, als er die obszönen Fotos sah, oder dass sie versuchte, den freiberuflichen Journalisten mit Sex zu bestechen.

Sie hatte während der monatelangen Aufnahmen schamlos mit den Kameramännern geflirtet.

Er hatte nie Kinder gewollt, sie hatte darauf bestanden, obwohl sie noch nicht volljährig war, so war es doch?

Sie war doch keine Jungfrau mehr, als er sie kennen lernte, oder?

Und es stimmte doch, dass er Cheryl nie geheiratet hätte, hätte sie ihm nicht mit Selbstmord gedroht, hätte sie nicht geschrien, sie würde mit Victor aus dem Fenster springen, wenn er sich weigere? Ihre Mutter, Annie, hatte ihn dazu gezwungen. Hatte doch auch alles bezahlt, oder? Hatte ihm deutlich klar gemacht, was mit ihm geschehen würde, wenn er Cheryl sitzen ließe.

Barry fragt sich kopfschüttelnd, wer zum Teufel sie auf diese Ideen gebracht hatte. Als Cheryl vor laufender Kamera erklärte, sie sei das dritte Mal schwanger, hatte Barry da vermutet, dass das Kind nicht von ihm sei?

Dass sie wieder ihrer Lieblingsbeschäftigung nachging und Männer aufriss?

Aber weil er ein anständiger Kerl war, dachte er wahrscheinlich, er dürfe sie nicht fallen lassen, vor allem, als alle sich gegen sie wandten und er sah, wie schlecht es ihr deswegen ging.

Cheryl unterlag solchen Stimmungsschwankungen, trotz der ganzen Tranquilizer, die sie nahm. Ihre Depressionen waren doch furchtbar? Ihre Wutausbrüche unerträglich?

Welche Kraft ihn das gekostet haben muss, während dieser so genannten Entführung hinter Cheryl zu stehen.

Was für eine falsch verstandene Loyalität muss ihn angetrieben haben, um ihr bei diesen durchtriebenen Plänen zu helfen.

Nur der Gedanke, dass die Kinder sicher waren – vielleicht sogar sicherer bei Donny als bei ihrer Mutter, so überdreht, wie Cheryl zu diesem Zeitpunkt war – kann sein Verhalten erklären. Und das Wissen, dass er jederzeit hätte nachsehen können, wie es ihnen geht. Er erkennt jetzt doch, was er für ein Narr war? Er war selbst halb durchgedreht.

Jetzt wünscht er sich nur noch eines: sein Kind wieder in den Armen halten zu können und vielleicht von der Öffentlichkeit etwas Verständnis.

Cheryl will er nie wiedersehen.

Erzählen Sie es uns, Barry, heraus damit. Öffnen Sie uns Ihr Herz.

Wann also plant er, sich von seiner Frau scheiden zu lassen und das Sorgerecht zu beantragen?

Noch am selben Nachmittag verlässt er das Harold-Wilson-Gebäude. Er nimmt dabei nur das Notwendigste mit. Die meisten Möbel gehören ihnen ohnehin nicht, und nichts davon ist es wert, mitgenommen zu werden.

Cath durchwühlt mit gerümpfter Nase Cheryls Sachen und stopft sie in zwei schwarze Müllbeutel, die sie in den Flur stellt.

Nachdem sie zwei Koffer gepackt haben, hauptsächlich mit Kleidung und Spielsachen für die Kinder, kämpfen sich die Browns die Treppen hinunter. Sie sind schon fast unten, als Cheryl plötzlich vor ihnen steht.

Cath hatte gehofft, dies bleibe ihnen erspart. Und woher kommt diese Kamera? Machen diese Teufel denn nie eine Pause?

Barry reicht Cheryl die Wohnungsschlüssel. »Die kannst du ruhig haben.«

Sie stottert: »Aber was ist denn hier los? Wohin bringst du sie?«

»Das geht dich gar nichts an«, fährt Cath sie an und drängt sich mit zusammengekniffenem Mund dazwischen. »Aus dem Weg hier, das geht dich nichts mehr an.«

Cheryl stößt sie zur Seite und verstellt Barry den Weg.

Mit funkelnden Augen kreischt sie: »Ich habe dich gefragt, *wohin du gehst.*«

»Ich will mir deine Entschuldigungen nicht anhören, Cher. Ich bin noch nicht so weit. Lass mich bitte allein. Ich muss selbst damit fertig werden.«

Cheryl beginnt zu weinen. »Mir ist klar, wie verletzt du sein musst. Deshalb habe ich hier auf dich gewartet. Wir müssen reden, Barry, du kannst nicht einfach weggehen. ...*Ich halte es nicht mehr aus*... Sei bitte nicht so abweisend, bitte, bitte...«

»Du hast gehört, was er gesagt hat.« Selbst Bill wird ungeduldig. »Geh jetzt bitte aus dem Weg. Du erreichst nur, dass die Kinder sich aufregen.«

»Ha! Seit wann kümmert die das? Das hat sie doch noch nie gestört!«, zischt Cath, während sie versucht, an den Kameras vorbeizukommen.

Cheryl schluchzt, das Gesicht zu einer Grimasse verzerrt: »Aber ich kann nicht zusehen, wie ihr sie mitnehmt.«

»Cheryl, du hast gar keine andere Wahl«, stößt Bill wütend hervor. Und zum ersten Mal seit langer Zeit ist Cath stolz auf ihn.

»Barry will nichts mehr von dir wissen«, ruft Cath triumphierend. »Wann geht das endlich in dein Spatzenhirn? Du kleine Nutte!«

»Barry«, fleht Cheryl, »bitte sag ihnen, dass sie gehen sollen. Das geht nur dich und mich etwas an.«

Sie sind umzingelt von Kameras, doch im Augenblick scheinen die Browns sie nicht zu registrieren.

»Ich schaff das nicht, Cher. Im Augenblick ist mir das alles zu viel.«

Cheryl bricht zusammen, hält sich am Kinderwagen fest. Während Barry versucht, ihn an ihr vorbeizuschieben, greift sie verzweifelt nach Scarletts Hand und bringt die Kleine zum Weinen. »Bitte, mach das nicht, Barry. Barry, ich liebe dich, ich liebe dich, *ich liebe dich.*«

Inzwischen hat sich ein richtiger Menschenauflauf gebildet, und alle sind auf Barrys Seite.

»Armer Teufel. Mit so einer verheiratet sein.«

»Die Frau ist krank.«

»Eine Rabenmutter.«

Solche Leute sieht man im Fernsehen, in Sendungen, in denen sie nach Verbrechern fahnden.

Inzwischen brüllen beide Kinder wie am Spieß.

Schließlich lässt Cheryl ihre Tochter los und sackt, an die Mauer gelehnt, in sich zusammen. Vorsichtig steigt Cath über sie, wobei sie darauf achtet, einen großen Bogen um die Beine ihrer Schwiegertochter zu machen, und zieht den quietschenden Kinderwagen zum Taxi.

Kaum hatten sie die Haustür hinter sich zugemacht und wollten ihre erste Tasse Tee trinken, als das Telefon läutet.

»Ich hab's dir gesagt«, flüstert Cath zufrieden und reicht Barry den Hörer. »Ich hab dir gesagt, dass es so sein wird.«

Während Barry sich auf den Reporter am anderen Ende der Leitung konzentriert, wirbelt Cath durch ihr blitzsauberes Wohnzimmer und räumt Glasnippes, Bilder, Bücher und Briefe weg, alles, was von Victor und Scarlett erreicht werden könnte.

»Nein, Victor«, ermahnt sie ihn streng. »Omas teure Sachen darf man nicht anfassen. Nein, Scarlett, *gib mir das*. Lass sie nicht am Fernseher herumschalten, Bill, sie bringen die Programme durcheinander.«

Aber Bill sitzt wie hypnotisiert auf seinem Stuhl und verfolgt ihr Treiben. Hat ihnen denn nie jemand gesagt, wie man sich benimmt? Und jetzt hat Scarlett sich auch noch das Knie aufgeschlagen. Sie brüllt so laut, dass man es wahrscheinlich noch ein paar Straßen weiter hören kann.

Aber Barry telefoniert und kann nicht eingreifen.

Wie kam er damit nur allein zurecht?

Cath versucht, die Kleine hochzuheben, aber Scarlett greift nach ihrer Brille und wirft sie auf den Boden, wobei sie mit ihren kleinen Füßen fest in Caths Bauch tritt.

»Hör auf, Scarlett, *das reicht*. Papi telefoniert. Schsch. Er kann ja nicht hören, was der Herr sagt.«

»Das Kind braucht mal eine ordentliche Tracht Prügel«, erklärt Bill.

Also gibt Cath ihr einen Klaps, nur einen leichten Klaps auf die Beine, so wie früher bei Barry. Mit einer völlig anderen Wirkung. Während Barry sich immer ängstlich hinter dem Sofa versteckte, kreischt Scarlett nur noch lauter.

»Kommt nach ihrer Mutter«, meint Cath und bringt einen Adler aus Bleikristall in Sicherheit, der auf dem Couchtisch steht.

Und auch am Abend wird es nicht ruhiger.

Um acht Uhr hatten die Erwachsenen immer noch keinen Tee getrunken. Cath konnte sich nicht in Ruhe *Das ist ihr Leben* ansehen. Barry müht sich mit hochrotem Kopf ab, seine Kinder zu beruhigen.

»Lass sie doch«, meint Cath. »Das haben wir immer so gemacht. Lass sie gehen. Sie hören schon auf damit.«

»Sie haben so viel durchgemacht«, schnauft Barry erschöpft. »Der Tag war schlimm für sie.«

Da sind sie nicht die Einzigen, denkt Cath, der der Magen knurrt. Möglicherweise war es doch keine so gute Idee, Barry einzuladen? Was wird passieren, wenn sie Besuch bekommt?

»Das ist der Einfluss dieser Frau«, bemerkt Bill.

Aber vielleicht kann ihnen »diese Frau« zu einem sorgenfreien Leben verhelfen, wenn Barry die Sache geschickt angeht und macht, was die Reporter ihm vorschlagen.

Nachdem sie gegessen und abgespült haben und Cath die Fischmesser und -gabeln wieder in die richtigen Schachteln geräumt hat, sprechen sie über die drei großzügigen Angebote, die Barry an diesem Abend erhalten hat.

»Du solltest dir das genau überlegen, mein Sohn«, meint Bill, der sich ein paar Kissen in den Rücken gestopft hat. »Du hast nicht viel Zeit, bevor sie den nächsten Fisch an der Angel haben. Nimm das Geld, solange du kannst. Ich an deiner Stelle würde das tun.«

»Ja, nimm das Geld. Darüber solltest du nicht zweimal nachdenken, Barry«, mischt sich Cath ein.

»Ich weiß schon, was zu tun ist, Mum«, erklärt Barry trotzig.

»Woher solltest du das denn wissen?«

Als Barry diese Worte hört, wird er ganz ruhig, so ruhig wie damals als Kind, wenn er etwas angestellt hatte – sein Glas ausgeschüttet, eine Tasse zerbrochen – und ihr offensichtlich ins Gesicht gelogen hatte. Und dann in der Pubertät, als er ständig so gereizt und aufsässig war, hatte er genau diesen Gesichtsausdruck, wenn er sich heimlich zu seinen Kumpels schlich, die abends ewig lange unterwegs waren und tranken. Damals entdeckte Cath auch Flecken in seinen Unterhosen.

Schon bei dem Gedanken an diese Zeit wird Cath ganz flau im Magen.

Er hatte alles kaputt gemacht.

Er hatte alles zerstört.

Es war, wie einen geliebten Menschen zu verlieren.

In der einen Minute war er noch leicht zu beeinflussen und fügsam, und die ganze Welt stand seinen Fußballerbeinen offen, und in der nächsten hatte er Flecken in der Unterhose und rebellierte. Und es gab nichts, was sie hätten tun können. Über ihre zaghaften Versuche, ihn zu bestrafen, hatte er nur gelacht. Für Prügel war er zu groß, zu kräftig für Bill. Er machte sich lustig über ihre Drohung, ihm sein Taschengeld zu kürzen – irgendwie brachte er immer genug Geld auf, um auszugehen und zu tun, wozu er Lust hatte.

Aber er hatte keine Arbeit.

Er war zu jung, um staatliche Unterstützung zu bekommen.

Er hatte ihr nie Geld gestohlen – das hatte sie immer kontrolliert. Sie hatte sich immer notiert, wie viel Geld sie in ihrer Börse hatte. Offenbar hatten ihm seine Kumpels ausgeholfen. Kumpels nannte er sie, während sie ihn in Wahrheit nur benutzt hatten, ihn auf die schiefe Bahn gebracht, ihn verführt und gegen seine Eltern aufgehetzt hatten.

Kein Wunder, dass er in der Schule versagt hatte.

Kein Wunder, dass er bei Cheryl hängen geblieben war.

Cath hofft, dass er jetzt vernünftig wird und mit der Presse spricht. Ihnen erzählt, was sie hören wollen. Die Zeit für moralische Prinzipien ist abgelaufen.

Sie hatten damit gerechnet.

Zehn Uhr vorbei, und das Telefon läutet.

Man kann es an Barrys Gesicht erkennen, dass Cheryl am anderen Ende ist.

Bill steht auf, um die Teetassen abzuspülen, aber Cath bleibt im Zimmer und tut so, als sei sie damit beschäftigt, die Kissen zurechtzurücken, die Zeitung zusammenzulegen und die Lampen auszuschalten.

»Knall den Hörer auf!«, zischt sie in Richtung Diele.

Aber Barry wendet ihr den Rücken zu und beugt sich über den Hörer, sodass Cath näher kommen muss, um zu verstehen, was er sagt.

»Ich bin noch nicht so weit, darüber zu reden, Cher. Gib

mir mehr Zeit. Ich bin im Schockzustand. Es ist wie ein Tritt ins Gesicht. Ich möchte noch nicht mit dir reden, bitte.«

Barry muss stark sein und durchhalten, denkt Cath. Er war viel zu gutmütig, Cheryl die Wohnungsschlüssel zu geben. Cath hätte das nie und nimmer getan. Soll die Hexe doch auf der Straße schlafen, da gehört sie hin.

»Nein, Cheryl, ich will mich nicht mit dir treffen.«

Cath stößt einen Seufzer der Erleichterung aus, als er endlich den Hörer auflegt.

»Malzkaffee oder einen Kakao?«

Barry schüttelt den Kopf, und Cath sieht, dass er ganz blass ist und zittert. »Nein danke, Mum.«

»Was wollte sie?«

Barry zuckt die Achseln. »Reden, alles erklären.«

»Die hat Nerven…«

»Ich weiß.«

»Wenigstens einen trockenen Keks. Du kannst nicht mit leerem Magen ins Bett gehen.«

Aber da ist er wieder, dieser alte Trotz, dieser harte Ausdruck in seinem Gesicht, den sie vor nicht allzu langer Zeit zu fürchten gelernt hatte.

21

Was anderes ist die Frau als die Feindin der Freundschaft, eine unentrinnbare Strafe, ein notwendiges Übel, eine natürliche Heimsuchung, ein wünschenswerter Verlust, eine häusliche Gefahr, ein ergötzlicher Schaden, ein Irrtum der Natur, mit schönen Farben bemalt?

St. Johannes Chrysostomos über Matthäus 19,10

Cheryl hat alles verloren, ihr Baby, ihre Kinder, ihren Mann und ihren letzten Funken Selbstachtung. Und es ist ihre eigene Schuld. Sie kann Barry sogar verstehen, kann verstehen, warum er sie jetzt so abweisend behandelt. Hätte sie ihn mit einer anderen Frau erwischt, hätte Cheryl ihn wahrscheinlich umgebracht.

Wird sie am Ende manipuliert von einer unsichtbaren, bösen Macht? Könnte ihr Sturz aus irgendeinem Grund von langer Hand geplant worden sein?

Cheryl litt nicht allein.

Übelkeit überfiel Sebby Coltrain. »Falls irgendwer von Griffin entschädigt werden sollte, dann diese Familie«, erklärte er mit hochrotem Kopf und trommelte mit den Fingern auf dem Schreibtisch in Hauptkommissar Rowes Büro herum. »Allmächtiger, wenn man sich vorstellt, was passiert ist. Und der ganze Schwachsinn, den sie verzapft haben, von wegen einen positiven Archetypus auswählen! Quatsch. Sie hätten die Sache vergessen können, falls die Browns nicht mitgezogen hätten.«

»Das mag alles sein, aber das tut hier nichts zur Sache, fürchte ich«, beharrte Hauptkommissar Rowe und musterte das ungleiche Paar, das ihm gegenüber saß: die elegante Frau und den nachlässig gekleideten Journalisten. Der Kerl war auch nicht besser als seine Berufskollegen, dachte Rowe. Schließlich hatte er mitgemacht bei dieser obszönen Geschichte, wo Vertrauen und Zuneigung schamlos ausgenutzt und nur dazu eingesetzt worden waren, das große Geld zu verdienen und in die Schlagzeilen zu kommen. »Was jetzt wichtig ist, ist die Suche nach diesem nicht vorhandenen Kind abzublasen, bevor es zu viele rote Ohren gibt.« Nachdem Sebby heute Vormittag mit dieser Information auf der Wache aufgekreuzt war, hatte Rowe im St. Catherine's House nach Unterlagen zu Caras Geburt suchen lassen und keine gefunden, weshalb er einen Wutanfall bekam. Barry wurde in diesem Augenblick in seinem Elternhaus befragt, doch Cheryl war spurlos verschwunden. Hätte er nur diesem psychiatrischen Bericht mehr Beachtung geschenkt. Hätte er nur mehr auf die Leute von Griffin gehört…

Fasziniert starrte er Kate an. Ihr cooles Auftreten beeindruckte ihn. Sie konnte ihre Wut kontrollieren. »Wie sind Sie auf die Idee gekommen, dass es keine Cara gibt?« Er musste diese Frage einfach stellen. Statt selbst etwas in der Art zu vermuten, war er zu sehr auf die Idee fixiert, die Browns hätten Cara versteckt und die Lösegeldforderungen kämen von ihnen. Wenn Hauptkommissar Rowe nicht aufpasste, wenn er es dieses Mal nicht richtig machte, würde er seine ganze Glaubwürdigkeit in der Öffentlichkeit verspielen.

Kate versuchte, es ihm zu erklären, doch mit jedem weiteren Wort, das sie sagte, schien sie die Frau zu verraten, die ihr Mann und seine Kollegen auf so grausame Weise hereingelegt hatten. »Ich habe Sebby zugehört und mir im Kopf ein Bild von Cheryl gebildet. Ich habe mich gefragt, was ich an ihrer Stelle getan hätte. Und ich muss zugeben, ich hätte mich wohl ziemlich genauso verhalten.«

»O nein«, warf Rowe ein, »das glaube ich keine Sekunde.«

»Nein. Aber Sie sind auch ein Mann, und Männer haben keine solche Vorstellungskraft. Aber was Cara angeht, habe ich das Gefühl, versucht Cheryl nicht, Ihnen einen Bären aufzubinden. Ich fürchte, sie ist womöglich sehr, sehr krank – genau wie ich es wäre in ihrer Situation.«

Mrs. Donnollys Leiche war zur Bestattung freigegeben worden, es würde ein Armenbegräbnis werden. Die Obduktion hatte endlich Ergebnisse gebracht. Mrs. Donnolly war nicht angegriffen worden. Sie war eine schwergewichtige Frau gewesen, und bei dem Versuch, die Waggontür aufzubrechen, gestürzt. Sie hatte sich noch ein Stück geschleppt, was zu den Verletzungen und schließlich zu dem Herzanfall geführt hatte. Merkwürdigerweise gab es kein Anzeichen für längeren Alkoholmissbrauch, was Cheryls Behauptung bestätigte, dass die Obdachlose nicht trank. Aber zum Zeitpunkt ihres Todes war sie völlig betrunken gewesen. In ihren letzten, auf wackeligen Beinen verbrachten vierundzwanzig Stunden musste sie zwei Flaschen Gin geleert haben.

»Die Tatsache, dass die Großeltern das Baby nie gesehen haben, lässt Ihre Hypothese zur beinahe sicheren Gewissheit werden«, meinte Rowe stirnrunzelnd. Er wünschte, er hätte den Namen Brown nie gehört. Vor dieser ganzen Geschichte hätte Rowe die Hand dafür ins Feuer gelegt, dass man ihn nicht linken konnte, nicht nach all den Jahren Berufserfahrung. Er merkte es gleich, wenn er angelogen wurde. Er hatte den Browns von Anfang an misstraut. Und er hatte richtig gelegen. Aber niemand hatte an der Tatsache gezweifelt, dass es drei Kinder gab. Diese Idee war ihm nie in den Sinn gekommen. Aber wenn man es mit einer Verrückten wie Cheryl zu tun hatte, durfte man nichts für gegeben hinnehmen. Das hätte er wissen müssen.

Er seufzte laut. »Und wenn dieser Trottel von Ehemann weiter Cheryls Lügen unterstützt«, wandte sich Hauptkommissar Rowe an Sebby, »werde ich ihn so schnell hierher holen, ihn so hart rannehmen, dass er seinen Hintern nicht mehr von seinem Ellbogen unterscheiden kann.«

»Ich hoffe nur, wir haben alles nicht noch schlimmer gemacht«, bemerkte Kate besorgt. »Cheryl braucht jetzt Hilfe und niemanden, der sie verfolgt. Falls Cara nur eine

Erfindung ist, gibt es mit Sicherheit einen Grund dafür – wahrscheinlich der Stress, unter dem Cheryl gestanden hat.«

Rowe hatte jetzt keine Lust auf solche Ausflüchte und Rechtfertigungsversuche. »Sie wird die Hilfe bekommen, die sie braucht«, erklärte er mit einem drohenden Unterton in der Stimme, »so viel kann ich Ihnen versprechen. Ab dem Moment, ab dem wir sie gefunden haben.«

Es war schrecklich gewesen, als sie Barry das letzte Mal sah, vor dem Harold-Wilson-Gebäude. Sie hatte keine Möglichkeit gehabt, mit ihm zu reden, ständig hatten sich Bill und Cath dazwischen gedrängt. Ihre Knie hatten so gezittert, dass sie keinen Schritt mehr machen konnte. Victor und Scarlett hatten in dem Kinderwagen gesessen, den Barry gebaut hatte, und nach ihrer Mutter geschrien. Cath hatte vor Selbstgerechtigkeit geglüht – endlich hatte sie ihren Sohn wieder.

Selbst Bill hatte einen halbherzigen Angriff auf seine Schwiegertochter Cheryl gewagt.

Barry war nicht in der Lage, sich ihre Erklärungen anzuhören, er war unerreichbar, verschanzt hinter Mauern, die unüberwindbar waren für sie. Sie hatte ihn zu tief verletzt. Aber sie gab nicht auf, machte weiter und weiter, erniedrigte sich, flehte ihn an, klammerte sich an ihn … *Tu es nicht, bitte, bitte, geh nicht.* Sie hatte sich darauf eingestellt, zurückgewiesen zu werden und kein Mitleid zu ernten. Dennoch tat es schrecklich weh. Barry, der so gut zu ihr gewesen war, der sie geliebt hatte, der Vater ihrer Kinder. Sie beide hatten so vieles zusammen durchgemacht. Wenn er ihr nur eine Gelegenheit gäbe, ihm alles zu erklären. Stattdessen forderte er sie auf, ihm aus dem Weg zu gehen. Dabei waren seine Augen hart wie Stein gewesen.

Am Ende hatte sie hilflos Scarletts Händchen losgelassen. Und gewusst, dass sie sie alle verloren hatte.

O Gott, bitte hilf mir und zeig mir, was ich tun soll.

War auf einmal die ganze Welt verrückt geworden? Oder war es Barry, der den Verstand verlor?

»Aber Sie können doch die Suche nach Cara nicht einfach abbrechen! Was sagen Sie da? Um Gottes willen, ich verstehe Sie nicht, Cara war eine Hausgeburt. Sie kam in unserer Wohnung zur Welt. Alles ging sehr schnell. Wir hatten nicht die Zeit … Und außerdem war es uns recht so.«

Die Erinnerung an diese lange, heiße Nacht durchfuhr ihn blitzartig. Diese Schwangerschaft war von Anbeginn an anders. Durch ihre Verkündung der Schwangerschaft vor den Fernsehkameras schien Cheryl zwar die Aufmerksamkeit erhalten zu haben, die sie so dringend benötigte, jedoch nicht die Art, die sie erwartet hatte. Barrys Abtreibungsvorschlag hatte sie furchtbar aufgeregt. Leo und Sebby hatten kein Hehl aus ihrer Abscheu gemacht. Cath war entsetzt von der Neuigkeit, und sogar Annie keifte herum. »Du Kuh, du dumme Kuh. Das hast du dir selbst zuzuschreiben.«

Sie hatte zwei Termine in der Klinik vereinbart, war aber nie hingegangen. Während dieser Monate war sie so unglücklich, weil ihre zwei Yuppie-Helden sie verlassen hatten, dass die Schwangerschaft zweitrangig geworden war. Und dann diese Spannung vor der Ausstrahlung der Serie – die Preview, der Beginn der ganzen Publicity. Das Baby kam etwas zu früh zur Welt, die Wehen hatten eingesetzt, als Cheryl in der Badewanne gelegen hatte. Zwei Stunden, und alles war vorbei. Barry hatte die Nabelschnur mit seinem Schweizer Messer durchtrennt, das er mit Desinfektionsmittel abgewischt hatte. Er fühlte sich bereits als Fachmann, da er bereits zweimal dabei zugeschaut hatte. Nach der Geburt schien es Cara und Cher auch ohne medizinische Behandlung blendend zu gehen. Außerdem brauchten sie nicht stundenlang in Krankenhäusern zu warten mit quengeligen Kindern, sich keine endlosen Vorträge über Ernährungsvorschriften und Rückbildungsgymnastik und die Notwendigkeit von Ruhepausen anzuhören. Die Serie lief kurz danach an, und von da an war im Leben der Browns nichts mehr so wie vorher.

»Wir wollten nicht, dass ein Riesentrubel veranstaltet wird, nicht nach der Live-Übertragung von Scarletts Geburt. St. Mary's hätte vielleicht etwas an die Presse durchsickern lassen, wenn sie Cheryl und mich erkannt hätten. Man wusste dort, dass mich die öffentliche Geburt gestört hatte, und deshalb kamen wir überein, uns diesmal in die Privatsphäre zurückzuziehen.« Barry blickte in die Runde der Gesichter um ihn, die ihn alle ungläubig ansahen. »Was zum Teufel ist daran verkehrt?«

»Sie haben die Geburt nie gemeldet. Das verstößt gegen das Gesetz. Sie sind bereits Vater, Sie müssten das wissen.«

Barry zuckte die Achseln. »Cher und ich, wir geben nicht so viel auf Formulare und Anmeldungen.«

»Ich denke, dass Sie lügen, Barry«, fuhr Inspektor Scott ihn an. »So wie Sie schon oft gelogen haben. Sie haben diese Briefe an Griffin geschickt, Sie haben …«

Cath schob den Kopf durch den Türspalt. »Will jemand Kaffee? Tee? Plätzchen?«

»Selbst Ihre Mutter gibt zu, dieses geheimnisvolle Kind nie gesehen zu haben.«

»Aber wir haben sie angerufen, als Cara geboren wurde. Erzähl es ihnen, Mum. Ich hab dich vom Bahnhof aus angerufen. Ich habe dir erzählt, es sei eine Hausgeburt gewesen, und du hast gesagt, sie hat Glück gehabt, dass sie lebt.«

Scott ignorierte Caths Nicken.

»Ist sie gestorben, Barry? Ist das die Wahrheit? Ist das Baby tot zur Welt gekommen? Seid ihr in Panik geraten und habt versucht, das zu vertuschen? Hat Ihre Mutter das Kind deshalb nie zu Gesicht bekommen?«

»Barry würde in so einer wichtigen Angelegenheit niemals lügen«, erklärte Cath mit hochgezogenen Augenbrauen.

Scott musste über ihren gouvernantenhaften Ausdruck lachen. »Gelogen hat er früher auch schon, meine Liebe. Kommen Sie mir nicht mit der Nummer.«

Plötzlich wandte sich Barry an Inspektor Scott und rief: »Sie war schwanger bei der Preview. Sie trug ein Umstandskleid. Sie brauchen nur loszuziehen und die Leute zu fragen, die dort waren. Du liebe Güte, jemandem muss das doch aufgefallen sein.«

Inspektor Scott schien das nicht zu beeindrucken. »Sie haben mir gerade erzählt, warum Ihre Mutter nie ihr Enkelkind sah.«

»Von dem Augenblick an, als *Die im Dunkeln sieht man nicht* im Fernsehen lief, hatten wir keine ruhige Minute mehr. Sie haben ja keine Ahnung, wie das war. Und die Zeit ist so schnell vergangen. Wir wollten Mum und Dad einladen, aber sie waren nicht so wild darauf, in die Wohnung zu kommen. Wir haben uns nie besonders nah gestanden, waren nie diese Art von Familie.«

»Was willst du damit sagen?«, fragte Cath mit eisiger Stimme. »Natürlich stehen wir uns nah. So wie du redest, denken die Leute …«

Barry unterbrach sie unwirsch: »Es geht mir auf die Nerven, mir dauernd darüber den Kopf zu zerbrechen, was andere Leute denken könnten, kapier das endlich!« Seine Mutter zuckte zusammen. »Nichts von alldem wäre passiert, wenn wir uns nicht um die Meinung dieser Leute gekümmert hätten, die sich in alles einmischen müssen.«

»Was ist mit Ihrem Hausarzt?«, bohrte Inspektor Scott. »Cara muss untersucht und geimpft worden sein, und so weiter. Sie muss in Praxisunterlagen auftauchen… Ihre Frau hat ja auch vorgegeben, sie sei an dem angeblichen Tag der Entführung mit Cara in der Klinik gewesen.«

»Wir sind mit Cara nie zum Arzt gegangen«, entgegnete Barry ungeduldig. »Wir hatten keinen Grund dazu. Es ist nicht wie beim ersten Kind, da hat man noch ständig Angst.«

Inspektor Scott legte seine Hand flach auf den polierten Tisch. »Barry, können Sie mir denn jemanden nennen, der mir die Existenz dieses Kindes bestätigen kann.«

Barry zuckte hilflos die Achseln. Die meisten Leute wohnten nur kurz dort. Neben ihnen lebte ein klapperdürrer alter Mann, den sie nachts husten hörten. Er verließ seine Wohnung nur selten. Dem wäre Cara bestimmt nicht aufgefallen. Andererseits könnte auch er nur wenig darüber aussagen, wer dieser Mieter war und wer ihn besuchte… Manchmal kamen drei Kerle, manchmal schaute eine Frau mit einem verhärmten Gesichtsausdruck vorbei. Die ganze Nacht über hatte einmal jemand an die Tür geklopft. Alle wussten, dass das Dealer waren. Überrascht wurde sich Barry klar darüber, dass Donny der einzige Mensch war, der zuverlässig Caras Existenz hätte bestätigen können.

»Sag es ihm schon«, drängte ihn Cath schließlich. »Los, rück raus damit.«

Ein triumphierendes Lächeln spiegelte sich auf Inspektor Scotts rundem Gesicht. »Sie können mir niemanden nennen, Barry, stimmt's? Warum geben Sie es nicht zu? Dieses Kind ist entweder tot und begraben, oder es erblickte niemals lebendig das Licht der Welt. Sie haben Cara erfunden, Sie haben diese kranken Briefe an Griffin geschrieben. Wie stellten Sie sich eigentlich die Geldübergabe vor, wenn Sie gar kein Kind zum Tausch hatten? War Cheryl zu krank, um zu merken, was Sie planten? Haben Sie auch Cheryl benutzt?«

»Sie war es«, schrie Cath Brown. Dem Polizisten lief ein kalter Schauer über den Rücken, so entsetzlich empfand er die Szene. Ihre fischig blauen Augen traten aus ihrem Gesicht hervor, als wollten sie herausspringen. »Wenn das stimmt, was Sie sagen, dann war sie es... dieses Miststück. Es war Cheryl. Sie gehört eingesperrt, sie gehört an ihrem Gehirn operiert, sie gehört sterilisiert...«

Fünf Minuten später befand sich Barry Brown, der nicht wusste, wie ihm geschah, in einem Polizeiwagen auf dem Weg zur Wache.

In der letzten Nacht war Cheryl nur herumgelaufen. *Dead man walking* nennen sie das, wenn sie jemanden zum elektrischen Stuhl führen. Genauso fühlte sie sich jetzt. Wie betäubt lief sie durch die Eisenbahnunterführungen und zwischen den Viadukten hindurch, die zum Fluss führten. Die einzigen Geräusche, die sie hier hörte, waren ihre eigenen Schritte und die tiefen Seufzer der Schleppboote draußen auf dem dunklen Wasser. Die Unterführungen waren düster und schienen nicht enden zu wollen, ein Zugang, der zu den gepflasterten, mit grauen Häusern gesäumten Straßen passte. Zerbrochene Dachziegel übersäten den Boden.

Das Herz blieb ihr beinahe stehen, als sie Schritte hinter sich hörte. Jemand folgte ihr, davon war sie überzeugt.

Hinter einem Stacheldrahtzaun befand sich ein Hof, der Treffpunkt einer der berüchtigsten Straßengangs Londons. Die Polizei ließ sich hier nie blicken. Die Mauer war über und über beschmiert mit den Namen der am meisten gesuchten Ganoven.

Je öfter sie sich umdrehte, desto nervöser wurde sie.

Wenn ihr jemand folgte, wer konnte das dann sein? Ein Exhibitionist, der hier herumlungerte und auf seine große Chance wartete? Ein Säufer, der nach Hause wankte? Ein Paparazzo, der darauf wartete, sie bei etwas zu ertappen und das Foto seines Lebens zu schießen? Oder einer dieser gestörten Typen, die ihr diese Drohbriefe geschrieben hatten?

Verrückte Leute liefen draußen herum, das wusste Cheryl aus eigener Erfahrung. Spinner, die anriefen und falsche Informationen durchgaben oder Verbrechen gestanden, die sie nicht begangen haben. Verrückte, die Beileidsbriefe an die Soaps schickten und über den Tod von Leuten trauerten, die sie gar nicht kannten, und auf Hochzeiten von Fremden in Tränen ausbrachen. Arme Schweine, die sich bei widerlichen Videos stimulierten und sich nichts mehr wünschten als ein Opfer.

Cheryl beschleunigte ihren Gang. Oder war es jemand von der Bande, die Cara entführt hatte? Jemand, der mit Cheryl Kontakt aufnehmen wollte? Sie wurde langsamer, wartete. Aber die Schritte hörten in dem Augenblick auf, als sie stehen blieb. Der Schatten verschwand und tauchte nicht mehr auf.

Eine Krankenwagensirene durchschnitt die Stille. Während Cheryl so durch die Nacht lief, wurde ihr ihre aussichtslose Situation mit einer Klarheit bewusst, die ihr die ganze Energie zu rauben drohte. Am liebsten hätte sie sich an eine der Mauern gekauert wie so viele dieser Obdachlosen, an denen sie vorbeigelaufen war.

Auch sie, Cheryl Brown, war Abfall.

Was hatte es für einen Sinn, ohne Barry an ihrer Seite weiterzumachen? Und sogar ihre Mutter hielt sie jetzt für eine Hure.

In den Augen der Öffentlichkeit war Cheryl Brown eine haltlose Frau, zu jeder Gemeinheit fähig.

Eine Zauberin sollst du nicht am Leben lassen. Das stand in der Bibel.

Eine Gruppe junger Schwarzer, fünf oder sechs Burschen, tauchten in der Ferne auf und kamen auf sie zu. Wussten sie, wer sie war? Hatten diese Jungs es auf sie abgesehen, die Frau, die Hass magisch anzog? »Geh ganz normal über die Straße«, murmelte Cheryl zu sich. »Schau nicht einmal in ihre Richtung.«

Diese Kerle waren keine sechzehn Jahre alt, aber sie waren groß und kräftig gebaut. Zwei verließen die Gruppe und versperrten ihr den Weg. Cheryl stand wie gelähmt mit gesenktem Kopf da. Wie ein Opfer. Der Kerl mit der Baseball-Kappe schubste sie, Cheryl schwankte und fiel beinahe hin, doch sie konnte sich gerade noch fangen, sagte kein Wort, und die zwei gingen weiter.

Mitleid, war es das?

Sie war ihnen den Aufwand nicht wert. Aber was wäre mit Cheryl passiert, wenn diese zwei Jungs sie erkannt hätten?

Vielleicht hätte sie es verdient, so verdorben wie sie war. Eine Art bleierne Resignation begann den Schmerz zu dämpfen. Vielleicht waren die Kinder ohne sie besser dran. Vielleicht war Barry erleichtert, endlich einen Grund zu haben, sie zu verlassen. Er musste sich voller Verzweiflung danach gesehnt haben, dieser unhaltbaren Situation zu entkommen.

Cheryl war nichts mehr.

Tiefer konnte sie nicht fallen.

Wieder glaubte sie, Schritte zu hören, und fuhr herum. Schaute. Hielt den Atem an. Wenn nur endlich diese Nacht vorüber wäre, diese Dunkelheit. Die Grenzlinie zwischen Albtraum und Wirklichkeit war verwischt. Verstohlen blickte Cheryl nach links und rechts. Sie hatte keine Ahnung, wo sie sich befand.

Und dann fiel ihr Donny ein, die kein Zuhause gehabt hatte. Donny, die ihretwegen gestorben war. Sie war heute an einer Beerdigung vorbeigekommen, auf einem heruntergekommenen Friedhof. In den Linden hatten die Vögel gezwitschert, die Blätter hatten sich bewegt, als sie von Ast zu Ast hüpften. Vom Markt herüber hatte man die Kinderstimmen hören können, und über dem offenen Grab hatte sich ein makelloser Sommerhimmel gespannt. Nur der Priester und zwei Männer in Anzügen, den Hut in den Händen, waren anwesend gewesen – ein einsamer Abschied. Für wen? In dieser Stille waren Cheryl viele Details aufgefallen. Der intensive Duft der Rosen von einem nahe gelegenen Grab, der überwältigende Geruch der Fichten.

Sie weinte um Donny, wie schon so oft.

Hätte Cheryl nicht diesen törichten Einfall gehabt, würde ihre Freundin heute noch leben.

Dann wäre Cara sicher zu Hause.

Und ihre Kinder wären bei ihr, ihrer Mutter.

War es Donnys Alkoholproblem, das ihren Mann aus dem Haus getrieben hatte? Hatte es daran gelegen, dass ihre Kinder sich von ihr abgewandt hatten? Dass sie der Welt den Rücken zugekehrt und sich in eine Unterwelt, in eine so absolute und alles durchdringende Einsamkeit, zurückgezogen hatte? Hatte sie die Welt daran hindern wollen, ihr weiter wehzutun, indem sie sich tot gestellt hatte? Donny konnte nicht älter als vierzig gewesen sein. So wie Cheryls Mutter. Allerdings hatte sie dreißig Jahre älter ausgesehen. Die Menschen müssen sie angesehen und sich gedacht haben: »Arme alte Kuh.« Würden sie das auch einmal über Cheryl sagen?

Die Schritte kamen näher…

Und dann befand sie sich wie durch ein Wunder wieder in ihrer vertrauten Umgebung. In ihrer Tasche tastete sie nach dem Schlüssel. Wie einsam und kalt es da drinnen sein würde, daran durfte sie gar nicht denken. Mit letzter Kraft schleppte sie sich die fünf Stockwerke hoch und sperrte die Tür zu ihrem leeren Zuhause auf. Dort suchte sie sich die paar Sachen zusammen, die Barry zurückgelassen hatte, Kindersachen. Sie nahm sie mit ins Bett und drückte sie an sich, wie sie früher als Kind mit ihrem Onkel Bulgaria gekuschelt hatte. Der geliebte, abgewetzte alte Bär. Er hatte nach Persil gerochen, doch die Kindersachen hier rochen nach Verlust und Sehnsucht.

Cheryl konnte nicht einschlafen; die Gedanken rasten durch ihren Kopf. Als Erstes musste sie morgen früh Barry finden.

Sie musste ihn dazu bringen, ihr zuzuhören, ihr eine Chance zu geben, ihm alles zu erklären. Zak Quinn war nicht wichtig. Sie kämpfte mit der Decke. Schlug um sich. Schwitzte, wurde diese Angst nicht los, die ihr das Herz bis zum Hals schlagen ließ. Schluchzend lag sie in der Dunkelheit.

Warum, warum, warum?

Jemand hämmerte gegen die Tür, Cheryl ignorierte es.

Wenn Barry sich von ihr scheiden ließ?

Das Sorgerecht für die Kinder bekam?

Vielleicht bestand er darauf, dass sie sie nicht sehen durfte?

Dieser Gedanke ließ sie laut aufschluchzen. Cheryl warf einen Blick auf den Wecker. Er zeigte vier Uhr morgens an, und das Geschlurfe und Gerülpse vor ihrer Tür vermischte sich mit dem anschwellenden Verkehrslärm. Türen wurden zugeschlagen, eine Frau schrie. Cheryl saß kerzengerade in der Dunkelheit und hielt den *Mirror*-Artikel so dicht an ihre Augen wie nur möglich.

Sechs Uhr dreißig. Cheryls Kopfschmerzen waren so stark, dass sie sich übergeben musste. Danach fasste sie den Entschluss, nach Harlow zu gehen und Barry um Vergebung zu bitten. Auf einmal erinnerte sie sich daran, dass sie an diesem Tag ihren ersten Termin bei ihrem Bewährungshelfer hatte. Erst danach konnte sie sich auf die Suche nach Barry machen.

Allein dieser eine Gedanke gab ihr die Kraft, den neuen Tag zu beginnen.

22

Es bestand kein Zweifel mehr. Jemand verfolgte Cheryl.

Er hatte vor der Wohnung auf sie gewartet, als sie sie an diesem Morgen verließ. Sie hatte noch einen Blick auf ihn erhaschen können, bevor er vor ihr die Treppe hinablief, aber als sie unten ankam, musste er sich bereits hinter einer der Säulen versteckt haben. War es jemand von der Presse? Doch warum versteckte er sich dann? Die Leute von der Presse waren gewöhnlich laut und auffällig. Wäre er einer von ihnen, würde er ihr den Weg versperren, sie mit Fragen bombardieren und mit einem Blitzlichtgewitter überraschen. Nein, dieser hier wollte unentdeckt bleiben. Cheryl war sich sicher, dass das der Typ war, der sie gestern Nacht verfolgt hatte. Wie schon in der Nacht zuvor fühlte sie einen kalten Schreckenshauch.

Wenn er sie angreifen wollte, worauf wartete er dann? Warum brachte er es nicht einfach hinter sich?

In den Augen der Öffentlichkeit wäre er bestimmt ein Held. Wahrscheinlich käme er mit einer Verwarnung davon.

Sie versuchte, ihn abzuschütteln, indem sie ein Stück zurücklief, mit angehaltenem Atem zwischen den Autos hindurch über Straßen rannte, in Geschäften verschwand und schweißgebadet ein Café betrat, in dem sie manchmal mit Donny eine Tasse Tee und ein Brötchen geteilt hatte. Sie wählte einen Tisch am Fenster. Um ihre Angst zu bekämpfen, musste sie ihn sehen. Sie musste wissen, ob er nicht nur in ihrer Einbildung existierte.

Aus den Augenwinkeln heraus beobachtete sie die Straße, ohne den Kopf zu heben. Ein Mann ging ein zweites Mal am Fenster vorbei. Halb erwartete sie, dass er das Café betrat. Sie tat so, als läse sie den Artikel, den sie ständig bei sich trug. Zak Quinns reißerische Version der Ereignisse jener demütigenden Nacht. Sie brauchte ihn nicht zu lesen, sie kannte ihn bereits auswendig, die obszönen Beschreibungen ihres nackten Körpers, wie sie ihn angeblich angemacht hatte, wie sie gestöhnt und ihn stimuliert hatte. Aus den Augenwinkeln sah Cheryl, wie der Typ in dem Jeanshemd vor dem Caféhausfenster wieder über die Straße ging.

Dieses Mal hielt er inne und blickte herein, bevor er weiterlief.

Sie spielte mit einem Zuckerwürfel. Wenn nur Donny bei ihr wäre. Sie fehlte ihr so. Donny hatte immer die Zuckerschale ausgeleert, die Würfel in ihre Taschen gestopft und dann die Nachbartische abgeräumt.

Der Typ ging über die Straße und tat, als warte er an der Bushaltestelle. Er stand noch immer da, nachdem der Bus gekommen und weitergefahren war.

Cheryl war unentschlossen. Sollte sie ihn zur Rede stellen oder ihm ins Gesicht schleudern, dass ihr sowieso alles egal war, dass er mit ihr machen konnte, was er wollte, da sie es wahrscheinlich nicht besser verdiente? Aber bevor sie sich darüber klar geworden war, war er verschwunden, und fünf Minuten später musste sie gehen, um nicht zu spät zu ihrem Termin bei Miss Sweet zu kommen.

Sie schlängelte sich zwischen den Autos und Bussen durch, änderte mehrmals die Richtung, verschwand in Seitenstraßen, bis sie sich sicher war, dass ihr niemand folgte. Am Eingang des Gebäudes, in dem sich das Büro ihrer Bewährungshelferin befand, versteckte sie sich im Foyer hinter der Tür und spähte, gegen die Sonne anblinzelnd, auf die Straße hinaus.

Panik überfiel sie.

Er wusste, wo sie wohnte. Natürlich wusste er das. Wie fünfzehn Millionen andere auch. Wenn sie nur Geld hätte, dann könnte sie weg, einen Zug nehmen, irgendwohin. Sich Sicherheit kaufen.

Dann entdeckte sie ihn.

Auf der Straßenseite gegenüber dem Büro ihrer Bewährungshelferin.

In einem Obstladen, wo er so tat, als interessiere er sich für die Trauben.

Er war deutlich über einen Meter achtzig groß und Mitte zwanzig, hatte rötliches Haar und ein junges, offenes Gesicht. Er trug Jeans, sogar ein Hemd, seine Schuhe und der kleine Rucksack, den er über der Schulter trug, waren aus Denim. Den Rucksack hatte er merkwürdig unter einen Arm geklemmt, als befände sich darin etwas Wichtiges. Cheryl prägte sich jedes Detail ein, falls sie ihn der Polizei beschreiben musste.

Sie war kurz davor, die Dame an der Rezeption zu bitten, sich den Kerl anzusehen, die Polizei zu rufen, die Tür zuzusperren, *sie zu beschützen*.

Aber nein, das durfte sie nicht tun. Das würde man nur als weiteren Beweis für ihre Labilität ansehen und für ihre Hysterie. Sie musste warten, bis sie in Miss Sweets Büro war, und dann musste sie es ruhig und vernünftig vorbringen: ohne Panik und ganz sachlich, bis sie Miss Sweet, die ja eine intelligente Frau war, von der Gefahr überzeugt hatte.

> *Vieles von den fantastischen Erscheinungen geschieht infolge der melancholischen Krankheit, und besonders bei den Frauen, wie sich bei Visionen und Offenbarungen zeigt. Der Grund dafür ist, wie die Ärzte wissen, die Natur der weiblichen Seele selbst, weil sie von weit leichterer und feinerer Einbildungskraft ist als die des Mannes.*
>
> Der Hexenhammer

Miss Sweet legt gerade den Hörer auf, als Cheryl an ihre Tür klopft. Sie hat ihre Anweisungen erhalten.

Cheryl ist verrückt. Es gibt kein Baby. Mit großer Wahrscheinlichkeit wird man die Browns wegen dieses Todesfalls verhören. Es steht zu befürchten, dass die öffentliche Jagd auf Cheryl zu körperlicher Gewalt führen könnte. Eine Freiheitsstrafe droht nicht, aber es ist von eminenter Dringlichkeit, dass Cheryl in Sicherheitsverwahrung kommt, der Einfachheit halber, bis eine ordentliche Regelung gefunden ist.

Es sprudelt nur so heraus aus Cheryl, so bemüht ist sie, Miss Sweet davon zu überzeugen, dass da draußen ein Mann steht, der sie seit mindestens zwei Tagen verfolgt.

Olivia Sweet hört ihr einige Minuten aufmerksam zu, um sich dann in ihrem Bewährungshelferinnenstuhl aus hartem Leinen zurückzulehnen und ihre neue Klientin auf der anderen Seite des Tisches zu mustern. Cheryl ist völlig verstört, das kann Olivia feststellen.

Olivia ist sehr überrascht, dass Cheryl ihren ersten Termin überhaupt wahrnimmt, nach all den skandalträchtigen Geschichten, die die Zeitungen über die junge Mutter schrieben. »Warum sollte Sie jemand verfolgen?«

»Ich hab keine Ahnung. Ich weiß es nicht. Aber da ist jemand. Entweder ist das ein Irrer, der es auf mich abgesehen hat, oder es hat etwas mit Caras Verschwinden zu tun. Wie auch immer, ich hab schreckliche Angst. Ich glaube, der will mich umbringen.«

Olivias Stimme wird sanfter. »Mir ist klar, dass Sie im Augenblick unter einem entsetzlichen Druck stehen, Cheryl, und ich kann nachvollziehen, wie schwer das für Sie sein muss …«

»Nein, nein, Sie hören mir gar nicht zu. *Bitte* …«

»Cheryl«, fährt Miss Sweet behutsam fort. »Warum sollte jemand so etwas tun?«

Unvermittelt wird Cheryl klar, mit welcher Zurückhaltung Miss Sweet dieses Gespräch führt. »Es gibt tausend Gründe«, erklärt sie.

»Wirklich?« Miss Sweet blättert in Cheryls Akte. Sie räuspert sich, doch da hat Cheryl schon mehrere Zeitungsartikel entdeckt, die unter einem Stapel weißer Blätter abgeheftet sind. Sie kennt sie also. Miss Sweet klappt die Akte zu. »Cheryl, nun hören Sie mir genau zu. Hat Ihnen jemand vorgeschlagen, einen Arzt aufzusuchen?«

Cheryl errötet. »Sie meinen einen dieser Psychofritzen? Sie glauben, dass ich eine Show abziehe?« Sie ärgert sich über ihr Verhalten, denn statt gelassen zu bleiben, wie sie es sich vorgenommen hatte, redet sie wirklich so erregt, als wäre sie ein Fall für den Psychiater.

»Nein«, entgegnet Miss Sweet langsam, wobei sie sich über den Tisch beugt und einen schmuckbehangenen Arm ausstreckt. »Nein, das will ich damit nicht sagen. Aber Sie haben eine solch harte Zeit hinter sich, Sie haben so viel

Schweres durchgemacht, dass ich denke, es würde Ihnen gut tun, mit jemand darüber zu sprechen...«

»Mit einem Psychofritzen, das meinen Sie doch!« Cheryl weicht das Blut aus den Wangen. »Ich war schon bei einem.« Wie sie diese Typen hasst. Wie sie ihnen misstraut. Und ohne dass sie es will, tauchen Bilder aus ihrer Kindheit auf, von den Besuchen bei Annie in dieser düsteren, geschlossenen Abteilung. Diese paar Besuche, die sie mit Sue, ihrer Sozialarbeiterin, in St. Hugh's machte, wird sie nie aus dem Giftschrank ihrer Erinnerungen verbannen können. Sie fand nie den Schlüssel, um sie loszuwerden.

Die Furcht vor dem, was sie erwartete.

Das Vorgefühl von Schmerz.

Bei jedem Besuch war ihre Mutter unförmiger. Die Ärzte veränderten sie langsam mit ihren Medikamenten, formten sie, als wäre sie aus Plastilin, zu der Frau, die sie werden sollte.

Cheryls verlorener Gesichtsausdruck erschreckt Miss Sweet. »Und es ist nicht, weil ich denke, Sie setzen diese eigenartigen Vorstellungen als Abwehr ein. Sie können den Verlust Caras nicht verarbeiten, es ist daher vollkommen verständlich, dass Sie in dieser Verleugnung Zuflucht suchen.« Ihre psychologisierende Sprechweise weicht einem einschmeichelnden Ton, als erzähle sie ihr eine brandheiße Klatschgeschichte. »Natürlich ist es einfacher, sich seinen Fantasien hinzugeben...«

Unvermittelt steht Cheryl auf und tritt an das geöffnete Fenster. Diese Frau muss ihr einfach glauben.

Das ist von entscheidender Bedeutung.

Sie beugt sich, so weit sie kann, aus dem Fenster. »Er ist noch da«, teilt sie Miss Sweet mit. »Der Typ, der mir hierher gefolgt ist. Er ist noch da. Wenn Sie rüberkommen und da stehen, wo ich stehe, können Sie seinen Schatten unter dem Baum dort sehen.«

Miss Sweet seufzt tief. Und bleibt sitzen. Cheryls Geisteszustand scheint noch beunruhigender zu sein, als sie zunächst dachte. Bei Geisteskrankheiten ist sie zwar keine Expertin, aber man braucht keinen Abschluss in Psychologie, um den Wahnsinn zu erkennen, wenn er vor einem steht.

Cheryl kehrt an den Tisch zurück. Das Herz klopft ihr bis zum Hals, doch sie schafft es, so unbeteiligt zu sprechen, als ginge sie das alles nichts an. »Sie meinen, ich bilde mir das ein. Sie meinen, ich brauche Hilfe? So ist es doch?«

»Aber warum sollte Ihnen jemand folgen? Und warum sollte er Ihnen etwas antun wollen?«

Lieber Gott, denkt Cheryl, liegt das denn nicht auf der Hand? Sie kämpft gegen ihre Wut an, spürt, wie die neu gewonnene Stärke sie allmählich verlässt. »Auf welchem Planeten leben Sie eigentlich? Sie haben die Artikel gelesen, Sie haben die Fotos gesehen. Da draußen gibt es Leute, die sehen es als ihre Pflicht an, Frauen wie mich zu bestrafen. Und jetzt, da Barry weg ist, ist es viel einfacher für diese Spinner, ans Ziel zu kommen. Wenn Sie die Briefe gelesen hätten, die wir bekommen haben, wenn Sie gehört hätten, was die uns nachbrüllen, wenn Sie ihre Gesichter gesehen hätten…«

Miss Sweets Gesicht nimmt einen besorgten, einen sehr besorgten Ausdruck an. Cheryl braucht Hilfe. Von einem Spezialisten. Und zwar rasch.

Ein merkwürdiger Ton schwingt in ihrer Stimme mit. »Warum beruhigen Sie sich nicht, Cheryl? Um Ihren Verfolger können wir uns später kümmern. Und ich glaube Ihnen. Wirklich. Und ich werde etwas dagegen unternehmen. Aber in der Zwischenzeit können wir uns ja etwas unterhalten. Warum erzählen Sie mir nicht mehr über Cara?«

»Über Cara?«

»Ja. Ich würde gern mehr über Ihr Baby erfahren. Ich denke, das könnte uns helfen.«

Schon lange vermuten die Experten, Cheryl leide an einem Münchhausensyndrom. Bislang hatte sich niemandem die Möglichkeit geboten, diesem Verdacht nachzugehen. In ihrem momentanen Zustand könnte Cheryl sehr wohl eine Gefahr für sich selbst oder andere darstellen. Vor allem wenn sie erfährt, dass die Suche nach Cara gestoppt wurde.

Miss Sweet verzieht ihr geschminktes Gesicht zu einer freundlichen Grimasse. »Erzählen Sie mir, Cheryl, wie Cara aussieht.«

Cheryl ist wie vor den Kopf geschlagen. Obwohl sie fest entschlossen gewesen war, ruhig zu bleiben, brüllt sie los, dabei ist ihre Stimme eiskalt vor Wut: »Sie haben mir überhaupt nicht zugehört ...!«

»Sie irren sich, ich habe zugehört.« Ihr durchdringender Blick trifft Cheryls aufgerissene Augen. »Aber im Augenblick befinden Sie sich hier, und hier sind Sie sicher. Niemand wird Ihnen etwas antun. Zweifelsohne wird die Polizei Sie schützen, wenn sie davon erfährt. Aber was uns beide hier angeht, warum bleiben Sie nicht einfach ruhig sitzen, und wir reden ein bisschen über Ihre Kinder?«

Cheryl starrt Miss Sweet mit leerem Gesichtsausdruck an. »Nicht ich brauche Hilfe, Sie brauchen Hilfe«, erklärt sie unverblümt. »Wenn Sie glauben, ich setze mich hierher und plaudere mit Ihnen, während um mich alles zusammenstürzt ...«

»Warum haben Sie solche Angst davor, über Cara zu sprechen?«

»Angst? Wovon zum Teufel reden Sie?«

Olivia Sweet fährt mit sanfter Stimme fort. »Cheryl, manche Menschen sind, wenn sie verletzt wurden ...«

»Ich verstehe kein Wort. Was ist los?« Cheryl runzelt die Stirn. »Warum reden Sie so komisch mit mir, wie mit einem Junkie? Ich habe Drogen nie angerührt.«

»In Ordnung, in Ordnung, Cheryl. Was Sie zu mir gesagt haben, hört sich wirklich ernst an. Und wie ich bereits zu Beginn erklärt habe, werde ich das weiterleiten müssen.« Miss Sweet faltet die Hände im Schoß. »Das bedeutet, ich muss mehrere Telefongespräche führen. Würde es Ihnen etwas ausmachen, in der Zwischenzeit im Zimmer nebenan zu warten? Ich bringe Ihnen eine Tasse Tee. Möchten Sie eine Zigarette? Ach ja, ich glaube, Mandy raucht, die Schreibkraft unten in der Rezeption. Ich bin gleich wieder bei Ihnen. Ich bin sicher, wir bekommen diese traurige Angelegenheit schnell geregelt.«

Voller Unruhe wartet Cheryl über eine Stunde in dem kleinen Zimmer neben Miss Sweets Büro. Sie hofft, dass ihr Verfolger noch auf der Straße steht, damit sie die Polizei direkt zu ihm führen kann. Miss Sweet bringt ihr wie versprochen Kaffee, und Mandy, die Sekretärin, versorgt sie großzügig mit Zigaretten. Wenigstens ist sie hier in Sicherheit. Wenigstens geschieht jetzt etwas. Miss Sweet wirkte zwar nicht überzeugt, aber immerhin so beunruhigt, dass sie etwas unternommen hat.

Da Cheryl keinen Aschenbecher findet, ascht sie in den Blumentopf.

Der Kaffee schmeckt bitterer als der Pulverkaffee, den sie und Barry gewöhnlich trinken. Sie versucht, das doppeltverglaste Fenster zu öffnen, um nachzusehen, ob der Kerl noch da ist, und um etwas frische Luft in das stickige Zimmer lassen.

Aber sie bekommt das Fenster nicht auf. Als die Tür auffliegt, springt Cheryl hoch und ein Mann in Weiß tritt auf sie zu. Sie erkennt nicht gleich, dass es sich um einen Pfleger aus dem Krankenhaus handelt. Die zwei anderen Männer tragen beide Anzüge und betreten das Zimmer nach Olivia Sweet. Sie schließt die Tür hinter ihnen.

»Das ist also Cheryl«, sagt einer der beiden Männer in einem Ton, wie man ihn gegenüber einem zurückgebliebenen Kind anschlägt.

»Cheryl«, Miss Sweet schaut Cheryl mitleidig an, »wir wollen nicht, dass Sie sich aufregen, wir wollen keine Schwierigkeiten, wir sind alle hier, um Ihnen zu helfen, vergessen Sie das nicht. Das hier ist Dr. Franklin, und das ist Dr. Hart. Sie sind beide Ärzte und möchten ein paar Worte mit Ihnen reden.«

Mit weit aufgerissenen Augen weicht Cheryl zurück ans Fenster.

»Warum kommen Sie nicht einfach her und setzen sich? Niemand will Ihnen wehtun, das verspreche ich Ihnen.«

Mechanisch kommt Cheryl ihrer Aufforderung nach. Einer der Ärzte nimmt ihr gegenüber Platz. Sie muss versuchen, ruhig und geduldig zu wirken, aber wie, wie? Wie ein Tier in der Falle fühlt sie sich. Das Sonnenlicht fällt durch das Fenster und verleiht dem Szenario im Raum ein harmloses, beinahe heiteres Antlitz.

Freundlich lächelnd bittet Dr. Hart Cheryl, die Ängste zu wiederholen, die sie Miss Sweet anvertraut habe. Dabei lässt er sie nicht aus den Augen.

Sie spürt, wie ihr das Blut ins Gesicht schießt, und muss zweimal schlucken, bevor sie sprechen kann. Passiert hier das, was sie befürchtet? Sind diese Leute wirklich hier, um sie für wahnsinnig zu erklären, damit sie sie gegen ihren Willen festnehmen und in ein Irrenhaus einsperren können?

»Leckt mich«, erklärt Cheryl, »ich sage kein Wort.«

Einschmeichelnd drängt Miss Sweet sie: »Aber Cheryl,

bitte seien Sie doch nicht so stur. Ich habe den Ärzten erklärt, welche Ängste Sie haben und dass Sie fürchten, jemand möchte Ihnen etwas antun. Sie wissen darüber Bescheid. Nun liegt es an Ihnen, ihnen dabei zu helfen, die beste Behandlung für Sie zu finden.«

Cheryl starrt sie wortlos an und versucht dann, etwas zu sagen, doch ihre Stimme versagt. Wütend sprudeln plötzlich die Worte heraus, nach denen sie suchte: »Verzieht euch. Lasst mich in Ruhe. Ich gehe nirgendwohin. Ich bleibe hier.«

Miss Sweet wirft Dr. Hart einen viel sagenden Blick zu.

Das Zimmer scheint voller beobachtender Augenpaare zu sein.

Cheryl, der das Herz bis zum Hals schlägt, ist sich des Mannes in Weiß sehr bewusst, der direkt hinter ihr steht.

Dr. Hart beugt sich freundlich nach vorn. »Sehen Sie, Cheryl, wir haben alle Angst, Sie könnten etwas tun, was Sie später bedauern würden.«

»Zum Beispiel?«, will Cheryl wissen.

Dr. Hart zuckt die Achseln. »Wenn wir das wüssten, würden wir uns weitaus wohler fühlen. Doch Tatsache ist, wir haben keine Ahnung, und ich wage zu bezweifeln, ob Sie selbst eine Ahnung haben. Doch wir wissen alle nur zu genau, unter welchem Stress Sie in letzter Zeit standen.« Er spricht feierlich und erinnert Cheryl an einen der unzähligen Fernsehpfarrer aus Vorabendserien.

Cheryls Augen suchen Miss Sweets Augen, die voller Mitgefühl sind. Wie konnte diese Frau sie derart verraten? Wie konnte sie den Ärzten erzählen, sie sei so gestört, dass sie eingesperrt werden müsse? Wie war das möglich? Die Straßen draußen sind voll von Verrückten, in den Gefängnissen wimmelt es von gefährlichen Psychopathen, in den Krankenhäusern des ganzen Landes betteln Schizophrene darum, behandelt zu werden, und dennoch waren diese Experten hier zu dem Schluss gekommen, dass ausgerechnet sie dringender ihrer Aufmerksamkeit und Hilfe bedarf als all jene.

Das ist wahnsinnig. Aber nicht sie.

Und jäh wird ihr klar, dass, was immer sie tut, was immer sie sagt, ohne Wirkung sein wird. Die Entscheidung ist bereits gefallen. Leistet sie Widerstand, wird sie überwältigt, und ein weiterer Albtraum nimmt Gestalt an.

Daher wehrt sich Cheryl nicht, als der Pfleger sie auffordert, den Arm auszustrecken, und die Haut desinfiziert, bevor er die Spritze setzt.

»Braves Mädchen, braves Mädchen«, als wäre sie ein Hund.

Benommen folgt sie den drei Menschen zu dem wartenden Auto. Miss Sweet bleibt zurück in der Empfangshalle.

Sieht nur Cheryl den rothaarigen jungen Mann mit dem Rucksack, der beobachtet, wie sie abfährt?

Wenig wird gesprochen während dieser kurzen Fahrt, die ruhig und geschäftsmäßig vonstatten geht, und dennoch fühlt sie die Blicke der Ärzte die ganze Zeit auf sich. Dr. Hart und der Pfleger sitzen hinten, einer links, einer rechts von ihr. Wie Gefängniswärter. Dr. Franklin sitzt vorne beim Fahrer. Sie hat keine Chance zu entkommen.

Doch erst bei ihrer Ankunft in St. Hugh's betritt sie das Innere der Hölle.

23

Die Erfahrung endlich zeigt, dass durchweg die Töchter von Hexen unter ihresgleichen als Nachahmerinnen der mütterlichen Verbrechen verrufen sind, ja dass auch die ganze Nachkommenschaft gleichsam angesteckt ist.

Der Hexenhammer

Annie Watts nähert sich aufgebracht dem Haus der Browns in Harlow. Sie ist entschlossen, die Sache mit Barry ein für alle Mal zu klären.

Und darüber hinaus würde sie gerne wissen: *Wo ist ihre Tochter?*

Sie ging am Vortag ins Harold-Wilson-Gebäude, hämmerte und schlug längere Zeit gegen die Tür, aber entweder machte Cheryl nicht auf (was eher unwahrscheinlich ist, schließlich war sie ihre Mutter) oder sie war nicht da. Die Nachbarn, den Alten oder die Junkies zu fragen war zwecklos.

Jetzt will Annie endlich Antworten haben.

Sie hat einige der ziemlich üblen Geschichten in den Zeitungen gelesen – die Quelle für diese Lügen musste ihr Schwiegersohn sein.

In diesem Teil von Harlow wohnen größtenteils ältere, wohl situierte Leute, Leute mit Gardinen vor den Fenstern und ohne Kinder. Die Häuser stehen stets zu zweit, verbergen ihre Geheimnisse vor der Außenwelt und zeigen der Welt ein makelloses Gesicht. Die Gärten sind gepflegt, hier ist ein Brunnen mit einem ewig angelnden Zwerg, dort ein in blendendem Weiß gestrichener Miniaturgartenzaun. Und die Autos davor sind zwar nicht nagelneu, werden aber trotzdem jeden Sonntag gewaschen und poliert, so wie die Rasenflächen, die dem Rasen in den öffentlichen Parkanlagen in nichts nachstehen.

Hier liegt kein kaputtes Spielzeug in den Gärten herum, hier gibt es keine angeketteten Hunde. Keine ausgebrannten Autos oder schwarzen Bremsspuren verschandeln den Teer, auf dem kein Schlagloch zu entdecken ist.

Annie bleibt an dem Tor vor Nummer einundvierzig stehen. Lautes Gebrüll dringt aus dem Haus, das den Namen *Ambiance* trägt – er steht auf einem polierten, mit glänzenden Stechpalmen bemalten Stück Holz.

»Das kann ich einfach nicht ausstehen, Barry«, hört Annie die schrille Stimme von Catherine Brown.

»Beruhige dich, Mum, *beruhige dich*, wenn du sie anbrüllst, wird es nur noch schlimmer.« Annie erkennt Barrys Stimme.

»Was soll ich denn tun? Jetzt kommt auch noch die Polizei mit ihren Beschuldigungen, stellt ihr Auto vor meinem Haus ab und holt dich ab, um dich zu verhören.«

»Du musst gar nichts tun. Ich habe dir gesagt, ich komme zurecht, und das tue ich auch.«

»Ach ja? Und was ist, wenn sie dich das nächste Mal einsperren? Was ist, wenn sie dir einen Mord anhängen?«

»Lieber Himmel, Mum, jetzt halt mal die Luft an.«

Annie schlägt mit der Hand gegen die Tür, den Türklopfer ignoriert sie.

»Wer ist denn da?«, meldet sich eine ruhigere Stimme zu Wort. Ein Vorhang wird beiseite gezogen, ein Paar Augen linsen heraus und sehen direkt in Annies Augenpaar.

Worauf Annie losbrüllt: *»Wo ist meine verfluchte Tochter?«* und in der Nachbarschaft noch zwei Vorhänge zur Seite gezogen werden. »Und wie kannst du es wagen, diese widerlichen Lügen zu verbreiten, sie als blöde Kuh hinzustellen, als sexbesessene Schlampe, als Nervensäge und Fall für die Klapse? Ja, ja, ich habe alles gelesen, was du gesagt hast, verdammter Barry Brown.«

»Aber ich habe nie…«

»Schick sie zum Teufel«, zischt Cath ihm zu und lässt sich auf ihr geblümtes Sofa fallen. Mit der Tochter wird sie gerade noch fertig, die Mutter aber ist ein anderes Kaliber. »Es ist mir egal, wie, aber schick diese Frau weg, Barry, und zwar *jetzt*!«

Einen kurzen Augenblick sind die Kinder still, der Lärm an der Tür hat ihnen die Sprache verschlagen.

Von dem Moment an, in dem die Kinder vor ihrer Haustür standen, bereute Cath ihr Angebot. Es stimmt doch, was sie selbst und ihre Nachbarn immer sagen, und diese Bekannten, die die Browns samstags beim Einkaufen im Harvey Centre treffen: Heutzutage können Kinder sich einfach nicht benehmen – und das ist die Schuld der Eltern.

Gibt man ihnen ein Klaps, wird man gleich wegen Kindesmisshandlung angeklagt, wenn man etwas lauter wird, heißt es, man traumatisiere sie für den Rest ihres Lebens. Und es ist so typisch, wenn Barry ihnen immer vorhält: »Cher macht das anders. Cher macht ein Spiel draus.« Und: »Mum, es geht einfacher und schneller, wenn wir aufräumen, sobald sie im Bett liegen. Victor ist erst drei, man kann nicht erwarten, dass er sein Spielzeug wegräumt, wenn er nicht mehr damit spielt.«

»Du hast es getan«, wendet Cath ein. »Du hast immer alles aufgeräumt. Du warst so erzogen.« Dabei steigt sie über Legoklötzchen, Plastikautos, Spielzeughunde, die den Boden bedecken, sodass man Gefahr läuft, sich das Genick zu brechen. Sie werfen die Dinge im Zimmer herum, wie es ihnen passt, Cath könnte aus der Haut fahren.

Und was feste Bettzeiten angeht, so etwas kennen sie gar nicht.

»Kinder brauchen feste Regeln. Sie müssen sich auf etwas verlassen können, brauchen Grenzen. Und deshalb ist Disziplin so wichtig«, fährt Cath unablässig fort.

Sie muss versuchen, auf Barry einzuwirken.

Der Kinder wegen.

Was sollen das für Erwachsene werden? Sie haben noch nicht einmal etwas von der Königin gehört. Und ob sie wissen, was eine Kirche ist, ganz zu schweigen von Gott, bezweifelt Cath sehr.

Bill versteckt sich hinter der Zeitung. Schaut Sport. Wegen seines schlimmen Rückens kann er nicht helfen – oder zumindest tut er so.

Barry wird ständig von der Presse belagert. Richtig zitiert wird er jedoch selten. Cath ärgert sich, weil ihr Sohn sich noch immer weigert, etwas gegen seine Frau zu sagen. Erstaunlicherweise glaubt die Polizei auf einmal, diese Lösegeldforderungen stammten von ihm, er sei in irgendeine üble Sache mit einem Baby verwickelt, das es nie gab. Cath ist davon überzeugt, dass auch dahinter allein Cheryl steckt…

Barry wehrt sich verzweifelt gegen diese Anklagen. Aber angesichts der Expertenmeinungen und der Tatsache, dass Caras Geburt nirgends dokumentiert ist, ist er hilflos. Dass die Suche nach dem Kind eingestellt wurde, hat ihren Sohn verändert. Manchmal hört Cath ihn, wie er nachts unten in der Küche auf und ab geht. Die Wände im *Ambiance* sind dünn, daher weiß sie, dass seine äußere Ruhe über seinen inneren Aufruhr hinwegtäuscht. Doch wie ihm Cath letzte Nacht sagte: »Wer einmal lügt, dem glaubt man nicht. Du kannst ihnen wirklich keinen Vorwurf daraus machen, dass sie dir diesmal nicht aus der Hand fressen.«

Er hatte sie angeschrien. Schreckliche Dinge gesagt.

Sogar sie und Bill waren vom Lokalfernsehsender interviewt worden. Jeden Tag schalten sie ein, um zu sehen, ob man ihr Interview ausstrahlt – bisher vergebens. Die Kameraleute schienen sich ausschließlich dafür zu interessieren, wie sie auf die Entführung reagierten. Zu Caths großer Enttäuschung. Sie hätte einiges beizutragen gehabt, was ihre berühmt-berüchtigte Schwiegertochter anging. Cath kommt zu dem Schluss, dass man den Film für einen passenden Zeitpunkt aufhebt, zum Beispiel für den Tag, an dem die kleine Cara in den Schoß ihrer Familie zurückkehren würde.

Doch genau die Kinder waren das Problem für Cath.

Sie und Bill hatten Barry mit offenen Armen bei sich aufgenommen. Schließlich brauchte er unter diesen Umständen einen sicheren Hafen, jemanden, der ihm mit den Kindern half, eine Kontaktnummer, unter der ihn die Polizei auf dem Laufenden halten konnte, und einen etwas freundlicheren Hintergrund für die Kameras als dieses grauenvolle Harold-Wilson-Gebäude.

Allerdings hatten sich weder Cath noch Bill vorgestellt, dass Victor und Scarlett eine derart zerstörerische Wirkung auf ihr Leben haben könnten.

Es war praktisch unmöglich, Besuch zu haben.

Der letzte Kaffeeklatsch war eine Katastrophe gewesen: Ohne sich unterhalten zu können, mussten sie die Kaffeetassen auf nervösen Knien balancieren, während die Kinder laut kreischend auf dem Fußboden herumtollten und die Unterseite des Tisches als Boot benutzten. Als sie Barry vorschlug, die beiden für ein oder zwei Stunden ins Bett zu stecken, »ein kleines Schläfchen, hast du doch auch immer gemacht, damit ich etwas Zeit für mich hatte«, erklärte er ihr, dann würden sie nachts nicht mehr schlafen, weil sie nicht müde genug wären.

Sie hatten die Nachbarn auf ein Bier eingeladen, um sich gemeinsam das Englandspiel anzusehen. Nigel und Rowena konnte man ansehen, was sie dachten. Sie bekamen kein Tor mit, nicht einmal den Elfmeter. Die Kinder hüpften herum wie Jojos, bekamen so viel Limonade und Kekse, wie sie wollten. »Du ermutigst sie dazu«, erklärte sie Barry. »Kein Wunder, dass sie dauernd herumhüpfen, wenn du sie nicht daran hinderst.«

»Die brauchen mal was hinter die Ohren«, warf Bill ein, bevor er den Ton noch lauter stellte, sodass niemand mehr etwas verstehen konnte, weil der Ton zu verzerrt war.

Für einige Interviews bekommt Barry Geld. Cath wüsste zu gerne, wo das hinfließt. Von dem Bankkonto, das er eröffnet hat, weiß sie. Sie hat auch schon die Sachen in seinem Zimmer durchwühlt, um herauszufinden, wie viel sich darauf bereits angesammelt hat. Sie fand nichts. Er muss die Kontoauszüge immer bei sich haben. Und als sie ihn direkt danach fragte, sah er sie so von unten herauf an und murmelte etwas von »Beiseite legen für schlechte Zeiten«.

Schlechte Zeiten?

Sind das etwa gerade gute Zeiten, in denen sie leben? Sie leben von der Sozialhilfe, dem Kindergeld, Bills Arbeitsunfähigkeitsrente und den paar Pfennigen, die Cath in der Kantine verdient.

Vielleicht sollte Barry sich in Harlow um eine Sozialwohnung für sich und die Kinder bewerben. Sicher, es gibt eine Warteliste, aber in Barrys Fall konnten die maßgeblichen Stellen wohl eine Ausnahme machen – zum Beispiel eine Teenagermutter zurückstellen, ein Schwulenpärchen oder eine dieser Chaotenfamilien – und wenigstens einmal die Prioritäten richtig setzen.

Cath hatte Barry darauf angesprochen, doch er war nicht darauf eingegangen. Hatte wieder dieses trotzige, abweisende Gesicht aufgesetzt. Dabei wollte sie doch nur sein Bestes. Sie hatte immer nur sein Bestes gewollt. Wie lange will Barry ihr und Bill denn noch zur Last fallen? Er ist jetzt allein erziehender Vater und hat dadurch gewisse Rechte. Sicher wird er, sobald die jetzige Krise vorüber ist, die Scheidung beantragen, und dann wird Cheryl für immer aus seinem Leben verschwinden.

Die Waschmaschine schleudert pausenlos.

Der Küchenboden müsste neu versiegelt werden.

Und die Sofaüberzüge gehören dringend in die Reinigung.

Und jetzt ist auch noch, obwohl kaum noch eine Steigerung möglich war, diese Unperson an der Tür und führt sich auf ihre ungehobelte Weise auf, dass die ganze Nachbarschaft sie hören kann.

Woher kommt diese Kamera?

Woher weiß die Presse, dass Annie vor ihrer Tür steht? Wenn sie registriert, dass ihr Auftritt gefilmt wird, wird sie zu Hochform auflaufen. Nicht umsonst ist sie Cheryls Mutter, denkt Cath.

Barry öffnet nervös die Tür.

»Du Mistkerl«, kreischt Annie.

»Annie, beruhig dich …«

»Sag du mir nicht, was ich tun soll, du Haufen Scheiße, du Dreckskerl.« Sie streckt ihr rundes Gesicht vor, sodass sie sich fast an der Nase berühren. »Komm schon, komm schon, du feiger Hund, komm heraus und erzähl den Leuten hier, was du vorhast.«

Barry hebt abwehrend die Hände. »Hör mir zu, bitte, so geht es nicht«, fängt Barry an …

Sie packt ihn an seinem T-Shirt, schleppt ihn den Gartenweg entlang, tritt das Gartentor auf und stößt ihn auf die

Straße. Als Barry sich aufrichtet, hat ihn bereits der Kameramann im Visier.

»So ist es gut, das passt«, brüllt Annie mit dunkelrotem Gesicht, als stünde sie kurz vor einem Schlaganfall. »Da ist er, der Wichser, schaut ihn euch an. Jetzt bist du eine Nummer kleiner, hm, Bürschchen? Du kleiner Schlappschwanz, du Stück Scheiße.«

Barry steht da wie gelähmt.

Drinnen steht Cath, die Nase gegen die Scheibe gedrückt, und wendet sich zu Bill um. »Du bist sein Vater, willst du einfach hier sitzen und zuschauen? Willst du ihm nicht helfen? Dieses Weib könnte ihn umbringen.«

»Ich wollte dich nicht mit den Kindern allein lassen«, widerspricht Bill leise.

»Raus mit dir«, entgegnet Cath, »oder ich geh raus.«

»Sag es ihm schon.« Annie schubst Barry so heftig, dass er fast zu Boden geht. »Komm schon, sag dem Typen, was du mit meiner Tochter gemacht hast.« Und sie dreht seinen Kopf direkt in die Kamera.

»Ich weiß nicht, was du meinst.«

»Komm mir nicht damit«, warnt Annie ihn.

»Annie«, stottert Barry, »ich schwöre es, ich weiß nichts von Cheryl.«

»Aber du weißt genug, um sie bei jeder verdammten Gelegenheit schlecht zu machen. Du Scheißkerl, du Penner.«

»Ich hab sie nicht schlecht gemacht.«

Inzwischen sind die Nachbarn nach und nach herausgekommen in ihre gepflegten Gärten. Sie stehen neben ihren Miniaturwasserfällen und Gartenzwergen. Ihre Türen sind weit geöffnet, und ihre Körperhaltung beweist, dass sie bereit sind, jeden Augenblick die Flucht zu ergreifen, sollte es notwendig werden.

»Soviel ich weiß, ist sie in unserer Wohnung.«

»Sie hat mir aber die Tür nicht aufgemacht.«

Einige Nachbarn fragen sich kichernd, wer Annie freiwillig die Tür öffnen würde.

»Annie, Annie«, fleht Barry sie an, »du irrst dich gewaltig. Und die Kinder können alles mithören.«

»Gut, das freut mich«, brüllt Annie zurück. »Sie sollen es ruhig wissen. Sie sind nicht zu jung, um zu kapieren, was ihr Nichtsnutz von Vater getan hat, wie er ihre arme Mutter fertig gemacht hat... Und was dich und diese verklemmte Kuh, deine Mutter, angeht, ist es ja zum Weglaufen, dass ihr euch um die Kinder kümmern sollt, ein schlechter Witz.«

Drinnen, im Haus *Ambiance,* wählt Bill tapfer die Notrufnummer.

Annie reißt wütend eine Rose aus der Erde. Sie ist so dünn und biegsam, dass sie noch nicht lange gepflanzt worden sein kann. Zusammen mit dem Bambusstecken, der das Pflänzchen stützen sollte, schlägt Annie mit aller Kraft und immer wieder auf Barrys Kopf und Nacken ein, bis dieser am Boden liegt. »Da, und da, und da, das ist für dich, du Mistkerl!« Schließlich laufen die Nachbarn auf die Straße, um Barry zu helfen.

Doch der Mann mit der Kamera tritt nur einen Schritt zurück und filmt weiter, ohne ein Wort zu sagen.

Auf der Polizeiwache schreit Annie noch immer herum. »Ihr Scheißbullen, ihr üblen Mistkerle«, kreischt sie, als ihre Handtasche auf dem Schreibtisch ausgeleert wird.

Der Dienst habende Inspektor registriert mit angeekeltem Gesichtsausdruck, was aus Annies Tasche zum Vorschein kommt: eine getragene Feinstrumpfhose, ein offener Lippenstift, altes Gesichtspuder, ein Tiegel hart gewordenes Rouge, benutzte Papiertaschentücher und alte Rezepte. Außerdem ein Geldbeutel aus Plastik mit kaputtem Reißverschluss, der zwei Pfund zwanzig enthält, eine Schachtel Tampons, eine Regenkapuze.

»Ihr habt nichts in der Hand, um mich vor Gericht zu bringen«, brüllt Annie.

»Und ob wir was haben«, entgegnet der Inspektor. »Zum Beispiel Überfall.«

»Zum Teufel mit euch«, dröhnt Annie und wechselt das Thema. »Was ist mit meinem Enkelkind? Was tut ihr für sie, ihr Flachwichser?«

»Und Widerstand gegen die Staatsgewalt«, erklärt der Inspektor gelassen, während die zwei Polizisten etwas fester zupacken.

In ihrem Haus namens *Ambiance* ist Cath in Tränen aufgelöst. »So kann es nicht weitergehen«, schluchzt sie, »so kann es einfach nicht mehr weitergehen.«

Barry, der noch immer unter Schock steht, murmelt: »Ich hätte wissen müssen, dass sie kommt. Komisch, dass Cheryl noch nicht aufgetaucht ist.«

»Du hättest ins Krankenhaus gehen und dich untersuchen lassen sollen, Barry«, jammert Cath in ihr Taschentuch. »Du hättest tun sollen, was sie dir geraten haben. Wer weiß, was du für innere Verletzungen hast.«

»Mir fehlt nichts«, erwidert er und blickt hinüber zu den weinenden Kindern. »Nur ein paar blaue Flecken.«

»Einsperren sollte man solche Leute und den Schlüssel wegwerfen«, meldet sich Bill aus der Küche zu Wort, wo er gerade den Waschkessel füllt.

»Du warst keine Hilfe«, wirft Cath ihrem Mann vor. »Hast bloß dagehockt und zugesehen.« Wütend tupft sie sich die Augen.

»Schließlich habe ich die Polizei angerufen«, verteidigt sich Bill. »Mit meinem schlimmen Rücken hätte ich Barry sowieso nicht helfen können. Was hätte ich denn tun können? Ich bin behindert, ein Krüppel.«

»Und das passt dir wunderbar in den Kram«, rutscht es Cath heraus.

Doch Scarletts Gebrüll verhindert einen Ehekrach. Sogleich hebt Barry sie hoch und wiegt sie hin und her, als sei Scarlett die Einzige, die unter den schrecklichen Ereignissen dieses Nachmittags zu leiden hatte. Caths Nerven sind zum Zerreißen gespannt, aber an sie denkt niemand, o nein, sie muss mit allem allein fertig werden. Es sind ganz offensichtlich die Kinder, um die sich hier alles dreht.

»Sie hat Angst«, sagt Barry und bemerkt den ungeduldigen Gesichtsausdruck seiner Mutter. »Immerhin war das an der Tür ihre Großmutter. Scarlett hängt sehr an Annie, beide Kinder tun das.«

»Sei nicht dumm, Barry«, zischt Cath. »Mach nicht so einen Wind wegen der Kinder. Die Kleine war die ganze Zeit hier drinnen bei mir, und sie hat nichts mitbekommen. Sie ist doch noch viel zu klein, um zu begreifen, was zwischen dir und Annie vorgefallen ist.«

»Nun«, meint Bill, ein Tablett balancierend. »Ich finde, das ist nur noch mehr Wasser auf die Mühle. Auf Annies Auftritt werden sich die Zeitungen wie die Geier stürzen.« Er stellt das Tablett auf dem niedrigen Couchtisch ab. »Annies Besuch rundet die ganze Sache ab, nicht wahr?«

»Stell das Tablett nicht dahin, du Idiot!«, funkelt Cath ihn an. »Nimm es weg, oder die zwei werden es abräumen!«

Das gellende Klingeln des Telefons heizt die Stimmung noch mehr an. Bill versucht vergebens aufzustehen, aber er hat das Gefühl, gelähmt zu sein. Das schwere Tablett vom Tisch aufzuheben, hat seine Rückenschmerzen verschlimmert. Cath steht nicht der Sinn danach, mit irgendwem zu sprechen, und Barry ist damit beschäftigt, Scarlett abzuschütteln, aber die Kleine hängt wie eine Klette an seinem Hosenbein. Rasch stopft Cath ein Stück weiße Schokolade (die einzige Schokoladensorte, die sie im Haus duldet) in Victors Mund, um zu verhindern, dass er wieder losbrüllt, denn das scheint eine Art Reflex von ihm zu sein, wenn das Telefon läutet.

Doch Barry verhält sich enttäuschend. Außer seinem Namen und ein paar »Ja, ich verstehe«, sagt er nichts. Cath spürt, dass dieser Anruf wichtig sein könnte – seine Stimme ist gedämpft, er steht mit dem Rücken zur Tür, diese Geheimniskrämerei ist ihr aus seiner wildesten Zeit nur allzu vertraut.

Als er den Hörer aufgelegt hat, lässt er sich Zeit, bevor er ins Wohnzimmer zurückkommt.

»Und?«, fragt Cath. »Worum ging es?«

Er scheint zu überlegen, bevor er antwortet. »Das war Olivia Sweet. Es ist wegen Cheryl«, beginnt er mit unbewegtem Gesicht.

»Was hat dieses Weib denn jetzt schon wieder angestellt?«

»Sie haben sie ins Krankenhaus gebracht.«

»Hat sie sich vor der Kamera das Bein gebrochen? Hat sie sich bei einer dieser Pornoposen zu sehr verrenkt?«

»Nicht so ein Krankenhaus«, entgegnet Barry ruhig und bringt seine Tasse in Sicherheit, indem er sie auf das Kaminsims stellt, wo die Kinder sie nicht erreichen können. »Sie wurde eingewiesen. Zwei Ärzte haben sie hingebracht. Sie denken, sie könnte für sich selbst oder andere eine Gefahr darstellen.«

»Na, das ist doch endlich mal eine gute Aktion«, schnaubt Cath. »Da ist sie am besten aufgehoben. Und Barry, hier ist ein Küchentuch, bitte wisch die Sofalehne ab. Victor hat die Schokolade ausgespuckt, und es sieht aus, als sei der Orangensaft auch dabei.«

24

Hätte Sebby gewusst, wozu seine und Kates Entdeckung im St. Catherine's House führen würde – einem weiteren Angriff auf die Browns –, hätte er geschwiegen. Falls er geglaubt hatte, sie könnten dazu beitragen, dass die unglückliche Cheryl die Hilfe erhält, die sie braucht, hatte er sich geirrt. Stattdessen hat sich die Schlinge um ihren Hals nur enger zugezogen. Polizei und Presse waren sofort zu dem Schluss gekommen, dass dieses Paar zu wirklich allem fähig war, dass dies von Anfang an Barrys Plan gewesen sein musste… Fünfhunderttausend Pfund im Tausch für ein Kind, das es nie gegeben hatte.

»Es stimmt, was sie sagen«, sagte er zu Kate gewandt. Er war so verzweifelt über seinen Anteil an diesem Albtraum, dass er kaum vernünftig darüber sprechen konnte. »Sobald man von der Regenbogenpresse gebrandmarkt wurde, ist man fällig, dann gibt es keine Gnade mehr.«

An diesem Tag sind Sebby und Leo wieder einmal als heimliche Beobachter unterwegs, sie drehen eine Dokumentation über Kinderheime. Doch Sebby spürt, dass Leo diesmal weniger engagiert ist… Das ist ganz ungewöhnlich für Leo, der sich normalerweise in die Projekte hineinkniet. Wahrscheinlich liegt es daran, denkt Sebby, dass es sich hier um einen stinknormalen Dreh handelt, bei dem man nicht viel manipulieren kann.

»Macht euch deshalb nicht so viel Gedanken, ihr beide könnt doch nichts dafür«, meint Leo, als sie an dem langen antiken Tisch in ihrer gemütlichen, teuren Küche sitzen und Sebby Kaffee einschenkt.

»Verdammt, Leo, du kennst Barry und Cheryl. Du weißt,

dass sie nicht in der Lage sind, so etwas durchzuziehen – Lösegeldforderungen, einen sicheren Platz für Cara, intensive Verhöre … und sie hätten sich auf die Suche nach ein paar Ganoven machen müssen, die das Baby kidnappen … Okay, sie haben die Kinder zwei Wochen lang versteckt, aber das war dumm von ihnen und eine reine Verzweiflungstat. Und es ist schief gegangen. Wäre Donny nicht gestorben, hätte ihr Plan funktionieren können – Scarlett und Victor wären unverletzt heimgekommen und das Urteil der Bevölkerung wäre vielleicht nicht mehr ganz so hart ausgefallen. Aber das hier …«

Leo dreht sich eine Zigarette und leckt langsam am Papier entlang, bevor er bedächtig antwortet. »Warum haben sie dann allen etwas vorgemacht und erzählt, drei Kinder fehlten statt zwei? Warum haben sie Cara einfach mit einbezogen, wenn sie es nicht auf eine größer angelegte Täuschung abgesehen hatten?«

»Weil jeder davon ausging, dass sie drei Kinder haben und sie es sich nicht antun wollten, auf einmal eine Abtreibung zugeben zu müssen. Oder schlimmer, einen Todesfall, den sie nicht gemeldet hatten.«

»Okay, okay. Aber es wäre am Schluss unweigerlich herausgekommen, wenn Donny, wie geplant, die Kinder zurückgebracht und sie an der Paddington Station abgestellt hätte. Jeder hätte gefragt, wo Cara geblieben ist.«

»Und deshalb vermuten Kate und ich, dass Cara wahrscheinlich nach der Geburt gestorben ist und sie wegen der ganzen Publicity Angst davor hatten, es zu melden. Das ist die schreckliche Tragödie. Und Kate glaubt, die Browns hätten auf der Lüge beharrt, weil das verschwundene Baby eine Möglichkeit war, aus dem Stimmungstief herauszukommen.«

Leo nimmt sich ein Schokoplätzchen. Sebby schießt die Frage durch den Kopf, was sein Kollege wohl für ein Vater ist. Seine neue Rolle scheint nicht mit seinen Arbeitszeiten zu kollidieren. Er arbeitet noch genauso lange, obwohl er jetzt einen kleinen Sohn hat. Sie werden wohl ein Au-pair- oder ein Kindermädchen haben – Sophie kann sich das bestimmt leisten. »Wo ist die Leiche des Babys?«, will Leo wissen. »Komm schon, Sebby, das ist alles zu weit hergeholt«, schnaubt er. »Zwei Kinder werden von einer oder mehreren bekannten oder unbekannten Personen wohlbehalten zurückgebracht, doch das Baby bleibt für immer verschwunden? Das ist unlogisch.«

Wenn Sebby nur die ganze Wahrheit wüsste. Bislang müssen er und Kate sich mit Mutmaßungen begnügen, dennoch sind sie felsenfest von der Unschuld der Browns überzeugt. »Warum nicht? Es ist ein einfacher Plan, wenn du es dir genau überlegst. Niemand hätte das Gegenteil beweisen können, solange die Leiche des Babys nicht auftaucht. Die andere Möglichkeit wäre, dass Cheryl wegen des ganzen Presserummels und des ständigen Drucks so durchgedreht ist, dass sie tatsächlich an Caras Existenz glaubt.«

»Ach? Und Barry hat einfach mitgemacht? Obwohl er wissen musste, dass die Wahrheit letzten Endes sowieso herauskäme. Lass das, Sebby, sieh die Dinge so, wie sie sind. Die beiden wussten ganz genau, was sie taten. Die haben bis zum Hals in der Sache dringesteckt und sind auf frischer Tat ertappt worden, dank dir und Kate und ihrer weiblichen Intuition.«

»Und jetzt hat man sie weggesperrt.«

»Zu ihrem eigenen Besten«, erwidert Leo. »Wenn du mit deiner Theorie richtig liegst, ist sie dort, wo sie hingehört. Sie tickt nicht ganz richtig. Vielleicht bringen sie sie wieder in Ordnung.«

»Denkst du eigentlich nie darüber nach, dass es ohne uns nie so weit gekommen wäre?«

»Warum sollte ich? Cheryl war immer das geborene Opfer. Das hat sie alles sich selbst zuzuschreiben.«

Das Krankenhaus steht ganz oben auf der Regierungsliste der Bauwerke, die demnächst ersatzlos abgerissen werden sollen. Auf dem Grundstück sollen Wohnungen errichtet werden, die Patienten aus den verschiedenen Abteilungen werden dann in andere Krankenhäuser verlegt. Die Patienten aus der psychiatrischen Abteilung wird man in anderen psychiatrischen Kliniken unterbringen oder über das Viertel verstreuen, in möblierten Zimmern, Wohnheimen oder Pensionen einquartieren.

Cheryl ist zwar etwas benommen wegen des Mittels, das man ihr gespritzt hat, doch ihr Gehirn ist noch klar genug, um geradezu fotografisch ihre Umgebung wahrzunehmen. Zum Beispiel das frisch bezogene Bett, das in einer Reihe von zehn Betten auf sie wartet, in einem beigegestrichenen Zimmer mit einem Aquarium in der Ecke.

Sie befehlen ihr, sich auszuziehen.

Niemand erklärt ihr, was nun geschieht.

Mit routinierten Griffen drehen sie sie herum, nackt, wie sie ist, und stoßen ihr eine Spritze in den Muskel oberhalb ihres Oberschenkels. Sie fühlt sich wie ein Fleischspieß an.

Brüllend windet sie sich vor Schmerzen.

Der Pfleger, der sie grob untersucht, sagt, er müsse überprüfen, ob sie etwas Gefährliches mitgebracht habe, Rasierklingen, Drogen, eine Schere oder dergleichen. Er sieht in ihrem Mund und ihren Haaren nach. Er nimmt mit einem Spachtel eine Speichelprobe. Für einen Drogentest, erklärt er ihr.

Sie kann sich nicht bewegen.

Kommt sich winzig vor.

Wie eine Faust legt sich ihr die Angst um das Herz. Doch

Cheryl weigert sich, ihnen den Gefallen völliger Hilflosigkeit zu tun. Sie beschließt, ihren Körper zu verlassen.

Die Welt fällt stückweise von ihr ab, als sie in die graue Bewusstlosigkeit wegkippt und zwölf Stunden schläft. Als sie wieder aufwacht, sind ihre Kleider und ihre Handtasche verschwunden, und in ihrem Spind findet sie ein altmodisches Nylonnachthemd und einen rosa Morgenmantel.

Ihr Herz ist noch immer panisch zusammengekrampft. Sie zieht sich an und geht hinaus in den Gang. Dort spricht sie eine Schwester an. Es muss sich um ein Versehen handeln. Die Schwester zieht gleichmütig die Augenbrauen hoch. »Dazu kann ich Ihnen nichts sagen«, erklärt sie. »Sie müssen warten und mit einem Arzt darüber sprechen.«

Cheryl ballt ihre Hände zu Fäusten. »Aber wann kann ich mit einem Arzt darüber sprechen?«

»Woher soll ich das wissen?«, schnauzt die Schwester sie an. Dabei mustert sie sie von oben bis unten. »Sie werden es erfahren, wenn Sie an der Reihe sind.«

Auf dem Weg zum Tagesraum kommt sie an einem Fenster vorbei und sieht den Mann, der sie verfolgte, auf einer Bank im Krankenhausgelände sitzen. Sie weiß, dass sie sich nicht irrt, die roten Haare, die Jeanskleidung, die Tasche.

Deprimiert setzt sie sich in einen Plastikstuhl, einen von vielen in dem hell erleuchteten Zimmer. Sie sind alle auf einen Fernsehbildschirm ausgerichtet. Das Fernsehgerät ist hoch oben an der Wand angebracht, hinter etwas, das aussieht wie ein Kamingitter. Cheryl kennt diesen Ort nur zu gut. Von früher. Hier hatten sie Annie eingesperrt.

Cheryls Augen schießen in alle Richtungen, aber aus Angst aufzufallen und weil sie keine Gefühlsregung preisgeben will, bleibt der Schrei »Lasst mich raus« in ihrem Inneren.

Wird man sie für immer hier behalten? Wird sie jemals

wieder ein weiches Sofa oder einen gepolsterten Stuhl unter sich spüren? Die Fenster sind so fest verschlossen, dass sie abgeschnitten ist von den Geräuschen des Lebens – Vogelgezwitscher, dem Wind in den Blättern, dem Gelächter und Treiben der normalen Menschen. Sie lässt sich ohne Widerspruch den Medikamentencocktail verabreichen. Wenn sie ihre Medizin nicht geduldig schluckt, wird man sie gewaltsam dazu zwingen, das weiß sie. Oft genug hat sie das mit ansehen müssen, damals, als sie ihre Mutter besuchte. Wie Patienten in das Stationszimmer verfrachtet wurden, ohne Chance gegen die Übermacht von Pflegern.

Sie nimmt wenig Notiz von den anderen, weicht ihnen mit erschreckten Augen aus, weil sie einige von damals wiedererkennt. Sie tauchen in ihren Träumen auf, seit ihrer Kindheit suchen sie sie heim. Diese Menschen vegetieren dahin ohne jede Hoffnung auf Leben und ohne Gedanken an den Tod. Sie haben Glück, sie sind Zombies.

Doch plötzlich …

Er muss es sein. Sie verwechselt doch nicht Leo. *Und er kommt auf sie zu.*

O je, er darf sie nicht sehen, nicht hier, nicht Leo. Überhaupt, woher weiß er, wo sie ist? Barry muss es ihm gesagt haben, wer könnte es sonst gewesen sein. Und das Herz sinkt ihr noch tiefer.

Dennoch mischt sich Freude in ihre Mutlosigkeit. Von den beiden Kameraleuten war Leo der Witzigere, der Attraktivere gewesen, der keinem Flirt abgeneigt war. Und in diesen aufregenden Zeiten, als sie so leicht zu beeindrucken war, hatte Leo ihr gefallen. Manchmal war sie auf Sophie, seine Frau, regelrecht eifersüchtig gewesen. Aber das waren Spinnereien, so wie ihre frühere Leidenschaft für Oasis. Und jetzt steht er vor ihr und gefällt ihr sogar noch besser als früher.

Merkwürdigerweise wirkt er normal in dieser Umgebung, mit seinem überlangen Pony, der in der Mitte geteilt ist, mit demselben schlaksigen Gang, demselben anzüglichen Grinsen. Sie registriert die unverhohlen bewundernden Blicke der Schwestern, sieht, wie seine Augen über ihre eigene Kleidung gleiten, ihr hageres, fahles Gesicht und die ungewaschenen Haare. »Hey Kleine, was zum Teufel ist los?« Und er wirft einen Comic auf den Tisch und nimmt sie fest in die Arme, wie er es früher immer tat. »Schön, dich zu sehen.«

Es hatte eine Zeit gegeben, da hätte sie das falsch verstanden. Um ehrlich zu sein, war ihr das, naiv wie sie war, nicht nur einmal passiert. Wie töricht sie doch gewesen war.

Warum fragt er sie überhaupt? Er kann doch sehen, was los ist.

Und wo bleibt eigentlich Sebby?

Sie haben ihr ihre Kleider weggenommen. Der rosafarbene Krankenhausmorgenrock hängt an ihr wie ein Sack. Als suizidgefährdete Patientin hat sie keinen Gürtel bekommen. Unter dem Morgenrock trägt sie ein Nachthemd, wie es alte Damen haben, aus Nylon, damit man es schnell reinigen und wieder anziehen kann. Sie schwitzt darin auf dieser überheizten Station, und Leo könnte sich vor ihr ekeln. Man hat ihr bereits erklärt, die Patienten dürften sich pro Woche nur zweimal die Haare waschen und baden. Und auch das natürlich nur mit einer Begleitperson.

»Cheryl«, Leo sieht in dieser Umgebung aus wie eine Lichtgestalt. »Was zum Teufel haben die mit dir gemacht?«

»Gibt es was Neues wegen Cara?«

Leo antwortet nicht gleich. Cheryl fällt auf, dass, sobald Caras Name fällt, alle einen verschlossenen Gesichtsausdruck bekommen und das Thema wechseln. »Wieso sollte ausgerechnet ich etwas wissen? Du und Barry, ihr seid doch die Ersten, die etwas erfahren würden, oder?«

»Ich weiß nicht, ich bin mir da nicht so sicher. Wenn sie meinen, dass ich die Nachricht nicht verkraften könnte …« Sie bemüht sich, Stärke auszustrahlen, und strafft die Schultern. »Ich weiß nicht, warum ich hier bin. Ich bin nicht verrückt. Ich brauche keine Therapie. Die Wahrheit habe ich ihnen gesagt, dass ich verfolgt wurde, ja, und ich habe diesen Mann hier gesehen, vom Fenster aus, wie er unten herumlief. Barry will nichts mehr von mir wissen, und ich habe keine Ahnung, wann ich meine Kinder wiedersehen werde.«

Cheryl schießt durch den Kopf, dass sie Sebby um Hilfe gebeten und er sie verkauft hatte. Was weiß Leo darüber?

Immerhin kennt Leo Zak Quinn.

Ist er ein Freund von ihm, dem er vertraut?

Schaut er gelegentlich bei ihm und Sophie zum Abendessen vorbei?

»Wie ist es hier denn so?«, fragt Leo und blickt sich um. Seinen Matchsack stellt er auf dem Tisch zwischen ihnen ab. »Erzähl mal, welche Medikamente geben sie dir? Wie kommst du zurecht? Wer ist dein behandelnder Arzt?«

»Es ist die Hölle. Sie verabreichen mir einen Cocktail mit Gott weiß was drin. Ich komme überhaupt nicht klar, und meinen Arzt habe ich noch nicht gesehen.«

»Das klingt ja schlimm.«

Gerührt von Leos Anteilnahme steigen Cheryl Tränen in die Augen. »Ich bin noch keine vierundzwanzig Stunden hier.«

»Auch dann solltest du schon mit jemandem gesprochen haben. Verfluchtes Staatliches Gesundheitssystem.«

»Sie haben mir eine Spritze gegeben. Es hat entsetzlich wehgetan. Sie haben mich festgehalten und ausgezogen. Dann kam eine gynäkologische Untersuchung, frage mich nicht warum. Aus irgendeinem perversen Grund, wahrscheinlich wollten sie mich demütigen. Dann haben sie mir eine Vollnarkose gegeben. Ich bin erst vor zwei Stunden wieder aufgewacht. Gott weiß, was noch alles kommt, oder wann sie mich hier rauslassen.« Cheryl starrt ihren Besucher verzweifelt an. »Du hast das Zeug gelesen, das Barry über mich erzählt. Er hat immer neue skandalöse Geschichten parat über seine Frau, die Schlampe aus der Hölle. Du weißt, dass alles erlogen ist. Er hat die Kinder genommen und ist zu seiner Mutter gezogen.«

»Du darfst nicht glauben, was in der Zeitung steht – das solltest doch gerade du am besten wissen. Wie auch immer, ich habe meine eigene Theorie.«

»Ach? Willst du sie mir nicht erzählen?«

Leos angenehme Stimme verursacht Cheryl eine Gänsehaut – beinahe wie früher. »Du hast gedacht, du könntest das alles nicht durchstehen. Na, meiner Meinung nach bist du besser damit fertig geworden als Barry – du warst eigentlich immer die Stärkere. Für mein Gefühl hielt er dem Druck einfach nicht mehr stand. Je schwärzer er dich malt, desto eher vergibt ihm die Öffentlichkeit. Und darauf ist er aus – die Vergebung der Menschen. Und ihre Liebe.«

»Und Geld. Vergiss das Geld nicht. Sie können nicht genug von ihm kriegen. So viel Schmutz, wie er ranschaffen kann.« Aufgebracht schnappt sie nach Luft. »Woher weißt du eigentlich, dass ich hier bin?«

»Sebby hat es mir gesagt. Ich wollte es nicht glauben.«

Cheryl starrt ihre Fingernägel an und versucht, die nächste Frage so unbeteiligt wie möglich klingen zu lassen. »Woher weiß Sebby es?«

»Hab ich ihn nicht gefragt, sollte ich?« Leo zuckt die Achseln und mustert Cheryl gedankenverloren. »Was Zak Quinn betrifft: Das ist allein meine Schuld. Ich möchte dir das gern erklären. Soweit ich weiß, war Zak ein anständiger Kerl. Ein ganz normaler Journalist, der Geschichten recherchiert hat, ideal für eure Zwecke. Er hat in der Vergangenheit ein paar größere Storys ausgegraben. Woher sollte ich wissen, dass er inzwischen bereit ist, seine Seele zu verkaufen? So was passiert eben.«

»Nicht in meiner Welt«, erwidert Cheryl.

Nachdem Cheryl mehr als eine Stunde geredet hat, nimmt Leo seinen Rucksack und erhebt sich.

»Bitte hol mich hier raus!«, fleht Cheryl.

»Ich tu, was ich kann, das verspreche ich dir. Aber ich weiß nicht, ob ich jemanden finde, der mir zuhört«, besänftigt er sie.

»Ich sage alles… tue alles…« Sie sieht zu Boden. Wie sie es hasst, Menschen anzubetteln. Und dann auch noch ausgerechnet ihn.

Warum hat er sie besucht? In all den Monaten, in denen sie den Anfeindungen der Öffentlichkeit ausgesetzt waren, hatte er ihnen keine Hilfe angeboten – wahrscheinlich hatte ihn die Reaktion der Öffentlichkeit auf die Pornofotos aus der Bahn geworfen, obwohl er wie auch Sebby ihr vor der Veröffentlichung versichert hatte, die Fotos würden ihr auf keinen Fall schaden. Niemand von Griffin hatte Hilfe angeboten. Dass er sie damals so im Stich gelassen hatte, wird sie ihm nie verzeihen können, trotzdem rührt es sie, dass er sie jetzt hier besucht.

Was will er wirklich?

Macht er sich Vorwürfe wegen der schlimmen Lage, in die sie geraten ist?

»Übrigens«, erklärt er fast beiläufig, bevor er sich zum Gehen abwendet, »sie haben die Suche nach Cara abgebrochen. Sie glauben, dass du lügst. Sie sagen, Cara habe es nie gegeben. Sie sei nie geboren worden.«

»*Wie bitte?*« Sie muss sich verhört haben. Cheryl stiert ihn an, während es in ihren Ohren zu rauschen beginnt.

»Sebby ist da draufgekommen. Ging ins St. Catherine's House und hat in den Akten herumgewühlt. Hat den guten Samariter gemimt, zusammen mit der lieben Kate.«

»Sebby?«

»Genau der.«

Man hat die Suche abgebrochen? Sie kann es nicht fassen. Wie konnten sie das bloß tun? Barry hätte das doch nie und nimmer zugelassen! Ich muss hier raus aus diesem düsteren Kasten, raus ins Sonnenlicht, schreit alles in Cheryl. Aber sie gibt keinen Laut von sich, ist unfähig, sich zu bewegen, und hat das Gefühl, von einer schweren, dunklen Welle überrollt zu werden.

25

Dann beginnt sie zu schreien, und das mit einer Ausdauer, wie sie noch kein Patient auf dieser Station aufbrachte. Nachdem jemand den Alarmknopf gedrückt hat, eilen Schwestern herbei, drehen ihr die Arme auf den Rücken und zerren sie, halb auf den Knien, in die einzige geschlossene Abteilung des Krankenhauses.

Leo folgt dem Gezerre, Geschreie und Geschubse unauffällig. Patienten drehen sich nach der Gruppe um, wenn sie an ihnen vorbeikommt, blicken den Frauen nach, blinzelnd oder zahnlos Kaugummi mahlend. Leo sieht, wie Cheryl in eine Gummizelle mit dick gepolsterten Wänden geschubst wird. Pfleger beugen sich über sie und streifen ihr eine Zwangsjacke über.

Sie hatte auf seine Nachricht viel stärker reagiert, als er gedacht hatte. Zuerst hatte er geglaubt, sie würde in Ohnmacht fallen, weil ihr Blick so glasig geworden war. Sie kam ihm vor wie eine Besessene, wie die zornig vor sich hin plappernde Alte, die den ganzen Tag über an der Bushaltestelle vor seinem Haus stand. Aber dann hatte sie begonnen zu schreien, und Leo hatte solche Laute nie zuvor gehört. Nachdem sie ruhig gestellt worden war, brabbelte sie sabbernd vor sich hin, nur gelegentlich konnte er etwas von dem verstehen, was sie sagte… Cara… mein Baby… wer tut mir das an… lasst mich gehen… Barry… lasst mich raus… tot… tot…

Cheryl schlug den Kopf mit leerem Blick gegen die Wand.

»So, jetzt kann sie sich wieder beruhigen«, verkündet eine der Schwestern, holt tief Luft, nachdem die Tür ins Schloss gefallen ist, und reibt sich die Hände, als wolle sie sich von etwas Ansteckendem befreien.

Während der Morgenkonferenz zieht Sir Art Blennerhasset unablässig an seinen Fingern, bis die Gelenke knacken.

Alle sind hier versammelt: die Polizeispitze, der Psychologe, Mitglieder des zur Lösung dieser neuesten Krise eingerichteten Sonderkommandos, und auf der anderen Seite des Konferenztisches feilt sich Jennie St. Hill gedankenverloren die Fingernägel. Neben Art sitzt Alan Beam und ergreift ständig das Wort, so als sei er der Sprecher von Griffin.

Gerüchten zufolge planen Alan und Jennie heimlich, zusammen mit diversen Geldleuten, eine eigene Firma zu gründen. Über seine Vertrauensleute hat Art sogar schon den Namen dieser Firma erfahren. Marigold – Ringelblume. Die beiden nutzen jede Gelegenheit, sich über Arts Auffassung von Management lustig zu machen. Auch das haben ihm seine Leute zugetragen. Art selbst halten Alan und Jennie für ein Fossil, und die von Griffin Productions produzierten Sendungen haben ihrer Meinung nach das Verfallsdatum längst überschritten. Doch warum, fragt sich Art, halten sie dann nicht einfach mal die Luft an und stellen sich die Frage, warum Griffin zu den erfolgreichsten Produktionsgesellschaften Londons gehört?

Art schätzt Beam und St. Hill als hochtalentierte Mitarbeiter, die er nur ungern verlieren würde. Mit ihnen würde ein Großteil des guten Rufes von Griffin die Firma verlassen. Aber auch wenn sie innovative Ideen haben mögen, mangelt es ihnen an Teamgeist. Zu oft geht es ihnen nur um den eigenen Erfolg, statt um den von Griffin.

Seit dem ersten Kontakt mit Caras Entführern findet täglich eine Besprechung mit denselben Mitgliedern des Direktoriums und der Polizei statt, in denen Erstere auf den neuesten Stand gebracht werden. Alan und Jennie ziehen diese Treffen durch ihre – in Arts Augen – unnötigen Fragen in die Länge, scheinen sich anmaßen zu wollen, das Vorgehen der Polizei, ihre Motivation oder ihr Urteilsvermögen zu kritisieren, und legen dabei einen Tonfall an den Tag, der dem der schärfsten Reporter von *Newsnight* ähnelt.

Art ist überrascht, dass sich die Polizei ihr Gehabe gefallen lässt, und beschließt, das Gespräch in die von ihm gewünschten Bahnen zu lenken. »Wir sind jetzt also sicher, dass das ein Schwindel ist? Wir wissen jetzt, dass es keine Cara gibt?«

»Ja, da sind wir uns sicher. Die Angst hat ein Ende. Die Akte ist offiziell geschlossen, wir müssen nur noch herausfinden, was mit dem Kind geschehen ist.«

»Oder ob es überhaupt geboren wurde.« Dieser unnötige Einwurf kommt von Jennie St. Hill, die sich lässig in ihrem Stuhl herumdreht und dabei einen beiläufigen Blick auf ihre Nägel wirft.

Hyde, der die Sache leitet, fährt ruhig fort: »Die Lösegeldforderungen kamen wahrscheinlich von den Browns selbst. Vermutlich hatten sie einen Plan, wie sie an das Geld kommen konnten, ohne das Kind herauszurücken. Wer weiß, was sie sich da ausgedacht hatten. Wir haben Barry Brown verhört, haben ihn so sehr unter Druck gesetzt, wie wir nur konnten, aber der Kerl ist einfach nicht weich geworden. Er besteht noch immer darauf, dass die Entführung wirklich passiert ist, und wird ausgesprochen aggressiv, wenn man ihn beschuldigt, das Baby sei erfunden. Cheryl muss diese Rolle regelrecht mit ihm trainiert haben. Und die Macht, die sie noch immer über ihn hat, ist schon erstaunlich.«

»Nach dem zu urteilen, was man in der Zeitung liest«, wirft Alan Beam mit dem für ihn typischen herablassenden Blick ein, »sieht es eher so aus, als falle er über sie her.«

»Das ist der übliche Dreck. Die Presse weiß genau, dass sie schreiben kann, was sie will – der arme Kerl ist dermaßen am Ende, dass er im Augenblick wohl nicht in der Lage ist, irgendjemanden zu verklagen, stimmt's?«

»Haben Sie schon etwas von Cheryl herausbekommen?«

Alan Beam scheint auf alles eine Antwort zu haben. »Leo besucht sie heute. Ich glaube, die Ärzte sind der Meinung, sie solle sich erst an die Situation gewöhnen, bevor sie mit den schweren Hämmern kommen. Aber die gynäkologische Untersuchung, die sie durchgeführt haben, hat offensichtlich nichts gebracht. Scarlett ist erst eineinhalb Jahre alt, und falls Cheryl seitdem noch mal ein Baby bekommen hätte, wäre das nicht feststellbar, da die Geburten zu schnell aufeinander erfolgt wären.«

»Die Eltern hätten das Kind selbst umbringen können«, merkt Jennie an und schürzt die Lippen, als verkünde sie etwas Neues. Dabei hat jeder diesen Verdacht. Das macht das Ganze ja so schrecklich. Kein Wunder, dass Cheryl Brown schließlich durchdrehte und in der Psychiatrie landete. Alles Arts Schuld, meint Sarah, seine Frau. »Man sagt, sie hätte sich das selbst zuzuschreiben«, versucht Art sie zu überzeugen, obwohl er es selbst nicht glaubt. Sarah schüttelt ärgerlich den Kopf. »Blödsinn. Und selbst wenn sie es sich selbst zuzuschreiben hätte, muss sie einem doch Leid tun. Kein Wunder, dass der arme junge Vater zusammengebrochen ist und sich nicht gegen die Presse wehren kann.«

»Wie reagiert Cheryl auf die Tatsache, dass die Suche nach Cara abgebrochen wurde?«, fragt Rupert Shand, der Anwalt der Firma.

»Der Vater wurde, wie Sie wissen, darüber informiert«, erklärt Hyde. »Aber man hielt Mrs. Brown für zu labil, um es ihr mitzuteilen. Es ist möglich, dass sie tatsächlich glaubt, ihr Baby lebe.«

»Wenn das also alles ein groß angelegter Schwindel ist, muss es der Ehemann sein, der den Plan durchzieht. Ist er dazu überhaupt in der Lage? Lösegeldforderungen zu verschicken? Die Öffentlichkeit so an der Nase herumzuführen? Nach allem, was man weiß, ist doch Cheryl der Boss.«

»Normalerweise wäre sie es«, erklärt der Psychologe, der nach Arts Dafürhalten ein unverhältnismäßig hohes Honorar einstreicht. »Doch da sie sich in einem solchen bedenklichen Zustand befindet, ist es durchaus möglich, dass der untergeordnete Partner aus einer Notwendigkeit heraus die Führung übernimmt.«

»Mich würde interessieren«, meldet sich Art mit gereizter Stimme, »wie Leo Tarbuck überhaupt dazu kommt, Cheryl zu besuchen. Wenn man bedenkt, dass wir diese entsetzliche Kette verhängnisvoller Ereignisse angestoßen haben? Wäre es nicht besser, Griffin hielte sich da möglichst raus?«

Jennie wirft ihr Haar zurück und lächelt Art mit kalten Augen an.

»Leo kennt Cheryl sehr gut, und sie vertraut ihm. Es ist

vielleicht eine gute Idee, wenn jemand von Griffin dort in der Anstalt nach ihr sieht. Zum Wohl der Firma. Schließlich könnte noch immer ein Verfahren gegen uns eingeleitet werden.«

Alan fährt fort:

»Cheryl ist im Augenblick sehr allein. Annie Watts sitzt in Untersuchungshaft, sie soll morgen vor Gericht erscheinen – wegen eines Überfalls, denke ich…«

Woher zum Teufel weiß Beam das?«, denkt Art.

»…Und die Ehe ist inzwischen natürlich in Mitleidenschaft gezogen. Nach allem, was passiert ist, wird Barry nicht gerade Cheryls Nähe suchen.«

»Was ist mit Geschwistern?«, fragt Art mit schneidender Stimme. Es ärgert ihn, dass Alan und Jennie das Gespräch dominieren. »Die Frau muss doch jemand haben?«

»Zwei Halbbrüder – Abschaum, Nichtsnutze.«

Art bricht der Schweiß aus, und er tastet in seinem Jackett nach den Herztabletten.

Obwohl er versucht, sich zu beherrschen, schreit er fast: »Firmeninteresse hin oder her, ich finde einfach, es steht uns nicht zu, uns in die persönlichen Angelegenheiten dieses Paares einzumischen – ihnen *nachzuspionieren.*«

»Hast du etwa Angst, zur Verantwortung gezogen zu werden, Art?«, fragt Alan.

»Diese verdammte Serie war dein Baby, nicht meins«, erinnert ihn Art grob.

Ist Cara am Leben oder tot oder irgendetwas dazwischen? Liegt sie in einem finsteren Sarg unter der Erde, wo die Luft knapp wird, wenn die Kidnapper nicht ihre Forderungen erfüllt bekommen? Hat sie Todesangst? Ist es kalt und nass? Und niemand will mehr nach ihr suchen? Lieber Gott, Cara. *Ihr liebes kleines Baby.*

Cheryl stöhnt verzweifelt auf. Sie sieht keine Möglichkeit zu beweisen, dass ihre jüngste Tochter je existierte. Ihr fällt niemand ein, der dies bezeugen könnte. Im Supermarkt war es zu hektisch, um mit anderen Menschen ins Gespräch zu kommen. Und bei Tesco ging es absolut anonym zu.

Wenn sie ihren Kummer hinausbrüllt, bekommt sie Spritzen. Wenn sie sich lautstark zur Wehr setzt, steckt man sie in die Zwangsjacke. Wenn sie versucht, hier rauszukommen, bringt man sie zurück in die Gummizelle. Ein anderer Teil ihrer Selbst hat die Kontrolle übernommen, ihre verkrampften Hände kann sie nur noch gleichzeitig bewegen. Sie hat das Gefühl, für immer aus der Gesellschaft verbannt worden zu sein. Dr. Harris' Büro erscheint ihr wie eine eisige Winterlandschaft, ihre eigene Stimme ist nicht mehr als ein Wispern oben in den fernsten Wipfeln. Ziellos wandern ihre Augen über den Schreibtisch des Psychiaters, der penibel aufgeräumt ist. Sie zwingt sich, dem Arzt in die Augen zu sehen. Dann muss sie sich auf den Stuhl setzen.

»Wir dachten, Sie seien noch nicht so weit, dass wir Sie schon über die neuesten Erkenntnisse der Polizei informieren könnten«, beginnt Dr. Harris mit sonorer Stimme, den Kopf leicht zurückgelegt. »Es tut mir Leid, dass Sie es auf diese Weise erfahren haben.«

»Leo hat es mir gesagt«, bringt sie heraus.

»Ich weiß. Ich wünschte, er hätte es nicht getan.«

»Ist es wahr?«

»Leider ja. Man hat die Suche nach Cara abgebrochen.« Dr. Hart mustert sie schweigend und wartet auf eine Reaktion seiner Patientin.

Als sie nur langsam ihre Finger voneinander löst, versucht er erneut, sie aus der Reserve zu locken. »Cheryl, wissen Sie, warum die Polizei so gehandelt hat?«

Tonlos wiederholt sie, was man ihr gesagt hat. »Die Polizei denkt, es gibt keine Cara.«

»Und könnte sie damit Recht haben?« Seine Stimme ist sanft.

Was soll sie sagen? Wenn sie auf Caras Existenz besteht, wie es ihrer Meinung nach richtig wäre, wird man ihr nicht glauben, so wie man ihr nichts glaubte, was sie bisher sagte. Alles, was sie sagte, wurde gegen sie verwendet und brachte sie letztlich hierher. Sie kann jetzt nur noch hoffen, dass man sie gesund genug für die normale Station hält. Cheryl ist entschlossen, nichts zu sagen oder zu tun, was ihre Lage verschlimmern könnte.

»Was ist passiert, Cheryl?«, fragt Dr. Hart mit einschmeichelnder Stimme.

»Ich weiß es nicht«, antwortet sie, gegen den Nebel in ihrem Kopf ankämpfend.

»Hat Barry Sie dazu gebracht, so zu tun, als sei Cara noch am Leben?« Sein warmes Lächeln lädt ein, sich ihm anzuvertrauen. »Oder war es einfacher für Sie, die Wahrheit zu verdrängen, als sich dem Schmerz über Caras Tod zu stellen?«

Cheryl überlegt fieberhaft, was normaler klingt. »Es war Barry«, stottert sie bedrückt.

»Ich verstehe.« Dr. Hart notiert sich etwas und sieht schnell wieder auf, um keine Gesprächspause entstehen zu lassen. Wenn seine Patientin bereit ist, sich ihm gegenüber zu öffnen, darf er diesen entscheidenden Augenblick nicht ungenutzt verstreichen lassen.

»Und möchten Sie mir erzählen, was der kleinen Cara zugestoßen ist?«

Wieder grübelt Cheryl. Sie will auf keinen Fall in der Klinik bleiben, während ihr Kind da draußen in Gefahr ist. Zwar hat sie bisher noch keine konkreten Fluchtpläne, aber zur Not wird sie eine Schwester überfallen oder die Eisenstangen vor dem Fenster aufstemmen.

»Ich hatte eine Abtreibung, als ich im dritten Monat war«, erklärt Cheryl mit geschlossenen Augen.

»Erzählen Sie weiter«, fordert der Psychiater sie auf, die weißen Hände wie zum Gebet gefaltet.

Cheryl bemüht sich, glaubhaft zu klingen. Mit gesenktem Blick fährt sie fort: »Es war meine Idee, die Kinder zu verstecken, damals, als alle uns gehasst haben.« Sie räuspert sich. »Und dann hat Barry gemeint, warum gehen wir nicht einen Schritt weiter? Wir hatten meiner Mum und Barrys Mum und Dad von der Abtreibung erzählen wollen. Aber über so etwas spricht man nicht gern am Telefon, und es war so viel los, wir haben sie nicht so häufig gesehen…«

Der Arzt unterbricht sie. »Erzählen Sie mir, Cheryl, was hat Barry damit gemeint, sie könnten einen Schritt weitergehen?«

»Er hat gesagt, wir könnten ja so tun, als wären es drei Kinder, nicht zwei. Und wenn dann Cara nicht zurückkäme, könnten wir aus Griffin Geld rausholen. Er wusste, dass sie zahlen mussten, weil man sie für die Sache verantwortlich machen würde.«

»Und Sie waren einverstanden mit diesem Plan?«

»Barry sagte, wenn ich da nicht mitmachen würde, könnte ich meinen Plan vergessen. Er wollte nämlich nicht zulassen, dass ich die Kinder mit Donny in den Waggons verstecke. Für Barry war die Lage nicht ganz so schlimm, verstehen Sie. Diese Schmierblätter hatten es auf mich abgesehen. Mich haben sie gehasst. Deshalb wollte ich was unternehmen, dass damit Schluss ist.«

»Ich verstehe, ja.« Dr. Hart lehnt sich zurück und starrt die Wand über dem Kopf seiner Patientin an. Den früheren

Berichten konnte er die Hinweise auf ein mögliches Münchhausensyndrom entnehmen und welche Auswirkungen die traumatischen Ereignisse in der Kindheit auf dieses verwirrte Mädchen gehabt haben könnten. Doch aus den Berichten ging auch klar hervor, dass Cheryl sich seinem Kollegen gegenüber nicht kooperativ gezeigt hatte, sondern vollkommen verschlossen war. Die Diagnose des Polizeipsychiaters stützte sich auf sehr wenig Fakten. Dennoch kann er sich nach nur einem Gespräch kein vorschnelles Urteil erlauben. Zudem war Cheryl am Vortag eingeliefert worden, weil sie unter Verfolgungswahn litt. Dr. Hart beschließt, Cheryl weiterhin auf der geschlossenen Abteilung zu behalten, wo sie überwacht und ihr Verhalten evaluiert werden kann, bis er ihre Persönlichkeit besser einschätzen kann. Und obwohl er nicht gegen seine Schweigepflicht verstoßen darf, kann er dennoch der Polizei die nützliche Information zukommen lassen, dass ihre Entscheidung, die Suche abzubrechen, nach seinem fachlichen Urteil richtig war.

Es gibt keine Cara.

Es hatte nie eine gegeben.

Vor ein paar Stunden hatte Leo angerufen und Barry gedrängt, Cheryl zu besuchen. »Ich weiß, sie hat dich betrogen, und das in aller Öffentlichkeit. Ich weiß, wie es in dir aussehen muss«, begann er. »Aber Barry, Allmächtiger, sie leidet doch schon genug, sie ist in der Hölle.«

Die Vorstellung, was sie mitmachen musste, eingesperrt in der Psychiatrie, jagte ihm kalte Schauer über den Rücken. Wie musste es Cheryl jetzt gehen, nachdem sie erfahren hatte, dass die Suche abgebrochen worden war, weil man sie wie ihn beschuldigte, Cara aus niederen Motiven frei erfunden zu haben? Dass man sie mit der These konfrontierte, sie sei so gestört, dass sie sich weigerte, den Tod ihres Babys zu akzeptieren?

Was für ein Blödsinn. Was für ein absoluter Blödsinn. Wenigstens hatten sie ihm das nicht vorgehalten.

Wahrscheinlich denken die Menschen, Männern macht der Tod eines Kindes nicht so viel aus.

»Wenn Cara in der Hölle eine Chance haben soll«, erklärte ihm Leo am Telefon, »müsst ihr beide, du und Cheryl, zusammenhalten. Sie braucht dich und die Kinder. Ihr fehlt ihr. Verflucht nochmal, du kannst nicht einfach den Hahn zudrehen, ganz egal, was die Kleine dir angetan hat.«

Den ganzen Nachmittag hatte Barry darüber gebrütet, was Leo gesagt hatte. Irgendwann war er erregt aufgesprungen und hatte gerufen: »Ich muss zu Cheryl – sofort.«

»Das geht nicht, Barry, das *geht nicht*«, entgegnet Cath. »Die Frau ist eine Gefahr für sich selbst und für andere. Wie stellst du dir das vor, nach allem, was sie dir angetan hat? Beruhig dich doch. Und was in aller Welt hat zu diesem plötzlichen Sinneswandel geführt?«

»Geh mir aus dem Weg, Mum, ich muss Leo anrufen. Ich habe ihm gesagt, dass ich mich melde, sobald ich meine Meinung ändere, damit er vor dem Krankenhaus sein kann, wenn ich komme.«

Während dieses kurzen Telefongesprächs schnauzt Cath ihn ungehalten an: »Ich hoffe, du erwartest nicht, dass Bill und ich babysitten, während du Trottel losrennst, um eine Frau zu besuchen, die nicht mehr alle Tassen im Schrank hat? Und das ist noch das Freundlichste, was mir zu dieser kleinen, schmutzigen Nutte einfällt …«

»Halt den Mund, Mum.«

Cath läuft feuerrot an. »Von dir lasse ich mir noch lange

nicht den Mund verbieten! Du weißt genau, wie sehr dein armer Vater und ich uns für dich aufgerieben haben und das ist nun der Dank dafür?«

Doch Barry schlägt statt einer Antwort die Tür hinter sich zu.

26

»Barry ist hier? Das glaube ich nicht.«

Cheryl fragt sich, wo der Haken ist. Vielleicht ist es gar nicht Barry, sondern ein Fremder, der ihm ähnlich sieht. Oder er ist gekommen, um mit ihr über die Scheidung zu sprechen. Oder um den Ärzten neue Neurosen einzureden, an denen sie auch noch leiden könnte.

Immer noch erstaunt Cheryl Leos unerwartete Unterstützung, zumal er sich ein Jahr nicht hatte blicken lassen. Bei einem Telefonanruf in Harlow hatte Leo von einer einsilbigen Cath nur erfahren, dass es den Kindern gut gehe, was sie nicht ihrer Mutter zu verdanken hätten. »Wir können also davon ausgehen, dass alles in Ordnung ist«, meinte Leo.

»Nichts ändert sich«, sagte Cheryl.

»Jetzt sitz nicht einfach so da und friss alles in dich hinein.« Er verhielt sich so einfühlsam wie früher, wenn sie ihr trotziges Kleinmädchengesicht aufgesetzt hatte. Sie konnte nichts dagegen tun, die Tränen schossen ihr nur so aus den Augen. »Deshalb bin ich hier, du kannst mit mir reden. Du musst ja ganz durcheinander sein nach dieser Zeit, komm her …«

Er griff nach ihrer Hand, streichelte ihren Arm.

Cheryl erinnerte das an früher, als sie die Aufnahmen für *Die im Dunkeln* machten. Er hatte sie so gut verstanden, sie überhaupt nicht kritisiert. Er gab ihr das Gefühl, dass man ihm alles anvertrauen könne. Sogar der eher zurückhaltende Barry hatte sich Leo gegenüber geöffnet. Deshalb war die Serie so gut geworden. Weil sie so absolut *ehrlich* war.

Aus Nervosität stieß Cheryl gegen seinen Matchsack, und er fiel vom Tisch. Sie zuckte zusammen, als er laut schrie: »Fass ihn nicht an. *Finger weg!*« und ihn vorsichtig wieder auf den Tisch stellte.

Wie während der monatelangen Dreharbeiten schüttete sie ihm ihr Herz aus. Es war ihr egal, wie sie sich ausdrückte. Es war ungemein quälend, sich trotz der Medikamente zu konzentrieren, immer wieder entglitten ihr ihre Gedanken, lösten sich auf, verschwanden. Ihre Hoffnungen handelten alle davon, Cara zu finden, aus dieser Anstalt zu entkommen, ihre Kinder zurückzubekommen und ein normales, glückliches Zuhause zu haben, ohne ständig im Rampenlicht zu stehen.

Es war alles so verwirrend, als ob ihr Leben ein langer unruhiger Schlag wäre, die meiste Zeit träge, manchmal fiebrig und ab und zu voller Albträume.

Sie befand sich mitten im stillen, weißen Zentrum des Sturms.

Leo hörte ihr zu und ermutigte sie mit einem gelegentlichen Kopfnicken oder -schütteln, ihren Gefühlen Luft zu machen. Ohne seine Unterstützung glaubte Cheryl nicht überleben zu können. Für die Behörden war Cheryl nicht mehr als ein Name auf einer medizinischen Akte. Ein krankes Hirn, das dringend der Behandlung bedurfte.

Jetzt erzählt er ihr, dass Barry kommt, »und die Krankenhausleitung hat mir versichert, dass ihr Sprecher, falls die

Presseleute Wind davon bekommen, diese draußen auf der Treppe abfängt«.

Lieber Gott, *nein*. Daran hat Cheryl nicht gedacht. »Werden sie uns denn nie in Ruhe lassen?«, klagt sie. »Wird diese Jagd ewig weitergehen?«

Leo zuckt die Schultern. »Bis etwas Besseres auftaucht. Das ist die Saure-Gurken-Zeit.«

»Bis jemand anders in Ungnade fällt und sich in ihren selbstgerechten Fallen verfängt.«

»Was immer du über sie denkst«, versucht Leo ihr zu erklären, »die britische Öffentlichkeit wird über Caras Rückkehr völlig aus dem Häuschen geraten. Da wird's rundgehen auf den Straßen.«

Wenigstens scheint Leo zu glauben, dass es ein Baby *gibt* und dass es nach Hause zurückkehrt. »Kein Baby hat je derart im Mittelpunkt gestanden. Schon vor ihrer Geburt haben sie sich über Cara das Maul zerrissen. Und jetzt tun sie, als ob es sie nie gegeben hat.«

»Das liegt daran, dass heutzutage die Menschen keine nachbarschaftlichen Beziehungen mehr pflegen«, referiert Leo. »Sie müssen sich für irgendetwas interessieren, für Alltagsgeschichten, die sie in ihrem eigenen Leben vermissen. Deshalb sind Soaps so populär. Man wagt es ja nicht mehr, am Gartenzaun zu tratschen. Dabei liefe man ja Gefahr, sich ein Gerichtsverfahren oder eine Schaufel über den Kopf einzufangen. Also schaltet man die Glotze an und regt sich darüber auf.«

»Dann hätten Barry und ich den Leuten einen Gefallen getan. Griffin hat der Öffentlichkeit etwas Gutes beschert, als sie *Die im Dunkeln* produziert haben.«

Ob Leo sich wohl je schuldig fühlte?, fragte sich Cheryl im Stillen.

Ob er sich wohl je dafür die Verantwortung zuschrieb,

dass sie heute hier sitzt, an diesem schrecklichen Ort, und sich mit ihm an einem runden Tisch unterhält, der aus Sicherheitsgründen rund zu sein hat? Wenn sie von diesem düsteren Ort aus zurückblickt, lässt sich nur schwer eine Logik in dem Ablauf der Ereignisse erkennen, die schließlich zu diesem Albtraum führten. Aus ihrer Erinnerung tauchen eher verwaschene Tuschezeichnungen auf als scharfe Fotografien. Das Leben war schon schwierig gewesen, bevor es mit *Die im Dunkeln* losging. Sie hatten kein Geld und mussten sich durchkämpfen, aber irgendwie hat Cheryl den Eindruck, dass sie und Barry jung und glücklich waren und sich liebten und dass diese Illusion andauerte, bis diese Serie begann und sie in irgendjemandes Klauen gerieten, benutzt und zerstört wurden. Sie in Quotenkarikaturen und -monstren verwandelte.

Macht Leo sich Vorwürfe? Vielleicht glaubt er tatsächlich wie alle anderen, dass sie verrückt ist und sich das alles selbst zuzuschreiben hat. Sie kann Leo schwer einschätzen.

Barry erstarrt, als er um die Ecke biegt und die Menschenmenge am Ende der Straße entdeckt. Mindestens fünfzig Menschen drängeln sich um den Klinikeingang, und er weiß genau, dass er es ist, auf den sie warten.

Aber wer hat sie über sein Kommen informiert?

Was könnten sie ihn denn noch fragen wollen?

Nachdem er die letzten paar Tage so falsch zitiert worden war, hat er ihnen, wie er dachte, ganz klar zu verstehen gegeben, dass er ihnen nichts mehr mitzuteilen hatte.

Er hofft, dass es einen Seiteneingang gibt. Schon hat ihn einer aus der Gruppe entdeckt, schreit etwas und stürzt auf ihn zu. Ein paar Sekunden später ist er umringt von einem schwirrenden Reporterhaufen, Mikrofonen, Kameras und neugierigen Zuschauern.

»Barry, treffen die jüngsten Anschuldigungen zu, dass Sie Ihre kleine Tochter getötet haben?«

»Wurde deshalb die Suche nach Cara abgebrochen?«

»Wann rechnen Sie und Ihre Frau mit einer Anklage wegen Totschlags?«

»Haben Sie schon mit einem Anwalt darüber gesprochen?«

»Was wollen Sie hier im Krankenhaus?«

Barry bricht der Schweiß aus, keuchend schließt er die Augen und stürzt sich in die Menschenmasse, versucht, sich einen Weg durch sie hindurch zu bahnen. Es kommt ihm vor, als stehe er bis zu den Knien im Schlamm, als kämpfe er sich durch einen Morast. Er muss es bis zum Eingang schaffen. Muss zu Cheryl kommen. Sie muss vor dem hier beschützt werden. Was, wenn diese Menge ihm folgt und sich Zutritt verschafft ins Krankenhaus?

Und wer verdammt hat diesen Aasgeiern diese gemeinen Gerüchte zum Fraß vorgeworfen, sie damit herangemästet?, fragt er sich bebend vor Zorn.

Er sieht Cheryls schmale zerbrechliche Schultern vor sich. Den Kopf in die Hände gestützt, wenn sie hört, was die Leute reden. Irgendwer muss Spaß daran haben, die Qualen zu vergrößern und den Aufruhr der Massen weiter anzuheizen. Oder steckt nichts derart Boshaftes dahinter, sondern lediglich eine miserable Organisation, mangelnde Voraussicht? Wie auch immer, Barry kann nicht dagegen an, seine Gedanken rasen in alle Richtungen, versuchen vergeblich, einen Sinn hinter alldem zu finden. Sein Leben gehört ihm nicht mehr, er kann keinen Schritt machen, ohne dass eine Menschenansammlung ihm folgt.

Barry hat alles versucht, um die Polizei zu beruhigen. In seinem letzten Gespräch mit Hauptkommissar Rowe hatte man ihm erklärt, es würden Nachforschungen angestellt.

Aber Nachforschungen in welche Richtung?, hatte er überlegt. Durchsuchten sie nun das Harold-Wilson-Gebäude nach der Leiche eines Neugeborenen? Befragten sie die Nachbarn? Versorgten sie die Klatschtanten mit neuen entsetzlichen Gerüchten? Und währenddessen ist seine kleine Tochter da draußen, vielleicht mutterseelenallein in der Kälte.

Gott sei Dank. Barry seufzt erleichtert. Endlich ein freundliches Gesicht. Leo steht im Eingang, die Hände lässig in den Taschen, und plötzlich tauchen ein Dutzend Leute vom Sicherheitsdienst auf und verscheuchen die Menschenmasse. Vorbei an den Reportern folgt Barry Leo durch lange, helle Korridore.

Als er Cheryl sieht, denkt Barry zuerst an ein Rehkitz, ein scheues, verschrecktes Wesen, das sich vor der Welt versteckt und beinahe zu Tode erschöpft ist von der Hetzjagd.

Die Gedanken an Betrug, an seine Aufregung und Angst vor diesem Treffen sind wie weggeblasen, als er sie in die Arme nimmt und festhält und sieht, wie allmählich der leere Blick aus ihren Augen weicht.

»Cara?«, fragt sie ihn sofort.

»Ich weiß.«

»Ist die Suche immer noch abgebrochen?«

»Ja, sie haben die Suche nicht wieder aufgenommen.«

Cheryl wirkt nicht mehr verängstigt, sondern einfach hilflos und dankbar, ihn in ihrer Nähe zu haben, seine Arme um sich zu spüren. »Barry, was sollen wir bloß tun?«

Barry schüttelt benommen den Kopf.

»Ich musste lügen«, gesteht sie ihm unter Tränen. »Ich musste behaupten, dass ich abgetrieben hätte. Ich musste ihnen einfach das sagen, was sie hören wollten, damit sie mich hier rauslassen. Aber es hat nicht geklappt. Sie lassen mich nicht raus. Also muss es meine Schuld sein, dass sie Cara aufgegeben haben.«

»Das ist nicht deine Schuld. Und ich kann dich verstehen.« Barry fällt ein, dass Leo neben ihnen steht und empfindet das auf einmal als unangenehm.

Er wirft ihm einen Blick zu. »Lasst euch von mir nicht stören. Ich höre nicht zu«, beruhigt Leo sie und wirft seinen Rucksack über die Schulter, als wolle er aufbrechen, bleibt jedoch stehen.

»Und die Zeitungen, Cher, was sie alles geschrieben haben…«

»Ich weiß, Barry. Sag nichts.«

Barry erklärt ihr, dass er sich trotz Caths penetranter Einmischungsversuche standhaft geweigert hatte, der Presse etwas zu sagen, was Cheryl schaden könnte. Dann greift er in seine hintere Hosentasche und zieht ein Blatt Papier heraus. Cheryl tritt einen Schritt zurück und studiert es mit zusammengekniffenen Augen.

»Das ist der Kontostand von heute Morgen. Das ist das Geld, das wir zur Verfügung haben, wenn alles andere nichts bringt. Wir können es für die Suche nach Cara verwenden. Es gibt Leute, Agenturen, die sind spezialisiert…«

»Wie viel?«, fragt Leo und tritt näher.

»Fünfundzwanzigtausend Pfund.«

»Wie hast du das Geld aufgetrieben, Barry?«

»Ich habe mit der Presse geredet. Ich dachte, es würde helfen. Ich habe versucht, ihnen die Wahrheit zu sagen.« Barry zuckt die Achseln. »Das war, bevor mir klar wurde, dass sie mich immer falsch zitieren würden, egal was ich sagte. Das war, bevor ich kapiert habe, dass sie immer nur schreiben, was ihnen in den Kram passt.«

Cheryls Lachen ähnelt eher einem Schrei. »Und jetzt glauben sie, dass wir Cara erfunden haben. Das ist ja toll. Das ist wirklich toll.«

»Und sie behaupten nicht nur das«, wirft Leo ein und

lässt sich auf einen Stuhl fallen. »Die Leute draußen sind davon überzeugt, dass ihr wegen Caras Tod zur Verantwortung gezogen werdet.«

»*Was?*« Cheryl reißt erschrocken die Augen auf.

Barry wirft Leo einen verständnislosen Blick zu. »Ich wollte ihr das noch nicht sagen, nicht so früh und nicht hier.«

»Barry«, entgegnet ihm Leo unbeirrt, »in diesem Stadium hat es keinen Sinn mehr, die Wahrheit vor Cheryl zu verbergen. Sie findet es schnell genug selbst heraus, und es ist besser, sie erfährt es von dir als von so einem Besen von Schwester, die die Abendzeitung gelesen hat.«

Vielleicht hat er Recht. Vielleicht sollte Cheryl alles, auch das Schlimmste wissen. Also bringt Barry ihr die unangenehme Wahrheit so behutsam wie möglich bei, während Leo konzentriert lauscht und Cheryl schluchzend bei jedem Satz nachhakt.

»Aber das ist einfach nicht wahr – Sie können es nicht beweisen«, schreit sie verzweifelt und klammert sich an den Resopaltisch, wobei sie an Leos Tasche stößt. Er rückt sie wieder zurecht. »Am Ende müssen die doch erkennen, dass Cara existiert, und die Suche wieder aufnehmen …«

»Unter den gegebenen Umständen werden sie nur eines tun«, wirft Leo zynisch ein, »dieser Abtreibungsgeschichte nachgehen. Haben sie dich nicht gefragt, wo du's hast machen lassen, damit sie es bestätigen können?«

»Sie haben gefragt. Ich habe mich geweigert, es ihnen zu sagen. Was hätte ich ihnen auch sagen sollen.«

Leo schüttelt den Kopf, während Cheryl stöhnend in ihrem Stuhl zusammensinkt.

Ist sich Leo hier zwischen ihnen am Tisch eigentlich über die möglichen Konsequenzen seiner Wahrheitstaktik bewusst? Er war schon immer hartnäckig, erinnert sich Barry, und entschlossen, alles wahrheitsgetreu darzustellen. Aber dies hier ist nicht einer seiner Filme. Barry und Cheryl sitzen hier und bereden etwas, was für ihr Kind das Leben – oder den Tod – bedeuten konnte.

»Was wollen sie von uns?«, nuschelt Cheryl vor sich hin. »Glauben die wirklich, wir hätten es auf das Geld abgesehen?«

»Das Geld oder das Mitgefühl. Aber jetzt haben sie dafür gesorgt, dass ihr nichts davon bekommt. Sie glauben euch einfach nicht mehr. Ihr habt ihnen einmal einen Bären aufgebunden und das war's. Das war der schlimmste Fehler, den ihr machen konntet.«

Barry möchte Cheryl in die Arme schließen und sie festhalten, aber er spürt, dass dies jetzt nicht der richtige Moment dafür ist. Er glaubt, er könnte ihr wehtun, wenn er sie zu fest drückt.

»Es muss eine Möglichkeit geben…« Trotzig wendet er sich an Leo. Soll der doch etwas von dem Schaden wieder gutmachen, den er angerichtet hat. Soll der doch etwas für sie bewegen. Barry hat dem Burschen nie getraut, ihn nie wirklich gemocht. Es war Cheryl, die ihn gern in ihrer Nähe hatte und zu brauchen schien.

»Du musst sie hier irgendwie rausholen«, ist Leos Antwort. »Sie bekommt hier keine Therapie, wird bis obenhin mit Medikamenten abgefüllt, fühlt sich gerade jetzt ohnmächtig und hilflos, wo sie wegen Cara stark sein müsste. Wenn Cheryl hier noch eine Woche bleibt, fürchte ich, dreht sie vollends durch. Schau sie dir nur mal an.«

»Kennst du jemand, der das schaffen kann? Ärzte, jemanden mit Einfluss?«

Leo schüttelt den Kopf. »Das musst du schon selbst hinkriegen. Da musst du dir selbst was überlegen.«

Meint Leo damit das, was er vermutet? »Ich käme nie

durch damit.« Barrys Augen schweifen durch die Station, über die Gitter vor den Fenstern mit dem einbruchssicheren Glas, die mit Schlössern gesicherten Türen und die elektronischen Alarmanlagen, die Schwestern in ihrem Stationszimmer und die Patienten mit dem abwesenden Blick. Ihn verlässt der Mut. »Das ist unmöglich.«

»Mit meiner Hilfe könntest du es schaffen«, erklärt Leo.

»Leo hat vorhin angerufen«, erzählt Kate Sebby, als er sich, soeben nach Hause gekommen, gerade auszieht, um unter die Dusche zu gehen. »Er wollte mit dir über Cheryl reden.«

Er ist ganz verschwitzt nach einem Tag in der Stadt mit einer Kindergruppe, die er beobachten musste. Das Kinderheimprojekt lastet zunehmend allein auf seinen Schultern. Heute Morgen war Leo zwar kurz vorbeigekommen, hatte jedoch ziemlich zerstreut gewirkt. Um elf war er überstürzt verschwunden, ohne zu sagen, wohin er so eilig musste. Was ganz und gar nicht seine Art war. »Was ist mit ihr?«

»Er war den Nachmittag über im Krankenhaus und hat sie besucht. Er macht sich Sorgen, dass Barry eine Dummheit begehen könnte.« Kate folgt ihm ins Badezimmer, mit einer eisgekühlten Coca-Cola in der Hand. Die Würfel klirren aneinander.

Erschöpft streift sich Sebby die Hose ab. »Leo? Besorgt? Ach ja? Hast du noch so einen Witz auf Lager?« Er hält den Atem an, als das kalte Wasser seinen Körper hinabläuft. Langsam entspannt er sich. Kate sitzt auf dem Klodeckel, auf der anderen Seite des muschelgemusterten Duschvorhangs. »Also, was hat er genau gesagt?« Sebby runzelt die Stirn. Und warum hat Leo ihn nicht einfach auf dem Handy angerufen, wenn er so dringend mit ihm reden wollte?

»Es ist einfach zu lächerlich. Dieser Idiot Barry hat vor, Cheryl da rauszuholen. Leo ist auch der Meinung, dass dieser schreckliche Ort Cheryl noch in den Wahnsinn treiben wird, dass sie dort nicht die Behandlung bekommt, die sie braucht. Aber wenn Barry sich jetzt als heldenhafter Ritter aufspielt, werden sie übel in der Scheiße landen.«

»Seh ich auch so, und weiter?«

»Leo wollte, dass du das erfährst, das ist alles. Er dachte, dass du vielleicht irgendwelche Vorschläge hast, um Barry davon abzubringen, ein paar Tricks kennst, die ihnen aus der Patsche helfen könnten, oder jemanden mit genug Einfluss, um die Sache zu beschleunigen.«

Sebby schüttelt verwundert den Kopf. Warum soll ausgerechnet er den beiden da helfen können? »Barry würde nicht auf mich hören, jetzt, da er weiß, wer die Wahrheit über Cara herausgefunden hat. Wären wir nicht gewesen und hätten uns eingemischt, wäre Cheryl nicht in der Anstalt gelandet.«

Sebby wundert sich, dass Leo ihm gegenüber nie erwähnt hat, dass er Cheryl besuchen wollte, und dabei weiß er doch, welche Sorgen sich Sebby um sie macht. »Er sollte mit den Verantwortlichen reden.«

»Was, Cheryl und Barry wieder anschwärzen? Würdest du das tatsächlich machen, Sebby?«

»Was denn sonst um Himmels willen?« Ungeduldig angelt er nach der Seife. »Dir muss doch klar sein, wie waghalsig dieser Plan ist. Denk an den Schlamassel, wenn sie erwischt werden. Denk an die Schlagzeilen. Barry könnte deshalb im Gefängnis landen. Du glaubst doch nicht ernsthaft, wir sollten sie mit diesem wahnsinnigen Vorhaben weitermachen lassen? Wir haben schon genug angerichtet.«

Von der anderen Seite des Vorhangs kommt keine Antwort, er hört nur das Eis in dem Glas klirren. »Du wirfst mir vor, dass sie da drin sitzt«, sagt Kate so laut, dass er sie über das Wasserrauschen hinweg verstehen kann.

»Und ich mache mir selbst auch Vorwürfe. Dieses Mal sollten wir uns um unseren eigenen Kram kümmern. Woher nehmen wir das Recht, sie zu verpfeifen? Barry hat sich Leo anvertraut. Leo hat Cheryl besucht. Er war stundenlang bei ihr. Er weiß, wie es in diesem furchtbaren Kasten zugeht. Vielleicht glaubt er, Barry könnte damit durchkommen.«

Sebby tritt, das Handtuch um den Kopf geschlungen, aus der Dusche. Ein Streit mit Kate fehlt ihm jetzt gerade noch. Es ist zu heiß, und er ist zu müde. »Warum interessiert sich Leo so plötzlich für das Schicksal der Cheryl Brown, und warum will er mir von dieser neuen Entwicklung erzählen?«

»Weil er glaubt, dass dich das interessiert. Und er hat gehofft, du hättest vielleicht eine Idee.«

»Ich hab aber keine. Und selbst wenn ich eine hätte, was erwartet er von mir?«

»Am besten redest du selbst mit ihm«, erwidert Kate. »Ich weiß nur, dass es ihm um das Wohl Cheryls geht.«

War für eine Ironie, denkt Sebby. Seit wann scherte sich Leo darum? »Dich hat er jedenfalls auf seiner Seite.« Auf dem Weg zum Kühlschrank hinterlässt er überall feuchte Fußabdrücke. »Ich rede mit ihm, wenn dir das so wichtig ist. Aber am vernünftigsten wäre es, die Sache den Behörden zu melden.«

»Zum Wohle Cheryls, nehme ich an«, setzt Kate mit einem zynischen Lächeln hinzu.

Vielleicht bin ich wirklich verrückt, wie alle sagen, denkt Cheryl und fühlt sich verrückt.

Sie will raus, unbedingt. Aber es könnte, falls es schief läuft, in einer Katastrophe enden, es könnte ein noch größerer Fehler sein, als die Kinder zu verstecken. Und falls Barry es schaffte, lauert ihr dieser Typ draußen dann noch immer auf?

Wenn es nur jemanden gäbe, mit dem sie reden könnte. Vor ein paar Monaten hätte sie einfach Sebby gefragt – er hätte ihnen einen vernünftigen Rat gegeben, aber jetzt nicht mehr, mein Gott… Allein der Gedanke, dass Sebby und Kate hinter der plötzlichen Untätigkeit der Polizei stecken, weil sie die Existenz ihres Babys in Frage stellten, erfüllt sie mit so abgrundtiefem Hass, dass sie das Gefühl hat, ihr Kopf zerspringe.

Kein Wunder, dass Sebby sie nicht besuchen kommt.

Aber wenn Leo die Aktion befürwortet…?

Vielleicht braucht sie wirklich eine Therapie.

Wie Schnellzüge rasen die Gedanken durch ihr Gehirn.

27

Keine weiteren Lösegeldforderungen. Keine weiteren Telefonanrufe bei Griffin. Was den Verdacht der Polizei und der Öffentlichkeit bestätigt, dass die Browns dahinter gesteckt hatten. Und dass sie nun, da man ihnen auf die Schliche gekommen ist, das Handtuch geworfen haben.

Bei Griffin kursiert das Gerücht, Alan Beam und Jennie St. Hill dächten daran, sich nach etwas anderem umzusehen. Die Mehrheit von Arts Kollegen im Direktorium steht im Bann dieses Pärchens. Jede Kritik, die Art an den beiden übte, würde ihnen postwendend zugetragen. Er weiß nicht, wem er noch trauen kann. Seit sie in das Direktorium berufen wurden, was falsch war, wie Art inzwischen weiß, sind an die Stelle von Vertrauen und Teamgeist Klüngel und Konkurrenzdenken getreten.

Jilly, Arts attraktive Assistentin, mit der er seit zehn Jahren eine heimliche und nette Affäre hat (inzwischen ist es eher eine Art Ehe, bei der auf beiden Seiten ruhige Vernunft eingekehrt ist), rauscht an diesem Morgen in sein Büro.

Auf Arts Anweisung versucht Jill nun schon seit Wochen, an Informationen über Alan und Jennie heranzukommen.

Sie senkt ihre rauchige Stimme. Mit ihren fünfunddreißig Jahren gefällt sie ihm heute besser als damals, als er sie kennen lernte, mit ihrer üppigen Sanduhrfigur, ihrem langen glänzenden Haar, das sie hoch gesteckt trägt. »Da ist etwas, was du dir ansehen solltest.«

Sie spricht mit ihrer besten Schlafzimmerstimme.

»Ach?« Art linst über seine goldgerahmte Zweistärkenbrille.

»Hier, in diesem Gebäude.«

Und was immer das für eine Niedertracht sein mag, auf die Jill sich bezieht, die Tatsache, dass das hier in den Räumen der Griffinzentrale stattfindet, scheint ihm der unglaublichste Part ihrer Enthüllungen zu sein.

Sie setzt sich in ihren Drehstuhl, als bekäme sie einen Brief diktiert. Art ist nicht der Mann, der es vorzieht, seine Diktate auf Band zu sprechen und seine Angelegenheiten mit Hilfe von Maschinen zu regeln. Er hat Witz und ist gesellig – weshalb er auch mit so vielen Persönlichkeiten von Rang und Namen befreundet ist –, und fühlt sich daher immer wohler, wenn er dem anderen ins Gesicht sehen kann, selbst im Bett ist das so, vor allem wenn es um Jill geht.

»Du hattest Recht«, erklärt Jill. »Es gibt ein Projekt, aber mehr weiß ich nicht. Jennie und Alan lassen so gut wie nichts darüber verlauten, und obwohl einige Leute sehr wohl wissen, dass irgendwas am Laufen ist, scheint niemand sagen zu können, was.«

Art ist enttäuscht. »Wir sind also nicht viel weitergekommen.«

»Nein, das sind wir nicht. Aber ich habe herausgefunden, wo sie arbeiten. Sie haben die alte Malerwerkstatt in ein Studio umgewandelt und mit allem ausgestattet, was man an Licht und technischen Geräten zum Cutten braucht. Das meiste davon haben sie aus ihrer eigenen Tasche bezahlt, nach dem, was ich gehört habe, und sie kommen frühmorgens rein, um daran zu arbeiten, oder bleiben bis spät abends.«

Art denkt laut nach. »Was soll diese ganze Heimlichtuerei? Was zum Teufel machen sie da bloß, dass sie damit nicht zu mir kommen können?«

»Etwas, das du rundweg ablehnen würdest?«

»Na ja, offensichtlich. Aber verdammt noch mal, sie können doch gar nicht wissen, was ich ablehnen würde. Nicht, solange sie es mir nicht gezeigt haben.«

»Sie halten dich für einen Lakaien des Establishments. Bei ihrer Arbeit geht es ihnen nicht um Griffin. Das sind die Gerüchte, die dir zu Ohren gekommen sind. Aber es muss irgendetwas ganz Großes sein, warum sollten sie sich sonst derart aus dem Fenster lehnen?«

Niemand hatte Art je vorgehalten, er sei ein Lakai des Establishments, bis er seine jetzige Frau geheiratet hatte, die Tochter eines Großgrundbesitzers und Parlamentsabgeordneten, der dem rechten Flügel der Torys angehörte. Das hatte ihm natürlich die Türen zur Highsociety geöffnet, doch es hatte nie seine Integrität beeinträchtigt. Bis dahin hatte man ihn als Stachel im Fleisch des Establishments betrachtet, als jemand, der eine wichtige Rolle in der Revolution der Sechzigerjahre spielte und vehementer Verfechter der Satire und des Enthüllungsjournalismus war.

Erschöpft erwidert er: »Ehrlich gesagt, glaube ich, ich will gar nicht viel mehr erfahren.«

»Das wäre der falsche Weg.«

»Ich weiß. Wenn diese beiden nur etwas Vertrauen zu mir hätten, wenn sie sich nicht für solche Mediengenies hielten.« Während er noch darüber nachsinniert, trifft sein müder Blick den von Jilly. »Es ist meine Aufgabe herauszufinden, was hier läuft, ob mir das nun gefällt oder nicht. Aber langsam beginne ich zu glauben, dass sie Recht haben – ich bin einfach zu alt.«

Jilly zieht die Augenbrauen hoch. »So kenne ich dich gar nicht.«

»Ich musste auch noch nie so etwas tun. Ich bin noch nie hinters Licht geführt oder als alter Zensierzausel abgetan worden. Grundgütiger, ich habe mein ganzes Leben lang gegen die Zensur gekämpft.«

»Man nimmt an, dass noch andere dabei sind.«

»Ach? Wer denn? Los, rück raus damit.«

Jill wirft ihm einen mitfühlenden Blick zu. »Leo Tarbuck ist der einzige Name, den man mir genannt hat, aber es könnten noch mehr sein. Es tut mir Leid, Art. Aber das wurde mir zugetragen.«

Eine tiefe Falte auf der Stirn verrät Arts Enttäuschung. Leo, der so intelligent und talentiert ist, den Art nach der Schule selbst ausbildete. Er hatte zugesehen, wie Leo vom Kabelträger und Klappenjungen zum Rechercheur und Kameramann aufstieg und bereits bei einigen der besten Dokumentarserien, die Griffin je produzierte, so gut wie eigenhändig Regie geführt hatte. Darunter natürlich auch *Die im Dunkeln*. Ein sympathischer Junge. Und loyal. Ja, dumm wie ich bin, denkt Art, habe ich ihn für absolut loyal gehalten.

»Es stimmt, was meine alte Oma zu sagen pflegte, ein fauler Apfel …«

Jilly spürt Arts Verzweiflung. »Die Frage ist, was wirst du tun? Und wann?«

Er könnte sie zu sich rufen lassen, schießt es Art durch den Kopf.

Er könnte Alan und Jennie umgehend in sein Büro kommen lassen und ihnen zum Beispiel firmenschädigendes Verhalten vorwerfen.

Er könnte, als ihr Chef, mit ihnen zu der alten Malerwerkstatt gehen und sie zwingen, das Band abzuspielen, es konfiszieren (nach dem Gesetz ist es Eigentum von Griffin) und loben oder zerreißen, je nachdem, was er zu sehen bekäme.

Doch das ist ganz und gar nicht Arts Stil. Er ist kein Diktator. Die Freiheit des Ausdrucks ist entscheidend für die Entwicklung des künstlerischen Geistes, und er ist noch nie über einen Mitarbeiter hergefallen, der in seiner Arbeit sein Innerstes, seine Seele, zum Ausdruck bringt.

Aber diese Prinzipien sind nicht der alleinige Grund für seine Weigerung, den autoritären Direktor zu spielen.

Die Vorstellung, wie dieses Pärchen Art des Scheuklappendenkens bezichtigt, behauptet, er sei beeinflusst von seiner Ehefrau aus der Highsociety und seinen kapitalistischen Freunden, reicht, um Art vor solch einer Konfrontation zurückschrecken zu lassen.

Er beschließt, die Sache vorsichtiger anzugehen.

Es ist besser, sich langsam anzuschleichen, als sich kopfüber in diese Konfrontation zu stürzen.

Sollte der Film gut sein, wird er ihn konfiszieren. Ist er so misslungen, dass man ihn nicht verkaufen kann, wovon er ausgeht – kann er ihn samt den beiden Protagonisten seinem Schicksal überlassen.

Mit einem tiefen Seufzer holt Art den Generalschlüssel aus dem Tresor. »Ich bleibe heute länger hier und schau mir die Sache mal an. Ruf bitte meine Frau an, Schätzchen…«

»Ich komme mit.«

»Und ich kann wirklich nicht sagen, ob das alles einen Sinn ergibt, was ich Ihnen soeben erzählt habe«, schließt Sebby, der noch zerraufter aussieht als sonst mit der Haarsträhne, die ihm tief in die Augen hängt, und der mit Klebeband reparierten Brille.

Falls er um zehn Uhr vormittags geglaubt hatte, es gehe ihm elend, da ihm der Verlust eines ausgezeichneten Teams drohte und Gerüchte zu Ohren gekommen waren über illegale Umtriebe im Keller seines eigenen Gebäudes, dann war Art mittags ernstlich deprimiert.

Beim Mittagessen erzählt Sebby Coltrain, was ihn bedrückt. Und was er da erzählt, ist unglaublich. Art lässt sein Rührei und seinen geräucherten Lachs als gelben Brei auf dem Teller zurück, er hat nur lustlos darin herumgestochert.

Sollte allerdings dieser ungepflegte junge Mann mit seiner Geschichte Recht haben, könnte Art diesem Treiben ein Ende bereiten – jetzt, da er weiß, wo der Film geschnitten wird.

Besteht auch nur entfernt die Möglichkeit, dass Jennie, Alan, Leo Tarbuck und wer weiß wie viele andere das Unglück anderer ausnutzten, indem sie ihnen auf Schritt und Tritt folgten, um heimlich jeden einzelnen Augenblick mit Kameras und Mikrofonen festzuhalten? Unter dem Vorwand von Unterhaltung solch schreckliche Ereignisse wie Kidnapping und Geisteskrankheit zu Geld zu machen; so hart gesotten zu sein, die jungen Browns zu benutzen, als wären sie Cartoon-Figuren – tiefer konnte man nicht sinken. Was für ein Verstoß gegen jedwede Moral, ganz zu schweigen vom Berufsethos eines Journalisten!

Arts Gesicht nimmt eine dunklere Tönung an.

Dass die Regisseure von *Die im Dunkeln* so von Anbeginn der Konzeption an den Einsatz des obszönen Materials geplant hatten, scheint vor diesem Hintergrund unspektakulär.

Kein Wunder, dass Beam und St. Hill über ihr jüngstes Projekt Art gegenüber Stillschweigen bewahrten.

Und dieser junge Mann, der wie ein Häuflein Elend vor ihm sitzt und mit seinem Spargel Mikado spielt, glaubt nicht nur, dass diese Unmoralischen das entsetzliche Unglück der Browns aufzeichnen, sondern es teilweise sogar inszenieren.

»Ich habe die ganze Nacht kein Auge zugetan, nicht seit ich Bescheid weiß.«

Art schüttelt fassungslos den Kopf.

»Ich hatte einfach keine Erklärung für Leos plötzliches Interesse«, sagt er. »Monatelang hatten wir immer wieder über Cheryls vertrackte Situation gesprochen, und Leo hat sich nicht die Bohne dafür interessiert. Und garantiert hatte er keine Gewissensbisse wegen des Prozedere.« Sebby reibt sich die Schläfen. »Die Serie war manipuliert«, er blickt Art in die Augen. Seine eigenen sind hinter den Brillengläsern rot gerändert. «Leo ist darin Experte. Sie haben ihm eine Menge beigebracht. Diese Familie hatte keine Chance, die Serie heil zu überstehen. Von Anfang an stand fest, dass sie am Ende nach Scheiße stinken würden.«

Art schluckt. »Aber dieses intensive öffentliche Interesse, und dieser Zorn. Das konnte er unmöglich geplant haben.«

Sebby schüttelte den Kopf. »Das erreichte erst den Siedepunkt, als Cheryls und Barrys lächerlicher Betrug aufflog. Dann ist Zak Quinn auf der Bildfläche erschienen, ein Freund von Leo. Leo muss gedacht haben, er habe das große Los gezogen, als ich Blödmann ihn anrief und um Rat bat. Aber ich habe es nun mal getan, und Sie wissen ja, was dann passiert ist. Falls es eine Klippe gab, dann haben wir die Browns hinuntergestoßen.«

»Und Sie glauben, seit der Zeit ist das Leben der Browns heimlich aufgezeichnet worden?« Mit einem Mal ergibt alles einen Sinn. Diese Designeraktentasche, die bei jedem Griffin-Meeting auf dem Tisch lag. Damals schrieb Art die Zurschaustellung der Tasche Alans Eitelkeit zu. Doch wie leicht ließe sich in dieser Aktentasche eine Kamera verbergen. Diese endlosen Fragen an die Polizei – einige dieser Fragen waren so offensichtlich gestellt gewesen. Das Team hatte die ganze Zeit über die Taktik der Behörden bei der Suche nach Cara Bescheid gewusst… die Orte für die Lösegeldübergabe, die Briefe, und es konnte problemlos die Telefonanrufe aufnehmen. Und anschließend der Kameraschwenk auf die besorgten Eltern.

Das war ausgezeichnetes Fernsehen, musste Art zugeben.

Ein Film, den kein Programmdirektor ignorieren konnte, vor allem nicht angesichts des öffentlichen Interesses an den Browns.

»Und jetzt befürchten Sie, Cheryl und Barry tappen in die nächste böse Falle?«

»Das ist der einzige Grund, der mir einfällt, warum Leo nichts unternimmt, um Barry von dieser Dummheit abzuhalten. Er will provozieren, dass es passiert. Er will, dass diese Katastrophen weitergehen, solange er davon profitiert. Stellen Sie sich vor, was los wäre, wenn Cheryl entkäme. Man hält sie für verrückt und gefährlich…«

»Sie hat sich dieses Kind ausgedacht«, erinnert Art ihn. »Und wenn sie es sich nicht ausgedacht hat, dann muss sie sehr verwirrt gewesen sein, um an seine Existenz zu glauben.«

»Wäre diese Sache mit dem nicht vorhandenen Kind nicht durch Kate aufgedeckt worden, und ich weiß genau, dass dem so war, dann würde ich eine weitere Manipulation dahinter vermuten.«

»Zu welchem Zweck?«

»Um diese grusligen Krankenhausszenen senden zu können. Warum sonst? Das ist echtes Drama, vor allem, weil sie sie ins St. Hugh's gebracht haben. Das weckt Erinnerungen an die Irrenanstalten von früher.«

»Träfe das zu, dann hieße es, Cara würde noch immer vermisst. Das würde bedeuten, sie wurde wirklich gekidnappt und befindet sich in großer Gefahr.« Irgendwie weigert er sich, das zu glauben. Niemand würde das Leben eines Kindes aufs Spiel setzen, nur um Sensationsfernsehen zu machen. »Verdammt, das würde ja bedeuten, die Browns haben die Wahrheit gesagt.«

»Ich weiß, Gott im Himmel, ich weiß. Und deshalb bin ich zu Ihnen gekommen.«

»Aber warum hat Leo Sie über Cheryls geplanten Ausbruch informiert? Wenn er weitere Katastrophen heraufbeschwören will, dann müsste ihm doch an Geheimhaltung gelegen sein. Vor allem Ihnen gegenüber. Er weiß doch, was Sie für Ansichten haben.«

»Er wollte sich absichern. Er hat bemerkt, dass ich mir Gedanken über sein plötzliches Interesse gemacht habe, dass es mir zumindest merkwürdig erschienen sein muss. Vielleicht hatte er Angst, ich könnte ihn durchschauen. Als ich ihn zurückgerufen habe, hat er verzweifelt geklungen, besorgt, sich wieder in Cheryls Leben einzumischen.« Sebby lächelt gequält. »Es klang ziemlich überzeugend. Sogar Kate hat ihm geglaubt. Und ich weiß, er war sich relativ sicher, dass ich nicht zur Polizei laufen würde. Er weiß, welche Schuldgefühle ich wegen der Sache habe. Das hat er ausgenutzt.«

Sie bestellen zwar Kaffee, doch Art ist sich nicht sicher, ob er ihn hinunterbringt.

»Guten Abend, Mason«, begrüßt Art den Mann von der Security am Eingang. »Ja, ich hab noch etwas zu erledigen.«

»Hier lang«, sagt Jilly energisch. Nach ihr kommt Sebby, und Art bildet die Nachhut.

Diese Heimlichtuerei, so nötig sie auch sein mag, schlägt Art auf den Magen. Er ist beinahe fünfzig, und was treibt er hier? Er ist wieder ein Schuljunge in Winchester, der Angst davor hat, auf frischer Tat ertappt zu werden. Jillys Augen jedoch blitzen vor Erregung – für sie ist das ein spannender Streich, der ihr nicht mehr als einen Arrest oder einen blauen Brief an ihre Eltern eintragen kann.

»Sieht sie ihre Affäre genauso?«, fragt Art sich, während er seinen Angestellten durch die Schwingtüren den Korridor entlang folgt und sich von Minute zu Minute merkwürdiger fühlt. Als unverheiratete Karrierefrau riskiert Jilly so wenig, während Art mit der Beziehung zu ihr die Liebe seines Lebens aufs Spiel setzt, sein Prestige, seine Stellung, seinen Ruf.

Warum macht er das? Immer wieder fragt er sich das.

Fünf Minuten später erreichen sie die Tür zur alten Malerwerkstatt, die nicht mehr benötigt wird, seit die Schreinerei, die Kostümbildnerei und die Requisite in den zweiten Stock umgezogen sind.

»Da wären wir«, ruft Jilly triumphierend.

Art beugt sich vor, um das Schloss zu inspizieren.

»Es brennt kein Licht«, stellt Jilly fest, und Art stößt einen Seufzer der Erleichterung aus. Seinen Kontrahenten gegenübertreten zu müssen, wäre unangenehm geworden. Es fällt ihm noch immer schwer zu glauben, dass ein ernst zu nehmender Dokumentarfilmer so tief sinken kann.

Aber es gibt nur eine Möglichkeit, das zu beweisen.

Er öffnet die Tür und schaltet das Licht ein.

Noch vor kurzem muss hier jemand gewesen sein. Alte Farbbüchsen bilden eine ordentliche Reihe entlang der Wand, und der Boden ist frisch gewischt, aber unter einem

Regal liegen ein paar Fetzen Zelluloid. Vor einer Arbeitsbank stehen drei Drehstühle und ein leerer Papierkorb. Die Steckdosen sehen neu aus.

Abgesehen davon ist der Raum kahl und leer.

Das Projekt muss beendet sein.

Die Vögel sind ausgeflogen.

28

Außerdem ist es bis heute nirgends geschehen noch gefunden worden, dass irgendein Unschuldiger durch den Dämon in solcher Weise in üblen Ruf gebracht und so wegen einer solchen Verleumdung bestraft worden sei. Und es ist niemandem zweifelhaft, dass auch in Zukunft die göttliche Zulassung sie nicht geschehen lassen wird.

Der Hexenhammer

Neun, neun, neun.

Exakt um 10 Uhr 36 morgens.

Eine Frauenstimme ertönt. Keine Stimme, der man widersprechen möchte. Janet Foster… Krankenhausleitung. Nur fünf Sekunden später stehen auf der Feuerwehrwache alle Zeichen für St. Hugh's auf Alarmstufe eins, die Sirene heult, und drei Feuerwehrautos machen sich bereit.

In der geschlossenen Abteilung in St. Hugh's bricht inzwischen das Chaos aus, denn die ohnehin unruhigen Patienten sind dem ohrenbetäubenden Lärm aus dem roten Kasten über der Tür ausgesetzt, und unter einer der Isolierzellentüren quillt Rauch hervor. Wasser aus der Sprinkleranlage regnet auf alles nieder. Die Patienten werden dadurch noch verwirrter, und die Gebrechlichen unter ihnen werden eilig aus ihren Betten gezerrt und in Rollstühle gesetzt.

Die Schwestern und Pfleger verwandeln sich in Roboter, bringen, gegen den brennenden Rauch anhustend, die Medikamente in Sicherheit, überprüfen die Patientenlisten und führen die Patienten so ruhig und geordnet wie möglich zum Ausgang. Die Tür dort öffnet sich automatisch, um weitere Hilfskräfte hereinzulassen.

Falls Feuer ausbricht, nicht die Fahrstühle benutzen!

Den Patienten in ihren Nachthemden und Morgenröcken tränen und brennen die Augen. Mit versteinertem, strengem Gesicht treibt das Pflegepersonal sie an dem Fahrstuhlschacht vorbei. Alle sind zu konzentriert, um den in einen Overall gekleideten Mann zu bemerken – oder sich über ihn zu wundern –, der sich dort an den Knöpfen zu schaffen macht. Das erste Aufgebot an Feuerwehrleuten vergrößert das allgemeine Chaos noch, als sie sich in ihren schweren Stiefeln und glänzenden Helmen den Weg gegen diesen Strom der Angst bahnen.

Seit er vor einer halben Stunde hier ankam, leidet Barry an dem Angst-plus-Adrenalin-Syndrom, das am häufigsten auftritt bei Soldaten, die in den Krieg ziehen. Die wütend herausgespuckten Worte seiner Mutter, die sie ihm nachschleuderte, als er sich am Morgen auf den Weg machte und sie mit seinen Kindern zurückließ, klingen ihm noch in den Ohren. Trotz Leos beruhigenden Versicherungen rechnete er damit, auf Schritt und Tritt angehalten und nach den Gründen für seinen Aufenthalt gefragt zu werden. Doch er kam ohne Probleme eine Stunde vor der Besuchszeit am Aufsichtspersonal vorbei und konnte sich durch den hell erleuchteten Korridor zu den Isolierzimmern schleichen.

Dreh dich nicht um, verhalte dich ganz normal. Die meisten Türen waren wie erwartet versperrt, aber zwei von den sechs waren offen. Mit zitternden Händen zündete er schließlich die drei Feueranzünder an, die Leo ihm besorgt hatte. Der Schweiß stand ihm auf der Stirn, als er mit seinem Schweizer Messer kleine Löcher in die Bespannung schnitt und die brennenden weißen Dinger in die dick gepolsterten Wände rammte.

Ihm war bewusst, dass das Brandstiftung war, obwohl Leo ihm versichert hatte, das Material sei feuerfest und würde nur ordentlich qualmen, sonst aber keinen Schaden anrichten.

Niemand würde deshalb das Leben verlieren.

»Wenn du dir sicher bist.«

»Absolut«, hatte er gesagt.

In der nicht absperrbaren Toilette riss sich Cheryl fünf Minuten, bevor der Alarm ausgelöst wurde, ihren Krankenhauskittel vom Leib und schlüpfte in die billige neue Jeans und das T-Shirt, das Barry in einem Bündel alter Zeitungen hereingeschmuggelt hatte. Sie war wie gelähmt vor Angst, für die kleinste Bewegung – etwa den Reißverschluss der Jeans zuzuziehen – schien sie eine Ewigkeit zu brauchen. Man würde sie bestimmt entdecken, man würde sie erwischen … Sie muss warten, bis der Alarm losgeht, bevor sie durch die Station läuft. Als es soweit ist, fühlt sich ihr Kopf riesig an, ihre Arme und Beine hölzern, und der schrille Ton der Feuersirene spiegelt nur ihre eigene Hysterie.

Diese Angst in ihr. Wann hatte ihre Angst sie aufzufressen begonnen? Die Angst war wie ein Alien, das sich in sie hineinwühlte, sich allmählich in ihr breit machte, mit den Füßen und Schultern ihre Gefühle hinaustrat und -stieß, bis es den Platz hatte, den es brauchte. Natürlich konnte sich das Ding jeden Augenblick ungestüm gebärden, mit Armen und Beinen um sich schlagen und ihr ganzes Ich zerstören. Wenn sie nur den Mut hätte, es zu stellen – und zu besiegen.

Sie findet Barry, schmiegt sich an ihn und und spürt sein Herz schlagen. Und fühlt sich schwach. Ohne seine Hilfe kann sie keinen weiteren Schritt gehen.

Was wären sie bloß ohne Leo? Dass er so viel für sie riskiert… Sie müssen ihm die ganze Zeit etwas bedeutet haben, offenbar war er nur unfähig, es zu zeigen. Wie verabredet wartet Leo im Lift links neben der Tür. In dem schlecht sitzenden Overall und mit der offenen Werkzeugtasche am Boden sieht er merkwürdig aus. Als sich die Lifttür schließt, fühlt sich Cheryl in der Enge so sicher wie seit Monaten nicht mehr. Niemand kann sie sehen, ihr etwas anhaben. Wenn sie nur so bleiben könnten, immer auf- und abfahren, ohne Ziel, einfach nur auf und ab.

Keiner sagt ein Wort.

Sie blicken auf die rote Stockwerksanzeige… vier… drei… zwei… eins… Ihre Gesichter sind regungslos, während der Aufzug langsam abwärts sinkt.

Sie wissen genau, was sie zu tun haben. Sie müssen sich einfach an Leo halten, ihm folgen.

Seit neun Uhr sitzen Sebby und Art in Arts direkt vor dem Krankenhaus geparkten silberfarbenen BMW und warten darauf, jeden Augenblick von einer übereifrigen Politesse entdeckt zu werden. Kurz bevor es einen Hinweis auf ein Feuer gibt, bildet sich ein kleiner Auflauf vor dem Krankenhauseingang. Das sind keine Presseleute, diese Leute hier sehen eher wie die zufällige Mischung aus, die man bei einer Fernsehshow im Publikum sieht. Tagsüber trifft man sie überall: Buggy schiebende Mütter, mit Einkaufstüten beladene Frauen mittleren Alters, den einen oder anderen Krankenhausbesucher, der sich aus irgendeinem Grund, vielleicht einer Vorahnung, verspätet hat, aber an dem Blumenstrauß zu erkennen ist. Doch alle diese Leute warten auf etwas. Man kann es ihnen ansehen.

Auf Arts Anweisung steigt Sebby aus und stellt ein paar Fragen.

»Keine Ahnung«, antwortet ihm die am nächsten stehende Frau geistesabwesend. »Das möchten wir alle gerne wissen. Jemand hat gesagt, da gäbe es was zu sehen, und deshalb sind Jean und ich hier stehen geblieben.«

Alle scheinen überzeugt davon zu sein, dass etwas in der Luft liegt, aber niemand kann sagen, was. Wegen eines Gerüchtes waren die Ersten hier angehalten. Worauf weitere Passanten sich hinzugesellt hatten, aus Angst, sie könnten etwas versäumen.

»Aber das ist das Krankenhaus, wo sie Cheryl Brown festhalten«, hört Sebby jemand sagen.

»Die Hexe.« Die Äußerung wird von einem verächtlichen Schnauben begleitet.

Sebby erstattet Art Bericht. Beiden ist ihre Überwachungstätigkeit unangenehm, den eigenen Kollegen nachzuspionieren. Daher hatte keiner von ihnen etwas über ihr heimliches Vorhaben verlauten lassen. Sarah, Arts Ehefrau, würde ihm niemals vergeben, wenn sie von Leos Projekt erführe, das Art zugelassen hatte, das direkt vor seiner Nase in seiner eigenen Firma durchgeführt wurde. Und Sebby weiß, dass Kate ihn mit Verachtung strafen würde.

Sie vertraute Leo. Bewunderte ihn.

Und sie hielt Cheryl für verrückt.

Art denkt, er hätte Jennie, Alan und Leo direkt auf die Sache ansprechen sollen. Aber es ist einfach nicht genug Zeit gewesen zwischen der Entdeckung der leeren Malerwerkstatt letzte Nacht und dem entsetzlichen Verdacht, dass heute im Verlauf des Tages etwas absolut Verhängnisvolles geschehen könnte, ein skrupelloser Verrat von Leuten, denen er Gehalt bezahlte.

Art und Sebby hatten sich darauf beschränken wollen, die Krankenhausverwaltung und die Polizei zu informieren. Aber das hätte bedeutet, die Ausbeutung der Browns eventuell noch zu verlängern, indem sie die Machenschaften der Intriganten nicht unterbanden.

Außerdem war das Letzte, was sie wollten, die Behörden zu verständigen und damit den Browns noch mehr Stress aufzuladen, falls sie sich geirrt haben sollten.

Das erste Anzeichen, dass etwas passiert, kommt aus dem Krankenhaus selbst: Ein schriller Ton mischt sich in der warmen Luft mit den herannahenden Sirenen.

»Aber hallo«, meint Art und dreht das Radio leise, »jetzt kommt die Katze zurück, und den Mäusen auf dem Tisch wird das Tanzen vergehen. Kein normaler Mensch dreht ein Ding in diesem Tumult hier.«

»Und Sie denken nicht, dass das dazu gehören könnte?«

»Niemals. Niemand würde so weit gehen.« Und als wollten sie seine Worte bestätigen, kommen fünf weitere Feuerwehrautos unter lautem Sirenengeheul und Blaulicht zum Stehen. Inzwischen hat sich die Menge der gaffenden Zuschauer verdoppelt. Man hofft zu sehen, wie Flammen aus den Fenstern schlagen und Patienten abgeseilt werden. »So durchgeknallt diese Typen auch sind, Menschenleben würden sie nie gefährden.«

Als Sebby nichts darauf antwortet, sondern nur auf das Schauspiel vor dem Fenster starrt, setzt Art rasch hinzu: »Das sehen Sie doch auch so? Du liebe Güte, wir haben es vielleicht mit Hitzköpfen zu tun, die zu wenig nachdenken, aber sie spielen noch lange nicht in der Liga der erbarmungslosen Fanatiker.«

»Möchten Sie hier bleiben?«, fragt Sebby.

»Nur noch fünf Minuten. Ich fürchte nämlich, wir verschwenden nur unsere Zeit.«

Und erst als das ohrenbetäubende Jaulen der Sirenen verstummt und sich eine unheimliche Stille über das Chaos senkt, das nur von dem Geräusch des rauschenden Wassers, den Rufen der Feuerwehrleute, dem Stimmengemurmel der Zuschauer unterbrochen wird, erst da ist diese alles durchdringende Stimme zu hören, die den Morgen zerschneidet.

»Das ist sie! Da laufen sie, schaut nur, durch die Tür da…«

»Das ist dieses Brownweib. Hab ich nicht gesagt, die ist da drin…?«

»He! Was hat sie vor?«

»Abhaun will sie – das hat sie vor!«

Die Rufe werden lauter und aufgebrachter. Nur einen kurzen, flüchtigen Moment lang erhaschen Art und Sebby einen Blick auf Cheryl und Barry auf den Stufen – Cheryl, den Kopf gesenkt und von Barry an der Hand gezogen –, bevor die beiden die Treppe hinablaufen.

Sie schnappt keuchend nach Luft, alles verschwimmt ihr vor den Augen, und Leo ist verschwunden.

Wo ist er?

Nicht einen Augenblick lang hätte sich Cheryl träumen lassen, dass ein kleines Feuer, das inzwischen wahrscheinlich schon lange gelöscht ist, eine solche Panik verursachen könnte. Diese Armee an Feuerwehrmännern, dieses Aufgebot an Gerätschaften und diese Hektik.

Stöhnend birgt sie das Gesicht in ihren Händen. Und wie hatte jemand sie und Barry in dieser Menschenmenge ausfindig machen können, zwei Menschen inmitten Dutzender Patienten und Angestellter? Hätten sie nicht unerkannt entkommen müssen? Man konnte den Eindruck bekommen, diese Leute hier hätten alle auf die Ankunft eines Stars gewartet und das Feuer selbst sei nur eine Art Nebenschauspiel, um ein gespanntes Publikum zu unterhalten.

In dem Gedränge kann sie nur ein einzelnes Gesicht ausmachen, das blasse, unrasierte Profil des Mannes, der ihr die meiste Angst einjagt. Es ist der Typ in Denim, der sie seit Tagen verfolgt. Er hat eine Kamera auf der Schulter, er ist der Zweite in einer kleinen Gruppe, die ihnen auf ihrer Flucht nachsetzt. Die Gruppe schwillt schnell zu einer Flut wild gestikulierender, schreiender Menschen an, begierig darauf, einen Blick auf diese so berüchtigte Frau zu werfen. Und es scheint, die wenigen Polizisten vermögen es nicht, diesen Strom zu stoppen.

»Eine Hexe darf man nicht am Leben lassen.«

Viele Frauen sind darunter, Frauen mit kreischenden Stimmen, die ihr Drohungen hinterher rufen. Sie anrempeln, sie kräftig schubsen, doch sie fühlt nichts. Sie fühlt sich hässlich und hat das Bedürfnis, noch hässlicher zu sein, so hässlich, dass sie ihnen allen Angst und Schrecken einjagt.

Jetzt rennt Cheryl um ihr Leben, ihre Schritte hallen in ihrem Kopf wider. Ihr T-Shirt ist nass und klebt ihr am Rücken. Ihr eigenes Keuchen vergrößert ihre Angst. Sie spürt ein Seitenstechen, als habe ihr jemand einen Dolch in die Seite getrieben, aber sie weiß, sie muss ewig weiterrennen, wenn es nötig wird – fällt sie zu Boden, fällt der Mob über sie her. Wie konnte das nur so entsetzlich schief laufen. In Leos Plan war nicht vorgesehen, dass etwas nicht klappen könnte. Für diesen Fall gab es keine Anweisung. Auf keinen Fall wird sie Barrys Hand loslassen. Bis zum Ende will sie bei ihm bleiben. Wenn sie sterben muss, will sie in seinen Armen sterben. Diese Hand ist ihr einziger Trost.

Während das Pflaster unter ihr wegzufliegen scheint, dass ihr schwindlig wird, muss sie ständig an einen Film denken, der sie zu Tränen rührte: als John Merrick, der Elefantenmensch, von einer so bedrohlichen Menschenmenge wie dieser hier gehetzt wurde. Am Schluss, als sie ihn in die Enge getrieben hatten, konnte er sich nur noch zusammenrollen wie ein Fötus.

Diese Art von Jagd kennt sie noch aus ihrer Schulzeit. Sie hatte sich so gefürchtet damals, sich manchmal sogar in die Hosen gemacht und musste dann den ganzen Tag in ihren feuchten Sachen herumlaufen. Doch das hier ist kein Spiel, hier geht es um alles. Ihr Herz schlägt ihr bis zum Hals. Barry ist genauso durcheinander wie sie, hat keine Ahnung, wohin er läuft. Sie könnten vor einer Ziegelmauer zum Stehen kommen, genau wie in dem Film. Vielleicht, wenn ihr die richtigen Worte einfielen, könnte sie sich umdrehen und mit diesen Leuten reden, in der Art, wie Jesus das tat, eine Hand heben und Einhalt gebieten.

Im Namen Gottes!

Warum hassen diese Leute sie stärker als jeden anderen auf der Welt?

Sie hat ihnen nichts getan, und auch ihren Familien nicht. Hat niemanden umgebracht, niemandem Geld gestohlen. Was ist das für eine verborgene, unerbittliche Macht, die versessen darauf scheint, sie zu zerstören?

Sie wagen es nicht, sich in ein Geschäft zu flüchten und um Hilfe zu bitten.

Sie wagen es nicht, sich an Fremde zu wenden.

Und selbst wenn sie ein Telefonhäuschen fänden, sich hineinzwängten und die Tür hinter sich zuzögen, sie haben keine Telefonkarte und kein Geld, und bis sie die Notrufnummer gewählt hätten, wären sie längst den Klauen der Menge ausgeliefert. Deshalb müssen sie laufen, bis ihre Beine zu automatisch auf- und absausenden Kolben werden. Nicht einmal einen kurzen Blick über die Schulter wagen sie. Sie wissen, ihre Verfolger sind noch immer dicht hinter ihnen, wütend und wild, denn sie hören ihre Flüche und Drohungen. Sie haben das Gefühl, die ganze Weltbevölkerung verfolge sie. Diese Meute ist ein Gewicht, das sie gnadenlos niederdrückt, langsam, beständig, und sie bald zerquetscht haben wird. Nicht hinter Barry sind sie her – nein, sie, Cheryl, die Hexe, muss bestraft werden.

Aber wie?

Was haben sie vor?

Nachsehen, ob sie eine dritte Brustwarze hat? Sie mit Nadeln stechen? Ertränken? Verbrennen? Aufhängen? Vielleicht, schießt es Cheryl durch den Kopf, sehe ich inzwischen wirklich aus wie eine Hexe, mit einem Buckel, einer krummen Nase und Warzen.

Barry will gerade vor dem silbernen Wagen vorbeirennen, der direkt vor ihnen anhält – noch ein Hindernis –, als er den Beifahrer erkennt, der rasch herausspringt und ihnen die Tür aufhält.

»Steig ein!«, schreit Sebby. »Sofort!«

»Du?«, zischt Cheryl ihn so wutentbrannt an, dass ihre ganze Angst verflogen zu sein scheint, doch Sebby packt sie mit einer Hand am Handgelenk und zerrt sie zur hinteren Tür des Wagens. Sie stemmt sich dagegen und strauchelt, doch er fährt sie scharf an: »Steig ein, Cheryl!«

»Das ist ein Trick… eine Falle…«

Aber Barry schubst sie mit seinem ganzen Gewicht von hinten, und sie landet im Wagen. Barry fällt neben sie, die Tür wird zugeschlagen und der Motor heult auf.

Nach Luft ringend setzen sich Cheryl und Barry auf der gepolsterten weißen Lederrückbank zurecht. Die kühle, frische Luft im Wagen ist wie eine angenehme Dusche nach dem Dauerlauf.

Wohin Cheryl auch sieht, alles ist verschwommen. Als ob sie unter Wasser ist, so undeutlich sind die Konturen der Menschen und Straßen und Hausdächer. In ihren Ohren ist ein ständiges Dröhnen, das die Geräusche von außen wegblendet. Nach drei Schluckaufs bekommt sie einen heftigen Hustenanfall.

Erschöpft lehnt sie sich an Barry und schließt die Augen, der keuchend nach vorne gesunken ist. Seine Haut glänzt nass vor Schweiß.

29

Selbst wenn die Polizei die Browns in diesem wunderschönen Landhaus in Surrey aufspürte, würden sie es niemals schaffen, das Alarmsystem zu überwinden, das von Sicherheitsexperten entwickelt wurde, Einbrecher fern zu halten.

Außerdem haben Sir Art Blennerhassets Anwälte aus London die Rechtslage der Browns geklärt. Danach wurde bislang noch keine Anklage gegen sie erhoben. Lediglich die Presse hat in Schlagzeilen den Vorwurf der Brandstiftung mit den entsprechenden Fotos verkündet. Nach der aktuellen Gesetzeslage war Cheryls Einweisung nur drei Tage gültig, und diese drei Tage sind vorüber. Ohne eine gerichtlich veranlasste ärztliche Untersuchung kann sie nicht gegen ihren Willen festgehalten werden, und es wird sich wohl kaum ein Psychiater finden, der bereit ist, seinen Ruf aufs Spiel zu setzen, wenn sich die Augen der gesamten Nation auf ihn richten.

Falls die Polizei Fragen an Cheryl und Barry hat, kann sie diese jederzeit stellen, jedoch unter der Bedingung, dass diese im Landhaus Sir Art und Lady Blennerhassets in Anwesenheit der besten Verteidiger des Landes gestellt werden. Schließlich ist es für dieses junge Pärchen wegen der noch immer sehr labilen öffentlichen Meinung nicht ungefährlich, den Ort zu wechseln.

Zusätzlich haben die Browns auf den Rat ihrer neuen Topanwälte hin eine gerichtliche Verfügung erwirkt, um die üble Nachrede in der Presse zu unterbinden. Lady Sarah findet, dass das das Mindeste ist, was die Blennerhassets tun können, um das Leid wieder gutzumachen, das dieser unschuldigen Familie vor den Augen ihres Mannes zugefügt wurde.

Cath Brown war hin- und hergerissen, als der Wagen vor ihrem einst so hübschen und ordentlichen Zuhause in Harlow vorfuhr. Sie wünschte sich sehr, dass diese Kinder verschwanden: Hatten sie sie doch fast an den Rand eines Nervenzusammenbruchs gebracht. Doch gleichzeitig fühlte sie sich von ihrem Sohn unfreundlich zur Seite geschoben.

»Wohin bringst du sie denn? Habe ich kein Recht, das zu erfahren? Warum geht es Cheryl nicht an den Kragen? Willst du mir etwa sagen, sie ist draußen, frei wie ein Vogel, und diese Kinder kommen wieder zu dieser Hexe, ohne Rücksicht auf das Kindeswohl?«

Und: »Was soll ich sagen, wenn uns die Reporter wieder auf die Pelle rücken, mir und Bill, uns Geld bieten, Geld, das wir gut gebrauchen könnten, wenn sie wissen wollen, wo ihr steckt?«

In den zurückliegenden nervenzehrenden Tagen hatten sie und Bill es weidlich genossen, im Zentrum der Ereignisse zu stehen, allen, die es hören wollten, ihre Sicht der Dinge darzulegen und sich freundlich lächelnd ablichten zu lassen – die Mutter und der Vater eines jungen Mannes, dem auf so niederträchtige Weise von einem ehrlosen, verrückt gewordenen Weibsstück übel mitgespielt worden war. Jetzt drohte Cath aus dem Rampenlicht verdrängt zu werden und für die Mühen, die sie und Bill auf sich genommen hatten, nur Undank zu ernten.

Und welche Rolle hatte eigentlich Barry bei der Flucht seiner wahnsinnigen Frau gespielt? Nach dem, was die Zeitungen schrieben, hatte er das Feuer selbst gelegt. Das konnte doch nicht sein? Bestimmt hatte Cheryl, diese Hexe, ihn wieder rumgekriegt. Cath hatte ihn gewarnt, ihm befohlen, sich von ihr fern zu halten … sie wusste, ein Besuch bei ihr wäre sein Untergang. Was führte dieser Mann, dieser Leo, im Schilde? Ihm so etwas einzureden?

Von Barry bekam sie nur zu hören: »Die Kinder kommen mit mir mit. Ich bin ihr Vater. Sie gehören an einen sicheren, ruhigen Ort, weg von diesem Rummel.«

Und die ganze Zeit über stand dieser hochnäsig dreinblickende Chauffeur dabei, ohne eine Miene zu verziehen.

Was sollte Cath jetzt den Leuten erzählen, wenn sie nach Neuigkeiten fragten? Und allem Anschein nach – Chauffeur, sündteurer Wagen, ein neu eingekleideter Barry und dessen viel selbstsichereres Auftreten – schienen Barry und Cheryl jemanden mit Einfluss gefunden zu haben, der ihnen half. Darüber hätte Cath gern mehr gewusst. Sie hätte auch etwas großzügige Unterstützung gebrauchen können, um ihr Haus in Schuss zu bringen.

Catherine Brown rümpfte die Nase.

Barry hatte sie schwer enttäuscht.

»Ich möchte, dass du mir alles erzählt, Cher«, rief Annie Watts von ihrem durchgesessenen Sofa in ihrer Rumpelkammer von Wohnzimmer aus in den Telefonhörer, den Apparat hatte sie auf ihrem Bauch abgestellt. Auch wenn sie nicht wusste, wo sich ihre Söhne herumtrieben, so war wenigstens ihre Tochter am anderen Ende der Leitung in Sicherheit. »Ich war außer mir vor Angst…«

»Mum, du machst dir keine Vorstellung von diesem Haus.« Cheryl klang wie ein neuer Mensch, nicht im Geringsten wie das arme, kaputte Ding, mit dem Annie letztes Mal gesprochen hatte. Ihre Stimme sprühte nur so vor Energie. »Unser Schlafzimmer ist ein Traum, und die Kinder haben ein eigenes Spielzimmer. Wenn nur Cara bei uns wäre und Donny noch am Leben, wären wir glücklich, wirklich. Aber die Polizei lässt nicht mit sich reden, und Art denkt, sie haben einfach Angst, sich noch einmal zu blamieren. Sogar Sebby glaubt uns jetzt, dass Cara existiert, aber anscheinend kann man die Polizei nicht umstimmen. Na ja, wenigstens suchen sie inoffiziell weiter, aber das auch nur, weil die Blennerhassets das gedeichselt haben. Ich kann dir sagen, Mum, sie sind einfach großartig, wie richtige Freunde. Und wir haben Leute kennen gelernt, Freunde von ihnen, die es unmöglich fanden, was man mit uns gemacht hat, und wir haben nichts davon geahnt… Die ganze Zeit haben wir tatsächlich geglaubt, die ganze Welt sei gegen uns. War sie aber nicht. Und sogar jetzt gibt es Leute, die zu uns halten. Nur die Polizei weigert sich, offiziell einzugestehen, dass Cara immer noch vermisst wird.«

»Ich bin mir sicher, sie finden Cara, Cher«, entgegnete Annie. »Niemand könnte so einem kleinen Baby etwas zu Leide tun.«

In dem Moment, in dem sie das sagte, wusste Annie bereits, dass sie Blödsinn redete. Es gab Hunderte von Leuten, die, ohne mit der Wimper zu zucken, einem Baby wehtun konnten. Annie zog an ihrer Zigarette und versuchte, das Thema zu wechseln.

»Wann kann ich euch denn alle mal wiedersehen, Kleines?«

Wieder klang Cheryl positiv, so ganz anders als noch vor kurzem. »Sie halten es für besser, wenn wir einfach hier bleiben und niemand uns besucht, dem die Zeitungs- oder Fernsehleute folgen könnten. Sogar diese Telefonleitung ist extra gelegt worden, damit sie uns nicht aufspüren können. Deshalb kannst du uns auch nicht zurückrufen.«

»Aber ich fühl mich so hilflos, Schatz.«

»Wir fühlen uns alle hilflos. Vor allem jetzt, wo wir erfahren haben, dass sie uns während dieses Albtraums gefilmt haben – Leute, denen wir vertrauten, wie Leo.«

»Den konnte ich noch nie ausstehen.«

»Und die zwei Regisseure von *Die im Dunkeln.* Als sie erfahren haben, dass Cara gekidnappt wurde, sind sie uns überallhin mit den Kameras gefolgt, und wir alle haben die ganze Zeit über Interviews für diesen Film gegeben, ohne es zu ahnen. Du, Cath und Bill. Ich. Barry. Sie haben uns alle auf Band. Nie im Traum hätte ich es für möglich gehalten, dass in Leos Tasche eine Kamera und ein Mikrofon versteckt waren. Er hat das ganze kranke Zeug gekriegt, das er wollte. Und es hat ihn wohl nicht viel Zeit gekostet, seinen Kumpel Zak Quinn zu überreden, für noch mehr Pep in der Show zu sorgen… wahrscheinlich mit Hilfe von ein paar K.O.-Tropfen, meint Sebby.«

»Dieser Wolf im Schafspelz…«

»Nein, Mum, das ist er nicht. Er hat wirklich gedacht, Cara sei tot, und ich bräuchte unbedingt professionelle Hilfe. Und Kate auch. Sie glaubten echt, sie würden mir damit helfen, aber jetzt ist er so nett und hat so viel für uns getan, es ist unglaublich.«

»Trotzdem würde ich dem Arschgesicht nicht mehr trauen. Und der Tussi auch nicht.«

»Stell dir vor, nicht mal sie weiß, wo wir uns aufhalten.« Gedankenverloren hielt Cheryl inne. »Sebby will sie auf diese Weise schützen. Es ist komisch, er meint, je weniger Leute es wüssten, desto besser. Aber irgendwie ist es eigenartig, dem Menschen nichts davon zu erzählen, mit dem man zusammenlebt. Ich könnte so ein Geheimnis Barry gegenüber nie für mich behalten. Aber womöglich glaubt er, sie könne sich Sorgen machen, wenn sie herausfindet, dass er so tief drinsteckt… Wegen seines Jobs und so.«

»Mit dem beschissenen Team wird er wohl nicht mehr arbeiten können.«

»Darum muss er sich keine Sorgen machen. Art konnte sie nicht feuern, da war er richtig stinkig. Sie haben von Griffin bekommen was sie wollten. Ihre Verträge waren ihnen egal, sie hatten schon vor Monaten eine eigene Gesellschaft gegründet und arbeiten jetzt zusammen, und Leo ist mit dabei. Und Art fürchtet, er hat nichts gegen sie in der Hand, weil wir eine Open-end-Klausel unterzeichnet haben, in der wir uns zur Mitarbeit bereit erklärt haben, falls Griffin eine Fortsetzung drehen wollte.«

»Aber ihr habt ja gar nicht gewusst, dass ihr schon mitten drin steckt!«

»Ich weiß, das wird dadurch aber anscheinend abgedeckt. Es gibt eine Klausel, die wird aber selten verwendet…«

»Eine böse Sache.«

»Ganz genau.«

»Willst du damit sagen, diese Arschlöcher können dieses Stück Scheiße verkaufen, und es läuft im Fernsehen?«

»Deshalb haben sie es getan. Sie wussten genau, dass Art nicht zustimmen würde. Ihnen war klar, dass sie es selbst machen mussten, hinter seinem Rücken. Aber das schien es ihnen wert zu sein. Sie haben ihre Karriere aufs Spiel gesetzt, also mussten sie sich ziemlich sicher gewesen sein. Sie kannten alle Details, weil sie bei sämtlichen Griffin-Meetings dabei waren. Kann man alles auf den Polizeivideos sehen. Ein rothaariger Typ in Jeans und Jeanshemd steht als Tourist getarnt in der Menge und filmt, während Art die Tasche abstellt. Er ist mir gefolgt, Mum. Drei Tage lang. Am Schluss wusste ich, dass ich verfolgt wurde, und es hat mich fast wahnsinnig gemacht.«

Annie schnappte nach Luft. »Unverschämte Mistkerle. Man muss sie doch wegen irgendetwas drankriegen können?«

»Nein. Sie haben nichts Illegales gemacht. Und wir haben mitgespielt wie Marionetten. Haben getan, was Leo uns gesagt hat, das Feuer im Krankenhaus gelegt, sind ihm wie zwei Trottel hinterhergerannt, und die ganze Zeit über waren draußen in der Menge Leute, die sie extra engagiert hatten, um die anderen mit ihrem Gebrüll anzuheizen.«

»Kannst du sie nicht verklagen? Wenn sie das im Fernsehen bringen? Irgendwas musst du doch machen können?«

»Wir sind das alles durchgegangen. Die Anwälte brüten noch drüber. Aber Leo und seine Komplizen werden wohl argumentieren, das sei alles im öffentlichen Interesse geschehen.«

Annie schnaubte. Wenn sie diese Wichser in die Finger bekam! »Öffentliches Interesse, dass ich nicht lache!«

»Das kommt davon, wenn man Leute in den Himmel hebt«, erwiderte Cheryl. »Sagt Sebby. Wenn man glaubt, die sind besser als man selbst. Und das war mein Fehler. Ich tu das, seit ich denken kann. Und ich wollte, dass alle mich mögen.« Sie machte eine Pause. Annie bemerkte, wie ihrer Tochter die Stimme versagte, zum ersten Mal während dieses Gesprächs. »Ich habe mich unmöglich benommen. Ich kann einfach nicht verstehen, wie ich zulassen konnte, dass meine Kinder so benutzt wurden … und Barry. Ich war das perfekte Opfer. Sie konnten mir das meilenweit ansehen. Niemals wieder. Mein Gott, ich habe meine Lektion gelernt.

Ich werde dich jetzt brauchen, Mum. Ich bin wütend, richtig wütend. Und ich hasse sie so sehr, für alles, was sie uns angetan haben.«

»Gut«, erklärte Annie, »freut mich, das zu hören.«

Endlich konnte sie etwas tun.

Doreen Chandler und ihre Tochter, Trudy, schlendern durch die Unterwäscheabteilung bei Marks & Spencer in Lakeside.

»Aber ich brauch etwas, das mich ein bisschen zusammenhält.«

»Du doch nicht, Mum. So dick bist du nun auch wieder nicht.«

»Nur um dieses Geschwabbel wegzudrücken.« Sie klopfte sich auf ihren Bauch.

»Ich seh da nichts schwabbeln.«

»Weil ich den Bauch einziehe.«

»Werden deine BHs auch immer grau?«, fragt Trudy und hebt ein Sonderangebot hoch, um es gleich wieder wegzulegen, als sie dunkelblaue und hellgrüne Schlüpfer entdeckt. »Sogar die aus Baumwolle?«

»Nicht auf 60 Grad waschen, daran liegt es.«

Trudy schüttelt den Kopf. »Mensch, manche Leute sind so was von blöd. Schau, da hat einfach jemand ein Baby stehen lassen …«

Doreen sieht sich um und da, zwischen den Unterröcken und den Bodys, sitzt ein vergnügtes Baby mit einem Schnuller im Mund, in einem ansonsten leeren Einkaufswagen.

»Die Mutter muss hier irgendwo sein.«

»Ich weiß, aber nach all den schrecklichen Geschichten, die passiert sind, könnte man meinen, sie hätte mehr Grips im Kopf, als das Kind hier rumstehen zu lassen.«

Doreen und Trudy wenden sich von dem Baby ab und

konzentrieren sich auf die Seidenunterwäsche. »Kannst du dir vorstellen, zu was du einen Unterrock anziehst?«

»Nee.«

»Ich weiß nicht mal, was für eine BH-Größe ich habe.«

»Dann geh doch und lass dich abmessen«, schlägt Trudys Mutter vor.

»Was?«

»Du sollst dich mal richtig abmessen lassen.«

»Niemals. Nie im Leben.«

»Sie ist noch immer da – die Kleine.« Und Doreen linst über die Stange mit den Stretchbodys. Langsam rückt sie an den Einkaufswagen heran, blickt sich vorsichtig um, aus Angst, als Kindesentführerin verdächtigt zu werden, eine dieser unglücklichen Frauen, die sich ein Baby schnappen, weil sie kein eigenes haben. Wäre Trudy nicht bei ihr gewesen, hätte sie vielleicht gar nichts unternommen. »Sie ist eine Hübsche«, murmelt sie und dann, zum Baby gewandt, ein paar Stimmlagen höher: »Du bist aber eine Hübsche!«

Das Baby gluckst und sieht sie an.

»Trudy, komm mal kurz rüber.«

»Was'n los?«

»Ich denke, wir sollten das jemandem melden. Sie könnte hier ausgesetzt worden sein, wer weiß. Irgendwo muss ja eine Aufsicht sein. Wo ist diese Frau in Rot, die wir gesehen haben, die die Sachen ausgezeichnet hat?«

»Weiß nicht«, erwidert Trudy nervös und blickt ständig über die Schulter. »Die Mutter ist bestimmt gleich zurück.«

»Der werde ich was erzählen«, erklärt Doreen bestimmt.

Sie warten weitere fünf Minuten, wobei sie den Einkaufswagen hin- und herschieben und sich ständig umblicken.

»Mir ist es jetzt egal«, meint Doreen schließlich. »Die Kleine ist hier lange genug allein gelassen worden.« Ihre

Stimme wird eine Tonlage höher. »Das warst du doch, Schatzi? Du warst lange genug allein. Wo ist denn deine Mami hin, hm?« Das Kind strahlt sie an, und der Schnuller fällt dabei aus dem Mund.

Eine Aufsicht wird informiert und das Kind in ein Büro gebracht, wo man es wickelt und füttert, während es über die Lautsprecher im ganzen Haus ausgerufen wird.

Niemand reagiert auf die Durchsage.

Eine halbe Stunde, nachdem Cara entdeckt wurde, ruft man die Polizei.

Ein paar Stunden später, im Garten, sitzt Cara im Familienkinderwagen, einer riesigen Nobelkarosse mit Sprungfedern. Scarlett spielt mit den schlecht erzogenen Retrievern der Blennerhassets, und Victor fischt im Bach mit Arts Schmetterlingsnetz. Barry zieht Cheryl an sich, streicht ihr über den Kopf und flüstert die romantischsten Worte, die sie je von ihm gehört hat: »Und ich wollte es um deinetwillen mit der ganzen Welt aufnehmen. Es hat nicht geklappt. Verzeih mir.«

Das muss er geübt haben, schießt es ihr durch den Kopf, als sie sich zu ihm umwendet und ihn so fest an sich drückt, wie sie kann.

Aber was soll sie ihm verzeihen?

Sie war es, die Mist gebaut hat, nicht er.

Wenigstens haben sie eine Zukunft, die zu mehr Hoffnung Anlass gibt, als es je möglich schien. Freunde von Art und Sarah haben Barry einen Job in einem Gartencenter in Tring angeboten, nur zehn Minuten von dem Haus entfernt, für das man ihnen ein Angebot machen möchte. Mit den auf so unangenehme Weise verdienten fünfundzwanzigtausend Pfund als Anzahlung.

Ein neues Leben.

Ein neuer Anfang.

Alle sind der Meinung, Cara sei freigelassen worden, weil die Suche abgeblasen worden war. Eine weitere überraschende Wendung des Schicksals.

»Wenn ihr uns also geglaubt hättet, wäre sie dann noch immer vermisst?«

»Das vermutet man«, hatte Sebby geantwortet, als sie alle zusammen in Arts Eingangshalle gestanden und in aufgekratzter Stimmung auf Caras Rückkehr gewartet hatten. »Die Leute, bei denen sie war, haben begriffen, dass sie ein schlechtes Los gezogen hatten. Sie hatten Angst, auf ihr sitzen zu bleiben. Niemand hat sich mehr um ihre Lösegeldforderungen gekümmert. Die Polizei hat euch für die Schuldigen gehalten. Sie hatten keine andere Wahl, als sie aufzugeben.«

»Aber die Polizei sucht doch noch nach den Kerlen, oder?«

»Ganz gewiss«, hatte Art ihr versichert. »Und sie werden nicht so schnell aufgeben, nicht bei einem solch entsetzlichen Verbrechen.« Mit einem Schmunzeln hatte er hinzugesetzt: »Und schon gar nicht, nachdem sie sich so blamiert haben. Es wird eine Untersuchung geben. Sie müssen sich jetzt selbst beweisen, dass sie doch etwas taugen.«

Als endlich das Auto mit dem vermissten Kind ankam, als man ihr Cara in die Arme legte, blickte Cheryl sich um und befürchtete, ihre Freude nun teilen zu müssen. Doch sie und Barry waren in diesem intimen Augenblick ganz allein. Die Begrüßungsparty hatte sich aufgelöst, nur sie drei waren übrig, um diesen besonderen Augenblick zu genießen.

Keine Kameras.

Keine Interviews.

Keine versteckten Linsen hinter der Vertäfelung.

»Schau sie dir an! Sie hat nicht eine Schramme«, stellte

Cheryl mit feuchten Augen fest. »Sie haben ihr nichts getan, wer immer sie waren. Gott sei Dank. Gott sei Dank war sie gut versorgt.«

Die einzige Wolke an ihrem strahlend blauen Himmel war die baldige Ausstrahlung des neuen Filmmaterials, der sehr persönlichen Geschichte vom Abstieg zweier Menschen in die Hölle.

Nun, damit konnte sie leben, wenn es denn sein musste. Schließlich waren sie nicht mehr so naiv wie zu Beginn.

30

»Mehr als fünftausend Briten starben wegen des biblischen Edikts ›Eine Hexe sollst du nicht am Leben lassen‹. Und als die Verfolgungen um das Jahr 1750 ein Ende fanden, waren in ganz Westeuropa an die zweihunderttausend Hexen gefoltert, verbrannt oder erhängt worden.«

So beginnt die in der Presse groß angekündigte Dokumentarserie.

In diesem unheilschwangeren düsteren Ton geht es weiter. »Diese Hexenverfolgungen waren nichts anderes als eine Massenhysterie, die von der Kirche in Gang gesetzt und von den geschäftlichen Interessen professioneller Hexenverfolger in Gang gehalten wurden. Geständnisse wurden mit Hilfe von Daumenschrauben, der Streckbank und glühender Eisen erzwungen und hatten nur geringen Beweiswert.«

Man sitzt zusammen im luxuriös ausgestatteten Wohnzimmer der Blennerhassets und sieht angespannt zu. Der Erzähler hört sich sehr nach Alan an – glatt, etwas feminin –, aber es lässt sich nicht mit Sicherheit sagen. »Trotz finsterer

Geschichten über Hexerei in den oberen Gesellschaftsschichten, beschränkte sich dieses Verbrechen, zumindest in England, fast ausschließlich auf die Ärmsten der Armen. Seit dem Jahre 1640 konnte eine der Hexerei verdächtigte Person durch eine anonyme, durch nichts untermauerte Anschuldigung vor Gericht gebracht werden. Dort seine Unschuld zu beweisen war so gut wie unmöglich. Wurde man der Hexerei für schuldig befunden, lautete das Urteil ausnahmslos auf die Todesstrafe.«

Die Bilder zeigen eine verdorrte Landschaft, über der gelbe, giftige Schwaden wabern, und eine in Lumpen gekleidete Hexe wie aus einem Shakespearestück, die elegant auf ihrem Besen landet. Raffinierte Computeranimationen. Selbst in der spannungsgeladenen Atmosphäre seines Wohnzimmers entgeht Sir Art das nicht.

Vier Monate sind vergangen, seit Cara zurückgebracht wurde (bislang wurde wegen dieses Verbrechens noch keine Anklage erhoben), und sechs Wochen, seit die Browns wieder auf eigenen Füßen stehen. Es hatte nicht lange gedauert, bis Neuigkeiten über die neu gegründete Produktionsfirma, Marigold Film, zu Art durchgesickert waren. Die Medien berichteten ausführlich über dieses Unternehmen. Man nahm an, dass Leo Tarbucks Frau, Sophie, die Erbin eines Supermarktvermögens, die Sache finanziert hatte. Doch die größte Aufmerksamkeit galt dem Talent der beiden jungen Direktoren.

Griffin Productions hatte kein Interesse daran, die Details der Trennung öffentlich zu machen. Und sonst wusste niemand Näheres darüber. Innerhalb kürzester Zeit jedoch kursierten Gerüchte über Marigold Films jüngstes Projekt, das Londons Redakteuren zwei Tage lang zum Kauf angeboten wurde, bevor es für eine unbekannte Summe über die Ladentheke ging. Und trotz Arts Bemühungen – er nutzte sämtliche Verbindungen, die er hatte – konnte er nichts Näheres darüber herausfinden.

Das blieb so bis vor drei Wochen, als die ersten Vorankündigungen erschienen.

Die Kritiker priesen den Film als »überaus originell«, »eine an dunkle Zeiten erinnernde Geschichte« und als einen »faszinierenden Blick auf die finsteren Machenschaften hinter den Kulissen der Dokusoaps«.

»Auf keinen Fall versäumen!«

Art und Sarah waren beunruhigt, wie sich der Film wohl auf die Browns auswirken würde, denen in Tring endlich ein Neuanfang gelungen war. Sie besaßen das Haus, das sie sich immer gewünscht hatten. Und einen Kleinwagen. Barry arbeitete. Doch alle hatten sie Angst, dass ein Funken genügte, um diesen Wahnsinn wieder in Gang zu bringen. Dass die Sendung das Feuer dieser fanatischen Hetzjagd von Neuem entfachen würde, das seit dem Auffinden von Cara und dem Abtauchen der Browns eines natürlichen Todes gestorben zu sein schien.

Doch Barry und Cheryl waren viel selbstsicherer geworden und wirkten auf merkwürdige Weise unberührt. Vor allem Cheryl schien aus einer unbekannten Quelle eine ungewohnte Kraft gewonnen zu haben. Im Augenblick hatte sie ein enges Verhältnis zu ihrer Mutter. Barry und Cheryl waren im Nachhinein beide davon überzeugt, es sei ihr eigenes Verhalten gewesen, das diese Ausbeutung erst ermöglicht habe. Hätten sie sich von Anfang an anders verhalten, hätte man ihnen unmöglich diese Falle stellen können. Es hatte vor allem an ihrem mangelnden Selbstwertgefühl gelegen, dass sie sich so leicht hatten manipulieren lassen. Und das, da waren sie sicher, würde nie mehr geschehen. Dennoch waren Art und Sarah besorgt und hatten die Familie eingeladen, sich die Sendung mit ihnen gemeinsam anzusehen. Sebby hatte darauf bestanden, ebenfalls zu kommen.

Über den Titel der Sendung, *Hexe, Hexe*, wunderten sie sich alle. Während der schlimmsten Verfolgung hatte man Cheryl mit diesen Worten beschimpft, als wäre selbst in den Herzen und Hirnen der Bürger noch immer ein letzter Rest dieses Aberglaubens vorhanden. Die Vorstellung, das Marigoldteam könne den Mythos heranziehen, es gäbe noch immer Hexen, und Cheryl habe tatsächlich einen Pakt mit dem Teufel geschlossen, könne wirklich ihre Feinde quälen oder töten, auf einem Besen zum Hexensabbat reiten und treibe es mit dem Satan persönlich, war einfach zu abwegig. Was bezweckten sie also mit diesem Einstieg, und wie wollten sie glaubhaft wirken, wenn die Ausbeutung der Browns als das dargestellt wurde, was sie war?

Im Wohnzimmer der Blennerhassets herrscht gespanntes Schweigen. Auch die Anwälte der Browns sehen die Sendung und werden sie eingehend analysieren, um das Marigoldteam vor Gericht zu zitieren.

»Jahrhundertelang wurden schutzlose Frauen, die sich nicht anpassen wollten und selbst nicht verteidigen konnten, von Kirche und Staat verfolgt. Doch heute sind es nicht mehr Kirche und Staat, die sich ihre Opfer aussuchen. Die Kirche verlor ihre Macht und der Staat seine Glaubwürdigkeit. Die Medien sind nun elegant in diese Rolle geschlüpft und entscheiden ganz alleine, wer aufs Schild gehoben wird und wer zu fallen hat. Jeder Anlass genügt: sexuelle Vorlieben, Körper- und Busenmaße, Verschwendung, Arbeit, Arbeitslosigkeit, Hässlichkeit, ein Leben als Single, die Tatsache, ob eine Frau Kinder hat oder nicht. Und die Übernahme dieser Rolle, bei der es wie eh und je darum geht, die sensationslüsternen Massen zu befriedigen, wird heute Abend deutlich werden, wenn wir sehen, wie eine

Frau in Britannien, zu Beginn dieses brandneuen Jahrtausends, ausgenutzt und missbraucht wurde, angeklagt und verurteilt, gejagt und schließlich auf dem virtuellen Scheiterhaufen verbrannt.«

Man hätte eine Stecknadel fallen hören können. Jeder in diesem Wohnzimmer hält den Atem an.

»Und unseren Reportern gelang es aufzuzeichnen, was die neunzehnjährige Cheryl Brown Schreckliches durchmachte ab dem Zeitpunkt, als ihre kleine Tochter entführt wurde, bis man sie schließlich in die Zwangsjacke steckte ...«

Und nun beginnt der eigentliche Film.

Am Anfang werden zur Einstimmung noch einmal Szenen aus *Die im Dunkeln* gezeigt, und dann kommt das neue Material. Die ersten Szenen zeigen Cheryl und Barry, zwei Schatten in der Dämmerung, wie sie an der Paddington Station festgenommen wurden, als Cara verschwunden und Donny tot aufgefunden worden war.

»Mein Gott, ich *fass* es nicht, sie haben euch schon damals beobachtet«, stößt Art verblüfft hervor. Es folgt die Chronologie des Leidensweges, begleitet von einem Kommentar, der dieser traurigen Geschichte entspricht. Cheryl und Barry werden gezeigt auf dem Weg aus dem Gericht, als sie das Meeting wegen der Fürsorge verlassen, in dem Cheryl aus der Wohnung gewiesen wurde. Die Kameras folgen ihr, als sie in den Straßen herumirrt, halbherzig nach einer Arbeit mit Unterkunft sucht, fangen ihre Verzweiflung ein, selbst ihre Lippenbewegungen sind zu sehen.

»Ich hatte keine Ahnung ...«, schnappt Cheryl nach Luft, zu empört, um darüber nachzudenken, in welchem Ausmaß damit ihre Intimsphäre verletzt wurde.

Und offenbar war der Kamera nicht ein Angriff der aufgebrachten Öffentlichkeit entgangen. Von jedem bösen Buhruf über den Massenauflauf vor dem Gerichtsgebäude bis hin zu den Menschen, die ihnen die kalte Schulter zeigten bei dem Streit vor dem Harold-Wilson-Gebäude, als Barry auszieht und sie weinend zurücklässt.

Über den sensationellsten Bildern werden einige der jeweils aktuellen Schlagzeilen eingeblendet. Die Ergebnisse verschiedener Meinungsumfragen werden vorgetragen, die die Boulevardblätter bei ihren Lesern bewusst dazu durchgeführt hatten, um das eventuell abflauende Interesse erneut anzustacheln.

Nein, ich finde nicht, dass man Cheryl Brown erlauben sollte, ihre Kinder zu behalten. Neunundachtzig Prozent stimmen mit Ja.

Ja, ich finde, Barry Brown sollte sich nach diesen anstößigen Fotos und Cheryls Untreue von seiner Frau scheiden lassen. Sechsundsiebzig Prozent stimmen zu.

Lady Sarah schüttelte fassungslos den Kopf. »Sie behaupten also, *sie* seien die Kämpfer für das Wahre und Gute, *sie* hätten das alles gemacht, um etwas zu beweisen, um ein Unrecht wieder gutzumachen …?«

»Genau so sieht es aus.« Art läuft erregt durch das Zimmer, um sich einen Brandy einzuschenken. »Diese Mistkerle spielen sich glatt als Helden auf.«

»Cheryl und Barry aber auch«, antwortet seine Frau. »Das ist zumindest ein Trost.«

»Die Anwälte werden sich bei mir melden und mir sagen, dass es bei diesem Stück nur einen Schurken gibt, Griffin Productions«, brummt Art.

Sebbys Schweigen fällt niemandem auf. Und keiner spricht ihn darauf an, warum er Kate nicht mitgebracht hat. Doch die ganze Zeit während dieser Film läuft, geht ihm noch Schrecklicheres durch den Kopf.

Für ihn hatten die Probleme erst wirklich begonnen, als

die Browns eine Zuflucht gefunden hatten und langsam wieder Normalität in ihr Leben einkehrte. Ab diesem Zeitpunkt hätte es eigentlich für ihn, wie für sie, leichter werden müssen. Doch Kate verstand nicht, warum er ihr den Aufenthaltsort der Flüchtigen nicht mitteilen wollte.

»Aber ich bin's doch ... schau, deine Kate. Ich lebe mit dir zusammen, hast du das vergessen? Du kannst mir vertrauen, ich liebe dich, ich bin deine Freundin ...«

»Das weiß ich, und es liegt nicht daran, dass ich dir nicht trauen würde, sondern weil die Wahrscheinlichkeit, dass sie aufgespürt werden, geringer ist, je weniger Menschen darüber Bescheid wissen.«

Wütend funkelte sie ihn an. »Willst du damit andeuten, ich könnte es ausplaudern?«

»Selbstverständlich nicht, warum solltest du? Aber es ist ein ganz neuralgischer Punkt, es geht um so viel Geld, so viele Leute sind darin verwickelt.«

»Zum Beispiel Leo?«

»Kate, ich weiß, dass du dich weigerst zu sehen ...«

»Er wollte, dass wir mitmachen, musst du wissen«, erklärte sie ihm nebenbei.

Sebby sieht sie erstaunt an. »Davon hast du nie was gesagt. Und er genauso wenig.«

»Natürlich haben wir nichts davon gesagt, wir wussten ja beide, dass deine verfluchten hohen moralischen Prinzipien dich blind machen würden für die Realität.«

Das war zu viel. »*Realität?* Ach ja? Und wenn wir gerade bei der Realität sind, warum warst du dir so sicher, dass Cara Brown nicht im Geburtsverzeichnis von St. Catherine's House auftauchen würde?«

Kate zögerte, bevor sie ihm in die Augen blickte. »Du hast es mir gesagt.«

Sebby runzelte die Stirn. »Wie bitte?«

»An dem Abend, als wir uns die Videos ansahen. Wir sprachen über Armut, und du hast mir erzählt, dass die Browns mit nur achtzig Pfund und fünfundsechzig die Woche auskommen müssten, inklusive Wohngeld, Sozialhilfe und vierundzwanzig Pfund Kindergeld. Wenn sie wirklich drei Kinder hatten, hatten sie Anspruch auf dreiunddreißig Pfund fünfzig Kindergeld. Mir leuchtete nicht ein, warum eine solche Familie auch auf nur ein zusätzliches Pfund verzichten sollte. Dafür musste es einen sehr guten Grund geben.«

Verblüfft starrte Sebby sie an. Sie war doch sonst nicht so vertraut mit den Problemen der sozial Schwachen. »Wahrscheinlich erinnerst du dich nicht mehr daran«, erläuterte sie ihm. »Es liegt ewig zurück, als wir das letzte Mal mit Mami und Daddy essen gingen, hatten wir doch diesen dummen Streit darüber, wer Kindergeld beziehen sollte. Ich erklärte, ich würde die Details nachsehen, und das habe ich gemacht. Wahrscheinlich habe ich es dir damals erzählt, und du hast wieder mal nicht richtig zugehört.«

So ruhig er konnte, fragte Sebby sie: »Jetzt mal ganz ehrlich, war das der Auslöser für dich, zu Leo zu gehen? Er hatte dich doch schon angesprochen, oder? Er hatte dir doch schon gesagt, er hätte mich gern bei Marigold dabei, und dir in groben Zügen erklärt, worum es dabei ging?«

Kate wich seinem Blick aus, während sie überlegte, wie sie es ihm sagen sollte. Als sie den Kopf hob, flogen ihre Haare aus dem Gesicht, und Sebby sah, dass es tiefrot war. »Ja, ich war bei Leo. Ich wusste, dass diese Information für das Projekt wichtig war und dass er, Sarah, Jennie und Alan meinten, wir sollten es verwenden, um den Film noch stärker zu machen.«

Sebby war aufgesprungen und lief aufgebracht im Zimmer auf und ab. »Aber du hast mir eingeredet, Cheryls Baby sei ein Hirngespinst. Du hast nicht aufgehört mit dem Gelaber über psychischen Stress, Abtreibung, plötzlichen Kindstod und sogar davon gesprochen, sie könnten die Kleine umgebracht habe. Dabei hast du die ganze Zeit so besorgt geklungen, dass ich mich von deinem Schwachsinn hab einfangen lassen und damit zur Polizei gegangen bin. Gott im Himmel!« Er kniff die Augen zu, weil er ihren Blick nicht länger ertragen konnte. »Du konntest dir doch denken, was passieren würde. Du wusstest, dass die Polizei und die Behörden sich bereits Gedanken wegen Cheryls psychischer Verfassung gemacht hatten. Und das hast du ausgenutzt und mich mit hineingezogen.«

»Verflucht noch mal, Sebby, du wolltest es glauben. Ich hätte dich niemals überzeugen können, wenn du nicht offen für diese Idee gewesen wärst. Deshalb wusste ich von vornherein, dass du niemals bei Leo mitmachen würdest, und deshalb habe ich an deiner Stelle mitgemacht.«

»So war das also«, murmelte Sebby. Er hatte sich immer gewundert, dass Kate einen Job in einer Bank angenommen hatte. In Wahrheit hatte sie geholfen, Marigold Films aufzubauen. PR-Arbeit beherrschte sie gut und kannte sich auch mit Promotion und Verkauf aus. Und wenn sie abends nach Hause gekommen war, hatte sie ihm etwas vorgelogen. Er fuhr fort: »Sie haben Cheryl in die psychiatrische Abteilung eingewiesen. Ihr Drogen gegeben. Sie musste sich ausziehen, und sie haben sie erniedrigt und missbraucht. Und das hat dich alles nicht im Geringsten gestört, solange es dem Projekt einen neuen Kick gegeben hat?«

»Scheiße, warum bist du auch immer so entsetzlich moralisch?« Kates Stimme war nicht weniger kontrolliert als seine. »Siehst du denn nicht, wo die Zukunft liegt? Sie liegt darin, die überkommenen Traditionen über Bord zu werfen. Das Fernsehen der Zukunft muss direkt sein und neue Wege gehen. Erkennst du denn nicht, dass Griffin ein alter Hut ist, dass sie dort festgefahren sind in ihrem Trott, ohne neue Ideen, einfach weitermachen mit den alten Formaten?«

Sebby spürte, wie ihm übel wurde. Kate hörte sich an, als wäre sie Leos Bauchrednerpuppe, Leos Fanatismus war fast mit den Händen zu greifen. »Aber hier geht es um Menschen, es geht um unmoralische Vorgehensweisen und das Recht der Öffentlichkeit darauf zu verstehen, wozu dieser Voyeurismus führen kann.«

»Genau«, hatte ihm Kate sarkastisch erklärt, »darum geht es bei diesem Projekt.«

Damals hatte Sebby sie nicht verstanden, und sie hatten das Gespräch an dieser Stelle beendet. Aber jetzt sieht er das fertige Produkt, eine hervorragende Arbeit, eine Pionierleistung. Und widerwillig wird ihm darüber hinaus noch einiges andere klar.

Cheryl windet sich vor Schmerz, als sie sieht, wie sie, eingesperrt in dieser geschlossenen Abteilung, vor Leo ihr Innerstes ausschüttet. Seine Fragen sind alle sorgfältig herausgeschnitten, nur ihre Antworten sind zu hören. Es sieht aus, als wende sich Cheryl direkt ans Publikum, ohne dass ein Stichwortgeber zu sehen ist. Falls diese Filmemacher vor den Kadi zitiert werden können, was Art für eher unwahrscheinlich hält, wird sich, bis auf den Erzähler, der Alan Beam sein oder auch nicht sein kann, keiner der Mitarbeiter dieses Films mehr feststellen lassen. Die Interviews wirken alle, als ob Cheryl und Barry sie selbst gedreht hätten.

Aber während der Film seinem Ende entgegengeht – der Jagd durch die Straßen um St. Hugh's, als Cheryl und Barry um ihr Leben rannten – kristallisiert sich eines heraus: Sie sind die Opfer und wurden erbarmungslos ausgebeutet. Was ihr persönliches Leben angeht und ihre Hoffnungen für die Zukunft, hätte ihnen nichts Besseres passieren können. Niemand wird im Zweifel darüber gelassen, dass hier jemandem grobes Unrecht getan wurde.

»Ich will verdammt sein, aber das ist ein Hammer«, ist alles, was Art herausbringt. »Diese Mistkerle stellen am Ende noch die Regeln für alle anderen auf!«

»Wenn sie nur wüssten …«, seufzt Sarah leise.

Dem muss ein Riegel vorgeschoben werden, erklärt die Stimme aus dem Off voller Bitterkeit. »Nur durch eine ernst gemeinte Kontrolle lassen sich die offenbar aus der Mode gekommenen Prinzipien und Standards der öffentlichen Sendeanstalten wieder einführen. Diese können dann erneut dazu beitragen, den auf die Redakteure ausgeübten Druck zu lindern, der sowohl von den Quotenfanatikern ausgeht wie von den veränderten gesetzlichen Rahmenbedingungen, die eine auf Fakten basierende Produktion hinfällig machen und Nachrichten und Politmagazine an den Rand des Abgrunds drängen.«

»Was für ein Schwindel! Und es funktioniert. Das wollten sie immer haben«, schimpft Art. »Macht und Einfluss. Sie verfügen über die Mittel und Wege, mehr brauchen sie nicht. Und diese Dokumentarserie wird ihnen nur die Bewunderung derer eintragen, die das Sagen haben. Wegen ihrer Aufrichtigkeit und Integrität.«

Ohne Kate ist die Wohnung leer und kalt. Es war unmöglich gewesen, diesen Riss zwischen ihnen wieder zu kitten. Und so niedergeschlagen Sebby auch ist, allmählich wird ihm klar, dass sie niemals wirklich ein Herz und eine Seele waren, dass das, was sie hatten, niemals hätte von Dauer sein können.

Vor zwei Wochen hatte er, aus einer Laune heraus, bei Leos Haus in Putney vorbeigeschaut. Eigentlich hatte er seinen alten Kollegen zur Rede stellen wollen, um etwas Dampf abzulassen und ein paar Antworten zu bekommen.

Er hatte nicht läuten müssen, um herauszufinden, das niemand zu Hause war. Es war ein großes und teures Haus, mit einer Einfahrt durch ein Tor und einer Ausfahrt durch ein anderes. Vor der Garage parkte ein Porsche. Leo selbst fuhr einen Jeep. Dieser jungen Familie fehlte es an nichts, im materiellen Sinne. Unter diesen Umständen, nahm Sebby an, war es verständlich, dass sie sich andere Ziele gesteckt hatten. Ihnen ging es vor allem um Prestige oder Macht. Leo hatte Karriere gemacht und sich bereits früh die Bewunderung seiner Kollegen gesichert.

»Suchen Sie jemanden?«, rief ein Gärtner, der auf dem Nachbarrasen das Laub zusammenrechte.

Sebby riss sich aus seinen Träumen.

»Ich wollte kurz vorbeischauen, aber es ist wohl niemand da.«

Mürrisch blickte der Mann nach allen Seiten, die Chance auf einen kleinen Tratsch war zu verführerisch. »Kennen Sie sie gut?« Er deutete mit einem kurzen Kopfrucken auf das Haus der Tarbucks.

Sebby überlegte, wie er seine Antwort formulieren sollte. »Nicht wirklich. Früher habe ich mal geglaubt, ich würde sie kennen.«

»Hier redet natürlich niemand darüber, ich weiß es also nicht sicher, aber ich würde sagen, da ist nicht alles so, wie es sein sollte.«

»Wirklich?« Sebby bemühte sich, höfliches Interesse zu bekunden.

Der Gärtner kniff ein entzündetes Auge zu. »Sie sagt nie was. Macht niemand hier. Piekfein halt. Sah sie neulich mit ihnen im Auto, wie sie sie in die Babysitze setzte, dachte natürlich, sie hätte Zwillinge. Zwei ganz süße waren das, eins ganz dunkel, eins blond… und dann war da noch ein hübsches, blondes Au-Pair-Mädchen oder ein Kindermädchen, wahrscheinlich mit so einer richtigen Ausbildung, das ihr zur Hand ging. Und plötzlich war nur noch ein Baby da. Das Kindermädchen war auch weg, und man will ja nicht drüber reden, mit diesen ganzen schrecklichen Krankheiten, Hirnhautentzündung und plötzlicher Kindstod und so was.«

In Gedanken versunken fuhr Sebby in seinem Morgan nach Hause.

Eine Szene fällt ihm ein, als sie *Die im Dunklen* drehten. Er erinnert sich vage an einen Satz, den Cheryl sprach, als sie am Fenster im fünften Stock stand, bevor diese ganze Hölle über sie hereinbrach. »Wenn ich weg wollte von all dem hier, wüsste ich, wo ich hinginge.« Leo war die ganze Zeit bei ihr, und Sebby erinnert sich, wie er hinaussah, dorthin, wo ihr Finger zeigte. Hatte sie auf Eisenbahngleise gezeigt? Sebby war mit etwas anderem beschäftigt gewesen. Es war ein belangloses Gespräch gewesen. Eines von Tausenden. Er hatte ihm keine Bedeutung geschenkt und hatte es bis zu diesem Augenblick ganz vergessen.

Leo musste die ganze Zeit über geahnt habe, wo die Brownkinder versteckt waren.

Damals musste ihm die Idee gekommen sein.

Das Kind war nicht wegen des Geldes, sondern wegen des dramatischen Effektes gekidnappt worden.

Und Donny? Wie hatte Leo Donny herumgekriegt?

Das lag auf der Hand. Er und Sebby kannten Donny gut, als die Dreharbeiten abgeschlossen waren. Annie hatte ihnen von Donnys Alkoholproblem erzählt. »Aber jetzt ist sie trocken«, hatte sie gesagt oder etwas in der Richtung. »Die rührt keinen Tropfen mehr an.«

Wie schwer war es dem charmanten, gut aussehenden,

charismatischen Leo wohl gefallen, sich bewaffnet mit einigen Flaschen Gordon's Zutritt zu Donnys demoliertem Waggon zu verschaffen? Sie dazu zu bringen, ihm zu trauen, ihm Glauben zu schenken und ihm anzuvertrauen, an welchem Tag und auf welche Weise die Kinder zurückgegeben werden sollten? Wenn Leo ihr also erzählt hatte, er sei gekommen, um Cara abzuholen, und Cheryl nicht da war, sodass sie sie nicht fragen konnte, wie lange hätte Donny durchgehalten? Waren ein, zwei oder drei Besuche nötig? Donny hatte keine Ahnung, welche Rolle sie bei dem Coup spielte, dass sie überhaupt eine spielte. Sie hatte keine Fragen gestellt, war nur so vor Dankbarkeit zerflossen, dass man ihr die Kleinen der Browns anvertraut hatte, dass sie wieder Kinder um sich und ein sicheres Dach über dem Kopf hatte. Auch wenn es nur für kurze Zeit war.

Aber nein, nein – Leo würde niemals einen Mord in Kauf nehmen. Alan? Jennie? Nein. Das konnte nie Teil des Plans gewesen sein. Obwohl sie sich irgendwie gegen Donnys Aussage versichert haben mussten, wenn Cara nicht gefunden wurde …

Nach kurzen Nachforschungen hatte man behauptet, die alte Frau sei eines natürlichen Todes gestorben. Aber war sie das auch?

Sebby bekam Herzklopfen.

Wie hätte sie, wenn alles andere so sorgfältig geplant worden war?

Lieber Gott. Hatte Kate das gewusst, als sie Morgen für Morgen loszog zu diesem Haus in Putney? Um das Au-pair zu spielen? Das Kindermädchen?

Und was sollte Sebby anfangen mit diesen neuen Erkenntnissen, die er nur schwerlich würde beweisen können? Am Schluss war alles wieder in Ordnung gekommen, der ganze Schaden gutgemacht worden – bis auf den Mord an der alten Donny, und dafür würde sich nie ein Beweis finden. Die Waggons waren inzwischen verschrottet worden und damit auch jede Möglichkeit, einen Beweis zu finden.

Sein letzter Besuch in Tring tauchte vor ihm auf. Ein ums Überleben kämpfendes Paar fast ohne jede Hoffnung, drei Kinder mit kaum einer Zukunft hatten ein völlig neues Leben begonnen. Das kam ihm vor wie ein Wunder aus einem Märchen. Das Letzte, was sie jetzt gebrauchen konnten, war wieder im Rampenlicht zu stehen. Vielleicht fanden sie sogar inzwischen, das alles war diese Reise in die Hölle und zurück wert gewesen, jetzt, da sie alles hatten, was sie sich je erträumt hatten. Wie viel einfacher war es doch für die Browns, Zufriedenheit zu finden, als für so erfolgsbesessene Menschen wie Leo und seine Komplizen.

Falls Sebby sich mit seinem Verdacht, für den er keinen Beweis hatte, an die Polizei wandte, was würde er damit erreichen? Würde ihm wenigstens Art diese Geschichte glauben? Sebby bezweifelte es.

Donny war tot – aber sie war krank gewesen. Ihr Herz hätte jeden Augenblick versagen können. Es war nicht schwierig, einen Schlag auf den Kopf wie den Sturz einer schwer betrunkenen Frau aussehen zu lassen, und Typen wie Leo würden wegen eines Lebens wie dem ihren kein großes Aufhebens machen. In seinen Augen hatte sie ihr Leben verwirkt. Die Browns waren glücklich. Ihre Kinder waren in Sicherheit.

Zwar hatte ihn Kate verlassen, aber das hätte sie früher oder später ohnehin getan. Mit der Zeit würde er darüber hinwegkommen, Zeit heilt Wunden, heißt es. Sebby hatte eine viel versprechende Karriere bei Griffin vor sich. Und wenn das Marigoldteam nicht ausgestiegen wäre und einen guten Abgang gebraucht hätte, wie viele Opfer hätte es dann noch gegeben? Wie viele Leben wären noch zerstört worden, um die Nation zu unterhalten?

Er fuhr sich über sein Gesicht und merkte, dass er einen heißen Kopf hatte.

Aber Donny war tot. *War vielleicht ermordet worden.*

Marigold Films sollte dafür zur Rechenschaft gezogen werden.

Sebby hätte sich nicht so quälen müssen. Er hätte sich stattdessen darum kümmern sollen, sein zerbrochenes Herz zu heilen. Es gab außer ihm noch andere Menschen, die Bescheid wussten, und Mächte, die sich an ihnen rächen konnten, wie Sebby sich das wünschte.

Und Schlimmeres … viel Schlimmeres.

> *Wenn nämlich ein Kind geboren ist, trägt es die Mutter oder die Wöchnerin aus der Kammer heraus, als wollte sie eine Verrichtung zur Erwärmung des Kindes vollbringen, und hebt es in die Höhe, dem Fürsten der Dämonen entgegen. Und dies wird getan an einer Kochstelle über dem Feuer.*
>
> Der Hexenhammer

»Xilka, Xilka, Besa, Besa.«

Elfmal ruft sie die Namen der Dämonen, dann hält sie inne.

Nun heißt es warten.

Es ist ein Oktobertag mit bläulichen Nebelschwaden und Herbstfeuern in der Ferne. Silberne Baumstämme und grauschwarze Zweige strecken sich wie erhobene Arme in den Himmel, mit der ganzen Kraft des ans Licht drängenden Lebens.

Im Cottage in Trig mit seinem länglichen Gemüsegarten

gleich hinter dem Hintereingang und der gerade aufsteigenden Rauchfahne über dem Kamin sitzen zwei Frauen am Küchentisch. Es sieht aus, als machten sie Figuren für ein Gemeindefest. Zwei Kinder halten ihren Mittagsschlaf, eines liegt dick eingewickelt im Kinderwagen draußen im Garten, das andere oben in seinem kleinen Bettchen mit den rotkarierten Vorhängen. Der Dreijährige ist im Kindergarten, malt Bilder und singt.

Der Mann des Hauses ist an seinem Arbeitsplatz.

Die beiden sind so konzentriert, dass die junge Frau mit dem wilden Haarschopf die Zunge fast bis zur Nase streckt, während die andere, zerzaustere von den beiden, ihre Zigarettenasche auf den sauberen Küchenboden abklopft.

»Bei Dill hat es funktioniert, dieser ganze üble Klatsch, den ich zu hören bekam, mit gemeinen Geschichten über Fred. Auch bei den Smiths – dieser Marge und den anderen. Auf der M25 ist der Lastwagen direkt in sie hineingerast. Hat ihnen die Köpfe abgerissen, hieß es. Und bei vielen anderen, von denen du nie was gehört hast.«

Fröstelnd sitzt die Jüngere daneben und sagt schließlich: »Aber als Dill gestorben ist, bin ich auch verletzt worden, und Fred ist ins Gefängnis gekommen und verschwunden.«

»Du hättest im Bett bleiben sollen. Habe ich dir nicht gesagt, du sollst im Bett bleiben in der Nacht, als Dill zum Babysitten kam? Was glaubst du, wie mir zu Mute war, als ich erfahren hatte, was dir passiert war? Wunderst du dich, dass ich den Verstand verloren habe? Und dieser Arsch Fred hat bekommen, was er verdient hat.«

Irgendwo brennt Weihrauch.

»Bagahi laca Bachable.«

Es besteht kein Mangel an Dämonen, die man anrufen kann.

Die Tochter stellt keine Fragen mehr. Sie hat ihr Leben lang mit den diabolischen Neigungen ihrer Mutter gelebt und gelernt, sie zu akzeptieren. Sie wurden von einer Großmutter, die sie nie kennen lernte, an ihre Mutter weitergegeben, aber das hier ist das erste Mal, dass sie selbst die Kräfte des Bösen zu Hilfe ruft.

Das ist das erste Mal, dass sie solch tiefen Hass spürt.

Sie arbeiten innerhalb der Linien eines grünen Pentagramms, das sie mit abwaschbarem Filzstift auf dem Küchentisch skizziert haben. Die fünf Puppen sehen aus wie aus der Vitrine eines Akupunkteurs, mit Nadeln an sorgfältig ausgewählten Punkten – im Herz, im Hirn, einem Auge, in den Genitalien und im Magen. Auf dem Tisch befinden sich zwei Männer und drei Frauen, die sich durch die riesigen, wie die ganzen Puppen aus Wachs gearbeiteten Geschlechtsteile voneinander unterscheiden.

»Effusus labor. Defuncta vita.«

Keine der Frauen bezweifelt, dass eines Tages diese Magie ihre Wirkung zeigen wird bei Jennie St. Hill, Alan Beam, Leo und Sophie Tarbuck sowie Kate Spearman, Sebbys früherer Freundin.

Keiner der fünf hat eine Zukunft.

Aber wie und auf welche bösartige Weise dies geschieht, liegt allein in der Macht der Dämonen.